郭祥正

诗歌艺术研究

杨 宏 著

中国社会科学出版社

图书在版编目(CIP)数据

郭祥正诗歌艺术研究/杨宏著. —北京：中国社会科学出版社，2023.8

ISBN 978-7-5227-2327-3

Ⅰ.①郭… Ⅱ.①杨… Ⅲ.①古典诗歌—诗歌研究—中国—北宋 Ⅳ.①I207.227.441

中国国家版本馆CIP数据核字(2023)第139836号

出 版 人	赵剑英
责任编辑	杨 康
责任校对	杨 林
责任印制	戴 宽

出　　版	中国社会科学出版社
社　　址	北京鼓楼西大街甲158号
邮　　编	100720
网　　址	http://www.csspw.cn
发 行 部	010-84083685
门 市 部	010-84029450
经　　销	新华书店及其他书店

印刷装订	三河市华骏印务包装有限公司
版　　次	2023年8月第1版
印　　次	2023年8月第1次印刷

开　　本	710×1000 1/16
印　　张	21
插　　页	2
字　　数	305千字
定　　价	109.00元

凡购买中国社会科学出版社图书，如有质量问题请与本社营销中心联系调换
电话：010-84083683
版权所有　侵权必究

目　录

绪论 …………………………………………………………………… （1）

第一章　推测还原：郭祥正生平二三事管窥及作品勘误 ………… （12）
　第一节　郭祥正其人 ……………………………………………… （13）
　第二节　生平经历补白 …………………………………………… （24）
　第三节　郭祥正诗歌辑佚补正 …………………………………… （32）
　第四节　五仕五隐与生平分期 …………………………………… （38）

第二章　矛盾声音：前人对郭祥正及其诗文创作的评价 ………… （43）
　第一节　"李白后身" ……………………………………………… （43）
　第二节　前人对郭祥正诗歌的正面评价 ………………………… （53）
　第三节　前人对郭祥正诗歌的负面评价 ………………………… （67）

第三章　薪火相传：郭祥正诗文之创作渊源 ……………………… （77）
　第一节　先秦文学 ………………………………………………… （77）
　第二节　汉晋南朝文学 …………………………………………… （87）
　第三节　诗仙李白 ………………………………………………… （96）
　第四节　其他诗人的影响 ………………………………………… （111）

第四章　包罗万象：郭祥正生平经历与文学创作（上） ………… （119）
　第一节　主观抒怀类诗作 ………………………………………… （120）

第二节　客观抒怀类诗作 ……………………………………… (151)

第五章　包罗万象：郭祥正生平经历及文学创作（下）………… (178)
　　第一节　交游酬答类诗作 ……………………………………… (178)
　　第二节　闲适生活类诗作 ……………………………………… (195)
　　第三节　民生社会类诗作 ……………………………………… (209)
　　第四节　思想信仰类诗作 ……………………………………… (224)

第六章　温柔敦厚：郭祥正的文艺思想 ……………………………… (248)
　　第一节　郭祥正诗学理论概述 ………………………………… (248)
　　第二节　诗歌之源起与功能 …………………………………… (256)
　　第三节　诗歌语言艺术 ………………………………………… (263)
　　第四节　郭祥正的书画乐理论 ………………………………… (274)

第七章　气象万千：郭祥正诗歌艺术风格及创作技巧 ………… (289)
　　第一节　豪壮奇绝 ……………………………………………… (289)
　　第二节　清新绮丽 ……………………………………………… (293)
　　第三节　含蓄委婉 ……………………………………………… (299)
　　第四节　悲慨旷达 ……………………………………………… (302)
　　第五节　典雅厚重 ……………………………………………… (307)

结语 …………………………………………………………………… (315)

参考文献 ……………………………………………………………… (317)

后记 …………………………………………………………………… (329)

绪　　论

　　本书的研究对象是北宋中后期诗坛上一位虽非主流但却不可忽视的诗人——郭祥正以及他的诗歌。作为与苏轼、黄庭坚等诗文大家同时代的诗人，郭祥正留下的作品超过1400篇，无论从创作数量，还是从流传时间来看，在中国古典诗歌史上都是比较少见的。然而在很长一段时间中，郭祥正和他的作品一直没有得到足够重视，即使有诗人梅尧臣以"李白后身"之语大力褒扬，也未能使其引起人们更多关注，他的名字甚至不见于后世的文学史，历代诗学批评中也仅有为数不多的点评，真正深入研究其诗文作品的人并不多。这种状况一直持续到20世纪，千年尘封开始被打破，学界将目光逐渐转移到这位诗人身上，从文献学、文学、文艺学等不同视角展开了研究工作，取得较为丰硕的成果。尽管如此，人们对其人其作研究的深广程度，远远不及对和他同时代的苏轼、黄庭坚等人的研究。因此，本书选择郭祥正及其诗歌作为研究对象，目的在于重新审视其人其作之价值。在漫漫千年时光中，诗人默默无闻，而他的《青山集》为何却能较为完整地保存下来？诗人创作风格是怎样的？"李白后身"的赞誉给诗人及其创作活动带来了怎样的影响？诗人身上是不是仅仅有"李白"的影子呢？他的作品和李白的作品是否风格完全一致呢？郭祥正身上有太多的谜团需要我们去解开。

一　20世纪以来海内外郭祥正研究述评

进入20世纪以来，郭祥正这位被深埋于故纸堆的诗人引起了学术界关注，海内外出现了一些研究性论文及研究专著。

（一）文献学方面

1. 郭祥正生平、仕宦、交游考辨

孔凡礼先生校注的《郭祥正集》① 附有比较详尽的郭祥正事迹编年，孔先生对诗人生平经历做了大量考证工作，为后来研究工作打下坚实基础。台湾地区学者林宜陵的《采石月下闻谪仙——宋代诗人郭功甫》② 一书对郭祥正之家族、仕宦、性格、交游等考辨工作是在前书考证基础之上进行的，对其中一些错漏之处予以辨析，并详细考察了郭祥正同袁陟、梅尧臣、王安石、苏轼、陈轩五人的交往唱和情况。毛建军的硕士学位论文《郭祥正交游考述》③ 将郭祥正身份分解为四种情况，分别从浪士、诗人、隐士、居士的角度考察了他与王安石、苏轼、李之仪、梅尧臣、袁陟、郑獬、耿天骘、留定、刘谊、潘兴嗣、伊居哲、守端、法真、了元、修颙、宝觉、讷禅师、李常、陈轩、蒋之奇、贾易等诗人的交往过程，并且将其中一部分唱和诗进行编年。赵济凯的硕士学位论文从生平、交游、思想等方面考察郭祥正，并对《青山集》的版本进行考证。④ 陈冬根《"李白后身"郭祥正研究》一书也对其生平进行了考证。⑤

对郭祥正本人的研究还散见于一些单篇论文。房日晰《追宗李白的诗人郭祥正》一文将贺知章提携李白的故事与梅尧臣赞赏郭祥正的事迹进行比对，由此得出郭祥正与李白的相似性，进而推论郭祥正诗歌创作的动力来自"李白后身"之美誉，文章还分析了郭祥正与王安石的曲折相交过程，认为王安石对他的态度是赞赏居多，而并非《宋

---

① （宋）郭祥正：《郭祥正集》，孔凡礼点校，黄山书社1995年版。
② 林宜陵：《采石月下闻谪仙——宋代诗人郭功甫》，秀威资讯科技股份有限公司2006年版。
③ 毛建军：《郭祥正交游考述》，硕士学位论文，郑州大学，2003年。
④ 赵济凯：《郭祥正及其〈青山集〉研究》，硕士学位论文，西北师范大学，2014年。
⑤ 陈冬根：《"李白后身"郭祥正研究》，江西人民出版社2017年版。

史》等书中所言，以之为"小人"。① 赵子文《苏轼当涂行踪交游考》提到苏轼与郭祥正在当涂的交往经过。② 韩西山《苏轼与皖籍文人的交游》记录了从元丰元年（1078）到建中靖国元年（1101）苏轼与郭祥正相知相交的过程。③ 汤华泉《李之仪晚年四事新考》一文考察了李之仪、郭祥正二人交恶的经过，他指出李、郭二人由互相倾慕到交恶，是因为文人相轻以及郭祥正对后辈诗人不能提携指点。④ 孔凡礼《郭祥正与舒州》一文详述郭祥正在舒州的宦游生活及他和当地文人、禅师的交往唱和过程。⑤ 他的另一篇论文——《郭祥正与王安石》则全面考察了王安石与郭祥正的交往情况，并比较精确地推论郭祥正的生年、仕宦经历。⑥ 郗丙亮《论郭祥正"家便差遣"的深层原因》⑦从郭祥正参与熙宁五年（1072）经制梅山事的过程入手，重新探讨其罢官原因，作者认为郭祥正的这次罢官不仅仅是由于私人恩怨，实际上是因为他被当成决策者失误的替罪羊，成为新旧党争下的牺牲品。曾明等探讨了郭祥正生年、进士及第时间、家世以及他在汀州、漳南、端州的仕宦经历。⑧ 郭江超指出郭祥正担任的职务是秘书省校书郎，而非秘阁校理。⑨ 郗丙亮、邢春江分别考察了郑獬、刘挚与郭祥正的交往情况。⑩

2. 郭祥正诗文收集整理考辨

《全宋诗·郭祥正卷》收录郭祥正诗歌作品1467首。⑪《全宋文》

---

① 房日晰：《追宗李白的诗人郭祥正》，《古典文学知识》1995年第3期。
② 赵子文：《苏轼当涂行踪交游考》，《安徽工业大学学报》（社会科学版）2002年第2期。
③ 韩西山：《苏轼与皖籍文人的交游》，《江淮论坛》2000年第5期。
④ 汤华泉：《李之仪晚年四事新考》，《滁州学院学报》2008年第1期。
⑤ 孔凡礼：《郭祥正与舒州》，《安庆师范学院学报》（社会科学版）2008年第11期。
⑥ 孔凡礼：《孔凡礼文存》，中华书局2009年版。
⑦ 郗丙亮：《论郭祥正"家便差遣"的深层原因》，《乐山师范学院学报》2011年第10期。
⑧ 曾明、陈灿平：《郭祥正生年生平考略》，《国学学刊》2013年第2期。
⑨ 郭江超：《郭祥正不曾担任秘阁校理》，《绵阳师范学院学报》2013年第10期。
⑩ 郗丙亮：《郑獬诗歌研究》，硕士学位论文，河北师范大学，2008年；邢春江：《刘挚及其诗歌研究》，硕士学位论文，河北师范大学，2010年。
⑪ 北京大学古文献所编：《全宋诗·郭祥正卷》，北京大学出版社1991—2004年版。

收录其文章九篇。① 孔凡礼《郭祥正集》收录整理郭祥正诗 1438 首，文章九篇。此外，在各种辑佚《全宋诗》的文章中也有郭祥正诗歌和文章补辑。陈永正《从广东方志及地方文献中新发现的〈全宋诗〉辑佚 83 首》补七首。② 他的《明嘉靖本〈广东通志〉中的宋人佚诗》补两首。③ 毛建军辑佚九则（包括残句），并纠正重出诗一则，重出文两篇（实为诗），失收文四篇。④ 韩震军补辑一首，并且进行了编年。⑤ 汤华泉在 2004—2006 年发表系列文章，从地方文献中辑佚出九首。⑥ 学者对郭祥正诗文的辑佚工作为后人的研究提供了极大便利，虽有重出，但是功不可没。房日晰于 1997—1998 年在《江海学刊》上陆续发表了《读〈全宋诗〉札记》数篇，其中第八（1997 年第 6 期）、第十一（1998 年第 3 期）、第十二（1998 年第 3 期）、第十三（1998 年第 3 期）篇中均有涉及郭祥正诗歌的考证。他还撰写了《〈宋百家诗存〉正误》⑦ 一文，对曹庭栋《宋百家诗存》中所辑录《青山集》中《送李嘉甫朝散还台》《天柱阁》《君仪惠莆田陈紫荔干即蔡君谟谓之老杨妃者》三首诗歌进行了考辨。李才栋《关于郭祥正与其所作〈白鹿洞书堂记〉的补白》⑧ 是对郭祥正文章的考证。

3.《青山集》版本问题研究

目前，对《青山集》版本问题的考辨最为详细的是林宜陵和陈

---

① 曾枣庄、祝尚书、刘琳等编：《全宋文》，巴蜀书社 1990—1994 年版。
② 陈永正：《从广东方志及地方文献中新发现的〈全宋诗〉辑佚 83 首》，《岭南文史》2007 年第 3 期。
③ 陈永正：《明嘉靖本〈广东通志〉中的宋人佚诗》，《岭南文史》2006 年第 1 期。
④ 毛建军：《〈全宋诗〉〈全宋文〉重出及失收的郭祥正诗文》，《新乡师范高等专科学校学报》2005 年第 3 期。其所辑佚之四篇文章均已见于《郭祥正集》。
⑤ 韩震军：《〈全宋诗〉续补》（上），《中国韵文学刊》2006 年第 4 期。韩所辑之诗与毛建军所辑《苍玉洞》之诗相同，没有题目，标注了写作年代为"元丰四年秋八月"。毛作没有编年。
⑥ 分别见于汤华泉《宣城地方文献中的宋佚诗——〈全宋诗〉补辑》，《安徽师范大学学报》（人文社会科学版）2004 年第 6 期；《太平府文献中的宋佚诗——〈全宋诗〉补辑》，《合肥学院学报》（社会科学版）2006 年第 3 期，此文中《采石渡》一诗与毛作中所辑《采石渡》不同；《新见宋十二名家诗辑录》，《阜阳师范学院学报》（社会科学版）2007 年第 1 期。
⑦ 房日晰：《〈宋百家诗存〉正误》，《江海学刊》2000 年第 6 期。
⑧ 李才栋：《关于郭祥正与其所作〈白鹿洞书堂记〉的补白》，《江西教育学院学报》2001 年第 2 期。

冬根。林宜陵分别考证了六卷本、十卷又六卷本、三十卷本、三十四卷本、三十五卷本、三十七卷本的源流、存佚、异同，并且颇为细致地把各个版本所录诗之卷次分列出来，以表格的形式对照比较，这是迄今为止最为详尽的版本研究成果。陈冬根对郭祥正作品存世版本进行了研究。毛建军对《青山集》续集属于孔平仲进行了辨析。① 齐亮亮列举了从宋代刻本直到20世纪今人整理本，梳理了各个版本之间的传承关系。② 罗凌分析探讨了《四库全书总目提要》里仅著录《青山集》而没有著录《青山续集》的原因，并同文渊阁四库全书本《青山续集·提要》进行了对比论述，反映出编纂者对两书的不同态度。③

（二）文艺研究方面

随着郭祥正研究的开展和不断深入，学者们在郭祥正诗学理论研究中也投入了较多精力。这些研究主要集中在以下几个方面。

1. 诗歌分类/分期比较研究

对诗歌进行分类或者分期研究是诗歌研究中比较常见的方法，上文提到的林宜陵一书，便是以郭祥正生平五个阶段为经，将能够明确系年的诗歌分别置于五个阶段中进行分析考察，把诗人的生平经历与诗歌创作联系在一起，对诗歌进行分析解读。

相对于较难的分期研究，对郭祥正诗歌进行分类研究的论文比较多，包括地域划分、题材划分、体裁划分等不同分类研究。孔凡礼《郭祥正与舒州》一文就是一种按地域划分的研究，文章除了考证郭祥正在舒州地区的行踪和与当地文士交往过程以外，还关注了其人在舒州时期的诗歌创作。潇潇《郭祥正、彭汝砺合肥诗歌创作比较及文化意义》④

---

① 毛建军：《〈青山集〉版本及〈续集〉辨伪考》，《郴州师范高等专科学校学报》2003年第6期。
② 齐亮亮：《〈青山集〉版本源流考》，《沧州师范高等专科学校学报》2008年第2期。
③ 罗凌：《〈青山集〉与〈青山续集〉四库提要辨正》，《三峡大学学报》（人文社会科学版）2013年第5期。
④ 潇潇：《郭祥正、彭汝砺合肥诗歌创作比较及文化意义》，《合肥学院学报》（社会科学版）2011年第5期。

一文将郭祥正、彭汝砺两位诗人在合肥时的诗歌创作进行了对比研究。潇潇的硕士学位论文《郭祥正山水景观题咏诗研究》①既是按地域划分，也是按题材划分的研究，着重探讨郭祥正创作的山水景观诗，论文在整理总结其诗歌中涉及的景点分布基础上，对这些诗进行了编年，同时对郭祥正的唱酬活动加以考索，总结其活动规律，进而讨论其诗作的艺术及文化价值，最后从宋朝政治经济、科举与职官制度以及地域文化环境分析作者创作的审美心态。还有一些地域研究在严格意义上来说并非专属文学领域，而是其他研究过程中的附加成果。马明达《广州伊斯兰古迹二题》②介绍了郭祥正在广州期间的一首五言诗。李竹深《宋代漳州的一次水患》提到诗人郭祥正作为州牧记录的一次自然灾害。③卢晓辉《宋代游仙诗研究》④一文第六章分析探讨了郭祥正的游仙诗创作，作者以为他的游仙诗虽然文学价值不高，但是能够汲取前代游仙诗中有价值的成分，具有宋诗哲理性、思辨性强的特点。刘培《徘徊在入仕与归隐之间——论郭祥正的骚体创作》⑤是从体裁角度进行的研究，以郭祥正的骚体诗创作为研究对象，得出诗人身上兼具入世与归隐两种不同思想倾向的结论，而这两种不同倾向使诗人的创作兼有雄豪和隽永两种不同风格。邹琳璠《郭祥正〈拟挽歌〉之解读》⑥指出《拟挽歌》五首是郭祥正对道家思想的深刻体悟以及对陶渊明价值观的深刻认同。朱朝红的论文分别从思想内容和艺术特色两个方面探讨了郭祥正创作的十九首游仙诗。⑦

2. 诗歌创作艺术研究

学界对郭祥正诗歌创作艺术的讨论主要集中在对"李白后身"这一评论的争鸣和诗歌创作的艺术手法上。

---

① 潇潇：《郭祥正山水景观题咏诗研究》，硕士学位论文，安徽大学，2007年。
② 马明达：《广州伊斯兰古迹二题》，《西北民族研究》2001年第2期。
③ 李竹深：《宋代漳州的一次水患》，《漳州职业大学学报》2001年第4期。
④ 卢晓辉：《宋代游仙诗研究》，硕士学位论文，南京师范大学，2004年。
⑤ 刘培：《徘徊在入仕与归隐之间——论郭祥正的骚体创作》，《济南大学学报》（社会科学版）2005年第1期。
⑥ 邹琳璠：《郭祥正〈拟挽歌〉之解读》，《绥化学院学报》2007年第3期。
⑦ 朱朝红：《北宋诗人郭祥正〈游仙诗一十九首〉析论》，《淮海工学院学报》2018年第5期。

梅尧臣给予郭祥正"李白后身"的赞誉，然而作为李白继承者的郭祥正却渐渐湮没于悠悠岁月，难道梅尧臣是言过其实了吗？孔凡礼在《青山集》序言中推测分析了郭祥正被后人误解的原因在于他过早失去了德高望重的诗坛老前辈，如梅尧臣的提携，本人又有些恃才自傲，漠视同时代以及后辈诗人，因此被人所诟病，导致其诗也渐渐不被重视。莫砺锋先生指出，郭祥正之所以在漫漫历史长河中逐渐失去色彩，原因不仅仅是孔凡礼先生指出的"因过早失去梅尧臣之提携以及本人有自傲心理"，而是他学习李白不成功，自身创作能力有限，无法跻身一流作家行列，并且其创作也与当时诗坛主流不相符。① 殷春梅《李白对郭祥正诗歌创作的影响》② 从选题、诗韵、遣词等创作技巧和艺术风格方面讨论李白对郭祥正诗歌的影响。内山精也在《"李白后身"郭祥正及其"和李诗"》一文中提出的观点更为新颖，他认为郭祥正虽然欣然接受"李白后身"的赞誉，并且也处处以"李白后身"自居自傲，创作了44首和李诗，然而，他是"被强迫地进行和李诗创作"，他更多的是身为"李白后身"之不幸，"要在他拥有的社交机会里扮演作为'李白后身'的脚色，才让自己选择了次韵李白诗这一行为"，"支持其创作的是他自发性的请求与自发性的创作欲望难以区分地混在一起的复合性动机"③。陈敬介认为宋人普遍接受了梅尧臣对郭祥正"李白后身"的评价，而郭祥正之所以以"李白后身"自居，除了梅尧臣的赞誉之外，更主要的是因为他本身对李白的自我认同：郭祥正性格耿直孤介，一生坎坷，与李白身世经历相似，因而产生共鸣，自觉学习李白风格进行创作。④ 陈军《郭祥正对李白的审美接受》⑤ 一文从生活方式及创作思维方式、诗歌内容与形式、

---

① 莫砺锋：《郭祥正——元祐诗坛的落伍者》，《中国典籍与文化论丛》（第六辑），中华书局2000年版，第35—52页。
② 中国李白研究会、马鞍山李白研究所编：《中国李白研究》（2001—2002年集），黄山书社2002年版。
③ ［日］内山精也：《传媒与真相——苏轼及其周围士大夫的文学》，朱刚等译，上海古籍出版社2005年版。
④ 陈敬介：《李白诗研究》，博士学位论文，（台湾）东吴大学，2006年。
⑤ 陈军：《郭祥正对李白的审美接受》，《安庆师范学院学报》（社会科学版）2007年第3期。

艺术风格三个方面探讨郭祥正对李白的接受。刘传文、王友胜的《又如李白才清新,无数篇章思不群——李白与郭祥正诗歌风格比较探微》①分别从"豪迈奔放"和"清新自然"两个方面比较李郭二人诗歌风格。赵婷婷《诗歌对话的可能性——试论宋代诗人郭祥正对李白的接受》②一文从文艺学维度讨论郭祥正诗歌创作在不同时期对李白的接受情况,研究多层次诗歌对话的可能性。陈冬根的研究视野更为广阔,不仅分析了郭祥正对李白的学习,并且还注意到他对杜甫、韩愈、白居易和杜牧的学习和继承,以及由此而形成的创作思想。这一研究工作给后人全面了解郭祥正的诗歌创作打下基础。

林宜陵对郭祥正诗歌内容及艺术技巧进行了较为全面的探讨。作者将郭祥正现存的1400多首诗分为八个方面内容,即个人感怀、咏物寄怀、应酬交游、描写风景、反映民生、闲适、哀挽、佛道,认为其诗歌具有铺陈壮阔、以史入诗、充斥神话与地方色彩的特色,锻字炼句、连句谋篇都很有特色。卢云姝同样对郭祥正诗歌内容进行了分类研究。③谭滔硕士学位论文针对郭祥正诗歌中的酒意象进行细部研究,并且分析了郭祥正诗歌在艺术技巧上存在的一些失误。④张志勇的《卷帘夜阁挂北斗,大鲸驾浪吹长空——谈郭祥正诗歌中的自然意象》⑤和李金善的《胸中策画烂星斗,笔写纸上虬龙奔——谈郭祥正诗歌中的人文意象》⑥分别对郭诗中常见的自然意象(风、月、雪、松、草、竹、梅、鲸等)和人文意象(笔、墨、纸、砚、酒、棋、琴、茶等)进行分析研究,指出郭祥正诗歌中的自然意象重在"遗貌取

---

① 中国李白研究会、马鞍山李白研究所编:《中国李白研究》(2008年集),黄山书社2008年版。
② 赵婷婷:《诗歌对话的可能性——试论宋代诗人郭祥正对李白的接受》,《文艺理论研究》2012年第4期。
③ 卢云姝:《郭祥正诗歌研究》,硕士学位论文,浙江工业大学,2009年。
④ 谭滔:《北宋诗人郭祥正研究》,硕士学位论文,广西大学,2011年。
⑤ 张志勇:《卷帘夜阁挂北斗,大鲸驾浪吹长空——谈郭祥正诗歌中的自然意象》,《内蒙古民族大学学报》(社会科学版)2009年第4期。
⑥ 李金善、张志勇:《胸中策画烂星斗,笔写纸上虬龙奔——谈郭祥正诗歌中的人文意象》,《名作欣赏》2009年第29期。

神",重在其象征意义;而人文意象则是"以象写意"的,其功能在于隐喻和抒写诗人个人志趣。

3. 诗歌思想研究

学界对郭祥正诗歌思想的研究关注点集中在郭祥正诗歌中体现出的哲学思想和文艺评论两个方面。

首先是对郭祥正诗歌哲学思想的研究。刘中文提出郭祥正的价值观主要来自老、庄,学取陶渊明,同时否定以屈原为代表的儒家价值观。① 张慧娟指出郭祥正虚心向禅,他的诗歌中体现出禅宗禅意、禅理、禅语。② 卢晓辉提出道教对郭祥正的影响在他生平前后时期是有所差别的,并且道教信仰对郭的吸引力不大,其创作中出现的道教因素纯属一种诗歌创作目的。③ 刘中文则认为"道家哲学与佛禅的双向驱动,使他(郭祥正)不断地畅想归去来、呼唤桃花源"④,陶渊明创造的桃源世界成为郭祥正的精神驻地。

其次是对郭祥正文艺思想的研究。成果主要集中在对郭祥正诗歌理论和艺术理论的研究上。郭祥正不仅是北宋时期一位杰出的诗人,也是一位重要的文艺批评家。张福勋等的《"我亦谈诗子深许"——郭祥正诗论发微》⑤ 是一篇全面探讨郭祥正诗歌理论的文章,作者分析研究了郭祥正诗作中与诗歌创作及文学鉴赏相关的诗句,认为他的诗歌理论涉及诗学、诗法、诗体、诗韵等诸多方面,对宋代诗歌理论体系的建立具有指导性意义。刘中文《〈宋诗话全编·郭祥正诗话〉补遗》⑥ 补充了《郭祥正诗话》中未收集的诗话,分析讨论郭祥正诗话中所阐释的诗歌理论及文艺思想。张福勋对郭祥正画论进行研究,分别从画与世、画与物、画与境、画与心、画与意、画与品、画与诗、画与

---

① 刘中文:《论郭祥正的价值观》,《苏州大学学报》(哲学社会科学版)2007年第4期。
② 张慧娟:《郭祥正的诗歌创作与禅学》,《山东文学》2010年第7期。
③ 卢晓辉:《郭祥正的诗歌创作与道教》,《滁州学院学报》2009年第3期。
④ 刘中文:《郭祥正的桃源心路历程》,《集宁师范学院学报》2012年第3期。
⑤ 张福勋、王宇:《"我亦谈诗子深许"——郭祥正诗论发微》,《阴山学刊》2003年第2期。
⑥ 刘中文:《〈宋诗话全编·郭祥正诗话〉补遗》,《黑河学院学报》2011年第4期。

法等八个角度讨论郭祥正对书画艺术批评史的重大贡献。①

(三) 其他研究

张志勇《北宋诗人郭祥正研究述评》②比较全面地总结评述了20世纪以来国内学术界郭祥正研究成果，但是对海外研究成果涉及较少，仅提到了日本学者的一篇版本考证论文。朱少山将研究视角放在了清代对郭祥正诗歌的接受上，分析了一些诗歌选本。③

学术界对郭祥正及其创作的研究工作可谓全面开花，处处结果。研究范围广，文献学、文学、文艺学、艺术学、思想史等均有涉猎，其中文献学成就突出，孔凡礼、林宜陵两位先生功不可没；诗歌研究成果较多，特别是分类研究，潇潇、卢晓辉、谭滔、赵济凯等人的硕士学位论文颇具新意；文学批评研究初露曙光，张福勋、刘中文两位的文章开拓了郭祥正诗歌研究新领域；思想史的研究也逐步展开，这些研究成果为后来的研究工作打下基础。

(四) 研究缺憾

目前学术界对郭祥正已有的研究工作尚存在一些缺憾，比如在文学领域的研究不够深入，特别是对作品解读过于简单，对诗人个人经历与其诗歌思想内容之间的关系分析较少，无法全面清晰地反映出诗人在不同人生阶段文学创作的特色。再有，受梅尧臣等人对郭祥正"李白后身"评价的影响，学界在诗人性格、诗作思想内容、艺术技巧的探讨上，仅仅注意到郭祥正诗歌与李白诗歌相似的一面，忽略了郭祥正向其他前代作家、文学作品的学习和模仿，得出一些片面结论，如认为郭祥正对以屈原为代表的儒家价值观是持批判态度的，而实际上郭祥正对儒家思想的态度大多是肯定的，只有在特定情况下才会有所批判，这与他的人生经历密切相关。这些必然会影响到对作品的理解阐释，必然会影响到对郭祥正诗歌创作的全面认知。笔者认为，今

---

① 张福勋：《心声与心画，开卷见天真——郭祥正的书画论》，《南阳师范学院学报》(社会科学版) 2003年第4期。

② 张志勇：《北宋诗人郭祥正研究述评》，《安庆师范学院学报》(社会科学版) 2009年第8期。

③ 朱少山：《从历代诗歌选本看郭祥正诗歌的接受》，《合肥师范学院学报》2018年第1期。

后的研究工作应该更为全面深入,将重心放在诗人作品的文本分析解读上,同时还要联系北宋社会文化历史背景、诗人生平仕宦经历,尽可能全方位来重新审视、评价这位诗人,避免以偏概全;对前人一些结论,在结合作品基础上,重新分析研究,不能人云亦云。

二 研究视角及研究方法

本书在现有资料及前人研究成果基础上,将诗人及其作品重置于当时社会、历史、文化、思想大环境范围内,从以下几个方面进行考察。

第一,多种研究方法结合使用。以传统文学鉴赏批评为基础,结合时代、社会背景、作家生平等相关内容,从字义、情感、语调、用意等层面对诗歌文本进行全面解读。在文本详解、新解的基础上,重点考察作品和时代、社会、作者之间的关系问题。将作品置于当时社会文化背景下重新解读阐释,尽可能还诗歌以本来面貌。

第二,对诗人生平仕宦中存在的一些问题进行考察。以正史为主,辅以笔记、诗话、杂记等,从中择取同时代人对其人、其作的评价,结合作品本文,对一些问题进行重新考量,如为何对郭祥正有"小人"的评价?郭祥正一生几次入京?这些问题有的是前人尚未涉及的领域,有的是对前人研究模糊不清之处的一些补充和考辨。

第三,重新解读诗歌文本。过去的研究工作对文本本身重视不够,往往是泛泛而谈,只注重某一方面的问题。本书将采用多种研究方法对文本进行内容、思想、艺术、文化等全方位阐释,力图在诗歌文本阐释上有所突破,以期对过去研究成果做一些补充。

对于前人已经取得显著成果的问题,本书仅略作说明或者不作讨论,如孔凡礼、林宜陵对郭祥正生平、仕宦、交游的考察已经非常详细,故不在本书研究范围之内,笔者仅就其生平仕宦中一些比较模糊的问题进行分析。诸家所关注之郭氏文集版本问题,因前人考证清晰,故本书不再论述。

第一章　推测还原：郭祥正生平二三事管窥及作品勘误

郭祥正（1035—1113），北宋熙宁、元祐年间诗人，字功父、功甫，号醉吟居士、谢公山人、漳南浪士、净空居士。太平州当涂人。① 祖某，不仕；祖父某，赠殿中丞。母刘氏，仙源县太君。父郭维，任泰州、真州判官，知南丰县、雅州，为人刚直不阿。妻张氏，南阳县君。兄先正、聪正，皆入仕；姊妹六人。② 祥正少有诗名，弱冠前便为人所称道，17岁时，袁陟荐之与梅尧臣③，梅见而赠之以"李白后身"之美誉，此后受到郑獬、刘挚、章衡、王安石等人的赏识，李鹰欲以之为诗坛盟主。④ 皇祐五年（1053）应礼部试中进士，除秘阁校理、星子主簿，祥正自此步入仕途。他曾任德化尉，后知武冈、权邵

---

① 参见嘉靖《临汀府志》卷12，明嘉靖刻本。《宋史》卷444本传。
② 参见王安石《尚书度支员外郎郭公墓志铭》，《临川先生文集》卷95，中华书局1959年版，第982页："公讳维，字仲逸，少好学，有大志。年二十五，起为泰州司理，调泰、真二州判官，以能闻。监真州之酒税，丁母忧，服除，改著作佐郎，知南丰县。……改新都县，又以治称。既去，民思之，相与绘公像祠焉。使者荐其材，就知雅州。……公刚毅能断……祖某，不仕。父某，赠殿中丞。母刘氏，仙源县太君。妻张氏，南阳县君。子男三人，先正，乌江县尉，聪正，举进士，祥正，星子主簿。女六人。"又参见康熙《当涂县志》卷15、卷20，清康熙四十六年（1709）增修本："郭维，字仲逸……三子：先正，乌江尉；聪正，举进士；祥正，自有传。""郭祥正，字功甫，维子也，母张氏梦太白而生。"
③ （宋）潘淳《潘子真诗话·潘清逸论郭功父诗》："袁世弼，南昌人，宦游当涂，时功甫尚未冠也，世弼爱其才，荐于梅圣俞，自尔有声。"载郭绍虞辑《宋诗话辑佚》，中华书局1980版，第305页。
④ 详见本书第二章。

州防御判官,参与章惇经制梅山峒事宜,立功却不被封赏;任太子中舍、桐城令、签书保信军节度判官,治狱历阳,通判汀州,摄漳州,后转丞议郎,知端州。为官时期,祥正颇有乃父之风,甚得民心,善用诗书礼乐教化民众,有善政。① 他一生五次出仕,五次归隐,晚年隐居家乡当涂,卒后,乡人祠之于青山之李白祠。②

第一节 郭祥正其人

郭祥正生平经孔凡礼的考证已经比较明晰,但是还有一些问题尚待解决,因其生前诗名显著,生平际遇颇具传奇色彩,而诗人本身个性傲岸耿介,更使得其生平事迹与稗官野史、民间传说拧揉混杂,矛盾之处重出互现,令人颇感千头万绪。然知人论世必不可免,以下即对郭祥正家世及生平概况作一论述,再针对其传说加以探析还原,力求对郭祥正其人有客观全面的了解,有助于对其诗歌的欣赏与理解。

一 出身问题

传说:母梦李白而生。

此说见于《宋史·文苑》卷 444 本传。与之类似的、以郭祥正为"李白后身"的记载还见于宋王称(偁)《东都事略》卷 115,宋祝穆《方舆胜览》卷 15 "太平州"条(当涂、芜湖),宋王象之《舆地纪胜》卷 18 "太平州·人物"条,宋陈思编、元陈世隆补《两宋名贤小集》卷 80,《续通志》卷 562,(明)李贤等著《明一统志》卷 15 "太平府"条,明彭大翼《山堂肆考》卷 143 "李白后身",《临

---

① (明)李贤等《明一统志》卷 77《延平府》:"郭祥正通判汀州,有善政。"卷 81《肇庆府》载:"郭祥正知端州,……士民乐其诗书之化。"文渊阁四库全书本。嘉庆《大清一统志》卷 333《汀州府》:"郭祥正,当涂人,元丰间通判汀州,有善政。"卷 346《肇庆府》:"郭祥正,当涂人,熙宁中知端州,留心政术,以靖蛮方,民乐其化。"文渊阁四库全书本。
② 孔凡礼:《郭祥正事迹编年》,载(宋)郭祥正《郭祥正集》附录一,孔凡礼点校,第 670 页。

汀志·郭祥正传》(《永乐大典》卷7892),乾隆《太平府志》卷26"文学"条,《江南通志》卷167"人物志·文苑三",清曹庭栋《宋百家诗存》卷9等。

此说无稽。之所以出现这种提法,大约出于三个方面原因:一是郭祥正少年聪慧,天赋才情,早年即受到当时名家诗人赞赏提携,特别是梅尧臣对其"李白后身"的赞誉影响深远;二是郭祥正一生致力于模仿李白其人、其作,诗歌风格与李白相似;三是郭祥正在当时诗坛上一段时间里享有盛名,影响较大,故而被视为李白之转世。

事实是郭祥正才华出众,恃才自傲。根据王安石为郭祥正父亲郭维所作墓志铭可知,郭祥正出身于官宦诗礼之家,可以推测,受家庭环境影响,其人一生好学,饱读诗书。杨万里称赞他:"俗吏之冗不得观书,功父所厌此,殆子同病也。"① 青少年时期为袁陟所赏,推荐与梅尧臣。青年时期的郭祥正,才华横溢,博闻强识,与诗坛老将梅尧臣结为忘年之交:

> 郭功父少时喜诵文忠公诗。一日过圣俞,圣俞曰:"近得永叔书云:作《庐山高》诗送刘同年,自以为得意。恨未见此诗。"功父诵之。圣俞击节叹赏曰:"使吾更学作诗三十年,亦不能道其中一句。"功父再诵,不觉心醉,遂置酒,又再诵,酒数行,凡诵十数遍,不交一言而罢。明日,圣俞赠功父诗曰:"一诵庐山高,万景不可藏。设如古画诗,极意未能忘。"②

随着时间推移,郭祥正在诗歌创作上日趋成熟,其作品也越来越为更多人所接受,类似的传说也更加神奇:

---

① (宋)杨万里:《跋郭功父帖》,《诚斋集》卷99,四部丛刊本。
② (宋)王直方:《王直方诗话·郭功父诵庐山高诗》,载郭绍虞辑《宋诗话辑佚》,第32页。

郭功甫尝与王荆公登金陵凤凰台，追次李太白韵，援笔立成，一座尽倾。①

陈轩《金陵集》载：富临、狄咸、郭祥正同游紫极宫竹轩，观王相国旧题苏子瞻书子由诗，祥正和之，有"老鹤唳风"之句，写之壁间，未竟，有白鹤数十，翔舞北极坛上，徘徊而去。②

无论是李白之转世，还是题诗引来白鹤，传说虽然荒诞不经，但是从另一个角度来看，这无疑是当时诗坛名宿对郭祥正在诗歌领域中展现出的卓绝才华的肯定。

出于对个人诗歌才能的极度自信，郭祥正除了以"李白后身"自居之外，"赠蒙以太白，自谓无复疑"③，他还将自己与杜甫对比，以至于遭到李之仪的嘲笑：

郭功父晚年，不废作诗。一日，梦中作《游采石》二诗，明日书以示人，曰："余决非久于世者。"人问其故，功父曰："余近诗有'欲寻铁索排桥处，只有杨花惨客愁'之句，岂特非余平日所能到，虽前人亦未尝有也。忽得之不祥。"不逾月，果死。李端叔闻而笑曰："不知杜少陵如何活得许多时？"④

郭祥正还有宋代文人好炫耀才学的通病：

山谷守当涂日，郭功父尝寓焉。一日，过山谷论文，山谷传少游千秋岁词，叹其句意之善，欲和之而海字难押。功父连举数海字，若孔北海之类，山谷颇厌，而未有以却之者。次日，又过

---

① （宋）赵与虤：《娱书堂诗话》卷上，载丁福保辑《历代诗话续编》，中华书局1983年版，第489页。
② （宋）周应合撰：《景定建康志·祠祀志二》卷45，文渊阁四库全书本。
③ （宋）郭祥正：《哭梅直讲圣俞》，《郭祥正集》卷30，孔凡礼点校，第504页。
④ （宋）周紫芝：《竹坡诗话》，载（清）何文焕辑《历代诗话》，中华书局1981年版，第348页。

山谷问焉，山谷答曰："昨晚偶得一海字韵。"功父问其所以，山谷云："羞杀人也爷娘海。"自是功父不复论文于山谷矣。盖山谷用俚语以却之也。①

恃才自傲，连好友黄庭坚都无法忍受了。

二　性格特点

传说：小人无行，褊躁狭隘。

此说主要见于《宋史》本传，郭祥正生平经历在《宋史》本传中是这样记载的：

> 郭祥正字功父，太平州当涂人，母梦李白而生。少有诗声，梅尧臣方擅名一时，见而叹曰："天才如此，真太白后身也！"举进士，熙宁中，知武冈县，签书保信军节度判官。时王安石用事，祥正奏乞天下大计专听安石处画，有异议者，虽大臣亦当屏黜。神宗览而异之，一日问安石曰："卿识郭祥正乎？其才似可用。"出其章以示安石，安石耻为小臣所荐，因极口陈其无行。时祥正从章惇察访辟，闻之，遂以殿中丞致仕。后复出，通判汀州，知端州，又弃去，隐于县青山，卒。②

据孔凡礼考证，《四库全书总目提要》的说法来自《宋史·郭祥正传》，而《宋史》的依据是王称（偁）的《东都事略》：

> 郭祥正字功父，当涂人也。其母梦李太白而生。祥正少有诗名，梅尧臣曰："天才如此，真太白后身也。"王安石亦叹美其诗。熙宁中，知武冈县，佥书保信军节度判官。时王安石用事，

---

① （宋）吴曾：《能改斋漫录》卷16，上海古籍出版社1979年版，第471页，"世推重少游醉卧古藤之句"条。

② （元）脱脱等：《宋史》卷444，中华书局1977年版，第13123页。

祥正奏乞天下大计专听王安石处画，有异议者，虽大臣亦当屏黜。神宗问安石曰："卿识郭祥正乎？其才似可用。"出其章以示安石。安石耻为小臣所荐，乃言："祥正无行，不可用。"祥正遂致仕。居于姑孰，不复干进。所居有"醉吟庵"。久之，起为通判汀州，后知端州，复弃去。遂家于当涂之青山，以卒。①

《东都事略》的源头又是魏泰的笔记。魏泰之说如下：

王荆公当国，郭祥正知邵州武岗县，实封附递奏书，乞以天下之计专听王安石处画，凡议论有异于安石者，虽大吏，亦当屏黜。表辞亦甚辨畅，上览而异之。一日，问荆公曰："卿识郭祥正否？其才似可用。"荆公曰："臣顷在江东，尝识之，其为人才近纵横，言近捭阖而薄于行，不知何人引荐，而圣聪闻知也。"上出其章，以示荆公。公耻为小人所荐，因极口陈其不可用而止。是时，祥正方从章惇辟，以军功迁殿中丞，及闻荆公上前之语，遂以本官致仕。②

《四库全书总目提要》的作者主要参考了《宋史》本传之说来评价其人：

惟史称祥正以上书诋颂安石，反为安石所挤……小人褊躁，忽合忽离，往往如是。……其人至不足道。③

将郭祥正视作无行小人、褊狭之徒仅仅是魏泰一家之言，未见于其他记载，此说虽广为流传，但南宋时已经有人提出疑问：

---

① （宋）王称（偁）：《东都事略》卷115，清乾隆六十年（1795）常熟席氏扫叶山房刻本。
② （宋）魏泰：《东轩笔录》卷6，田松青校点，上海古籍出版社2012年版，第35页。
③ （清）永瑢等：《四库全书总目提要》卷154，"青山集三十卷、续集七卷"条，河北人民出版社2000年版，第3994页。

权邵州防御判官郭祥正为太子中舍,与江东路家便差遣。章惇言祥正均给梅山田及根括增税有劳也。(魏泰云:王荆公当国,有郭祥正知邵州武冈县,实封附递奏书,乞天下之计专听王安石处画,凡议论有异于安石者,虽大吏亦当屏黜。表辞亦甚辨畅,上览而异之。一日,问荆公曰:"卿识一郭祥正否?其才似可用。"荆公曰:"臣顷在江东尝识之,其为人纵横捭阖而薄行,不知何人引荐而圣聪闻知也?"上出其章以示荆公,荆公耻为小人所荐,因极口陈其不可,遂止。是时祥正方从章惇辟,以军功迁殿中丞,及闻荆公上前之语,遂以本官致仕去。此事当考。安石尝言郭逢原轻俊可使,何独于祥正乃尔?恐未必尔也。)①

笔者认为此说不可尽信,理由如下:

第一,魏泰笔记中提到王安石以郭祥正为"小人",并以被他推荐为耻辱。实际上王安石与郭维、郭祥正父子私交甚笃,王安石为郭维作《尚书度支员外郎郭公墓志铭》,对其为人品格评价甚高,可知二人关系密切;他还在文中还提到"公子且与某游有好也,铭不敢让",明确说明自己与祥正兄弟也颇有往来,因此才接受了郭氏兄弟为其父郭维作墓志铭的请求。更重要的是王安石与郭祥正往来频繁,志趣相投,二人曾同登金陵凤凰台,并且经常以诗歌酬唱赠答,《郭祥正集》中有《寄王丞相荆公》《次韵和上荆公》,王安石也作过《和郭功甫》②进行唱和,并对其创作的《金山行》《示耿天骘》等诗歌大为赞赏:

> 功甫曾《题人山居》一联云:"谢家庄上无多景,只有黄鹂三两声。"荆公命工绘为图,自题其上云:"此是功甫《题山居诗》处。"即遣人以金酒钟并图遗之。③

---

① (宋)李焘:《续资治通鉴长编》卷244,"神宗熙宁六年夏四月壬辰"条,中华书局2004年版,第5939页。
② (宋)王安石:《临川先生文集》卷27,第313页。
③ (宋)胡仔:《苕溪渔隐丛话》(前集)卷37,廖德明校点,人民文学出版社1962年版,第251页。

熙宁九年（1076）王安石第二次罢相，退居江宁府之后，郭祥正仍然和他来往密切：

> 郭功父方与荆公坐，有一人展刺云："诗人龙太初。"［功父勃然曰："相公前敢称诗人，其不识去就如此。"荆公曰："且请来相见。"既坐。功父曰："贤道能作诗，能为我赋乎？"（太初曰："甚好。"功父曰："只从相公请个诗题。"）］时方有一老兵，以沙擦铜器，荆公曰："可作沙诗。"太初不顷刻间，诵曰："茫茫黄出塞，漠漠白铺汀。鸟过风平篆，潮回日射星。"功父阁笔，太初缘此名闻东南。余后于乔希圣家，见太初诗一轴，皆不及前所作。①

考魏泰所记，郭祥正"谀颂"王安石之事发生在他跟从章惇经制梅山事时，此为熙宁五年（1072）事。若此事属实，郭、王二人在熙宁九年（1076）以后的交往酬唱恐怕就不会发生了。但实际上，王安石死后，郭祥正非常伤感，亲临坟前祭奠，写下《奠谒王荆公坟三首》和《王丞相荆公挽词二首》，对王安石一生在政治、文学上的功绩予以充分肯定，为自己失去一位知音悲痛万分：

> 再拜孤坟奠浊醪，春风斜日漫蓬蒿。扶持自出轲雄上，光焰宁论万丈高。
> 大手将元鼎调，龙沉鹤去事寥寥。寺楼早晚传钟响，坟草春回雪半消。
> 平昔偏蒙爱小诗，如今吟就复谁知。箧中不忍开遗卷，矫矫龙蛇彼一时。②
> 间世君臣会，中天日月圆。裕陵龙始蛰，钟阜鹤随仙。畜德何人绍，成书阖国传。回头尽陈迹，麟石卧孤烟。

---

① （宋）王直方：《王直方诗话·沙诗》，载郭绍虞辑《宋诗话辑佚》，第20页。
② （宋）郭祥正：《奠谒王荆公坟三首》，《郭祥正集》卷28，孔凡礼点校，第467页。

> 公在神明聚,公亡泰华倾。文章千古重,富贵一毫轻。若圣丘非敢,犹龙耳强名。悲风白门路,啼血送铭旌。①

考郭祥正现存悼亡类诗歌的对象,只有王安石一人,郭祥正为其写了五首悼亡诗,甚至超过了对他有知遇之恩的梅尧臣,由此可见郭祥正与王安石关系亲密,绝非魏泰所言之龃龉。

第二,从魏泰其人及其所著录之《东轩笔录》来看。魏泰此人个性偏执,常以个人好恶来品评世人,且言语尖刻,在当时已经被多人所厌恶,"田衍、魏泰居襄阳,郡人畏其吻,谣曰:'襄阳二害,田衍、魏泰'"②。他还伪托他人名号著书,给他人带来恶劣影响,宋代便已经有人提出批评:

> 魏泰道辅,自号临汉隐居,著《东轩杂录》《续录》《订误》《诗话》等书。又有一书,讥评巨公伟人缺失,目曰《碧云騢》,取庄献明肃太后垂帘时,西域贡名马,颈有旋毛,文如碧云,以是不得入御闲之意。嫁其名曰都官员外郎梅尧臣撰,实非圣俞所著,乃泰作也。③

> 世传《碧云騢》一卷,为梅圣俞作,皆诋庆历以来公卿隐过,虽范文正亦不免。议者遂谓圣俞游诸公间,官竟不达,怼而为此以报之。君子成人之美,正使万有一不至,犹当为贤者讳,况未必有实。圣俞贤者,岂至是哉?后闻之,乃襄阳魏泰所为,嫁之圣俞也。此岂特累诸公,又将以诬圣俞。④

对贤者名士有不同看法,这本无可厚非,但是假托他人名号、向名人借势以宣泄个人私愤的行为却令人不齿,特别是屡屡揭人"隐

---

① (宋)郭祥正:《王丞相荆公挽词二首》,《郭祥正集》卷30,孔凡礼点校,第504页。
② (宋)张邦基:《墨庄漫录》卷1"襄阳谣"条,孔凡礼点校,中华书局2002年版,第43页。
③ (宋)张邦基:《墨庄漫录》卷2,"碧云騢乃魏道辅著"条,第64页。
④ (宋)叶梦得:《避暑录话》卷上,文渊阁四库全书本。

过",恐非正直之士所为。魏泰所作《东轩笔录》一书,虽然保存了很多重要的文献史料,但也有是非颠倒、语言尖酸之缺陷,后人对此颇有微词:

> 《东轩笔录》十五卷,宋魏泰撰。泰字道辅,襄阳人,曾布之妇弟也。《桐江诗话》载其试院中因上请忿争,殴主文几死,坐是不得取应。潘子真《诗话》称其博极群书,尤能谈朝野可喜事。王铚跋范仲尹墓志,称其场屋不得志,喜伪作他人著书,如《志怪集》、《括异志》、《倦游录》,尽假名武人张师正。又不能自抑,作《东轩笔录》,用私喜怒诬蔑前人。最后作《碧云騢》,假作梅尧臣,毁及范仲淹。晁武《读书志》称其元祐中记少时所闻成此书,是非多不可信。心喜章惇,数称其长,则大概已可见。又摘王曾登甲科,刘羲为翰林学士相戏事,岁月差舛,相去几二十年,则泰是书宋人无不诋諆之,而流传至今,则以其书自报复恩怨以外,所记杂事亦多可采录也。①

纪昀等人不仅指责魏泰其人"倾险无行",更批评其所著《东轩笔录》与事实不符,不能以之为"公论":

> 考魏泰为曾布妇弟,倾险无行,所作《东轩笔录》与《碧云騢》,皆党邪丑正,颠倒是非,可据以为公论乎?《短书》尤议论多而考证少,亦间记时事,大致失之佻巧。②

因此,魏泰《东轩笔录》中所记王安石、郭祥正二人之事件其真实性、可靠性有待商榷,不能据此以为郭祥正其人无行且性格褊狭。那么郭祥正究竟是怎样一个人呢?

实际上,郭祥正为人幽默风趣,个性有些耿介孤傲,但并非传说

---

① (清)永瑢等:《四库全书总目提要》卷141,第3592页。
② (清)永瑢等:《四库全书总目提要》卷125,第3218页。

中的狭隘之徒。他的性格里有善谑的一面,既能发出"予腹既便便,从君莞而哂"①的自嘲,也有豁达开朗的一面,对贺铸、苏轼等友人善意的嘲谑毫不介意:

> 贺方回尝作《青玉案》词,有"梅子黄时雨"之句,人皆服其工,士大夫谓之贺梅子。郭功父有《示耿天骘》一诗,王荆公尝为之书其尾云:"庙前古木藏驯狐,豪气英风亦何有?"方回晚倅姑孰,与功父游甚欢。方回寡发,功父指其髻谓曰:"此真贺梅子"也。方回乃捋其须曰:"君可谓郭驯狐。"功父髯而胡,故有是语。②

贺铸与郭祥正二人都为对方名句所折服,惺惺相惜,相互戏谑,幽默风趣。

> 郭祥正(字功父)自梅圣俞赠诗有"采石月下闻谪仙",以为李白后身,缘此有名。又有《金山行》云:"鸟飞不尽暮天碧,渔歌忽断芦花风",大为王荆公所赏。秦少章尝云:郭功父过杭州,出诗一轴示东坡,先自吟诵,声振左右;既罢,谓坡曰:"祥正此诗几分?"坡曰:"十分诗也。"祥正惊喜问之。坡曰:"七分来是读,三分来是诗,岂不是十分也。"东坡又云:"郭祥正之徒但知有韵底是诗。"③

郭祥正以"李白后身"自诩,自然是对自己诗才无比自信,然而却被苏轼嘲谑不懂诗,这打击无疑是很沉重的,但是郭祥正对此不以为意,与苏轼仍然相交甚笃,可见其宽容大度的一面。他极为叹服苏

---

① (宋)郭祥正:《同阮时中秀才食笋二首》其二,《郭祥正集》卷3,孔凡礼点校,第52页。
② (宋)周紫芝:《竹坡诗话》,载(清)何文焕辑《历代诗话》,第341页。
③ (宋)王直方:《王直方诗话·郭功父诗》,载郭绍虞辑《宋诗话辑佚》,第11页。

轼才力，对其诗、画技艺赞赏不已，还写下《观苏子瞻画雪雀有感寄惠州》，对苏轼被贬之遭遇深表同情。听闻苏轼遇赦北归，他创作《闻苏子瞻北归次前韵以寄》《闻苏子瞻移合浦寄诗》，关注老友的行程，一方面为老友脱去罗网、再次展翅感到高兴；一方面殷殷嘱咐老友"莫向沙边弄明月，夜深无数采珠人"①，不可锋芒太露，给自己招来祸患。

郭祥正又是一个耿介孤傲的人，他坚持操守，志存高远，不愿为官事所累，"与其折腰以群辱，孰若洁身而自娱"，"投冠缨于下土，化鳞鬣于北溟也"②。他向往隐逸生活，蔑视功名富贵，受到梅尧臣的赞誉，"裂裳不为愧，饵芝不为难，坐对寒雨中，松上孤鹤还"③"独哦青山间，悼古或悲怆，弃官不屈人，颇学陶元亮"④；他不畏世俗流言，特立独行，"门掩白云聊昼卧，世间言说付儿曹"⑤"一杯得伴仙翁醉，谗喙虽长奈我何"⑥。性格上的耿介与孤傲并不妨碍他对友人、世人应有的情感，他的诗集中有不少和朋友相互酬唱赠答的诗歌，可见其人交游广泛、人缘甚好，"交游多天下士，李公麟绘其像，陈瓘为之赞"⑦。

诗酒自娱的生活之外，诗人还有许多兴趣爱好，他喜好收集奇石，不惜千金求一石，"屏石屏石何崒岩，云初得自江之南。沙埋土蚀几千载，无人辨别嗟沉淹。净空居士物鉴精，获之不贵黄金兼。""唐朝牛公嗜怪石，取之不已其亦贪。争如夫君一胜百，得此自足无伤廉"⑧。他在书法艺术上造诣颇深，"醉吟老人固善书，而未尝以书自

---

① （宋）郭祥正：《闻苏子瞻移合浦寄诗》，《郭祥正集》辑佚卷3，孔凡礼点校，第553页。
② （宋）郭祥正：《杂言寄耿天骘》，《郭祥正集》卷1，孔凡礼点校，第17页。
③ （宋）梅尧臣：《依韵和郭秘校昭亭山偶作》，《梅尧臣集编年校注》卷24，朱东润校注，上海古籍出版社1980年版，第758页。
④ （宋）梅尧臣：《次韵答德化尉郭功甫遂以送之》，《梅尧臣集编年校注》卷28，朱东润校注，上海古籍出版社1980年版，第1032页。
⑤ （宋）郭祥正：《齐公长老卧云轩二首》其二，《郭祥正集》卷27，孔凡礼点校，第440页。
⑥ （宋）郭祥正：《陈老父携茶见访因留小饮二首》其二，《郭祥正集》卷27，孔凡礼点校，第445页。
⑦ 乾隆《太平府志》卷26，清乾隆二十三年（1758）刻本。
⑧ （宋）杨杰：《屏石谣赠郭功父》，《无为集》卷3，文渊阁四库全书本。

名，真善书者也。正、行盖尝见之矣，独小字今始得之。使古人复作，余未知其先后也"①。他擅长书法，却不以书法自傲，兼善诸体，传世《蒙世帖》即为其书写，该帖四行六十五字，字体为行书。②

郭祥正还是一个颇有政绩的地方官，他擅长以诗书教化民众，常常称颂儒家思想；精通水务河防，曾按堤原武，其诗集中关于水旱灾害的诗歌数量不少。

第二节 生平经历补白

郭祥正的生平仕宦经历经孔凡礼、林宜陵、毛建军、曾明等人的考索与补正已经比较清晰，本节仅就以下两个问题提出个人之浅见。

一 声名不再的原因

元祐以后的郭祥正诗歌才华似乎渐渐失去，声名慢慢沉寂下来。考其缘由，孔凡礼先生指出郭祥正过早失去了梅尧臣这样德高望重的诗坛老前辈之提携，本人又有些恃才自傲，漠视同时代以及后辈诗人，因此为人诟病，其诗也越来越不被人重视。③ 莫砺锋先生指出，郭祥正之所以在漫漫历史长河中逐渐失去色彩，其原因不仅是孔凡礼先生指出的"过早失去梅尧臣之提携以及本人有自傲心理"，而是在于以下几个方面：首先，他学习李白不成功，个人创作才能有限，使其无法跻身一流作家之列；其次，其文学创作的思理深度不够，未能与时代紧密结合；最后，他一味以李白为模仿对象，这一行为与当时诗坛主流思想——"以杜甫为典范是元祐诗坛整体性的选择"是不符合的。④ 两位先生分别从主客观两方面进行了分析，可谓真知灼见。笔

---

① （宋）李之仪：《跋醉吟先生书》，《姑溪居士前集》卷42，文渊阁四库全书本。
② 启功、王靖宪：《中国法帖全集·蒙世帖》，湖北美术出版社2002年版，第143页。
③ （宋）郭祥正：《郭祥正集·序》，孔凡礼点校，第2页。
④ 莫砺锋：《郭祥正——元祐诗坛的落伍者》，《中国典籍与文化论丛》（第六辑），第50页。

者以为，除了上述主客观原因之外，还有一点很重要，那就是社会舆论导向和文学思潮在郭祥正诗文传播过程中起到了不可忽视的重要作用。

上文中笔者已经探讨了性格问题，过于耿介甚至孤傲的个性恐怕既是郭祥正无法与他人深度交往的原因，也是他不被时人所理解接受的原因，而数十年的隐居生活更是加深了他与世人的隔膜，再加上后来与李之仪交恶的传闻，使郭祥正被越来越多人误解，其人格受到质疑。魏泰之说从两宋时期开始便影响甚大，王明清《挥麈录》、陈振孙《直斋书录解题》等均在不同程度上受其影响：

> 端叔坐除名，编管太平州。会赦复官，因卜居当涂，奉祠著书，不复出仕。适郭功父祥正亦寓郡下，文人相轻，遂成仇敌。郡娼杨姝者，色艺见称于黄山谷诗词中。端叔丧偶无嗣，老益无惮，因遂畜杨于家，已而生子，遇郊禋受延赏。会蔡元长再相，功父知元长之恶端叔也，乃沐豪民吉生者讼于朝，谓冒以其子受荫，置鞠受诬，又坐削籍。亦略见《徽宗实录》。杨姝者亦被决。功父作俚语以快之云："七十余岁老朝郎，曾向元祐说文章。如今白首归田后，却与杨姝洗杖疮。"其不乐可知也。初，端叔尝为郡人罗朝议作墓志，首云："姑熟之溪，其流有二，一清而一濯。"清者，谓罗公也，盖指濯者为功父。功父益以怨深刺骨焉。久之，其甥林彦振据执政，门人吴可思道用事。于时相予讼其冤，方获昭雪，尽还其官与子。①

从郭、李二人交恶过程来看，孰是孰非没有必要再去追究，公正一点说恐怕责任不应该全在郭祥正一方，文人相轻，自古皆然，二人却互不相让，势成水火。郭祥正年长于李之仪，作为文坛前辈，应该大度容人，提携后辈，可惜他在这一点上做的却不够，远不及梅尧臣、

---

① （宋）王明清：《挥麈录》后录卷之六，田松青校点，上海古籍出版社2012年版，第102页。

欧阳修等人；作为矛盾另一方的李之仪，同样表现得心胸狭窄，为他人作墓志竟然毫不客气，指斥祥正，对其人格进行否定，并没有以后辈的身份礼待前辈。双方都有过失，然而由于李之仪声名显赫，社会舆论的矛头便都指向了郭祥正：

> 朝奉郎当涂郭祥正功父撰。初见赏于梅圣俞，后见知于王介甫，仕不达而卒。李端叔晚寓其乡，祥正与之争名，未尝同堂语，至为俚语以讥诮之，则其为人不足道也。①

社会舆论明显向着不利于郭祥正的一面传播开来，人们逐渐由对其诗文才能的惊叹走向对其人品的质疑，越来越多的评价趋向负面。国人论文，由孟子提出养浩然之气和知人论世之说逐渐引申出"文如其人"的评价标准，宋初文人指出："文不可遽为也，由乎心智而出于口。""心正则正矣，心乱则乱矣。发于内而主于外，其心之谓也；形于外而体于内，其文之谓也。心与文一者也。"② 文章发自内心，是作者内心世界的反映，心正则其文也正，心乱则其文必乱，进一步推论出人正则文正，人乱则文乱。这一标准，在宋代诗文革新运动中随着文学观念的扩大和泛化，扩展到整个文学领域当中。于是宋人评诗，更重人品，作家是否具有高尚的道德修养和清旷的胸襟气度成为诗歌评价的重要参考。郭祥正被烙上了"小人无行""为人不足道"的印记，自然其诗歌也或多或少受到了不公正的评判。儒家思想为主、杂糅道家理念和不成熟的禅宗理想，三者无法恰当融合，这直接导致郭祥正一生思想驳杂而矛盾，而出仕与隐逸的取舍更使其文学创作也处在了一种相对混乱的境地：祥正时而积极仕进，四处求献；时而又鄙弃功名利禄，向往隐逸山居，思想多变，而这恰恰成为其"无行"与"忽离忽合"性格的又一佐证，故此其诗作在北宋当时及后世评价逐

---

① （宋）陈振孙：《直斋书录解题·青山集》卷 20，徐小蛮、顾美华点校，上海古籍出版社 1987 年版，第 595 页。
② （宋）柳开：《上王学士第四书》，《河东先生集》卷 5，四部丛刊本。

渐走低。

二 两入场屋与四入汴京考

郭祥正有诗云："逢逢晓鼓传官街，两入场屋随计偕。未得蓝绶持简槐，吾宁汲汲同井蛙，弃去不顾如敝鞋。"① 可知他先后参加过两次授官考试，但是均未得到自己期望的官职。两次考试究竟是哪两次？在另一首诗里郭祥正自叙三入京城汴梁，"三入长安献不售，困鳞怅望西江波"，诗人虽然"生平学尽经济策，宗工大匠亲琢磨"，但是"功名难成岁华晚"②，故此向发运使张仲举求献，渴望得到对方举荐。"三入长安"表面来看是写李白三入长安却终不得志，实际却是诗人暗喻自身遭遇。这里的"长安"，表面写唐朝都城长安，实际上是指北宋京都汴梁，那么"两入场屋"与"三入长安"之间有什么联系？

考孔凡礼先生所作《郭祥正事迹编年》，其中明确记载了郭祥正三次入京时间分别为：

第一次：皇祐五年（1053），19岁，入京赴礼部试中进士。

第二次：嘉祐三年（1058），24岁，再赴京师，集选曹，得德化尉之职。

第三次：元祐元年（1086），52岁，官京师，与黎錞同班。

而《投别发运张职方仲举》一诗，孔氏系之于1076年，那么至少在1076年之前，郭祥正已经三次入京了，加上52岁京师为官，他一生中应该有至少四次入京的经历，而非孔氏所说之三次。孔氏所说第三次入京当为郭祥正第四次入京，祥正第三次入京时间和原因待考。

郭祥正第一次考试、第一次入京是19岁时赴礼部试，此后被授予星子主簿、德化尉之职。第二次入京是24岁时集选曹，得到德化尉一职，这次他并没有参加授官考试。那么第二次入场屋是什么时间、参

---

① （宋）郭祥正：《留题方伋秀才寿乐亭》，《郭祥正集》卷9，孔凡礼点校，第180页。
② （宋）郭祥正：《投别发运张职方仲举》，《郭祥正集》卷8，孔凡礼点校，第159—160页。

加什么考试，孔书中没有提到。但是考查《郭祥正集》，其中有《书景德寺刑法试官题名后》一诗：

> 刑场讫事欲分携，犹有残花恋故枝。更绕庭阴行数匝，九人重到定难期。①

由此可知他曾经参加过在京城景德寺②举行的一场刑法试官考试，并且顺利通过。这就是他所参加过的第二次考试，也就是第二次"入场屋"。根据孔先生编年事迹所载，1058—1076 年，继第二次入京选官之后，郭祥正最接近京城的一次是在熙宁七年（1074），也就是其 40 岁时："熙宁七年（1074）甲寅四十岁，按堤原武，赋诗。"③"原武"即今天郑州、焦作、新乡交界一带，属今之河南省新乡市，离汴京（开封）不远。"原武县在府城西北一百二十里。""汉置原武县。晋省。东魏置广武县。隋置原陵县。唐复为原武县。宋仍旧，元属汴梁路。国朝因之，改今属。东阳武，西武陟，南郑州，北新乡。"④ 郭祥正极有可能先到汴京，再被委以"按堤"之职，然后来到原武。所谓"按堤"，是一种维护堤坝、管辖河务水利的工作。郭祥正被派遣到郑州地区巡视黄河地方，这份差事在他眼中和以前县尉、主簿没有差别，如同"敝鞋"一般，无法施展自己的雄才抱负。郭祥正第三次入京大约就是在这个时候了，而此次进京的目的就是参加刑法试官的考试。至此可以大致得出结论，郭祥正经四次进京，两次参加国家考试，第三次入京、参加第二次考试的时间约在 1058—1074 年，这个时间需通过宋代"刑法试"来进一步推定。

据《五灯会元》载：

---

① （宋）郭祥正：《书景德寺刑法试官题名后》，《郭祥正集》卷 27，孔凡礼点校，第 438 页。
② （明）李濂《汴京遗迹志》卷 10 载，景德寺位于开封城中，"城东北马尾墙……元末兵毁"。文渊阁四库全书本。
③ 孔凡礼：《郭祥正事迹编年》，载（宋）郭祥正《郭祥正集》附录一，孔凡礼点校，第 603 页。
④ 万历《开封府志》卷 3，明万历十三年（1585）刻本。

> 提刑郭祥正字功甫，号净空居士。志乐泉石，不羡纷华。①

郭祥正任"提刑"一职，从其所作《书景德寺刑法试官题名后》一诗来看，他参加并通过刑法试官考试，由此来看《五灯会元》中的说法似乎并无不妥。但是是否可以据此得出结论，刑法试官题名就意味着郭祥正被授官"提刑"一职或者从事过相关法律工作？弄清这个问题之前，需要解释一下北宋官僚机构设置和刑法试官考试的关系问题。

首先来看何为"提刑"。提点刑狱司是北宋创设的一个路级官僚机构，真宗景德四年（1007）七月正式独立设置，在此之前，都是转运司的附属机构。仁宗、英宗时期几经废置，明道二年（1033）再度设置并参用武臣。直到神宗熙宁元年（1068）正月终成定制，后来废武臣，改用文臣，一直延续到南宋末年。其主要职能在初期为"提点刑狱公事掌察所部之狱讼而平其曲直，所至审问囚徒，详覆案牍，凡禁击淹延而不决，盗窃逋窜而不获，皆劾以闻，及举刺官吏之事"②。在未置提举常平司之时，提点刑狱司还承担监督管理一路财政，兼管河渠公事，劝课农桑，检括漏税等职能。提点刑狱司的长官为"提点某路刑狱公事"，简称"提点刑狱"或"提刑"。③ 从上述材料中不难发现：在熙宁元年（1068）之前，地方提点刑狱司时设时废，并且长官为武臣。考孔氏编年，郭祥正在嘉祐四年（1059）赴京得德化尉之职，嘉祐五年（1060）十月赴任，嘉祐八年（1063）德化尉任满，归家。④ 在1058—1063年郭祥正第二次出仕期间，提点刑狱司尚为非常设机构，且提刑官一般都是武臣，作为文人的郭祥正不可能担任过这个职务。那么为何《五灯会元》中会有"提刑"一说呢？此说与宋代刑法试官考试有关。

---

① （宋）释普济：《五灯会元》卷19，苏渊雷点校，中华书局1994年版，第1249页。
② （元）脱脱等：《宋史·职官七》卷167，第3967页。
③ 张希清：《宋朝典章制度》，吉林文史出版社2001年版，第62页。
④ （宋）郭祥正：《郭祥正集》附录一，孔凡礼点校，第580—584页。

再来看宋代刑法考试，即所谓试刑法，又称为"试法官""试刑法官""试刑名""试断案""试法律"以及"乞试法官""乞试法律"等，李心传指出"试刑法""盖赵忠简为相，以刑名之学其废已久，故白上请优之，今遂为大理评、丞之选"①。赵升对"试刑法"的解释为"中选，即入大理评事，或提刑司检法官。次第可至刑部尚书"②。王云海先生认为"试刑法"是"对现任及任满迁转官员的法律知识考试，从中选拔出合格的法官"③。苗书梅考证"试刑法"的主持机构、考试对象、内容、目的后，认为"试刑法"主要由刑部、大理寺或审刑院等司法机关主持。考试对象是京朝官、幕职州县官中明于格法者。考试内容以律义、刑名、断案为主，经文注疏为次，其目的主要是选拔法官④，它实际是对现任及任满迁转官员的法律知识考试。宋朝刑法试官考试始于宋太宗时期。太宗端拱二年（989）九月二十九日诏："应朝臣、京官如有明于格法者，即许于阁门上表，当议明试。如或试中，即送刑部大理寺祇应三年，明无遗阙，即与转官。"⑤ 这便是宋代试刑法的开始，自此，这种考试便成为选拔中央高级司法官的重要手段。对比提点刑狱司之职能与刑法试目的不难发现，二者都与法律事务密切相关，不同的是提点刑狱司属于地方机构，而刑法试选拔出的官吏通常是被选入中央法律机关从事相关工作的，也就是说在地方担任官职的人，比如提点刑狱司等地方机构官吏，如果精通法律，可以经过刑法试官考试获得向中央晋升的机会。郭祥正积极参加了刑法试，他希望通过这次考试在仕途上有所发展，从地方走入中央，但是从他后来作《留题方伋秀才寿乐亭》一诗来看，这次题名很意外地没有给他带来上升机会。由这次考试不难发现，他对律法是相当精通的，

---

① （宋）李心传：《建炎以来朝野杂记·试刑法》甲集卷13，徐规点校，中华书局2000年版，第268页。
② （宋）赵升：《朝野类要》卷2"刑法试"条载："中选，即入大理评事，或提刑司检法官。次第可至刑部尚书。"（王瑞来点校，中华书局2007年版，第59页）
③ 王云海：《宋代司法制度》，河南大学出版社1992年版，第102页。
④ 苗书梅：《宋代官员选任和管理制度》，河南大学出版社1996年版，第230页。
⑤ （清）徐松：《宋会要辑稿·选举》，上海古籍出版社2014年版，第5520页。

他曾经从事法律相关工作的可能性就比较大了，《五灯会元》"提刑"说大约来自此处。此说存在两种可能性：第一，1068年之后，郭祥正在后来仕宦生涯中确实担任过提点刑狱长官，但是没有被记载下来；第二，《五灯会元》的作者没有弄清宋代法律官员官制，因郭氏诗集中《刑法试官》一诗，误将刑法试官当成了提点刑狱司长官。

虽然参与试刑法人员的范围越来越大，为了不因试刑法而影响日常政事，尤其是保证地方政务的正常进行，宋神宗又规定了一些不宜放宽的条件，如熙宁七年（1074）八月规定知县、县令等基层官员不许赴试，"缘知县、县令所总事繁多，及推行新法不可阙人，自今知县、县令不许赴试"①。元丰三年（1080）五月则规定"自今见任外官不许试刑法"②。这两条诏令透露出一个信息，自1074年之后，地方官参试刑法的范围缩小了，特别是1080年以后，凡外官都不允许参加考试，那么作为地方官的郭祥正在1080年以后赴试的可能性便没有了，并且由于刑法试只允许现任官员参加，因此只有在以下三个时间段里，郭祥正才可能有资格参与考试：

1. 1053—1054（宋皇祐五年—皇祐六年），星子主簿
2. 1060—1063（宋嘉祐五年—嘉祐八年），德化尉
3. 1072—1074（宋熙宁五年—熙宁七年），武冈令、权邵州防御判官

按照宋朝官员考课升迁规定，只有担任地方官员一定时间（至少三年）才有机会升迁，作为升迁考试的刑法试同样如此，因此前两个时间段便可排除，郭祥正只可能是在1072—1074年去参加考试的。据孔氏编年载，"熙宁六年（1073），四月壬辰，祥正为太子中舍，与江东路家便差遣。以遭谤言也。（九月）河北就任。"③"家便差遣"相当于获罪，获罪期间更不可能参与升职考试。结合郭祥正熙宁七年（1074）按堤原武的时间，至此他二入场屋、第三次入汴京的时间可

---

① （宋）李焘：《续资治通鉴长编》卷255"熙宁七年八月癸未"条，第6238页。
② （清）徐松：《宋会要辑稿·选举》，第5526页。
③ （宋）郭祥正：《郭祥正集》附录一，孔凡礼点校，第601—602页。

以考订为熙宁六年九月至熙宁七年四月（1073.9—1074.4），即从赴任河北到神宗下诏之间，郭祥正之所以题名却没有晋升入京，大约与神宗的这道诏令不无关系，作为地方官员武冈令，新法实施不可轻离，他不得升迁也在情理之中。

第三节　郭祥正诗歌辑佚补正

郭祥正的诗歌经过孔凡礼先生整理《郭祥正集》、北京大学编辑《全宋诗·郭祥正卷》以及几位学者对各地方文献中新发现的宋代诗歌的辑佚，现在已经比较全面和完善。前人成果中还有一些重复缺漏和模糊不清之处，对今后研究工作深入开展不利，因此本节就其中一些问题予以补正。

一　孔凡礼《郭祥正集》补遗

孔凡礼《郭祥正集》以清代道光刊本《青山集》为底本，参校1990年书目文献出版社影印的南宋初刻本、清代影宋抄本《青山集》三十卷、文渊阁四库全书本《青山集》以及《舆地纪胜》《诗林广记》《至元嘉禾志》《诗渊》《金石续编》等书中相关文字编辑而成，此书开创之功功不可没，惜白璧微瑕，如郭母死亡时间、王令死亡时间及年龄、王安石到金陵任时间等问题，或考证错误，或语焉不详。就此，前人已经进行了部分考证纠谬，但尚有一些小问题没有说明，笔者就这些小问题进行考证。

（一）缺漏字、错字

孔氏《郭祥正集》一书多处出现缺漏字，笔者据宋本《青山集》补之：

1.《同阮时中秀才食笋二首》其一，卷3，第51页，"毛发寒以瀿。□心本猿鸟"，"心"字前脱一"闲"字。

2.《送梅直讲_{圣俞}》，卷12，第208页，"应为怪极瞿天□"句，"天"

字后脱一"灾"字。

3.《送耿少府（天骘）》，卷12，第211页，"今朝邂逅芜江口"句，"江"字后脱一"涘"字。

4.《送陈屯田知明州》，卷12，第213页，"叠嶂不□明河躔"句，"不"字后脱一"碍"字。

5.《送吴龙图帅真定（仲庶）》，卷12，第215页，"□尾黄雀更珍绝"句，"尾"字前脱一"牦"字。

6.《奉和广帅蒋颖叔留题石室》，卷13，第224页，"将蛰还伸龙口匜"句，"龙"字后脱一"匛"字。

7.《天台行送施山人》，卷15，第252页，"石□玉洞清风来"句，"石"字后脱一"矼"字。

（二）注释模糊

1.《赠提宫谏议沈公（立之）》，卷10，第185页，前四句"神仙之府名鸡笼，千寻翠玉擎寒空。秀色凌风入城郭，半衔晓日金蒙蒙。"即辑佚卷3，第549页的《鸡笼山》一诗，孔氏未注。

2.《苍玉洞》一诗，卷27，第426页，此诗还见于《福建通志》卷78，孔氏未注。

（三）《轮石》等几首诗写作时间考

1.《轮石》，卷5，第99页，此诗当作于郭祥正在韶州期间，可能与《凤凰驿》诗同时或相距不远，即元祐三年（1088）左右，孔氏书中未编年。

> 轮石山，在英德县北一百十里，一名弹子矶。壁立江浒，崖半有窝，广圆数尺。①
>
> 轮石山，在城北一百一十里，高一百丈，周七里，一名弹子矶。壁立江浒，壁半有窝，广圆数尺。②

---

① 嘉庆《重修一统志》卷444，"韶州府"，四部丛刊续编本，商务印书馆1934年版，上海书店1984年影印。
② 道光《广东通志》卷102，"英德县"，续修四库全书本，上海古籍出版社1998年影印本，第333页。

轮石山与凤凰驿同在英州（英德）附近，系诗人游览两地之后有感而作，因此两诗应该与《凤凰驿》诗写作时间接近。

2.《普利寺自周上人高明轩》（卷5，第92页）、《同留二君仪登高明轩》（卷5，第92页）、《同陈安止登高明轩》（卷5，第93页）。

这几首诗写于郭祥正在漳州为官期间，约为元丰五年（1082）—元丰七年（1084）。留定是诗人在漳州期间结交的好友，从"羁客厌卑湿"①句中也可看出诗人身处潮湿多雨之处，由此可大致推断这几首诗是作于漳州期间的。

此书中尚有其他错误，如行年事迹中所引诗歌与前文编次不符，大约编者疏忽所致，这里不一一指出。

二 其他学者补辑成果指瑕

《郭祥正集》之外，学界在辑佚《全宋诗》失收诗歌时，也补辑了不少郭祥正的诗歌，这些辑佚工作有效地补正了《全宋诗·郭祥正卷》《郭祥正集》之缺失，但是这些补辑成果仍有一些问题模糊不清，现予以补充说明：

（一）陈永正《从广东方志及地方文献中新发现的〈全宋诗〉辑佚83首》《明嘉靖本〈广东通志〉中的宋人佚诗》中共辑佚郭祥正诗九首，即《苍玉洞》（元丰四年八月作）《封川宅生堂》《吊康州赵使君旦》《鹄奔亭》《望峡山》《峡山飞来寺》（两首）《昌华院》《韶州烟雨楼》，其中前七首诗均已经收录在《郭祥正集》中。《韶州烟雨楼》一诗与孔集中《英州烟雨楼》一诗完全相同，查地方志，韶州并无烟雨楼，陈误。唯有《昌华院》一诗，《全宋诗》《郭祥正集》均失收。

（二）汤华泉先生在三篇论文中共收录郭祥正佚诗九首，其中《太平府文献中的宋佚诗——〈全宋诗〉补辑》一文收录之《采石渡》诗，汤先生原文并补辑如下：

---

① （宋）郭祥正：《同留二君仪登高明轩》，《郭祥正集》卷5，孔凡礼点校，第92页。

采石渡头风浪恶，九道惊湍注山脚。金牛出没人莫知，翠壁巉屼崄如削。上有藤萝幂雾张羽盖，下有洞窟崩溿震天乐。水神开府定岁年，犀烛朱衣马争跃。我来览古凭阳春，高吟未遇谢将军。骑鲸捉月去不返，空余绿草翰林坟。风期亢爽非今古，冥寞神交两相许。倒提金斗倾浊醪，滴沥招魂寂无语。斜阳衔山暝潮退，两两渔舟迷向背。便欲因之垂钓竿，六鳌一掷天门外。(《太平三书》卷一〇、康熙《太平府志》卷三八。《全宋诗》收录《楚江行》自"冥寞神交两相许"下与此相同，该诗上有八句，此诗上有十三句，文字全然不同。《舆地纪胜》卷一八于太平州景物采石山下收此诗前四句及九至十二句)[①]

汤先生补辑收录不全，且记载有误。除其所补辑三种地志之外，尚有康熙《当涂县志》、文渊阁四库全书本《方舆胜览》、民国钞本《当涂县志》收录有此诗。《太平三书》卷10载此诗前四句："采石渡头风浪恶，九道惊湍注山脚。金牛出没人莫知，翠壁巉屼崄如削。"[②]《舆地纪胜》卷18[③]前四句同。而康熙《太平府志》卷38载《采石渡》诗与以上两书记载略有不同，前四句个别字有差异：如第二句"九道惊湍注山脚"，"湍"字作"涛"；第三句"金牛出没人莫知"，"莫"作"不"。第四句"翠壁巉屼崄如削"，"崄"作"险"。以下第五到二十句全同。[④] 乾隆《太平府志》卷40、康熙《当涂县志》卷30、民国（1912—1949）钞本《当涂县志》记载和康熙《太平府志》同。

此外，文渊阁四库全书本《方舆胜览》卷15也收录此诗，但记载略有不同：

采石渡头风浪恶，九道惊湍注山脚。金牛出没人不知，翠壁

[①] 汤华泉：《太平府文献中的宋佚诗——〈全宋诗〉补辑》，《合肥学院学报》（社会科学版）2006年第3期。
[②] （清）张万选编：《太平三书》，清顺治五年（1648）刻本。
[③] （宋）王象之：《舆地纪胜》，清影宋钞本（清钞本补配）。
[④] 康熙《太平府志》，清康熙十二年（1673）修、光绪二十九年（1903）重刊本。

巉屼岭如削。上有藤萝幂雾张羽盖，下有洞窟崩澌震天乐。水神开府志岁年，犀烛朱衣马争跃。皇朝受禅扫寰区，夜半虹桥自天落。万群黑虎下金陵，巨斧连营剖城郭。霸主张缨来就俘，摧残头角龙变鱼。罗绮半随灰烬灭，珠楼玉殿成荒墟。衣冠文物归中国，谁道长江限南北。日轮赫午闾阖开，烟波自与芦花白。我来览古凭阳春，高吟未遇谢将军。骑鲸捉月去不返，空余绿草翰林坟。风期亢爽非今古，冥汉神交两相许。倒提金斗倾浊醪，滴沥招魂寂无语。斜阳衡山暝潮退，两两渔舟迷向背。我欲因之垂钓竿，六鳌一掷天门外。

第九到二十句不见于他本，第二十六句中"冥寞"作"冥汉"。汤先生《新见宋十二名家诗辑录》① 一文中所辑录《为张吉父寻父归省感赋》诗：

> 父昔离家子方孕，子得其父今壮年。胡弗归兮死敢请，慰我慈母心悬悬。三往三复又十载，孝子执鞭方言还。（吴曾《能改斋漫录》卷11，"张吉父作怡轩以安其父"条）

此诗乃节录《怡轩吟赠番阳张孝子》一诗中第21—26句而成，并非完秩，也并非新发现之郭祥正诗，作者误。②

笔者将汤华泉、韩震军、陈永正等人补辑成果与《郭祥正集》《全宋诗·郭祥正卷》比较整理之后，发现以下几首：《昌华院》《啸台》《全亭》（残句）《姑孰堂》《游酢青山海常》（两首）《法林院》（残句）《山居诗》（残句）《老人十拗诗》《邻壁诗甚恶而终夜甚苦》《题冷翠阁》《缺题》《题留云阁》等共计十首完整的诗歌和三篇残句为新见郭祥正诗歌。

---

① 汤华泉：《新见宋十二名家诗辑录》，《阜阳师范学院学报》（社会科学版）2007年第1期。
② 参见文渊阁四库全书本（宋）郭祥正《青山集》卷14和（宋）郭祥正《郭祥正集》卷14，孔凡礼点校，第245页。

三　郭祥正诗文辑佚一则

文一篇（残）

白云守端禅师塔铭（残篇）：

师之道，超佛越祖；师之言，通今彻古。收则绝纤毫纵，则若猛虎。

"端和尚于皇祐四年寓归宗书堂，郭功甫任星子主簿，时相过从，扣以心法。逮端住承天迁圆通，郭复尉于江州德化，往来尤密。端移舒州白云海会，郭乃自当涂往谒。端问曰：'牛醇乎？'对曰：'醇矣。'端遽厉声叱之，郭不觉拱而立。端曰：'醇乎醇乎。'于是为郭升堂而发挥之曰：'牛来山中，水足草足；牛出山去，东触西触。'又不免送之以偈曰：'上大人，丘乙巳，化三千，可知礼。'未几示寂。郭为铭其塔，略曰：'师之道，超佛越祖；师之言，通今彻古。收则绝纤毫，纵则若猛虎。'可谓知言矣。昔人逢僧话得半日之间，尚见于诗，况学牧牛，卒致乎醇？自载于塔碑，亦不为过。"①

文献资料的缺失为郭祥正研究工作带来困难，笔者在前人研究基础上，进行一些合理的可能性推测，删去重复，得出以下结论：现存郭祥正诗歌主要包括孔凡礼先生点校《郭祥正集》，收录1438首诗；《全宋诗·郭祥正卷》在此书基础上增收《无恩轩》（卷777，第8992页）、《五祖山拈香》（卷777，第9021页）、《云居山拈香》（卷777，第9022页）三首；汤华泉、韩震军、陈永正收集10首，笔者收集诗一则，文一篇（残），共计完整诗歌1452首，残篇三，文九篇，希望能够为下一步研究工作有所助益，疏漏之处在所难免，特求教于方家。

---

① （宋）释晓莹：《罗湖野录》卷4，文渊阁四库全书本。

第四节　五仕五隐与生平分期

郭祥正仕宦生涯中经历了五次出仕和五次归隐，每次出仕或隐退的原因各有不同，魏阙与江湖的二难选择是诗人一生无法解决的问题。下面参考孔凡礼先生所作编年事迹①来分析其仕隐生活及生平分期问题，为下一步文学研究奠定基础。

一　宦海浮沉

首先以表格形式将郭祥正生平仕宦经历进行一个分期。

表1　　　　　　　　　郭祥正生平经历分期一览

次序	出仕					归隐			
	时间	年龄（岁）	官职	时长（年）		时间	年龄（岁）	居地	时长（年）
初次	皇祐五年（1053）—至和元年（1054）	19—20	秘阁校理、星子主簿，弃官归	2		至和元年（1054）—嘉祐三年（1058）	20—24	宣城昭亭	5
二次	嘉祐三年（1058）—嘉祐八年（1063）	24—29	德化尉，溢浦尉，宰环峰，②任满归	6③		嘉祐八年（1063）—熙宁五年（1072）	29—38	当涂	10

---

① （宋）郭祥正：《郭祥正集》附录一，孔凡礼点校，第562—670页。
② 溢浦、环峰不见于孔氏编年，据《昨游寄徐子美学正》一诗，"慈母待禄养，复尉溢浦洲。随辟宰环峰，碌碌三载周"，推证当为第二次出仕期间所任官职。
③ 郭祥正24岁赴京师得德化尉之职后，归家待时赴任，实际在任时间为嘉祐五年（1060）—嘉祐八年（1063），时间约四年。

续表

次序	出仕				归隐			
	时间	年龄（岁）	官职	时长（年）	时间	年龄（岁）	居地	时长（年）
三次	熙宁五年（1072）—熙宁十年（1077）	38—43	知武冈，与章惇经制梅山洞蛮，江东路家便差遣，原武按堤，桐城令，治狱历阳，签书保信军判官，十年（1077）年末以殿中丞致仕	6	熙宁十年（1077）—元丰四年（1081）	43—47	当涂姑孰	5
四次	元丰四年（1081）—元丰七年（1084）	47—50	通判汀州、漳州，坐冤狱，勒停	3	元丰七年（1084）3月—元祐元年（1086）	50—52	当涂	3
五次	元祐元年（1086）—元祐四年（1089）	52—55	承议郎，漳州之冤得直，知端州，元祐四年（1089）2月上书请老	4	元祐四年（1089）—政和三年（1113）	55—79	当涂	25

从上表可以看出，郭祥正一生中经历五次出仕、五次归隐，其仕宦生涯前后约20年，而归隐时间则长达40年，可以说郭祥正是一位隐逸型诗人。他的每一次出仕与归隐过程不尽相同，故此分开论述。

从他反复出仕、归隐的行为来看，同其他宋代儒家士子一样，郭祥正胸怀济世宏愿，以天下为己任，虽然屡经挫折却仍坚持理想，至少在第五次出仕之前，他始终心向魏阙，认为自己的才能没有真正得到发挥，渴望在仕途上有更大作为；第二次出仕期间，他写下《上赵司谏_{悦道}》（1060）以求得对方汲引；第三次出仕时又创作《送湖南运判蔡如晦赴阙》（1072）《湘西四绝堂再送蔡如晦二首_{用韩退之游湘西韵}》（1072）等诗歌急切表达自己"一朝逢知己，拔茅冀连茹。翻思刷羽翰，翩翩厕鸳鹭"①的求献愿望，即使在遭受不公正待遇，"家便差遣"之后，虽心有不满，也没有失落沮丧，而是再次投诗江淮制置副使张颉（仲举）；第四次出仕的诗人虽然经历了人生的大喜大悲，但此次汀、漳为官期间，他仍然兢兢业业，造福当地，颇有政绩，为当地百姓所称颂。然而元丰五年（1082）祥正奉诏进京，半道却被闽使者奏朝廷有罪而下吏，元丰七年（1084）被勒停归家。闽地的冤狱令他对宦海生涯产生了厌倦，因此他虽然接受了朝廷任命，第五次出仕赴端州任，但是却丧失了仕进的动力，主动上书请老，欣然归隐，"昨日恩书许拂衣，今朝著句咏将归。芦花明月无人占，一笑劳生早息机"②。

　　再来看郭祥正的归隐。他的隐逸行动大致可以分为两种类型：一种是主动归隐；一种是被动归隐。从上表来看，一共是三次被动归隐，其中一次是担任官职任期结束而归，另外两次则是蒙冤而被迫归家。主动归隐有两次，一次是第一次出仕后，一年左右便弃官归隐；一次是55岁之后上书请老，致仕归隐。仔细说来，他的这两次主动归隐实际上只有一次是心甘情愿离开官场的，即第五次端州任上主动请老，而第一次归隐完全是因为年轻气盛、个性孤傲，与上司龃龉而负气辞官，并非真正厌倦官场。之所以这样说，是因为他不仅后来又数次出仕，反复申说自己不得不出仕的无奈与矛盾，"惚恍恻怆其不得已兮，被命于九江之浔"。他每次入官场也有理由，出任德化尉是"事将有责兮，死岂予之所畏。盖忠未足以尽报兮，孝未克以自信"③；桐乡、历阳任是"诏书徙幕府，笼鸟无高翔。却治历川狱，幽忧坐空堂"④；自己很想归隐，但是"我今欲往亲在堂"⑤ "慈母待禄养" "寒饿妻儿羞"⑥ "安得良田三百亩，可以饱我妻与儿"⑦，总之有许多身不由己，

---

① （宋）郭祥正：《送湖南运判蔡如晦赴阙》，《郭祥正集》辑佚卷2，孔凡礼点校，第537页。
② （宋）郭祥正：《蒙诏许归二首》其二，《郭祥正集》卷28，孔凡礼点校，第456页。
③ （宋）郭祥正：《泛江》，《郭祥正集》卷1，孔凡礼点校，第5—6页。
④ （宋）郭祥正：《春日怀桐乡旧游》，《郭祥正集》卷4，孔凡礼点校，第74页。
⑤ （宋）郭祥正：《武夷行寄刘侍郎》，《郭祥正集》卷2，孔凡礼点校，第35页。
⑥ （宋）郭祥正：《昨游寄徐子美学正》，《郭祥正集》卷4，孔凡礼点校，第82页。
⑦ （宋）郭祥正：《山中乐》，《郭祥正集》卷2，孔凡礼点校，第22页。

因此才屡次应诏出仕。他对仕途一直是比较热衷的,即便在数次表达归家愿望的桐城令上任满、以殿中丞致仕归姑孰之后,他还依然上书投献,称自己"涸鳞怅望一杯水"①,急切盼望被举荐,由此可知郭祥正真正自觉的归隐行动只有最后一次,即55岁之后的归隐。

厘清郭祥正出仕与隐逸的过程有助于对诗人一生思想性格、心理状态的发展变化进行深入了解,发掘、发现其对文学创作产生的各种影响,有助于下一步研究工作的深入展开。

二 生平分期

表面来看,郭祥正一生五次仕隐,经历复杂,但是实际上这数次波折存在某些共性的东西。55岁之前,在郭祥正内心深处,魏阙始终排在江湖之前,归隐乃不得已而为之;55岁之后,江湖战胜魏阙,归隐成为终极目标。为了便于研究郭祥正在不同时期,生活经历、思想状况的变化与文学作品之间的关系,笔者将他的生平大致划分为以下三个阶段:

(一)读书交游与初入仕途:38岁之前

这一阶段包括郭祥正少年读书时期和第一、第二次出仕时期。郭祥正自幼聪颖过人,17岁时便受到袁盎赏识,19岁中进士,20岁任星子主簿,因与上司不合,一年之后挂冠而去,寄居宣城昭亭山,与梅尧臣结交相知,还各处游历,纵情山水。24岁再次出仕,任职德化、溆浦、环峰等地,29岁任满归家,隐居姑孰十年。这一时期,诗人初入仕途,虽然官职不高,与上司发生矛盾,但是总体来说还是比较平静的。

(二)宦海风波与两次出仕:38—52岁

第二个时期从郭祥正赴武冈,参与章惇经制梅山事开始,一直到坐闽使者狱,勒停归家为止。二十多年当中,祥正两次出仕为官,历任安徽、湖南、福建等地地方官;两次被贬,有功不赏,无辜受冤,有才不得施,有家不能归,人生中最珍贵的时光消耗殆尽。这个时期

---

① (宋)郭祥正:《投献省主李奉世密学》,《郭祥正集》卷12,孔凡礼点校,第217页。

是诗人生平经历中最为坎坷的阶段,他虽然屡受挫折,尝尽人间酸甜苦辣,但直到闽使者事发生之前,他始终保持着积极进取精神,渴望有所作为,满怀被赏识拔擢的愿望。

(三) 青山归隐:52—79岁

第三个时期是郭祥正最后一次出仕以及终老青山的阶段,近三十年。之所以将第五次知端州任划分入第三阶段,原因是这次出仕与前几次不同,郭祥正并未主动要求出仕(如向他人投献以求汲引)。阅尽人世沧桑,生活的各种考验令诗人对仕宦生活逐渐失去了兴趣,报国之心已经消沉下来。此次为官,没有了前几次的冤狱和构陷,诗人有足够的时间徜徉于山水之间,过着半官半隐的吏隐生活,可以说从端州任上开始,他已经提前过起了退隐生活。随着思乡情绪与日俱增,他很快便以年岁老大为由,上书请辞。55岁之后的归隐是诗人厌倦官场生活之后转向寄情山水田园的一次主动归隐,这次归隐生活才真正令诗人疲惫的心找到了归宿。

以上是对郭祥正本人及作品中一些存疑之探讨,通过对其生平、性格、经历的分析,结合前人研究成果,大致可以还诗人以本来面目:才华出众、学问广博、多才多艺,却又恃才傲物、炫耀才学;虽然个性耿介、自由放旷,但是恪守儒家伦理道德规范,教化民众;好结交友人,但知己不多,难以和他人深度交往;满怀济世理想,然而屡受挫折,终于归隐江湖。这些经历与遭遇对诗人诗歌思想内容、艺术风格的形成,均产生了重要影响。

第二章 矛盾声音：前人对郭祥正及其诗文创作的评价

中国古代诗歌史上很少有诗人像郭祥正那样，一登上诗坛便崭露头角，受到当时诗坛名宿的激赏，然而本该大放异彩的诗人，却一生面临各种争议。无论是郭祥正其人，还是他的作品，人们评价颇多，褒贬不一。本章将对这些评价进行整理分析，以便对诗人和他的作品有一个较为公正、全面的认识。

第一节 "李白后身"

宋人对郭祥正最为引人注目的评价莫过于"李白后身"或"谪仙后身"的说法。《宋史》郭祥正本传中载：

> 郭祥正字功父，太平州当涂人，母梦李白而生。少有诗声，梅尧臣方擅名一时，见而叹曰："天才如此，真太白后身也！"①

称郭祥正为"谪仙后身"的记载则见于以下两条：

---

① （元）脱脱等：《宋史·郭祥正传》卷444，第13123页。

> 皇朝郭祥正。当涂人。其母梦李太白而生,自号谢公山人。梅圣俞一见,呼为"谪仙"。①
>
> 郑毅夫、吾叔表民及梅圣俞皆,谓功甫为李谪仙之后身。②
>
> 梅圣俞一见,呼为谪仙。③

梅尧臣对郭祥正的才华极为推崇,誉之为"李白后身",在随后数十年间,郑獬、刘挚、黄庭坚等人纷纷以"谪仙人"来赞誉诗人。这一名号从宋代开始便引起了巨大反响,在给郭祥正带来显赫盛名的同时,也成为历代文学批评中对郭祥正诗歌风格评价的标准之一。从诗歌研究史上看,以"谪仙"来称颂他人最早来自贺知章,他用"谪仙人"来赞誉李白,李白本人对这个美誉也颇为认可,此后"谪仙"一词便成为李白之专属代称,"仅就中国文学史而言,'谪仙人'之名,只有在李白这里,才具有独占性、代表性"④,一提到"谪仙",人们自然而然将之与李白画上等号,这个含义可以说是在"才能的超越性、特殊性"基础之上衍生而来,即才华超奇,出自天然,非人力后天所及:

> 初,贺知章见白,赏之曰:"此天上谪仙人也。"⑤
>
> 故白亦至长安。往见贺知章,知章见其文,叹曰:"子,谪仙人也!"⑥

贺知章因激赏李白之人物风流、文采超群,故以"谪仙"之号赞

---

① (宋)祝穆撰,祝洙增订:《方舆胜览》卷15,"太平州·人物"条,施和金点校,中华书局2003年版,第270页。
② (宋)章衡:《与郭祥正太博帖》,载(宋)魏齐贤、叶棻辑《五百家播芳大全文粹》卷6,文渊阁四库全书本。"民",原书作"氏",误。
③ (宋)王象之:《舆地纪胜》卷18,"太平州·人物"条,清影宋钞本(清钞本补配)。
④ [日]松浦友久:《李白的客寓性及其诗思——李白评传》,刘维治、尚永亮、刘崇德译,中华书局2001年版,第172页。
⑤ (后晋)刘昫等:《旧唐书》卷140下,中华书局1975年版,第5053页。
⑥ (宋)欧阳修等:《新唐书·李白传》卷202,中华书局1975年版,第5763页。

誉李白，其中曲折，孟棨《本事诗·高逸》中对二人交往过程记录得颇为详细：

> 李太白初自蜀至京师，舍于逆旅。贺监知章闻其名，首访之。既奇其姿，复请所为文。出《蜀道难》以示之。读未竟，称叹者数四，号为"谪仙"，解金龟换酒，与倾尽醉。期不间日。由是称誉光赫。①

贺知章听闻李白名声，亲自拜访，被李白本人之风姿折服，进而求取其文，一篇《蜀道难》读而未竟，称赏数次，大为叹服，于是赠之以"谪仙"之美誉。李白在诗歌创作上取得了灿烂辉煌的成就，他的才情令人赞叹，后人难以企及，"谪仙"的含义便因李白而在"传统的放纵无拘束、客寓人间的暂居性、才能的超俗性等外，与诗才文才的特异有了更密切的关系"②。同时诗人洒脱不羁之个性、狂放倨傲之举止、恃才放旷之行为、不畏强权之气势，都与传说中仙人的形象有许多暗合之处，而这些又与他绝世独立之姿、超俗惊世之才融合，共同熔铸出一个鲜活的"谪仙人"形象：

> 李白在翰林多沉饮。玄宗令撰乐辞，醉不可待，以水沃之，白稍能动，索笔一挥十数章，文不加点。后对御引足令高力士脱靴，上命令小阉排出之。③
>
> 白尝侍帝，醉，使高力士脱靴。力士素贵，耻之，摘其诗以激杨贵妃，帝欲官白，妃辄沮止。白自知不为亲近所容，益骜放不自修。④

---

① 丁福保辑：《历代诗话续编》，中华书局1983年版，第14页。
② 李芳民：《李白的文化性格与待诏翰林政治失败漫议》，载中国李白研究会、马鞍山李白研究所编《中国李白研究》（2008年集），黄山书社2008年版，第43页。
③ （五代）李肇：《唐国史补》，上海古籍出版社1979年版，第16页。
④ （宋）欧阳修等：《新唐书·李白传》卷202，第5763页。

在李白身上，文采超群拔俗、人物行止潇洒、个性狂傲孤高成为"谪仙"的主要内容并且固化，其中特别是文学才能，成为唐代谪仙评价的重要标准。"谪仙"与"李白"之间形成对应关系，李白就是谪仙，谪仙就是李白。其特点是：(1) 文采风流，超奇拔俗。(2) 嗜酒放旷，蔑视权贵。(3) 行止桀骜，崇尚自由。

进入宋代，人们在使用唐代新"谪仙"含义来评价李白的时候，将李白进一步仙化，"在宋代大量李白的仙化传说中，李白不仅是一位具有强烈傲岸的精神的反权贵典型，而且是一位拥有极度自由，能摆脱一切束缚的超现实形象。这一形象，显然已不是历史上真实的李白了，而是宋人根据历史环境、传统文化心理及个人遭遇心境和李白本人所具有的个性才华特征对李白进行的重塑。众多离奇传说本身固不可信，却符合李白的思想性格，因此，宋人宁信其有，不信其无"①。"谪仙李白"含义扩大，除了文采风流、追求自由、潇洒不羁之外，更增添了仙人风采，李白骑鲸、采石捉月的传说被宋人当作历史事实来接受、传播，因而李白的身份也发生了相应的变化：由文采超群的伟大诗人转化为半仙半人的神化人物，这一转化为后来郭祥正被誉为"李白后身""谪仙后身"提供了想象空间。

梅尧臣（1002—1060）在《采石月赠郭功甫》一诗中将郭祥正比作更名换姓、投胎人间的李白转世：

> 采石月下闻谪仙，夜披锦袍坐钓船，醉中爱月江底悬，以手弄月身翻然。不应暴落饥蛟涎，便当骑鱼上九天，青山有冢人谩传，却来人间知几年。在昔熟识汾阳王，纳官贳死义难忘，今观郭裔奇俊郎，眉目真似攻文章，死生往复犹康庄，树穴探环知姓羊。②

---

① 袁晓薇：《"诗圣"的标准与"谪仙"的意义——谈宋人对李白的评价》，《江淮论坛》2003年第1期。

② （宋）梅尧臣：《采石月赠郭功甫》，《梅尧臣集编年校注》卷24，朱东润校注，第757页。

"骑鲸"典故出自杜甫"蓬莱织女回云车,指点虚无是征路。……南寻禹穴见李白(又作'若逢李白骑鲸鱼'),道甫问讯今何如"① 一诗,从全诗来看,本意与游仙、隐逸相类;而"捉月"之说见于《容斋随笔》:"世俗多言李太白在当涂采石,因醉泛舟于江,见月影俯而取之,遂溺死,故其地有捉月台。"② 清代王琦注《李太白全集》卷35则记载此说来自王定保:"李白着宫锦袍,游采石江中,傲然自得,旁若无人,因醉入水捉月而死。"③ 梅尧臣诗将"骑鲸"与"捉月"传说合二为一,改变意义,李白因爱月落水,但并未溺亡,而是骑鲸升天,深化了唐人对李白"谪仙"的理解,刻画了李白仙风道骨的影像。李白、郭子仪二人互救传说,最早出自晚唐裴敬《翰林学士李公墓碑》:

> 又尝有知鉴,客并州,识郭汾阳于行伍间,为免脱其刑责而奖重之。后汾阳以功成官爵,请赎翰林,上许之,因免诛,其报也。④

此说影响甚大,其后乐史《李翰林别集序》和《新唐书》等均沿用之,并且被宋人演绎传颂。"青山有冢人谩传,却来人间知几年",李白再次下降凡间,化身为当涂诗人郭祥正。宋人普遍接受李白、郭子仪二人相知相交、互相救护的故事,并传为美谈。祥正姓郭,生于当涂,当涂是李白去世之处,那么李白转世为郭祥正,郭子仪、李白二人之深情厚谊在郭祥正身上完美融合,故有转世之说,并且这一典故使用精当,"苕溪渔隐曰:……李白从永王璘之辟,璘败当诛,郭子仪请解官以赎,有诏长流夜郎。圣俞用此事,尤为亲切;若非姓郭,亦难用

---

① (唐)杜甫:《送孔巢父谢病归游江东兼呈李白》,《杜诗详注》卷1,(清)仇兆鳌注,中华书局1979年版,第55—56页。
② (宋)洪迈:《容斋随笔》卷3,穆公校点,上海古籍出版社2015年版,第18页。
③ (唐)李白:《李太白全集》卷35,(清)王琦注,中华书局1977年版,第1612—1613页"传疑"。今本《唐摭言》未见此条。
④ (清)董浩等编:《全唐文》(影印本)卷764,中华书局1982年版。

矣"①。梅尧臣以"李白后身"来夸赞郭祥正,是文坛老宿对文学后辈的一种极大认可和鼓励。

梅尧臣为何单单将郭祥正比作李白之后身,而非他人之转世?从其诗作中大概可以推测其原因,主要在于以下两点:

第一,郭祥正的才华令梅老折服。梅尧臣此诗作于至和元年(1054),当时诗人丁母忧居于宣城。这一年年末,青年诗人郭祥正,时年20岁,前来拜访梅尧臣。郭祥正的诗才令梅老惊叹,"江南有嘉禽,乘春弄清吭,流音入我耳,慰惬若获觌"②,少年老成,才华出众,时人难出其右,"少年才辨无如美"③"当时未冠人已识"④,20岁前已经享有盛名。在梅尧臣眼里,郭祥正年纪轻轻,便如此才能卓绝,其中原因简直无法用常理推测,只能用神仙转世来解释;当涂有李白成仙的传说,仙化的李白恰好为此说提供了有力佐证,李白成仙后,再次转世,短暂驻留人间,这才能有郭祥正天才过人的合理解说。

第二,郭祥正自由自在、不受束缚、啸傲林泉的生活态度,傲骨铮铮、不畏权贵的精神深深打动了在宦海中沉浮挣扎的梅尧臣,其德行为梅尧臣所欣赏,"弃官不屈人,颇学陶元亮。是时予爱之,颜采莫得望,倏然能见过,远涉丹湖浪"⑤。皇祐五年(1053)郭祥正中进士,授星子主簿之职⑥,因与上司抵牾不和,次年便率性挂冠而去,"我初佐星子,老守如素仇。避之拂衣去,寓迹昭亭幽"⑦,游历宣城昭亭,与当时因丁母忧暂居此地的梅尧臣会面,此时距他步入仕途尚不足一年。弱冠之年便有如此胸襟,实属难得,其人个性耿介、孤傲,

---

① (宋)胡仔:《苕溪渔隐丛话》前集卷37,廖德明校点,第252页。
② (宋)梅尧臣:《次韵答德化尉郭功甫遂以送之》,《梅尧臣集编年校注》卷28,朱东润校注,第1032页。
③ (宋)梅尧臣:《次韵和吴仲庶舍人送德化郭尉》,《梅尧臣集编年校注》卷28,朱东润校注,第1034页。
④ (宋)刘挚:《还郭祥正诗卷》,《忠肃集》卷16,文渊阁四库全书本。
⑤ (宋)梅尧臣:《次韵答德化尉郭功甫遂以送之》,《梅尧臣集编年校注》卷28,朱东润校注,第1032页。
⑥ 参见(宋)郭祥正《郭祥正集》附录一,孔凡礼校注,第573页。
⑦ (宋)郭祥正:《昨游寄徐子美学正》,《郭祥正集》卷4,孔凡礼校注,第82页。

难以见容于俗世之人，虽不及李白恃才傲物、狂狷不羁，但是在以理性著称的宋代文人中间也算是另类了。梅尧臣对郭祥正这种坚持操守、甘于清贫、傲岸不屈的品行大加赞赏，"裂裳不为愧，饵芝不为难，坐对寒雨中，松上孤鹤还"①。同时，梅尧臣一生仕途坎坷，官位不显，晚年曾担任过的国子监直讲、都官员外郎等职务也均属下层官员之职，这使得他对郭祥正产生了敬佩之情："昨日弃为梅福官，扁舟早胜大夫种。"② 简言之，梅尧臣对郭祥正"李白后身"之评价，主要是对其文学才能和人格魅力的褒扬，内涵包括：（1）少年高才，诗文拔俗，天才超越李白。（2）蔑视权贵，追求自由，品格酷似李白。

郑獬（1022—1072）是第一个将"谪仙"之号明确授予郭祥正的人。他在《寄郭祥正》一诗中直接称郭祥正为"谪仙人"："天门翠色未饶云，姑孰波光欲夺春。怪得溪山不寂寞，江南又有谪仙人。"③ 姑孰的山光水色是如此美丽，因诗人郭祥正这位谪仙的陪伴而变得不再寂寞，姑孰的美景正是借着郭祥正诗笔而跃然纸上。此诗约作于治平二年（1065）前后。郭祥正《寄献荆州郑紫薇_{毅夫}》诗中说"公尝爱我如李白，恨不即往从公游"④，当指郑在诗中称自己为"谪仙人"之事。郑獬在另一首《酒寄郭祥正》诗里将郭祥正与骑鲸上天的李白联系在一起，又以"酒中仙"誉之："第一荆州白玉泉，兰舟载与酒中仙。却须捉住鲸鱼尾，恐怕醉来骑上天。"⑤ 从郑氏赞誉中可以看出，郭祥正同李白一样，不仅仅才情卓绝，而且对酒也有强烈的嗜好，同样是诗酒风流的人物，他的"佳制巨编，读之令人直欲仙去"⑥。从梅尧臣到郑獬，郭祥正由"李白后身"成了"谪仙人"。最早注意到郭祥正诗歌艺术风格似李白的是刘挚（1030—1097），他创作《还郭祥

---

① （宋）梅尧臣：《依韵和郭秘校昭亭山偶作》，《梅尧臣集编年校注》卷24，朱东润校注，第758页。
② （宋）梅尧臣：《送郭功甫还青山》，《梅尧臣集编年校注》卷24，朱东润校注，第758页。
③ （宋）郑獬：《寄郭祥正》，《郧溪集》卷28，文渊阁四库全书本。
④ （宋）郭祥正：《寄献荆州郑紫薇_{毅夫}》，《郭祥正集》卷10，孔凡礼校注，第182页。
⑤ （宋）郑獬：《酒寄郭祥正》，《郧溪集》卷28，文渊阁四库全书本。
⑥ （宋）郑獬：《与郭功甫太博帖》，载（宋）魏齐贤、叶菜辑《五百家播芳大全文粹》卷67，文渊阁四库全书本。

正诗卷》一诗：

> 汾阳有人字功甫，欻然声价来江东。当时未冠人已识，知音第一惟梅翁。翁主诗盟世少可，一见旗鼓欣相逢。当友不敢当师礼，呼以谪仙名甚隆。（原注："圣俞以君为李白后身，故诸公皆以'谪仙'称之。"）……谪仙有此愿自重，世俗酬尚惟纤秾。彼其耳目不自信，滔滔谁乐闻鼓钟。①

此诗作于治平三年（1066），刘挚出任江陵府观察推官。② 诗中"四明贺老"指梅尧臣，刘挚将梅、郭二人之交比作贺知章、李白之交，梅之死，令郭祥正失去知音，如同李白失去贺知章的提携。诗中首先夸赞郭祥正才能卓绝，未弱冠时便已经在诗坛初露锋芒，受到当时诗坛盟主梅尧臣的赏识，获得"谪仙"之誉。

潘兴嗣（约1023—1100）认为郭祥正诗歌中虽然存在缺陷，但已经是实属难得，他以"太白重生""鸾凤""麒麟"来称赞其人、其诗才：

> 清逸尝有诗戏之云："休恨古人不见我，尤喜江东独有君。尽怪阿戎从幼异，人疑太白是重生。云间鸾凤人间现，天上麒麟地上行。诗律暮年谁可敌？笔头谈笑扫千兵。"③

郭祥正不仅仅是年少才高，随着岁月流逝，他的文学才能逐渐积累沉淀，到晚年更加出众，笔力更为老到，诗笔无人能敌，可谓人间之鸾凤麒麟。

章望之（生卒年不详，福建浦城人，字表民。其人擅文，文章辨博，长于议论。生平事迹参见《宋史》卷443）、章衡（1025—1099）

---

① （宋）刘挚：《还郭祥正诗卷》，《忠肃集》卷16，文渊阁四库全书本。
② （宋）郭祥正：《郭祥正集》附录一，孔凡礼点校，第587页。
③ （宋）潘淳：《潘子真诗话》，载郭绍虞辑《宋诗话辑佚》，第305—306页。

叔侄二人同样以为郭祥正是李白之转世,并且章衡认为,在相近的年龄阶段,郭之才能已经超越李白:

> 郑毅夫、吾叔表民及梅圣俞,皆谓功甫为李谪仙之后身,吾不知谪仙之年如夫子之少时,其标格渊敏,已能如此老成否?①

章衡治平年间知蕲州,"郑獬帅江陵,刘忠肃挚为察推,章子厚为帅属,后人以为一时盛事"②,与郑獬、刘挚三人同在荆州地区,且交往密切。章作《涵辉阁记》,祥正作诗寄之。③ 章衡指出郑獬、章望之、梅尧臣等人均以郭为"李谪仙之后身",他虽未明确表达郭祥正诗风格近于李白,但是认为郭祥正少年时才能便已经超越李白。

不仅前辈诗人称赞郭祥正为李白后身,后辈诗人也对他的才华表示叹服。李之仪(1048—1127)在自己与郭祥正的赠答诗中赞同梅尧臣对其"李白后身"的评说:"君不见梅老句出天地窄,曾谓山人真太白。采石月下忆相逢,笑披锦袍弄明月。十年明月归谪仙,姮娥岂得在君边。"④ 他自幼便喜欢诵读郭祥正所作采石月诗:

> 余为儿童时,诵采石月诗,爱其诗,想见其人;既见其人,则知圣俞仅能识其诗尔。今得尽观其所与诗帖,亦与余畴者所期无以异,岂所谓"仁者见之谓之仁"?崇宁二年十月十九日。汝坟刘晦叔、建安游定甫、赵郡李端叔。⑤

从爱其诗,进而爱其为人,当二人相交过往之后,更觉其人如其诗,才华出众,可叹过早失去了前辈梅尧臣的提携,否则其成就将远

---

① (宋)章衡:《与郭祥正太博帖》,载(宋)魏齐贤、叶棻辑《五百家播芳大全文粹》卷67,文渊阁四库全书本。
② (宋)祝穆撰,祝洙增订:《方舆胜览》卷27,施和金点校,第486页。
③ (宋)郭祥正:《郭祥正集》附录一,孔凡礼点校,第588页。
④ (宋)李之仪:《题步云亭》,《姑溪居士前集》卷1,文渊阁四库全书本。
⑤ (宋)李之仪:《跋梅圣俞与郭功甫诗》,《姑溪居士前集》卷42,文渊阁四库全书本。

远不止于此：

> 圣俞以诗名世，一时伟人。合力挽之，而竟不得进，晚始为国子监直讲。唐书置局，仅得与讨论，书成，将用为馆职，而死矣，命不可控，乃至是耶？或者云："亦可为功甫三叹。"余以为不然。圣俞得名如是，故如是而止；功甫之名不止如是，将不止于是。孰谓命终不可控哉？崇宁二年十一月一日。①

另一位与郭祥正有过密切交往的后辈诗人——黄庭坚，同样对他的才华持肯定态度，他以郭祥正为李白之后世"赏音人"：

> 豫章守当涂，既解印，后一日，郡中置酒，郭功甫在坐，豫章为木兰花令一阕示之云："凌歊台上青青麦，姑孰堂前余翰墨。暂分一印管江山，稍为诸公分皂白。江山依旧云空碧，昨日主人今日客。谁分宾主强惺惺，问取矶头新妇石。"其后复窜易前词云："翰林本是神仙谪，落帽风流倾坐席。座中还有赏音人，能岸乌纱倾大白。江山依旧云横碧，昨日主人今日客。谁分宾主强惺惺，问取矶头新妇石。"②

透过梅尧臣、郑獬、刘挚、章衡、潘兴嗣、李之仪、黄庭坚等人的品鉴，我们可以大致勾画出诗人郭祥正的轮廓：（1）少年才高，出自天然，才华超群。（2）嗜酒风流，诗风豪壮，语言清丽。（3）个性耿直，蔑视权贵，向往自由。

"李白后身"——"谪仙人"——"谪仙后身"，经过梅尧臣、郑獬、刘挚、章衡、潘兴嗣、黄庭坚等人的赞誉传播，郭祥正"谪仙后身"的名号最终确定下来，几乎成为文学史上对郭祥正其人其作的不刊之论。郭祥正本人亦对此欣然认可，并且引以为傲，"赠蒙以太白，

---

① （宋）李之仪：《跋梅圣俞与郭功甫诗》，《姑溪居士前集》卷42，文渊阁四库全书本。
② （宋）吴曾：《能改斋漫录》卷17，"豫章解印作木兰花令"条，第492—493页。

自谓无复疑"①,终其一生,用尽气力去模仿李白,极力扮演着"谪仙后身"的角色。

第二节 前人对郭祥正诗歌的正面评价

梅尧臣对郭祥正"李白后身"的评价影响深远。从宋到清,历代评论均在此基础之上生发开来,评论者们指出郭祥正创作与李白诗歌有许多相似之处,特别是宋、明、清三代评论家对其作品评鉴颇为详尽,下面将这些评价分为整体风格和单篇作品两个方面加以分析。

一 整体风格评价

历代诗歌评论家对郭祥正诗歌艺术特色、整体风格的评价比较统一,他们通常认为郭祥正诗歌风格深受李白影响,展现出两种风貌:豪壮和精妙,艺术技巧上则是各种题材、体裁兼有,古体、律绝居多。

(一)刘挚——壮吟豪醉,造语神工

刘挚指出郭祥正才华出众,"壮吟豪醉售佳境,日题百纸倾千钟",其创作"长吟千言短数百,造语险怪神为工"②。才思敏捷,酒助诗思,洋洋洒洒,下笔千言;诗歌形制多样,长吟、短言,数量极丰,而他"壮吟豪醉"的日常行为,诗歌创作"险怪神工",都酷似李白。

(二)王安石——壮丽俊伟,豪迈精绝

作为郭祥正父执辈的王安石对他的创作评价很高:

> 示及诗篇,壮丽俊伟,乃能至此,良以叹骇也。
> 豪迈精绝,固出于天才,此非力学者所能逮也。

---

① (宋)郭祥正:《哭梅直讲圣俞》,《郭祥正集》卷30,孔凡礼点校,第504页。
② 刘挚:《还郭祥正诗卷》,《忠肃集》卷16,文渊阁四库全书本。

> 某叩头，承示新句，但知叹愧。子固之言，未知所谓，岂以谓足下天才卓越，更当约以古诗之法乎？哀荒未能剧论，当俟异时尔。①

他认为，郭祥正诗才出自天赐，其诗歌既有豪迈俊伟、气势壮阔的一面，也兼具精妙绝伦的另一面。除此之外，他还注意到其创作手法自由奔放、不拘古法的特点，并非曾巩所认为的"闳肆瑰伟，非近世骚人所可及，而连类引义，中法度者寡"②。功父诗才出自天成，下笔挥洒自如，不应以作诗之法拘束。

（三）章衡——笔力精妙，标格渊敏

> 恍然若掀雷掣电，霹雳群动，使人魂惊魄悸，何气质之壮至于此耶？泠然若冰壶雪窦，漱涤万物，使人骨寒而神溪，何词句之清至于此耶？而又挥毫落纸，洒然如龙蛇之蟠蛰，烟云之卷舒，使人心开而目明，何笔力之精妙至于此耶？天下之士，其才性如功甫者，孰为勍敌哉？③

章衡对其诗歌艺术特色分析细致，超越前人。他从气势、语言、用笔三方面分别进行了论述：气势雄壮，如雷似电，让人魂魄惊悸；语言清冷，荡涤万物，使人精神为之一悚；诗思勃发，笔力精妙，令人拍案叫绝。当世之士，其才力无人能及。

（四）释契嵩——天才逸发，韵致高古

> 然郭子俊爽，天才逸发，少年则能作歌声，累千百言，其气不衰而体平淡，韵致高古，格力优赡，多多愈功。含万象于笔端，

---

① （宋）王安石：《与郭祥正太博书三》，《临川先生文集》卷74，第788页。
② （宋）赵与时：《宾退录》卷6，上海古籍出版社1983年版，第75页。
③ （宋）章衡：《与郭祥正太博帖》，载（宋）魏齐贤、叶棻辑《五百家播芳大全文粹》卷67，文渊阁四库全书本。

动乎则辞句惊出而无穷。与坐客听其自诵，虽千言必记，语韵清畅，若出金石，使人惊动而好之。虽梅圣俞、章表民，以为李太白复生。①

契嵩肯定郭祥正少年天才，俊爽逸发，好为长篇歌诗，虽千百言而气势一以贯之，不见衰竭之相；其诗表面平和而气韵高远古淡，笔端气象万千，富于变化；词语精妙，警句无穷。

（五）苏轼——铜剑新铓，蛟龙怒吼

空肠得酒芒角出，肝肺槎牙生竹石。森然欲作不可回，吐向君家雪色壁。平生好诗仍好画，书墙涴壁长遭骂。不嗔不骂喜有余，世间谁复如君者。一双铜剑秋水光，两首新诗争剑铓。剑在床头诗在手，不知谁作蛟龙吼。②

元丰七年（1084）六月苏轼过当涂。是年三月，郭祥正以汀州通判勒停家居。苏轼过访，醉酒作画于郭家石壁上，祥正赋诗以谢，并将二古铜剑赠之。这首诗里，苏轼将郭祥正的诗与璨若秋水之剑光相比，清冷寒冽，光芒四射，又仿佛若蛟龙怒吼，气势豪壮。

（六）李之仪——笔奇意豪，清韵淳真

昨夜风高蝉半咽，起来知是白露节。玉面少年窄袖衫，袖里新诗似冰雪。几日炎炎如甑中，今朝忽觉超樊笼。不惟气候已八月，更得冰雪开心胸。谢公山人诗笔奇，问君何缘得此诗。报我我欲步云去，山人许我因留题。君作斯亭几许高，拟推皓魄翻银涛。谁谓姮娥落君手，坐遣山人诗思劳。君不见梅老句出天地窄，曾谓山人真太白。采石月下忆相逢，笑披锦袍弄明月。十年明月

---

① （宋）释契嵩：《送郭公甫朝奉诗叙》，《镡津集》卷13，文渊阁四库全书本。
② （宋）苏轼：《郭祥正家，醉画竹石壁上，郭作诗为谢，且遗二古铜剑》，《苏轼全集校注·苏轼文集校注》卷23，张志烈、马德富、周裕锴主编，河北人民出版社2010年版，第2593页。

归谪仙，姮娥岂得在君边。何妨邀取山人去，卒岁扶携醉笑间。①

卒岁愔愔无地雪，三首新诗报明发。使君近作采石游，胜践传闻惊久缺。亢阳便有欲雪意，和气先期振岩穴。想见旌旗锦绣张，如从元君朝北阙。后携一老何奇哉，朱颜鹤发超尘埃。噫呼江上来席上，迤逦万古随云开。骑鲸仙人不敢避，玉镜台郎俄复回。分明月下遇赏叹，将军新自天边来。逡巡落笔轰春雷，落花乱点荒池台。沉埋蓁莽见一旦，名高此地真当才。从来不许说前辈，寄声鱼鸟休惊猜。直疑乘槎叩月窟，又若登临望天台。酒行已彻更须酌，醉倒宁辞无算杯。卓然一段极则事，遣我击节因谁催。②

十年朝马望前程，晚作琳宫物外人。彻骨清风真有韵，醉心常德本来淳。新栽松菊开三径，旧检方书备六陈。不是诗翁形美颂，丹青难写自由身。

南北纷纷不觉尘，鸳鸯湖水解留人。乳浮香焙谁同试，蚁泛家篘分外淳。禅寂久因师粲可，婚姻便可继朱陈。莫从旧路寻归梦，占取东篱采菊身。③

李之仪在崇宁元年（1102）坐为范纯仁草《遗表》而受蔡京等人构陷，编管太平州，居于姑孰，与郭祥正相熟，二人曾交游唱和。他赞同梅尧臣对郭祥正"李白后身"的评价，并且明确指出其诗作特点：白露唱和，诗笔奇绝，仿佛炎夏酷热之时给人一片冰雪，令人精神为之一振；采石三首，诗意豪壮，好似春雷轰轰，动人心魄；赠别之诗清韵彻骨，淳厚情深。

（七）李廌——笔力惊风雷，清音嚼鸣玉

山人跨鱼天上来，识者珍重愚者猜。或呼文举异童子，林宗独谓王佐材。

---

① （宋）李之仪：《题步云亭》，《姑溪居士前集》卷1，文渊阁四库全书本。
② （宋）李之仪：《和郭功甫游采石》，《姑溪居士前集》卷1，文渊阁四库全书本。
③ （宋）李之仪：《和郭功甫赠陈待制致仕二首》，《姑溪居士前集》卷6，文渊阁四库全书本。

萤萤众目如瞽瞍,白马羽雪皆皑皑。古有仁贤不愚者,举足蹇路心徘徊。

桐城明府住姑孰,襟裾萧洒天与才。逸言屡改耻自雪,政事报成羞援媒。

临川先生久知己,十年执政居公台。横飞后生尽豪俊,往往扳越自草莱。

洪炉造化岂一端,如何不与斑填坯。盛朝能诗可屈指,少师仆射苏与梅。

少师新为地下客,苏梅骨化成尘灰。金陵仆射今已老,班班丝雪侵颐腮。

当今儒生迂此道,如使杞柳为桮杯。好古爱诗惟有君,独使笔力惊风雷。

清音绕齿嚼鸣玉,烂光满纸如琼瑰。古原夜烧光夺月,立使万物有灰煤。

清泉漱石白凿凿,湍落急濑成渊洄。才雄句险骇人胆,九月秋水滟滪堆。

有时清贞叩玄关,至诚直可敦郊禖。公才颖栗公望异,牢落下位命何乖。

岂无白虹夜贯斗,犹使宝剑丰城埋。几年令尉困下国,板简青衫趋郡阶。

犹将富贵委脱毂,苟不知命安为怀。竹溪逸人杜陵翁,当年得意称壮哉。

直言时病傲宫禁,谓可立致青云阶。公行孰避蹲草虎,由径不畏当路豺。

输忠献策恃才藻,宰辅切齿全班排。遂离黼座谪千里,翻疑方直为祸胎。

杳如蹑云上幽顶,文石嶔屼悬虚崖。下视黑潭鳄鱼窟,山雨润泽浮苍苔。

临危惴惴惧石阽,况更步滑粘青鞋。上诉苍旻下见诮,愠望宁与群小偕。

秋江接天夜如练，桂宫隐见琼瑶台。泛舟夜披紫绮裘，兴发鼓枻倾金罍。

岸人疑是王子猷，美女揶揄言谑谐。沧浪水深波浪阔，醉谓止可探一柴。

徜徉濯缨傲巨浸，掬月不得翻委骸。上皇虽悼屈平善，千载乃得为朋侪。

秋霜何草不玄黄，蜀山戍削青崔嵬。马如骞驴不惯远，陟险色变成侅隓。

阁道繁霜晓成澌，古壑暴雨飞阴霾。散关野哭夜悲怨，倏见鬼磷明岩隈。

长蛇食象留齿骨，猛虎噬人余钏钗。故人招庇岂惮远，军谋宥密惟参陪。

春雨霡霂兴槁苗，膏润不及枯根荄。正风寝熄雅颂废，吾言来自单于垓。

古今厩马讵为匹，骅骝骃骆驽与骁。力良调俊惟骐骥，李杜故得其梧魁。

前辈攀辕让驰道，下石夹毂谦争推。二公当年走声价，日月左运天旋回。

方今明时废声律，将使湮沦如烬煨。非君鼓吹力主持，是道不世将倾颓。

关西鄙夫怀此愤，白石空炼如女娲。命违时否口常钝，如挂风铎环堵斋。

安得献言彤庭下，出入金马如皋枚。秉钧庙堂司惨舒，建旌立节如张裴。

古云能诗多坎轲，苟或信矣良可哀。傥使文章敌天下，再使神禹驱秦淮。①

---

① （宋）李廌：《题郭功甫诗卷》，《济南集》卷3，文渊阁四库全书本。

李廌此诗作于熙宁十年（1077），全面介绍评价了郭祥正其人、其事、其诗，可以说是郭祥正个人传记了。郭祥正时年43岁，结束桐城令任职，以殿中丞致仕，归隐姑孰。① 李廌对郭祥正期许很高，希望他能继欧阳修、梅尧臣、苏舜钦、王安石之后，扛起诗坛大旗。诗中起首指出时人对郭祥正褒贬不一，对其遭谗毁被诬陷的遭遇慨叹不平，同时也敬佩他坚持操守的高洁品行。接着，他感慨诗道不复从前，诗坛人才凋零，"诗道今萧索，骚人古困穷"②，欧、苏、梅、王之后，诗坛上更无人堪当领军之大任，而郭祥正恰是此刻能够力挽狂澜的最佳人选。祥正好古诗之道，犹自努力不懈，其诗作"独使笔力惊风雷"，"清音绕齿嚼鸣玉"，既有如湍急之激流的豪迈壮阔，也有如漱石之甘泉的清新自然，时而如狂风雷电，时而如扣玉轻响，灿烂若美玉琼瑰之宝光，夺目似月夜原野之火焰，变幻莫测，气象万千，情感高洁真挚，感动苍天。

（八）吴则礼——纵横雄辞，走笔雪电

儿童畴昔看挥毫，未觉雄辞愧广骚。谈尘纵横走雪电，诗坛磊落建麾旄。捐身鱼鸟黄尘远，隐几江湖白浪高。短褐婆娑弄明月，纷纷冔冕一鸿毛。③

吴则礼（？—1121），字子副，吴中复子，曾布之婿。中复与郭祥正相交唱酬，则礼幼时便熟悉郭祥正诗作，将其诗歌与屈原之《离骚》相媲美，认为其诗气势壮阔，雄辞宏辩，堪为诗坛旗手巨擘。

（九）《四库全书总目题要》——才气纵横，吐言天拔，俊逸惊迈

其诗好用仙佛语，或偶伤拉杂，而才气纵横，吐言天拔。

---

① 参见（宋）郭祥正《郭祥正集》附录一，孔凡礼点校，第611页。
② （宋）李廌：《续题郭功甫诗卷诗》，《济南集》卷4，文渊阁四库全书本。
③ （宋）吴则礼：《赠郭功父》，《北湖集》卷3，文渊阁四库全书本。

祥正少时，诗句俊逸。①

其文章惊迈，时似青莲。②

《四库全书总目提要》评价郭祥正才气纵横，其诗歌仙幻色彩较重，偶尔有杂乱琐碎之处，但是出语天然拔萃，精警脱俗，其文气势豪迈，与李白风格相近。

（十）曹庭栋——沉雄俊伟，味似李白

其古体诗沉雄俊伟，如波涛万叠，一涌而至，莫可控御。不特句调仿佛太白，其气、味竟自逼真。③

曹庭栋注意到郭祥正古体诗与李白诗歌相同之处，如万顷波涛层层叠叠滚滚涌动，宏伟雄浑。不单单是句调相似，更重要的是气势和韵味也酷似李白。

（十一）朱珪——豪迈纵横，壮志凌云

今读其各体诗，豪迈纵横，颇有不肯跼缩沟犹之态，平生枕葄青莲，亦可谓尚友百世之师者。若夫太白凌蹈虚空，俯视沧海，实有英光浩气，溢乎毫墨之外，又岂可以俦色揣声，片鳞半爪，遂颉顽而抗驾之哉！语云：先生之志则大矣，以之侑食青山祠，列之北宋名家，亦不负其睎骥千里之愿也已，并志以诗：青山拔起凌江滨，远与蜀岷连支垠。神人骑龙戏空界，攀援猿鹤称儿孙。太白光芒焰万古，谁其匹者少陵杜。几人淬厉规雷硠，独上云梯梦天姥。欧、王、坡、谷北宋豪，浪士窃比青莲高。沧浪清浊或自取，诗文流别随风骚。送迎海外倡和词，臭味亦复无差池。古剑双投醉竹画，晁秦同传

---

① （宋）陆游：《入蜀记》卷2，清乾隆丙辰年（1736）刊本。
② （清）永瑢等：《四库全书总目提要》卷154，第3994页。
③ （清）曹庭栋：《宋百家诗存》，上海古籍出版社1993年版，第203页。

夫何疑。①

朱珪认为郭祥正其人壮志高蹈，豪气纵横，擅长各种体裁，可与李白抗衡，须将之置于北宋名家之列，才不负其骐骥之志。

（十二）阮元——诸体皆佳，不让韩李王孟

窃谓此诗古体直与韩、李并驱，近体亦不让王、孟诸大家，何以操选政者多不之及，抑少刻本行世耶！不可解已。②

阮元赞同朱珪观点，同样以为郭祥正的诗歌诸体皆佳，古体诗可与韩愈、李白并驾齐驱，而近体诗也毫不逊色于王维、孟浩然。

（十三）陈衍——气味才力，时近李白

功父气味才力，时近太白。③

陈衍则以为无论从气势、韵味，还是从个人才性、能力来看，郭祥正与李白都是非常接近的。

从宋代到清代对郭祥正的整体评价中可以得知，人们普遍认为郭祥正作品整体上呈现出两种风格：一种是豪迈雄峻，一种则是清真自然，而其中豪迈的一面往往被视为李白风格的继承和延续。人们肯定其诗歌中存在不同的两种风格，而这两种风格之所以能够和谐共存，是因为诗人个人才力天然卓绝，超俗拔群。

二 单篇作品赏鉴

前人对郭祥正单篇作品的赏析主要集中在《金山行》《凤凰台》《姑

---

① （明）朱珪：《题青山集》，《知足斋集·知足斋诗集》卷20，清嘉庆九年（1804）阮元刻增修本。
② （清）阮元：《宋郭功甫先生诗集序》，载（宋）郭祥正《青山集》，清道光九年（1829）刊本。
③ 陈衍评点，曹中孚校注：《宋诗精华录》卷3，巴蜀书社1992年版，第424页。

鸷十咏》以及五七言绝句和古诗上。

（一）对《金山行》诗的品评

> 郭祥正，字功甫，有逸才，诗多新意。丞相荆公过金山寺，于壁间得长篇，读之反覆讽味，问知功甫所为，由此见重。最爱其两句云："鸟飞不尽暮天碧，渔歌忽断芦花风。"又题人山居一联云："谢家庄上无多景，只有黄鹂三两声。"公乃命工绘为图，自题其上云：此是功甫题山居诗处。即遣人以金酒钟并图遗之。①

> 苕溪渔隐曰：功甫《金山行》，造语豪壮，世多不见全篇。②

> 张祐、孙魴皆以《金山五言》而传。然魴诗不及祐，业已著之前人，此后竟无嗣响者。王平甫"槛外风吹前渡语，江边影落万山灯"，大有俊鹘摩空之概。郭祥正"鸟飞不尽暮天碧"未失豪壮本色，而子瞻直许其三分，应是未见廊下墨痕耳。③

> 蔡天启《题申王画马图》，……与郭功甫《金山行》俱七言古翘楚，不可全以宋目之。④

《金山行》被认为是郭祥正诗歌中杰出的作品，诗人把豪迈壮阔与清丽细致的两种风格和谐地融合在一起，即使同其他以金山为描写对象的诗歌，如张祐、孙魴之作相比也毫不逊色。张祐所作之诗已然不可考，可以从孙魴诗中窥见一斑："万古波心寺，金山名自新。天多剩得月，地少不生尘。过橹妨僧定，惊涛溅佛身。谁云张处士，题后更无人。"⑤ 郭祥正的作品可谓接续张、孙二人，并且超越二人之上。其中"鸟飞""渔歌"二句尤其绝妙，从王安石开始便为人传唱，气势

---

① （宋）彭□：《墨客挥犀》卷10，"诗多新意"条，孔凡礼点校，中华书局2002年版，第399页。
② （宋）胡仔：《苕溪渔隐丛话》前集卷37，廖德明校点，第251页。
③ （元）郭翼：《雪履斋笔记》，文渊阁四库全书本。
④ （明）胡应麟：《诗薮》外编卷5，上海古籍出版社1979年新1版，第213页。
⑤ （宋）陈傅良：《锦绣万花谷》前集卷5，文渊阁四库全书本。

豪壮中不失清新雅致之风韵，以至于被人错认是诗人李白之佳作。①

（二）对《凤凰台》诗的品评

历代评论家皆以郭祥正《凤凰台》诗为佳，认为此诗深得李白诗歌丰神俊逸之精髓，常将二人之诗作对比赏鉴：

> 郭功甫尝与王荆公登金陵凤凰台，追次李太白韵，援笔立成，一座尽倾。白句人能诵之，郭诗罕有记者，今俱纪之。太白云："凤凰台上凤凰游，凤去台空江自流。吴时花草埋幽径，晋国衣冠成古丘。三山半落青天外，二水中分白鹭洲。总为浮云能蔽日，长安不见使人愁。"功甫云："高台不见凤凰游，浩浩长江入海流。舞罢青娥同去国，战残白骨尚盈丘。风摇落日催行棹，潮拥新沙换故洲。结绮临春无处觅，年年荒草向人愁。"②

> 李太白《凤凰台》诗，昔贤评为古今绝唱。余偶读郭功父诗，得其和韵一首云："高台不见凤凰游，浩浩长江入海流。舞罢青蛾同去国，战残白骨尚盈邱。风摇落日催行棹，潮拥新沙换故洲。结绮临春无处觅，年年芳草向人愁。"真得太白逸气。其母梦太白而生，是岂其后身邪？③

> 吴旦生曰："功父母梦李太白而生，少有诗名，袁世弼荐于梅圣俞，圣俞曰'天才如此，真太白后身也。'故赠诗有'采石月下访谪仙'之句，人咸以为太白矣。后同荆公登金陵凤凰台追次太白韵，援笔立成，一座尽倾。然其泚笔飘逸，绝无宋气，此诗亦能事也。"④

---

① （宋）惠洪：《冷斋夜话》卷1，载（宋）惠洪、（宋）费衮《冷斋夜话　梁溪漫志》，李保民、金圆校点，上海古籍出版社2012年版，第14页。"夺胎换骨法"中将此二句当作李白之诗："曾子固曰：'诗当使人一览语尽而意有余，乃古人用心处。'……又如李翰林诗曰：'鸟飞不尽暮天碧。'又曰：'青天尽处没孤鸿。'"

② （宋）赵与虤：《娱书堂诗话》，载丁福保辑《历代诗话续编》卷上，第489页。

③ （明）朱承爵：《存余堂诗话》，载（清）何文焕辑《历代诗话》，第791页。

④ （清）吴景旭：《历代诗话》卷57，文渊阁四库全书本。

郭祥正之《凤凰台》诗虽是唱和李白之作，但是与原作相较不落下风，飘逸出尘，一洗宋诗之风气。

（三）对其他诗歌的评价

郭祥正创作的五七言律绝和古诗也颇为历代文人所称赏。前人提到的诗歌主要有《姑孰乘月泛渔艇至东城访耿天骘》《访隐者》《山寺老僧》《西村》《望夫石》《水车岭》《原武按堤杂诗》《史充侍禁以简问予小舟摇兀绝句戏谢》《出城》《城南》等：

> 吕氏诗事录云："郭祥正有句云，'明月人随渡流水'，王介甫爱之曰：'此言如有神助。'"余记范文正公诗云："多情是明月，相逐过江来。"乃知郭本此。①

"明月随人渡流水"句出自郭祥正所作七言古诗《姑孰乘月泛渔艇至东城访耿天骘》一诗，原句作"明月随人渡寒水"，吴曾认为，此句虽系点化范仲淹诗句而来，但是比范诗更深了一层，流水（寒水）无意，明月有情，水之冰冷无情与月之光辉有情形成对比。

蔡正孙以为郭之《望夫石》诗虽沿用古意，但是摹写事物情态毕具，惟妙惟肖。陈轩记载祥正之诗引来白鹤的故事②，虽然无稽，但是由此可知郭氏善于描摹事物形态，其功力非同一般：

> 《复斋漫录》云："陈无己谓《望夫石》诗语，古今一律，惟禹锡云'望来已是几千载，只似当年初望时'，语拙而意工。"愚谓郭功父一诗，亦善于形容。今附于左："杜鹃啼血春林碧，妾有离愁思今昔。上尽高山第一峰，目乱魂飞化为石。化为石，可奈何？泪悬白露衣薜萝。千古万古望夫恨，一江秋水寒蝉多。汉家天子点征役，良人荷戈归不得。此身未老将何从，不似山头化为石。"愚按：此石在处有之，世俗相传，以为其夫出役，妻登

---

① （宋）吴曾：《能改斋漫录》卷8，"语有神助"条，第246页。
② （宋）周应合：《景定建康志》卷45，文渊阁四库全书本。

其山望之,遂僵为石。郭诗正是模写此意也。①

黄玉林认为郭之绝句深谙李白创作之风:

> 郭功父诗,如《访隐者》云:"一径沿厓踏苍壁,半坞寒云抱泉石。山翁酒熟不出门,残花满地无行迹。"《山寺老僧》云:"逢人寂无语,结草日栖禅。但见岩花笑,庞眉不记年。"《西村》云:"远近皆僧刹,西村八九家。得鱼无卖处,沽酒入芦花。"此数绝,真得太白体,宜为诸老之所称赏也。②

杨慎提出郭祥正《水车岭》一诗可与盛唐王维《辋川集》媲美,堪为宋诗之经典:

> 宋诗信不及唐,然其中岂无可匹体者,在选者之眼力耳。如苏舜钦……郭功甫《水车岭》云:"千丈水车岭,悬空九叠屏。北风来不断,六月亦生冰。"……有王维《辋川》遗意,谁谓宋无诗乎?③

王士禎同样欣赏郭祥正创作的绝句,《原武按堤杂诗》《史充侍禁以简问予小舟摇兀绝句戏谢》《出城》《城南》数篇是他喜爱的几篇,并且称赞郭之古诗,特别是《补到难》一篇,风格老辣,超越韩愈;词句精警,为人称颂:

> 郭祥正功甫《青山集》,闽谢氏写本六卷,古诗二卷,近体诗四卷,七言歌行仅二篇,或有阙文。……偶喜其三绝句云:

---

① (宋)蔡正孙:《诗林广记》卷6,中华书局1982年版,第110页。
② (宋)黄玉林:《玉林诗话》,载郭绍虞辑《宋诗话辑佚》卷下"郭功父"条,第510页。
③ (明)杨慎:《升庵诗话》卷4,载丁福保辑《历代诗话续编》"宋人绝句"条,第717—718页。

"原武城西看杏花，纷纷红雪委泥沙。何如姑孰溪头见，照水蒙烟小谢家"。又"渡江乘兴泊江干，草衬残花色未干。惯在钓鱼船上住，一蓑一笠伴春寒"。又"篮舆投晓出重城，桃李无言似有情。淡白轻红能几日，可怜吹洗过清明"。又"稻秧才一寸，蚕子始三眠"句。①

东粤石刻，惟浈阳峡周夔《到难》一篇最古。予《皇华纪闻》记之。读郭功父《青山集补到难篇》诗云："文格迥欺韩愈老，字书尤逼小王真。"盖宋人已珍重之如此，此文姚铉收之《文粹》"碧澜之下，寸寸秋色"乃篇中奇语，元遗山诗云："碧澜寸寸皆秋色，空对山灵说到难"。②

谢肇淛认为郭祥正的一些诗歌充满奇趣：

当涂郭祥正诗"帘卷瘴云灯断续，门荒秋雨菊离披"，"身留海上三年梦，心寄江南一叶秋"，"山光半拥初生日，天影宽围不尽江"，"送将腊去梅花怨，唤得春回燕子知"，其绝句如《小舟》云："渡江乘兴泊江干，草衬残花色未干。惯在钓鱼船上住，一蓑一笠伴春寒。"《三月三诗》云："一盏扶头又半酣，久无归梦到江南。桃花欲发杏花谢，细雨斜风三月三。"《香社院》云："重阴消散日车明，社鼓村歌乐太平。行过柘塘萧寺宿，隔墙犹听卖花声。"又《山晓》云："柴门晓初启，晴气堆远峰。不知何处鹤，踏折一枝松。"虽调不纯唐，而语多奇趣，苏公谓其三分是诗，七分是读，过矣。③

这段话里一共提到了郭祥正的八首诗，前四首为七律，分别是

---

① （明）王士禛：《居易录》卷10，文渊阁四库全书本。
② （明）王士禛：《居易录》卷13，文渊阁四库全书本。
③ （明）谢肇淛：《小草斋诗话》，载周维德集校《全明诗话》卷3外篇下，齐鲁书社2005年版，第3525—3526页。

《寄题罗池庙》《陈秀才惠示长歌答以四韵》《贵池寺照远轩》《至万安寄吉守李献父大夫》；后四首为绝句。谢氏认为，这些诗歌与唐诗风味接近，语言奇异有趣，并非苏轼所认为的只有三分是诗。

叶廷秀对其《墨染丝》一诗感受颇深：

> 郭祥正诗："缫丝自喜如霜白，输入官家吏嫌黑。手持退印竞传呼，倏见长条染深墨。墨丝归织家人衣，别买输官吏嗔迟。寄言夷狄与三军，汝得丰衣民苦辛。"读此，知民间差科之苦，所谓官用一而民费百也。大抵一差出，而胥索吏勒，先饱其愿，而后容输官。官一不为民作主，而驳换克留，皆吏为政，以不辨东西之乡氓，入官衙，有任其科敛而鱼肉之耳。愚诗有"犹有流民图可绘，穷檐最苦是征徭。"良有感也。但公家之务，凡可取官吏办者，官费一而民省百，不亦善乎？①

此诗从思想内容和写作手法上看，显然受到了白居易等人开创的新乐府诗歌传统影响，通过抒写丝户缴丝饱受盘剥之苦，揭露批判官吏压榨百姓的丑恶现象，寄寓对广大劳动人民的深切同情，生动形象的对比描写使读者心有戚戚焉，从而产生了共鸣。

从宋到清，评论家普遍认为郭祥正诗作整体风格豪放纵横，惊迈拔俗，才气天纵，与李白近似；其人擅长诸体诗歌，尤以绝句、律诗、古风为长，七律、七绝等近体诗歌颇有唐诗风味。

第三节　前人对郭祥正诗歌的负面评价

前人在肯定郭祥正诗歌创作的同时，也不乏负面评价，这些负面评价主要集中在其诗歌风格特点以及艺术技巧上。

---

① （明）叶廷秀：《诗潭》，载周维德集校《全明诗话》卷10，第4340页。

一　模仿李白，不及李白

上文提到梅尧臣诸人以"李白后身""谪仙后身"之美誉称颂郭祥正少年天才，诗风豪迈奔放，天然精绝，与李白诗歌风格近似，乃江南鸣禽、诗坛希望，评价甚高。然而，也有很多诗人、评论家对此提出异议，他们认为，郭祥正极力模仿李白，但是因才力等方面不足，未能达到李白水平，遑论超越了。他过度追求与李白的相似，反而丧失个人应有的特色。

曾巩对王安石给予郭祥正的高度评价并不赞同：

> 南丰作李白诗引，以谓"闳肆瑰伟，非近世骚人所可及；而连类引义，中法度者寡。"荆公屡称郭功父诗，而南丰不谓然。功父疑之。荆公曰："岂非子固以谓功父天才超逸，更当约以古诗之法乎？"南丰论诗如此。①

曾巩对郭祥正评价不高，并非仅仅因其创作不合古诗之法度，而真正原因恐怕在于郭虽然极力模仿李白，却不能真正达到李白诗歌那种"闳肆瑰伟"之壮阔，就如费衮所说："诗作豪语，当视其所养，非执笔经营者可能。……欧公作《庐山高》，气象壮伟，殆与此山争雄，非公胸中有庐山，孰能至此！郭功甫作《金山行》，前辈多称之，虽极力造语，而终窘边幅。信乎不可强也。"② 此外，更重要的是曾巩主张按照自己的个性才情进行创作，反对因袭模拟，他在《与王介甫第一书》中说道："欧公更欲足下少开廓其文，勿用造语及模拟前人，请相度示及。欧云：孟韩文虽高，不必似之也，取其自然耳。"③ 郭祥正对李白过度模仿，恰恰违背了这一重要法则。

---

① （宋）赵与时：《宾退录》卷6，第75页。
② （宋）费衮：《梁溪漫志》卷7，"诗作豪语"条，载（宋）惠洪、（宋）费衮《冷斋夜话　梁溪漫志》，李保民、金圆校点，第124页。
③ （宋）曾巩：《元丰类稿》卷16，文渊阁四库全书本。

苏轼、苏辙二人对郭祥正引以为傲的"李白后身"美誉颇有些不以为然。

> 李太白集有《姑熟十咏》。予族伯父彦远尝言,东坡自黄州还,过当涂,读之抚手大笑,曰:"赝物败矣,岂有李白作此语者?"郭功父争以为不然。东坡又笑曰:"但恐是太白后身所作耳。"功父甚愠。①

在苏轼眼中,郭祥正虽然诗才不俗,但是与李白相距甚远,将二人诗作进行对比,高下立判。苏辙虽不似其兄那般犀利尖锐,但是同样对郭祥正提出委婉批评:

> 姑熟溪头醉吟客,归作茅庵劣容席。团团鹄卵中自明,窗前月出夜更清。醉吟自作溪上语,不学拥鼻雒阳生。诗成付与坐中读,知有清溪可终日。作诗饮酒聊复同,谁来共枕溪中石?圆天方地千万里,中与此间大相似。嚣然一息不自停,水火雷风相灭起。直须只作此庵看,歌罢曲肱还醉眠。不用骑鲸学李白,东入沧海观桑田。②

诗中肯定了郭祥正啸傲山林、诗酒自娱的高洁品格,结尾处借劝慰诗人不需避世隐遁,隐喻文学创作需寻求个人独特风格,不必亦步亦趋模仿前人。

南宋诗人刘克庄认为:

> 郭功甫效太白,潘邠老效老杜,用尽气力而不近傍,譬如寠

---

① (宋)陆游:《渭南文集》卷44,四部丛刊本。
② (宋)苏辙:《郭祥正国博醉吟庵》,《栾城集》卷10,曾枣庄、马德富校点,上海古籍出版社1987年版,第222页。

人学富家调度，事力苦不足也。①

　　梅圣俞谓郭功甫有太白之才，今观其自书五言只如此，恐去太白尚远。②

郭祥正虽然用尽气力向李白学习，但终究迫于个人才性所限，好似穷人学习富家气派一般，虽有心而力不逮，远远不及李白。

明代陈谟引朱熹评李白诗语，以为李白是在法度之中优游从容而诗，已是诗之圣者，郭祥正虽有天赋、学力，仍不能学得自然：

　　朱子尝言："太白诗非无法度，乃从容于法度之中，圣于诗者也。"慕之者徒狂嬉怒攫颠倒参差，无天分固不可，无学力尤未易，郭功甫尚未自然，矧李赤辈哉。③

二　下笔随意，不遵法度

郭祥正年少高才，才思敏捷，下笔挥洒自如，常常是文不加点，一挥而就，他曾在一首诗的题目中写了洋洋洒洒一篇话，颇为自得提到自己文思如泉涌，《漳南王园乐全亭席上呈同游诸君……浪士勇起索笔即其言缀成长调文不加点》④，诗人对自己的诗才无疑是充满自信的，然而这种不经意的、缺乏精心琢磨的奔放，却极易导致诗歌语言不够细致，从而降低作品整体艺术价值。潘兴嗣指出郭祥正虽然天赋过人，但是恃才而放，下笔随意，语言缺少精雕细琢，其作置于名篇之中，优劣立判：

　　袁世弼，南昌人，宦游当涂，时功甫尚未冠也，世弼爱其才，

---

① （宋）刘克庄：《书少游五言帖》，《后村先生大全集》卷104，四部丛刊本。
② （宋）刘克庄：《听蛙方氏墨迹七轴》，《后村先生大全集》卷110，四部丛刊本。
③ （明）陈谟：《书刘子卿诗稿》，《海桑集》卷9，文渊阁四库全书本。
④ （宋）郭祥正：《郭祥正集》卷9，孔凡礼点校，第178页。

荐于梅圣俞,自尔有声。……既壮,颇恃其才力,下笔曾不经意,论者或惜其造语无刻励之功。清逸云:"如功甫岂易得,但置作者中,便觉有优劣耳。(正如晋、楚之轻剽,不当威、文之节制也。)"清逸尝有诗戏之云:"休恨古人不见我,尤喜江东独有君。尽怪阿戎从幼异,人疑太白是重生。云间鸾凤人间现,天上麒麟地上行。诗律暮年谁可敌?笔头谈笑扫千兵。"①

郭祥正无法将跳脱的思想在严谨的诗歌格律、句法中表现出来,不假思索的落笔带来艺术上的残缺,苏轼嘲谑他不懂诗:

> 郭祥正(字功父)自梅圣俞赠诗有"采石月下闻谪仙",以为李白后身,缘此有名。又有《金山行》云:"鸟飞不尽暮天碧,渔歌忽断芦花风",大为王荆公所赏。秦少章尝云:郭功父过杭州,出诗一轴示东坡,先自吟诵,声振左右;既罢,谓坡曰:"祥正此诗几分?"坡曰:"十分诗也。"祥正惊喜问之。坡曰:"七分来是读,三分来是诗,岂不是十分也。"东坡又云:"郭祥正之徒但知有韵底是诗。"②

在苏轼来看,郭祥正对诗歌创作的理解仅仅只有三分罢了,只知道有韵的句子便是诗。

周紫芝的批评更尖锐:

> (陈天麟序)天麟未第时从竹坡游。公谓予曰:"作诗先严格律,然后及句法。……"且言郭功父徒窃虚称,在诗家最无法度。天麟钦佩此语,退而学诗,不敢越尺寸,久而自定,然后知

---

① (宋)潘淳:《潘子真诗话》,载郭绍虞辑《宋诗话辑佚》卷上"潘清逸论郭功父诗"条,第305页。
② (宋)王直方:《王直方诗话》,载郭绍虞辑《宋诗话辑佚》卷上"郭功父诗"条,第11页。

公之善教人。……竹坡于书无所不读，发而为文章，不让古作者，其诗清丽典雅，虽梅圣俞当避路，在山谷、后山派中亦为小宗矣，彼郭功父辈，执鞭请事可也。①

他认为郭祥正不过是徒有诗人之虚名，其实却是最不守诗歌创作之法度的。

三 堆砌繁复，难脱宋气

前代诗歌评论家指出，郭祥正的诗歌豪迈奔放，与李白诗作风格接近，为广大接受者所赞赏，但是他仍然未能摆脱宋代文人以学问为诗的习气，如黄庭坚就嘲谑祥正好炫耀学问、堆砌典故②，批评郭氏作诗白费许多气力：

> 许彦周诗话云：黄鲁直爱与郭功父戏谑嘲调，虽不当尽信，至如曰："公做诗费许多气力做甚？"此语切当，有益于学诗者，不可不知也。③

张舜民则用"二十四味筵席"的比喻指出郭祥正诗歌之繁复：

> 张芸叟评本朝名公诗：……郭功父如大排筵席，二十四味，终日揖逊，适口者少。④

郭氏诗歌繁杂丰富，如同大排宴席，珍馐百味，琳琅满目，但是符合食者口味的确实很少。即使被历代评为名篇的作品，也难脱宋气，胡应麟评价："苏子瞻《定慧寺海棠》、郭功父《金山行》等篇，亦尚

---

① （宋）周紫芝：《太仓稊米集序》，文渊阁四库全书本。
② （宋）吴曾：《能改斋漫录》卷16，"世推秦少游醉卧古藤之句"条，第471页。
③ （宋）阮阅：《诗话总龟后集》卷38，周本淳校点，人民文学出版社1987年版，第245页。
④ （宋）赵与时：《宾退录》卷2，第21页。

有佳处,而不能尽脱宋气。"①

年轻的郭祥正以"李白后身"的身份登上了北宋中后期诗坛,然而梅尧臣诸人的赞誉并未使他在诗坛站稳脚跟。这个起点对他来说太高了,各种评价蜂拥而来,毁誉参半,终其一生,直至后世仍然争论不休。

四 后世对郭祥正及其诗文的传播

郭祥正以其卓越的诗才使后人为之折服,在赞赏品鉴的同时,人们对其作品也欣然接受并传播开来。与此同时,他的人格魅力也影响了后世之人。从南宋开始,郭祥正隐逸山林的孤高品行和他的作品都成为人们学习模仿的对象。

张镃(1153—1211)字时可,号约斋居士,祖籍成纪(今甘肃天水),徙居临安(今杭州),循王张俊孙、词人张炎之祖,在南宋孝宗诗坛上与杨万里、陆游、姜夔等人唱和酬赠,杨万里称赞其诗歌才能在姜夔之上,"尤、萧、范、陆四诗翁,此后谁当第一功。新拜南湖为上将,更差白石作先锋",其格律则"大都清新独造,于萧散之中时见隽永之趣。以视嘈杂者流,可谓翛然自远"②。张镃因仰慕郭祥正之人品才华,遂改字为功父,并且请求诗友杨万里就这件事作诗以为纪念,杨万里就此事赠诗曰:

> 冰雪相投处,风期一笑间。只今张桂隐,绝慕郭青山。功父双何远,相如了不关。鸟飞暮天碧,此句急追还。③(《张功父旧字时可慕郭功父故易之求予书其意再赠五字》)

张镃本人则在《看涧水自警》诗中说道:"功父吾戒尔,操行益

---

① (明)胡应麟:《诗薮》内编卷3,第57页。
② (清)永瑢等:《四库全书总目提要·南湖集十卷》卷160,第4135页。
③ (宋)杨万里:《诚斋集》卷21,四部丛刊书。

孤高。谨终当似始，灵襟永虚洁"①，除了对郭祥正诗歌的模仿，他对郭祥正隐逸山林、坚持操守的孤傲高洁的德行品格同样十分敬佩。

宋末元初诗人方回（1127—1307）在出仕为元朝官员之前，也曾以辞官不就、拒绝出仕等行为以示文人应有高洁品格。他在《桃源行》诗自序中说："渊明岂轻于作此记，亦私痛晋之士大夫，翻然事刘裕而无耻者尔……兼是时北兵破蜀，降将或为之用，因并以寓一时之感，而其实亦足以为天下后世为人臣者之劝云。"②作者写作此诗的目的有二：一是赞扬陶渊明不仕刘宋的忠孝节义；二是讽刺规劝那些出仕元朝的变节文人。诗人首先用屈原"佩兰骚人葬鱼腹"，自沉汨罗的事与秦二世断送秦王朝的史事形成对比，一个是为国捐躯，一个是断送国家，这两个典故的选择应该说是别具深意的。"委质良难身死易，长歌深入桃花山"，死是很容易的，困难的是活着并且保持高洁忠贞的品行。面对强敌，死反而是一种解脱，至少不用"此恨痛入髓"。可惜"力不加虎狼"，只能"固有去之尔"。世人应该学习陶渊明不仕刘宋的气节，而不该低贱浅薄，"反君事仇如犬彘"。即使没有能力恢复山河，也应当学习楚人，"楚人安肯为秦臣，纵未亡秦亦避秦"，隐居起来以保全对君主、对国家之忠心。在郭祥正身上，方回找到了依据。郭祥正一生耿介，不畏权贵，数次弃官、辞官，啸傲于青山绿水之间，保持了人格的独立自由，他也同样可以效仿郭青山寄情林泉，以此明志：

> 屡陪幽话探玄关，虚往无何已实还。远眺每穷千里外，佳吟时见一联间。致身霄汉名方起，回首林泉意欲闲。闻说姑溪卜新筑，会须容访郭青山。③

虽然已是功成名就，然而自己却希望能够摆脱俗世盛名之羁绊，

---

① （宋）张镃：《南湖集》卷2，文渊阁四库全书本。
② （明）程敏政：《新安文献志》卷50，文渊阁四库全书本。
③ （元）方回：《次韵张慵庵言别就送》，《桐江续集》卷1，文渊阁四库全书本。

在山野幽林中寻得一份闲适，于是来到姑溪去寻访郭祥正当年的踪迹。

除了自身人格魅力之外，郭祥正在诗歌领域中的卓绝才华也令后学所倾倒，明人朱鹤龄将自己看重的后辈诗人称为"今之郭功甫"：

> 往岁在茂伦斋中见徐子电发诗，叹其天才骏发，有豪宕迈往之气。因语茂伦曰："此今之郭功甫也。世有王荆公，定当激赏其才，邀致为上客耳。"①

琼台先生邱濬曾作《和李太白韵寄题金陵》一诗："昔年曾作凤台游，万里长江入望流。龙虎岿形长拥阙，金银厌气漫成邱。眼空八表人间世，兴寄三山海上洲。却笑古人多事在，烟波云日起闲愁。"此诗被其门人蒋冕认为是"昔人谓崔、李真敌手棋，今观先生诗，较功甫所作，岂但敌之而已哉，其气象豪迈，词语雄壮，功甫盖瞠乎其后矣"②。显然明代人对郭祥正之《凤凰台》诗是相当推重的，并且以超越功甫为荣。

郭祥正所创作的优秀诗歌也成为后世文学和绘画等艺术形式的模仿对象或者创作题材。金代诗人元好问就以其《补到难》诗中"碧澜之下，寸寸秋色"③句入诗："绝壁孤云子细看，云间龙穴想高寒。碧澜寸寸横秋色，空对山灵说到难。"④清代人厉鹗则将此句化用词中："月明满湖刚著我，不搅鱼龙卧。碧澜寸寸秋，桂子纷纷堕。星河醉惊都绕舸。"⑤明代画家文徵明以其名篇《金山行》为底本，在嘉靖元年（1522）秋季去往金陵途中，登金山而于舟中创作《金山图》一轴传世，并将此诗题于卷轴之上：

> 素笺本墨画，隶书款，题云：……嘉靖壬午岁秋仲廿二，登

---

① （明）朱鹤龄：《南州草堂集序》，《愚庵小集》卷8，文渊阁四库全书本。
② （明）蒋冕：《琼台诗话》卷上，载周维德集校《全明诗话》，第645页。
③ （宋）郭祥正：《补到难》，《郭祥正集》卷1，孔凡礼点校，第1页。
④ （金）元好问：《黄华峪十绝句》，《遗山集》卷13，文渊阁四库全书本。
⑤ （清）厉鹗：《清江引·平湖秋月》，《樊榭山房续集》卷10，文渊阁四库全书本。

金山渡金陵，舟中戏墨作，征明。下有停云生一印，右方上有李书楼一印，轴高二尺一寸九分，广七寸三分。①（明文征明《金山图》一轴，上等玉十二）

在北宋诗歌最为繁盛的元祐、熙丰年间，郭祥正以其超群的诗歌才华、潇洒不羁的人格魅力出现在世人面前，他虽然无法与当时诗坛领军人物苏轼、黄庭坚等人分庭抗礼，但是仍然以其独特的风格屹立于诸多名家之中，他的诗歌也成为后人接受和仿效的对象。

---

① （清）《石渠宝笈》卷三十八贮，文渊阁四库全书本。

第三章 薪火相传：郭祥正诗文之创作渊源

文学作品中所蕴含的闳深丰富的内容，滋润影响后代诗人心灵，正如《庄子·养生主》所言："指穷于为薪，火传也，不知其尽也。"①生命终究有时而尽，但伟大作家的思想、风范却能尽现于其作品中，不仅流传后世，更能润泽百代。以"李白后身"自居的郭祥正，其天马行空式的豪逸风格，虽极富个人特质，但从其作品中亦可看到宋以前文学家和文学作品，特别是《诗经》、楚辞、李白、杜甫等深刻影响的痕迹，以下分节探讨郭祥正诗文创作之渊源与传承。

第一节　先秦文学

先秦文学中对郭祥正诗文创作产生影响的主要是《诗经》、楚辞和《庄子》，其中受屈原及其创制的楚辞体诗歌影响尤为明显，兹分三点分别论述。

一　《诗经》

《诗经》作为我国现实主义文学源头，对郭祥正诗歌产生的影响主要体现在创作实践和文艺思想两个方面。郭祥正多次引用《诗经》

---

① （清）郭庆藩：《庄子集释》，王孝鱼点校，中华书局1961年版，第129页。

中的诗歌,化用其中诗意或诗句来"赋诗言志",传情达意。

郭祥正常常在作品中表达向往上古三代、推崇唐尧虞舜之治的思想。他希望天下升平,人民安乐,这与《诗经》中"乐土""乐园""乐国"思想不谋而合。他在赠别赴官友人的诗歌中多次使用《诗经》中歌颂贤人圣君的诗句,对友人品行才能予以充分肯定,以此来传达对友人为官爱民的期望:

> 一朝公去调鼎鼐,斯堂永作甘棠歌。①
> 愿令里巷歌《召南》,风化流行成乐土。②

这几句诗使用了召公甘棠树下听讼断狱、教民稼穑的典故,表达对美好政治社会的期盼,他希望好友能够像传说中的傅说那样,辅佐皇帝,调和鼎鼐,安邦定国,使民众衣食丰足,安居乐业,"何以介眉寿,瓮中酒新熟"③,用道德教化生民,使民风淳朴,地方成"乐土"。仅"甘棠"一词,在其诗集中就出现六次,可见诗人期盼美好社会愿望之强烈。面对自己一生郁郁不得志、沉沦下僚的坎坷命运,他祝福友人"如君必见取,为君吟菁莪"④,当今天子慧眼识珠,选取栋梁之材,友人此去定能大展宏图,自己也会为之而高兴,"菁莪"出自《诗经·小雅·菁菁者莪》:"菁菁者莪,在彼中阿。既见君子,乐且有仪。菁菁者莪,在彼中沚。既见君子,我心则喜。菁菁者莪,在彼中陵。既见君子,锡我百朋。泛泛杨舟,载沉载浮。既见君子,我心则休。"⑤ 至交好友因路途遥远不得相见,则以"蒹葭"为喻,"殷勤谢陈子,蒹葭倚琼枝"⑥。"楼烦真人应梦来,夜斧丁丁神伐

---

① (宋)郭祥正:《姑孰堂歌赠朱太守》,《郭祥正集》卷2,孔凡礼点校,第26页。
② (宋)郭祥正:《姑苏行送胡唐臣奉议入幕》,《郭祥正集》卷2,孔凡礼点校,第38页。
③ (宋)郭祥正:《田家四时》其四,《郭祥正集》卷3,孔凡礼点校,第49页。
④ (宋)郭祥正:《送黄彦发还台》,《郭祥正集》卷6,孔凡礼点校,第128页。
⑤ 周振甫:《诗经译注》,中华书局2002年版,第262页。
⑥ (宋)郭祥正:《酬陈掾留题小山二首用次来韵》其二,《郭祥正集》卷6,孔凡礼点校,第128页。

木"①，借用《诗经·小雅·棠棣》诗意歌颂友谊。申述个人隐逸情志则说"采菊复采薇，聊以养天和"②，用陶渊明采菊南山之行为和伯夷、叔齐首阳采薇明志之举动，嘲笑世间之人汲汲功名利禄，"纸帐春气融，不寐听春鸟。关关枝上语，报我竹间晓。我醉未能起，尔音一何好。却笑世间人，忘忧种萱草"③，怎能体会到"关关雎鸠"之和美？不舍身外之物，即使得来萱草，种在北堂，又如何能解除忧愁？郭祥正还将《诗经》中展现男女相思之情的《周南·关雎》和《卫风·伯兮》转化为对世人熙熙攘攘追求功名富贵的嘲讽。"舟人但如鹳鸣垤，咫尺存亡隔千里"④，其中"如鹳鸣垤"出自《诗经·豳风·东山》，诗人借用以形容大雨将至时，船上之人惶恐不安如同忙乱的蚂蚁一样的情状，展现出人在自然面前的渺小和无力，连个人命运也无法掌控。

创作手法上，郭祥正也继承了《诗经》的现实主义精神，反映现实、抨击社会黑暗，为天下生民大声疾呼；受到《诗经》比兴手法的影响，诗人喜欢在作品中采用比兴手法来表现个人理想与品格：

> 彀彀复彀彀，怪禽安用啼。杏花已烂漫，月色正相宜。提壶取新酒，酌我金屈卮。行恐风雨来，乱红辞旧枝。尚恨碧城锁，阻邀白雪姬。耳边无清歌，素饮方自怡。尔何骋鸣声，弹射不肯飞。初来厌尔聒，既久不复疑。但能怖愚俗，又足惊童儿。天翁造尔躯，无乃私自欺。爪吻异雕鹗，安能司祸机。又不似群鸟，凶报吉亦随。白日窜深棘，夜鸣殊不栖。劝尔勿彀彀，凤凰忽来仪。⑤

这首诗以"彀彀"的鸟鸣声起兴，表面写鸟，实际是用发出"彀

---

① （宋）郭祥正：《东林行》，《郭祥正集》卷2，孔凡礼点校，第23页。
② （宋）郭祥正：《志士吟二首》其二，《郭祥正集》卷7，孔凡礼点校，第134页。
③ （宋）郭祥正：《寄题九江陶子骏佚老堂》，《郭祥正集》卷7，孔凡礼点校，第137页。
④ （宋）郭祥正：《采石亭观浪》，《郭祥正集》卷9，孔凡礼点校，第173页。
⑤ （宋）郭祥正：《彀彀》，《郭祥正集》卷4，孔凡礼点校，第80页。

縠"声的这种鸟来自比。"縠縠"是象声词,通常形容鸟鸣如珠玉落地般清脆悦耳,但是这里诗人却用了一个"怪禽"来形容这种鸟,实际是暗喻诗人自己:虽保持遗世独立、保持操守的气节,却不见容于俗世社会。在另一首诗中,诗人又将个人理想寄寓在水磨上:

> 盘石琢深齿,贯轮激清陂。运动无昼夜,柄任谁与持。霹雳驾飞雪,盛夏移冬威。功成给众食,势转随圆机。翻思兵家言,千仞俯可窥。又想对明月,大壑投珠玑。睥睨巧匠手,不使差毫厘。牛驴免穿领,僮仆逃胼胝。利用固已博,沉吟岂虚辞。顾将水磨篇,荐之调鼎司。①

诗歌所描写对象是水磨。前八句为第一层起兴,叙述盘石被制成水磨,无论春夏秋冬,寒来暑往,雷电风云,始终无怨无悔,默默为众人吃食服务。下四句转入对个人济世理想的抒写,自己希望能得到上位者赏识,一展所长,可惜却始终投报无门,沉沦下僚,如明珠坠入深壑。再四句又一转,转向自我安慰,正是因为被埋没,天性才得以保持;最后四句曲终奏雅,表达自荐出仕之意。《观苏子瞻画雪雀有感寄惠州》则借画言志,表面写苏轼所画之雪雀栩栩如生,实际是以画中雀鸟"正似雪林枝上画,羽翰虽好不能飞"② 来比喻子瞻仕途坎坷,寄寓了诗人对苏轼有才不得施展、远谪穷荒之地的深刻同情。

在创作实践之外,郭祥正的文艺思想中同样闪耀着《诗经》诗学理念的光辉,如以"思无邪"为中心之儒家诗教观对其影响巨大,这点将在下文其文艺思想中详细论述,兹不赘述。

二 楚辞及屈原

楚地风光、楚地人物和传说都是郭祥正诗歌中常见意象。如《楚

---

① (宋)郭祥正:《水磨》,《郭祥正集》辑佚卷1,孔凡礼点校,第530页。
② (宋)郭祥正:《观苏子瞻画雪雀有感寄惠州》,《郭祥正集》辑佚卷3,孔凡礼点校,第552页。

江行》中写"洛妃湘女",借用湘水女神传说,"三闾"则是指屈原。楚地歌曲《沧浪歌》在郭祥正诗歌中反复出现,他的诗歌当中共14次用到"沧浪"一词,其中八次以"沧浪"来喻指洗涤世间污秽、保持个人高洁品行的愿望,如"缨尘不解沧浪洗"①"渺思泛沧浪,期君濯双足"②"可濯沧浪共赋诗"③"莫比沧浪只濯衣"④"谁念沧浪可濯衣"⑤"扁舟明发穿南斗,聊学沧浪渔父吟"⑥ "欲就沧浪濯烦热"⑦ "沧浪不得濯,执热长汗颜"⑧。郭祥正还赋予"沧浪之水"新的意义,那就是泛舟沧浪,遨游江湖,逍遥天地之间,"扁舟我即浮沧浪"⑨ "只今且挈茗杯游,沧浪同泛采莲舟"⑩ "击剑高吟非故乡,何时共作沧浪客"⑪,"沧浪"成为郭祥正隐逸栖居的场所。

  中国文学史上伟大的作家、楚地文化的代表人物——屈原,他本人及其所创制的楚辞是郭祥正努力学习和效仿的对象。屈原忠君爱国,却被小人陷害,被迫流亡,国都陷落,他自沉汨罗江结束生命。和屈原一样,郭祥正也曾遭受到政治上不公平的待遇,有功不赏。他们都热爱国家,勇于实践理想,却又都怀才不遇,甚至受到污蔑与误解,故而二人在内在情感上亦有相通之处。毫不夸张地说,郭祥正在屈原身上看到了自己,因此在郭的诗歌中随处可见屈原的影子,他将屈原与楚辞孕之于心,抒之于文。

  屈原所创制的楚辞句法以及修辞手法上的"香草美人"传统为郭

---

① (宋)郭祥正:《寄题洪州潘延之家园清逸楼》,《郭祥正集》卷2,孔凡礼点校,第29页。
② (宋)郭祥正:《陈安止迁居三首》其二,《郭祥正集》卷5,孔凡礼点校,第87页。
③ (宋)郭祥正:《和留秀才秋日田舍》,《郭祥正集》卷22,孔凡礼点校,第359页。
④ (宋)郭祥正:《六祖大涌泉》,《郭祥正集》卷22,孔凡礼点校,第365页。
⑤ (宋)郭祥正:《追和梅侍读题贵池寺元韵》,《郭祥正集》卷23,孔凡礼点校,第375页。
⑥ (宋)郭祥正:《公素送酒见及复次前韵和答》,《郭祥正集》卷23,孔凡礼点校,第381页。
⑦ (宋)郭祥正:《晓发》,《郭祥正集》卷27,孔凡礼点校,第436页。
⑧ (宋)郭祥正:《怀平云阁兼简明惠大师仙公》,《郭祥正集》卷4,孔凡礼点校,第77页。
⑨ (宋)郭祥正:《济源草堂歌赠傅钦之学士》,《郭祥正集》卷2,孔凡礼点校,第27页。
⑩ (宋)郭祥正:《次韵和元舆待制后浦宴集三首》其二,《郭祥正集》卷8,孔凡礼点校,第165页。
⑪ (宋)郭祥正:《送李察推公择》,《郭祥正集》卷12,孔凡礼点校,第213页。

祥正所学习和接受。屈原作品常见意象——兰、椒、茝等香草在郭祥正诗歌中多有体现，一些词出现频率很高，如"兰茝""汀兰""兰桂""兰椒""兰芝""兰荪""幽兰""庭兰""木兰""熏兰""兰舟""兰橈""兰草""兰麝""兰棹"等，其中"兰茝"出现五次，"幽兰""兰椒""兰芝""兰舟"出现三次。《郭祥正集》中有二十多首楚辞体诗歌，题材内容涉及抒情、悼亡、送别、游览、咏史、赠答，涵盖日常生活方方面面，可见郭祥正喜用且擅用楚辞体形式进行诗歌创作，如《泛江》一诗与屈原《涉江》无论从表现形式还是从表达情感来看，都极为相似：屈原因"世溷浊而莫余知兮，吾方高驰而不顾"①，郭祥正则反复申述"度白日之难兮，谁察予情"②。面对不被世人理解、不为上位者重用的痛苦，屈原"余将董道而不豫兮"③，坚持正身直行；祥正则"事将有责兮，死岂予之所畏。盖忠未足以尽报兮，孝未克以自信。惟行止之坎坎兮，适简罪以冀生"④，为国尽忠，死而不悔，更不惧他人之污蔑。一个是为国尽忠而不得，无端遭受世人毁谤而坚持不改个人操守；一个则弃孝报国，可惜却不被人理解，二人为国为民之理想是一致的。类似屈原托物喻志的诗歌还有《代古相思》一诗："妾面如花开，妾心似兰花。花开色易衰，兰死香不已。愿持枯兰心，终焉托君子。君行胡不归，两见秋风起。鸿雁只空来，音书无一纸。夜夜梦见君，朝朝懒梳洗。不忆霜月前，丝桐为君理。千古万古悲，悠扬逐流水。"⑤虽然采用乐府形式，但是手法上显然是学习屈原以美人自喻、良人喻君的比兴手法，美人虽容颜易逝，但其心高洁如兰，死而犹香，可惜良人（君王）却刻薄寡恩，见异思迁。

郭祥正和屈原都是具有爱国忠君情结的悲剧性人物，但是二人的

---

① （战国）屈原：《涉江》，《楚辞补注》，（宋）洪兴祖补注，白化文点校，中华书局1983年版，第128页。
② （宋）郭祥正：《泛江》，《郭祥正集》卷1，孔凡礼点校，第6页。
③ （战国）屈原：《涉江》，《楚辞补注》，（宋）洪兴祖补注，白化文点校，第131页。
④ （宋）郭祥正：《泛江》，《郭祥正集》卷1，孔凡礼点校，第6页。
⑤ （宋）郭祥正：《代古相思》，《郭祥正集》卷7，孔凡礼点校，第142页。

悲剧精神表现形式不同,激烈程度也不相同。从行动上看,屈原在个人理想无法实现时,他选择了自沉;而郭祥正则不同,他选择了退隐。从艺术表现上看,屈原无辜被冤,他采取了上穷青天,下掘黄泉式的激烈的呼告方式来宣泄怨愤;郭祥正同样仕途坎坷,受屈蒙冤,却只是在作品中发出一些消沉沮丧的感慨,虽有怨愤,但是始终不见一语怨上,反而常常为最高统治者歌功颂德,实际上,他对最高统治者的态度非常微妙,那就是既"眷恋"又"怨不敢怨"。在这种难以言说的情感之下,郭祥正对屈原的看法便是矛盾的:一方面,屈原身上最令郭祥正敬佩的是他坚持个人操守、不与世俗妥协、绝世独立的个性,这便是其作品集中多次出现屈原及其作品的原因了,"愁杀避俗翁,甘为独醒客"①"更将美酒吊楚屈,《离骚》继作疑前身"②;另一方面,同屈原一样,他渴望得到最高统治者重视,实现人生理想,然而尧阙矗立在白云缭绕之处,是那样缥缈虚幻,遥不可及,"地祇监护待贤者,栏干倚遍倾金罍。目送白云望尧阙,忠功孝名坚一节。明时不作《离骚经》,玉上青蝇解磨灭"③。他认为,最好的方式不是像屈原那样上天入地呼告,哭诉冤屈,"屈原虚著《离骚》经"④"屈子徒佩潇湘兰"⑤,而应该退隐,"又不见屈原泽畔吟《离骚》,渔翁大笑弗餔糟,可行则行止则止,胡为憔悴言空劳"⑥ "鹏鸟宁须赋,《离骚》未是经。回头付陈迹,终欲醉冥冥"⑦,归去才是最好的选择,"贾生前席竟忧死,屈原怀沙终自诛。投身及早卜幽隐,淡泊久乃胜甘腴"⑧ "弗

---

① (宋)郭祥正:《谢魏户曹惠酒》,《郭祥正集》卷6,孔凡礼点校,第126页。
② (宋)郭祥正:《送章秘书表民》,《郭祥正集》卷12,孔凡礼点校,第210页。
③ (宋)郭祥正:《留题吕学士无为军谪居廊轩》,《郭祥正集》卷9,孔凡礼点校,第177页。
④ (宋)郭祥正:《瑞昌双溪堂夜饮呈吴令子正》,《郭祥正集》卷15,孔凡礼点校,第248页。
⑤ (宋)郭祥正:《仲春樱桃下同许损之小饮因以赠之》,《郭祥正集》卷10,孔凡礼点校,第192页。
⑥ (宋)郭祥正:《上赵司谏悦道》,《郭祥正集》卷10,孔凡礼点校,第184页。
⑦ (宋)郭祥正:《独醒》,《郭祥正集》卷17,孔凡礼点校,第284页。
⑧ (宋)郭祥正:《游道林寺呈运判蔡中允如晦昆仲用杜甫元韵》,《郭祥正集》卷9,孔凡礼点校,第169页。

学屈大夫,含悲葬鱼腹"①"可笑屈夫子,憔悴长江滨。欲将独醒换众醉,竟葬江鱼愁杀人"②"乐全乎,且饮酒,独醒怀沙亦何有"③,早日从世俗尘网中脱身,归隐幽林,淡泊名利才能全身保真,不必像屈原那样用生命诠释理想。

概而言之,屈原其人以及他所创制的楚辞体诗歌对郭祥正一生思想和创作影响是十分显著的,屈原上天入地、御龙乘凤的极富奇幻色彩的积极浪漫主义精神在郭祥正身上时有体现,"予将蹴滔天之高浪,跨横海之长鲸。揽午夜之明月,邀逸驾于赤城。……投冠缨于下土,化鳞鬣于北溟也"④。但是,二人差别也非常明显,由于所处时代、社会、文化背景差异,郭祥正对屈原的赞赏主要局限在忠君爱国的思想层面,而对于屈原自沉、指摘君王、言辞愤激的一面,他并不赞成。

三 《庄子》

郭祥正对《庄子》一书非常推崇,他赞叹此书"铿铿南华经,语意妙复妙。高能出苍旻,卑不厌藜藿。阴静偶暂处,隐迹两莫吊。息蹞真人徒,息喉愚者绍。方同造物言,万变领枢要。既能无恒化,勿凿混沌窍。百家拾其余,所得乃遗溺。至音听以气,世或昧此调。不见杏坛讲,犹为渔父诮"⑤。《南华经》读起来,不仅语言音韵上节奏鲜明,读之朗朗上口,语意中更是蕴含无穷无尽的妙处,从无限苍穹到地上野草,无不包含在内,囊括万物精要,是世间至音,诸子百家之说与之相较,都不过是拾其牙慧,如同屎溺罢了。

《庄子》对郭祥正的影响体现在思想意识和艺术技巧两个方面。

---

① (宋)郭祥正:《陈安止迁居三首》其一,《郭祥正集》卷5,孔凡礼点校,第86页。
② (宋)郭祥正:《凌歊台呈同游张兵部朱太守》,《郭祥正集》卷15,孔凡礼点校,第256页。
③ (宋)郭祥正:《漳南王园乐全亭席上呈同游诸君坐客刘公曰有水一池有竹千竿可以赋诗浪士勇起索笔即其言缀成长调文不加点》,《郭祥正集》卷9,孔凡礼点校,第178页。
④ (宋)郭祥正:《杂言寄耿天骘》,《郭祥正集》卷1,孔凡礼点校,第16—17页。
⑤ (宋)郭祥正:《酬颖叔见寄》,《郭祥正集》卷3,孔凡礼点校,第61页。

第一，思想意识领域。郭祥正接受了《庄子》一书中逍遥至乐、隐逸保真、齐万物、等生死的观点，面对人生磨难，人间苦痛，生命短暂等人类终极问题，他将庄子的哲学智慧与个人感悟体验融合，不断寻求探索人生道路，最终找到了"放吾形兮聊逍遥以卒岁"① "嗒焉姑自丧，安之如命何"② 这样逍遥度日、忘却自我、安之若素的途径来对抗命运和一个"物理不可齐，好恶乃天禀"③ "真遇非遐想，忘心乃全生"④ "生胡为荣死奚戚"⑤ 的解决办法。对郭祥正来说，"脱轮蹄之萦，服烟霞之秀。于斯时也，一举九万兮，吾不知其为用。嗒焉自丧兮，吾不如其为偶。翛兮宥兮，非无之无。寂兮息兮，非有之有。无何亦何得而名，有窍则窍遽能久"⑥，保持个人独立人格、不受外界干扰、无用为大用是他追寻的终极目标，他还将当时流行的道教神仙思想、佛禅思想与之混合并加以改造，最终形成郭祥正特有的哲学思想。

第二，艺术技巧领域。《庄子》一书，寓言十九，想象丰富奇特，诡谲怪变，擅长用故事来说明自己的观点。郭祥正善于引用其中寓言故事，根据表达需要，或直接使用原意，或加以改造赋予新意，或反用其意，对这些寓言进行了多重阐释，颇有"我注六经"的意味，用"我"之思想来注解《庄子》，让《庄子》为"我"来服务。

1. 正用其意，主要包括完全接受原意和部分接受原意并改造原意的两种情况。先看完全接受原来意义的情况。"涯涘马牛之辨"的寓言，在郭诗中基本与《庄子》书中原意相同，如"东溟与西塞，吾宁辨涘涯"⑦ "马牛岂复辨，涯涘恍已失"⑧ 之句。此外还有"观鱼之

---

① （宋）郭祥正：《古思归引 石季伦有其序而亡其词》，《郭祥正集》卷1，孔凡礼点校，第8页。
② （宋）郭祥正：《同蒋颖叔殿院游昭亭山广教寺》，《郭祥正集》卷3，孔凡礼点校，第55页。
③ （宋）郭祥正：《春日独酌一十首》其五，《郭祥正集》卷3，孔凡礼点校，第47页。
④ （宋）郭祥正：《游仙一十九首》其九，《郭祥正集》卷3，孔凡礼点校，第43页。
⑤ （宋）郭祥正：《桃源行寄张兵部》，《郭祥正集》卷2，孔凡礼点校，第40页。
⑥ （宋）郭祥正：《逍遥园 并序》，《郭祥正集》卷1，孔凡礼点校，第14页。
⑦ （宋）郭祥正：《怡亭 裴虬作铭李莒八分阳冰篆序存焉》，《郭祥正集》卷4，孔凡礼点校，第69页。
⑧ （宋）郭祥正：《漳南书事》，《郭祥正集》卷5，孔凡礼点校，第95页。

乐""白驹过隙""鼻端去垩"之典，郭诗中"始信庄生言，观鱼乐濮上"①"应嗟尘世人，窗间白驹急"②"玉上青蝇谁强指，鼻端白垩宁伤斧"③，与原意相同，水中鱼儿自由自在地游弋，其乐无穷；时光飞逝，世人却沉溺于外物而失去人生之乐；友人胡唐臣的离开仿如匠人之质死去，无以为质，无与言之④，可见二人友谊之深厚。

再来看部分接受原意、部分改造并赋予新意的情况。以北溟之鱼化为鲲鹏的故事为例，面对官场友人，郭祥正说"看君扬天翼，北溟终化鹍"⑤，祝福勉励友人一定会有才能得到施展的时候，终有一天会像大鹏鸟一样展翅高飞；对于自己，他则"还思北溟钓，赤脚踏鲲鲵"⑥，脚踏鲲鲵，逍遥于北溟之海。"北溟"之"鲲鹏"，在不同场合、不同表达需要下，在郭祥正笔下具有了不同含义，既可以作为他本人渴望自由、遗世独立的伙伴，也可以成为祝福友人飞黄腾达、前途光明的象征，这与《庄子》书中将二者视为物虽大到顶天立地，却仍有所待，不能达到绝对逍遥自由的意义不完全相同。

2. 反用其意。如"混沌之窍"与《庄子》寓言原意完全相反，为了表达对自然造化的叹服，诗人反用庄子之意，"何人试巧手，凿此混沌窍"⑦。还有"无用之用"的使用，意义也与原书不同，"谁谓才之大兮，慨匠氏之弗取"⑧，高才应该为人所赏识，可惜却埋没了，有用之才应当被使用，发挥作用，才是大用。

---

① （宋）郭祥正：《池上晚景分得上字》，《郭祥正集》卷5，孔凡礼点校，第95页。
② （宋）郭祥正：《次韵颖叔修撰游朱明及字》，《郭祥正集》卷5，孔凡礼点校，第101页。
③ （宋）郭祥正：《姑苏行送胡唐臣奉议入幕》，《郭祥正集》卷2，孔凡礼点校，第38页。
④ 参见（清）郭庆藩《庄子集释·徐无鬼》卷8，王孝鱼点校，第843页。
⑤ （宋）郭祥正：《留别宣守贾侍御用李白赠赵悦韵》，《郭祥正集》卷7，孔凡礼点校，第153页。
⑥ （宋）郭祥正：《太守陈侯见要登黄山送马东玉遂用李白登黄山送族弟济赴华阴韵呈陈侯并送东玉》，《郭祥正集》卷7，孔凡礼点校，第154页。
⑦ （宋）郭祥正：《九曜石奉呈同游蒋帅颖叔吴漕翼道》，《郭祥正集》卷5，孔凡礼点校，第104页。
⑧ （宋）郭祥正：《采薇山之巅赠张无梦先生》卷1，《郭祥正集》，孔凡礼点校，第16页。

第二节　汉晋南朝文学

郭祥正对汉魏晋南朝文学的接受主要表现在对汉代大赋、抒情小赋以及文人五言诗等文学样式的模拟和创新上。这其中既有形式技巧上的学习，也不乏思想意识领域的继承。郭祥正比较重视这一时期的文学，对陶渊明、谢灵运、谢朓等东晋南朝诗人极为推崇，对他们的作品评价甚高，特别是陶渊明，他不仅是郭祥正在文学领域中的偶像，更是思想意识里的榜样。

一　汉代文学

汉代文学中大赋、抒情小赋和文人五言诗都或多或少对郭祥正诗歌创作活动产生过影响。

（一）汉大赋

汉代大赋铺张扬厉、穷形尽相的写作手法被郭祥正运用到楚辞体诗歌创作实践当中，为诗歌注入新的活力。他好以赋笔入诗，吸收赋体铺排、夸张、想象、跳跃的特色，运用于对山水景物的细腻刻画上；汉代大赋主客对话开头、曲终奏雅收尾的体式则被诗人改造成开头对话、诗尾说理的形式，改变了诗歌表现方式，赋予了诗歌更深广的意义：

到乎难哉，碧落之洞天。上有岚壁之瑶局，下有澄溪之碧澜。碧澜之下，寸寸秋色。目窥之而可量，手搴之而莫得。窦容光而练飞，岩渍阴而乳滴。如长人，如巨蛇，如翔龙，如镆铘，如倒植之莲，如已剖之瓜。如触邪之獬豸，如蚀月之虾蟆。或断而卧，或起而立，或欲斗而搏，或惊顾而呀。若斯石也，吁可怪耶！何诡绝之异观，尝置之于幽遐。到乎难哉。长萝羡秀，瘦木竦直。香樱寒而自媚，名概询而鲜识。烟霏霏而引素，云悠悠而奋翼。亟摹似其变态，已灭然而无迹。崩漰远响，馨落瑟续。聆之愈深，咏之不足。欲幽栖而忘返，尚徘徊而眷禄。彼宁待乎世人，盖有要于仙躅。到乎难哉。信夫到之难也。匪到之难,知乐此以为难。知乐此矣,能久处之又为难。余故补《到难》以题篇些。①

此诗主要叙写碧落洞天之景色。从上到下,从视觉到触觉,连用八个比喻,工笔细绘岩石之形状,与大赋中描摹事物之笔法极为相似。诗的后半转入说理,世间风景优美之处往往在人迹罕至的地方,想要到达非常困难,正因为到达之难,经过种种努力进入之后更容易体会到其中之乐趣;然而由于牵挂世间俗物,想要久居其间却不能够,不能深入体验真正的"乐"。这种写法与大赋曲终奏雅之规制暗合。

再如《石室游》一诗,诗人对石室山景极尽铺陈描写之能事:

> 端城之北,径五六里,有石室兮洞开。其上则七山建斗司天之喉舌,其下则渊泉不流,渟碧一杯。窥之则肌发冰,酌之则烦心灰。四傍则石乳玲珑,中敞圆盖,窈窈万丈,莫穷其崖。孰纳忠兮,嗟肺肝之已露。孰止戈兮,束兵仗而相挨。俨卫士之行列,肃廷臣之序排。纷披披兮蒂萼,粲枞枞兮条枚。安而不可动者为梁为栋,奔而不可止者为虎为豺。龟闯首兮屏息,虬奋鳞兮搏雷。怪怪奇奇兮,千变万态。愈视愈久兮,惚恍惊猜。何人境之俯近而仙宇之秘异如此者哉!萝卷风兮窈窕,春渍芳兮不回。或命佳客,或寓幽怀。考二李之劲笔 邕、神,皆一时之遗材。授玉琴以写咏,怅夕阳之易颓。方谢事以言返,眷兹室而徘徊。云愀容兮泱漭,鸟送音兮悲哀。况百年之将尽,邈夫万里奚复来。②

开篇交代石室所处地理位置,接着按空间顺序从上下、四周、中间不同方位介绍石室周围之环境,碧水潺潺,清冽寒冷;奇石怪变,千姿百态,如栋梁,如豺虎,如龟龙。在大自然鬼斧神工的奇景之下,

---

① (宋)郭祥正:《补到难并序》,《郭祥正集》卷1,孔凡礼点校,第1—2页。
② (宋)郭祥正:《石室游》,《郭祥正集》卷1,孔凡礼点校,第13—14页。

诗人不由得兴起时光短暂的慨叹。

类似的还有《逍遥园并序》。此诗以友人园林为描写对象，园子四周溪水环绕，绿竹掩映，春兰秋菊，芬芳扑鼻，苍松怪石，奇异万端，四季不同景，昼夜不同色，"逍遥有水一溪，有竹三亩。兰芬菊芳，松老石瘦。堂居其中，亭列左右。菲菲兮春荣，阴阴兮夏茂。孤猿啸兮秋夜长，空桑嗥兮冬雪昼"①。友人身居其中，自然是物我两忘，逍遥于天地之间了。这些诗兼具诗歌和汉赋特点，既有整齐的对偶排比，也有散句单行，写景叙事详尽细腻，通常按照空间、时间或者二者兼顾的顺序来描绘，关键之处用实词叙写，其余则以副词连缀成篇。全诗韵散结合，半诗半文，与汉赋相类，特别是《石室游》一诗，正因为在写作手法上与赋极为接近，因此被《历代赋汇》的选编者选入赋中，文渊阁四库全书本《青山集》附录中《石室游》被划分到"赋"的范围，题目也更作《石室赋》。

还有一些诗在形式上采用了汉赋中常见的主客对话体形式：

> 先生曰：采薇山之巅兮，吾非求为之仙。吾无一亩之宅，一丘之田。饥食山之薇，渴饮山之泉。岩为吾居兮，鹿为吾马。吾岂不足兮，翱翔乎山之间。彼世俗之混混兮，嗟苦短之白日。此一身之悠悠兮，聊自乐以穷年。彼尘埃之荏苒兮，此云烟之绵联。谁谓才之大兮，慨匠氏之弗取。吾独幸其弗取兮，森葱苍而自全。粤吾君之为治兮，三王之圣。而吾相之为辅兮，伊周之贤。吾父吾母兮，皆善终以天算。进何忧而退何憾兮，养吾气之浩然。弟子进而赞曰：采薇山之颠兮，其乐也如此。衣曳曳而情飘飘兮，愿执辔而往焉。②

作者在诗中假托先生与弟子之间的对话，叙写山居生活，仿效先

---

① （宋）郭祥正：《逍遥园并序》，《郭祥正集》卷1，孔凡礼点校，第14页。
② （宋）郭祥正：《采薇山之巅赠张无梦先生》，《郭祥正集》卷1，孔凡礼点校，第15—16页。

贤，采薇作食，山泉解渴，身居岩穴，远离混浊纷乱的社会，悠游山林安享天年，申明隐居志向。另一首《言归》类似于写人叙事的回忆性散文，将少时经历娓娓道来："予七龄而孤兮，托慈育以苟生。捉手以笔兮，口授以经。绪先子之素训兮，夜未央而丁宁。既束发以就学兮，入必问其与游。闻道之进兮，曰：'使我以忘忧，课蚕而织兮，纫衣以先汝，使弗坠业兮，我劳而汝处。'"① 诗人以饱含深情的笔触回忆幼年时期母亲对自己无微不至的关爱，其中母亲的谆谆教导，语言平易。句式上虽刻意用"兮"字补足五字，但仍是以散句为主。

汉代大赋体制对郭祥正楚辞体诗歌的创作影响较大，而郭祥正将赋作中对话体、散文化的特点开创性地运用于诗歌当中，丰富了诗歌创作技巧。

(二) 汉末文人五言诗

大赋之外，东汉后期出现的以古诗十九首为代表的文人五言诗，也是郭祥正在诗歌创作实践活动中的重要借鉴对象。文人五言诗所传达出的生命意识和时空意识——时光飞逝，人生苦短，及时行乐与《庄子》一书所展现的逍遥至乐、生死一齐的思想融合叠加，成为经历宦海风波、人生苦难之后的郭祥正之精神寄托。

> 朝登北山头，千里入平望。本欲寄吾怀，胡为返惆怅。晴云随白日，西去没青嶂。素丝行满头，吾年安可壮。(《朝登北山头二首》其一)

> 朝登北山头，悠悠望江水。水流无还期，人老行已矣。劝君把一樽，聊用置悲喜。生无死何有，原终乃知始。(《朝登北山头二首》其二)②

这两首诗以首句"朝登北山头"为题，仿照古诗十九首以首句名

---

① （宋）郭祥正：《言归》，《郭祥正集》卷1，孔凡礼点校，第4页。
② （宋）郭祥正：《朝登北山头二首》，《郭祥正集》卷3，孔凡礼点校，第49—50页。

篇的命题方式。登高望远，夕阳西下，诗人不由感喟时光易逝，盛年不再；俯视山下，江水悠悠，流逝无情，不知不觉中美好年华已同流水般逝去。面对人生不可避免之衰老死亡的命运，作者没有过分悲伤，而是像庄子一样，辩证地看待问题，概括出生和死只是相对概念，就如同有始才有终一样，无生即无死。生命短暂，应当及时行乐，韶光易逝，把酒畅饮可以消解苦痛，"男儿及时乐，一饷亦足许"①。

此外，如"桃无十日花，人无百岁身。竟须醒复醉，不负花上春"②"芳华无十日，自劝频举杯。素发易凋落，青春难再来"③等人生苦短，盛年难再，借酒消愁的思想意识在其诗歌中时有体现；"阳春能来不能久，年少看花今白首……挥手谢佳人，浩歌悲阳春。阳春易衰歇，尔貌岂长新"④，美好的春光如同人的青春岁月，芳华易逝，生命有限，更勾起人的无限慨叹。

二 陶渊明

东晋诗人陶渊明是除李白之外，郭祥正在诗歌中提到次数最多的一位诗人，毫不夸张地说，陶渊明是郭祥正一生中的第二位偶像。他常常直白地说："我爱陶渊明，超然遗世想。"⑤"我爱陶渊明，隐不群异学。"⑥二人相似的出仕、归隐经历使他很容易与之产生共鸣：陶渊明因"家贫，耕植不足自给；幼稚盈室，瓶无储粟"而不得不出仕，但是终因"质性自然，非矫厉所得；饥冻虽切，违己交病"⑦，辞官归于田园；年轻气盛的郭祥正也一怒之下拂衣挂冠，然而又迫于生计，"慈母待禄养""寒饿妻儿羞"⑧，不得不违背本心，数次出仕，

---

① （宋）郭祥正：《望白纻山》，《郭祥正集》卷4，孔凡礼点校，第76页。
② （宋）郭祥正：《春日独酌一十首》其一，《郭祥正集》卷3，孔凡礼点校，第46页。
③ （宋）郭祥正：《春日独酌一十首》其四，《郭祥正集》卷3，孔凡礼点校，第46页。
④ （宋）郭祥正：《悲阳春》，《郭祥正集》卷16，孔凡礼点校，第260页。
⑤ （宋）郭祥正：《读陶渊明传二首》其一，《郭祥正集》卷5，孔凡礼点校，第91页。
⑥ （宋）郭祥正：《送陶秀才二首》其一，《郭祥正集》辑佚卷2，孔凡礼点校，第545页。
⑦ （晋）陶渊明：《归去来分辞并序》，《陶渊明集校笺》卷5，杨勇校笺，上海古籍出版社2007年版，第266页。
⑧ （宋）郭祥正：《昨游寄徐子美学正》，《郭祥正集》卷4，孔凡礼点校，第82页。

常常遗憾地自我安慰："诗言此归隐,不恋五斗俸。何时定挂冠,我愿为仆从。"① 这个愿望直到他人生的最后二十年才终于实现。

郭祥正敬仰陶渊明的人格,"与其宠辱惊,何似归来早。渊明乃吾祖,此道能自保"②,认为陶渊明不仅仅是一位隐者,更是一位"达道者","陶潜真达道,何止避俗翁。萧然守环堵,褐穿瓢屡空。粱肉不妄受,菊杞欣所从。一琴既无弦,妙音默相通。造饮醉则返,赋诗乐何穷。密网悬众鸟,孤云送冥鸿。寂寥千载事,抚卷思冲融。使遇宣尼圣,故应颜子同。"③ 他反复提到的"道",从形式上看,是一种将隐逸山林、远离俗世作为常态的生活方式;从本质上说,则是个人人格之"道"、本心之"道",即内心是否真正脱离尘世樊笼、摒弃功名利禄,甘于淡泊,回归自然本性。郭祥正认为,陶渊明才是真正通达此"道"之人,他不仅毅然选择了隐逸南山、归园田居的生活方式,更重要的是陶渊明真正从内心向往这种生活,心、行合一,他用"问君何能尔?心远地自偏"④ 很好地诠释了此中之"道",可叹世间像陶潜这样能"达道"的人很少了,"男儿要出处,此道几人知"⑤,而郭祥正恰是为数不多能通达陶渊明之"道"的人,"俯仰自能无一事,何须投迹向山林"⑥,思想上的"达"远胜于行为上的"做"。

郭祥正追慕陶渊明的生活方式,从 19 岁出仕开始,他便在诗歌中持续地表现了归隐家乡的愿望,并最终实现了夙愿。他的经历与陶渊明相似,在诗集中咏唱归隐山居生活的佳篇很多,同陶渊明一样,他也是一位定居型诗人⑦,因此陶诗酒自娱、隐居田园的生活成为诗人理想的生活模式,同时他还坚持个人操守和理想,"吾方慕陶潜,行

---

① (宋)郭祥正:《酬耿天骘见寄》,《郭祥正集》卷 4,孔凡礼点校,第 67 页。
② (宋)郭祥正:《寄题九江陶子骏佚老堂》,《郭祥正集》卷 7,孔凡礼点校,第 137 页。
③ (宋)郭祥正:《读陶渊明传二首》其二,《郭祥正集》卷 5,孔凡礼点校,第 91—92 页。
④ (晋)陶渊明:《饮酒二十首》其五,《陶渊明集校笺》卷 3,杨勇校笺,第 144 页。
⑤ (宋)郭祥正:《舟经彭泽谒靖节祠》,《郭祥正集》卷 19,孔凡礼点校,第 315 页。
⑥ (宋)郭祥正:《次韵和孔周翰侍郎洪州绝句十首》其五,《郭祥正集》卷 27,孔凡礼点校,第 429 页。
⑦ 参见[日]内山精也《"李白后身"郭祥正及其"和李诗"》,《传媒与真相——苏轼及其周围士大夫的文学》,朱刚等译,上海古籍出版社 2005 年版,第 529 页。

歌眷南山。山气日夕佳，吾庐未尝关。猿鸟相与居，丝桐时一弹"①
"出从麋鹿游，坐与猿鸟歌。采菊复采薇，聊以养天和"②。他极为欣
赏《桃花源记并诗》，以"桃花源"为理想中的隐逸居所，喜用桃源、
武陵、避秦人及相关意象进行创作，现存诗作中这些意象出现了 30 处
之多，并且还有专门诗作《桃源行寄张兵部》：

> 武陵溪上青云暮，昔人传有桃源路。时见落花随水流，咫尺神
> 仙杳难遇。神仙有无何可量，但爱武陵山水强。松烟竹雾水村暗，
> 鸟啼猿啸花雨香。车轮不来尘坌绝，日月自与乾坤长。闻君取身欲
> 长往，禾熟良田结春酿。陶然一醉万事休，还我天真了无象。生胡为
> 荣死奚戚，为笑纷纷避秦客。一身千岁何足论，更向渔家寄消息。③

诗前四句写传说武陵桃源中有神仙，但神仙即使近在咫尺，也是
行踪难觅。下面忽然话锋一转，有没有神仙可以暂不去理会，更爱的
是武陵的山水风物。接下来作者描绘了一幅生动的自然美景：苍松翠
竹，小溪村庄在蒙蒙烟岚雾霭笼罩下若隐若现，林间回响着婉转动听
的鸟鸣和悠长清脆的猿啸，细细的雨丝里花儿绽放，散发出沁人心脾
的芬芳。远远抛开俗世红尘的喧嚣，享受着永恒的时光，与天地同寿。
听说你要去这个好地方了，那么便可以享用丰收之后新酿的春酒，陶
然一醉，万事皆休，重新拾起天然真纯的赤子之心，世间一切都归于
无形无象，生亦何欢，死亦何忧，可笑那避秦人勘不破个中玄机，枉
自活了一千年，却还向渔人传递着长生不死的消息。"车轮不来尘坌
绝，日月自与乾坤长"，前句化用陶渊明"结庐在人境，而无车马喧"
而来，后句则是写道教宣扬的壶中天地世界，"陶然一醉万事休"，一
醉解千愁，豪迈潇洒。"生胡为荣死奚戚"一句体现了作者对生与死

---

① （宋）郭祥正：《徐子美杨君倚李元翰小酌言旧》，《郭祥正集》卷 7，孔凡礼点校，第 137 页。
② （宋）郭祥正：《志士吟二首》其二，《郭祥正集》卷 7，孔凡礼点校，第 134 页。
③ （宋）郭祥正：《桃源行寄张兵部》，《郭祥正集》卷 2，孔凡礼点校，第 39—40 页。

的理性思考与探索,在他的认知里,生死是没有界限的,有生必有死,不需为生而高兴,也不需为死而悲伤,表现出一种勘破生死的超然与豁达,深得陶渊明"寒暑有代谢,人道每如兹。达人解其会,逝将不复疑;忽与一觞酒,日夕欢相持"①之精髓。他仿效渊明,躬耕田园,留心农事,熟知农业生产过程,"田田时雨足,鞭牛务深耕。选种随土宜,播揶糯与粳。条桑去蠹枝,柔柔待春荣。春事不可缓,春鸟亦已鸣"②;关心田家疾苦,深知农人一年生产劳动之艰难,"麻麦闻熟刈,蚕成缫莫迟。更看田中禾,莨莠时去之。幸此赤日长,农事岂敢违。愿言一岁稔,不受三冬饥""开塍放余水,经霜谷将实。更犁原上畴,坎麦亦云毕。老叟呼儿童,敲林收橡栗。乃知田家勤,卒岁无闲日"③,这些场景与陶渊明笔下描绘的"开春理常业,岁功聊可观。晨出肆微勤,日入负耒还。山中饶霜露,风气亦先寒。田家岂不苦?弗获辞此难"④农家耕作生活何其相似;丰收的喜悦同样令诗人兴奋,"田事今云休,官输亦已足。刈禾既盈困,采薪又盈屋。牛羊各蕃衍,御冬多旨蓄。何以介眉寿,瓮中酒新熟"⑤,田家生活令诗人身心愉悦,"春水满四泽,原田高下耕。熙熙随老农,志匪搴芳英"⑥。

对于郭祥正来说,陶渊明无论在思想行为,还是在生活方式上都是一位良师益友,他对郭祥正一生的影响是深刻的。经历宦海风波、人生苦难之后,60 岁的诗人再次来到庐山脚下,写下了对这位数百年前的知己之景仰和思想上所产生的共鸣:

> 羌庐初在望,复忆柴桑翁。醉来卧盘石,闷默天地通。不入惠远社,自弹无弦桐。悠悠出谷云,漠漠栖林风。倚岩片月白,落磴寒泉红。此意非眺听,遥知与君同。⑦

---

① (晋)陶渊明:《饮酒二十首》其一,《陶渊明集校笺》卷3,杨勇校笺,第138页。
② (宋)郭祥正:《田家四时》其一,《郭祥正集》卷3,孔凡礼点校,第48页。
③ (宋)郭祥正:《田家四时》其二、其三,《郭祥正集》卷3,孔凡礼点校,第49页。
④ (晋)陶渊明:《庚戌岁九月中于西田获早稻》,《陶渊明集校笺》卷3,杨勇校笺,第134页。
⑤ (宋)郭祥正:《田家四时》其四,《郭祥正集》卷3,孔凡礼点校,第49页。
⑥ (宋)郭祥正:《广陶渊明四首》其一,《郭祥正集》卷25,孔凡礼点校,第401页。
⑦ (宋)郭祥正:《望庐山怀陶渊明》,《郭祥正集》卷5,孔凡礼点校,第109页。

三 谢朓

陶渊明之后的晋宋诗人中，郭祥正最为欣赏的是谢朓。他屡次将谢朓与自己一生的偶像李白相提并论，"遥怜李太白，曾忆谢将军"①，以李白自比的同时，以"谢玄晖"作为对友人才华的最高赞语，"玄晖比公固不足，我攀太白惭非才"②"小杜一时夸俊逸，玄晖千载擅风流"③。他称赞谢朓诗才云"高贤百年尽，遗事千古积"④，对其在敬亭山的创作赞不绝口，"峨峨敬亭山，玄晖有佳作"⑤"晋时谢守曾赛雨，至今石上镌遗吟。五言雅重参二典，琅琅一诵铿镠琳。绿潭无底白玉沉，千载何人知此音"⑥"谢公赛雨诗，千秋泻潺潺。李白弄月处，寒光湛清湾。神交自冥合，仿佛眉睫间"⑦，自己与谢朓、李白二人冥冥之中，神交已久，对谢朓的敬佩仰慕之情溢于言表。"谢公赛雨诗"是指谢朓所作《赛敬亭山庙喜雨》一诗，全诗如下：

> 夕帐怀椒糈，触景洁脊芗。登秋虽未献，望岁伫年祥。潭渊深可厉，狭斜车未方。蒙笼度绝限，出没见林堂。秉玉朝群帝，樽桂迎东皇。排云接虬盖，蔽日下霓裳。会舞纷瑶席，安歌绕凤梁。百味芬绮帐，四座沾羽觞。福被延岷泽，乐极思故乡。登山骋归望，原雨晦茫茫。胡宁昧千里，解珮拂山庄。⑧

---

① （宋）郭祥正：《望牛渚有感三首》其三，《郭祥正集》卷4，孔凡礼点校，第79页。
② （宋）郭祥正：《游陵阳谒王左丞代先书寄献和父》，《郭祥正集》卷13，孔凡礼点校，第234页。
③ （宋）郭祥正：《次韵行中龙图思宣城》，《郭祥正集》卷23，孔凡礼点校，第390页。
④ （宋）郭祥正：《追和李白姑孰十咏·谢公宅》，《郭祥正集》卷7，孔凡礼点校，第143页。
⑤ （宋）郭祥正：《将游宣城先寄贾太守侍御用李白寄崔侍御韵》，《郭祥正集》卷7，孔凡礼点校，第151页。
⑥ （宋）郭祥正：《忆敬亭山作》，《郭祥正集》卷14，孔凡礼点校，第246页。
⑦ （宋）郭祥正：《怀平云阁兼简明惠大师仙公》，《郭祥正集》卷4，孔凡礼点校，第77页。
⑧ （南朝齐）谢朓：《赛敬亭山庙喜雨》，《谢宣城集校注》，曹融南校注集说，上海古籍出版社1991年版，第236页。

谢朓在敬亭山的诗作数量不少，郭祥正认为这些作品都堪称佳作，其中最好的当数此诗。全诗将迎神赛雨之盛大场面与诗人心系百姓、关怀天下之情融合在一起，雅正持重，思想淳厚。"秉玉朝群帝，樽桂迎东皇。排云接虹盖，蔽日下霓裳。会舞纷瑶席，安歌绕凤梁。百味芬绮帐，四座沾羽觞"，以玉帛牺牲和浸泡桂枝的美酒祭祀迎接群帝，装饰有虬龙纹的车盖、虹霓羽裳遮天蔽日，歌舞精彩，音乐动听，绕梁三日，珍馐美味，大摆筵宴，如此宏大庄严的迎神盛会定能令上苍施加恩泽，福佑万民。接着作者笔锋一转，由眼前盛景转向对故乡的思念，登上山顶，极目远眺，原野上密雨茫茫，景物晦暗难辨，真想解下佩印而归隐山庄，作者此刻的心情也由刚才盛会时的欢欣鼓舞转入失落低沉。整首诗前半对迎神祈雨的仪式描写细致，场面宏大，与《诗经》雅颂中描绘庙堂仪式的手法相近，后半则由眼前盛况联想到此地百姓将会受到上苍的庇佑，进而推及故乡之人，勾起作者思乡之情，由景入情，人的感情随着眼前景物变化一波三折，起伏跌宕，情景交融。

郭祥正对谢朓的学习还体现在直接点化其名句入诗，如"余霞散绮入高阁，澄江似练拖晴天"①，来自谢朓名句"余霞散成绮，澄江静如练"②，另一句"万群白马度天门，谁道澄江净如练"③则是反其意而用之，流经天门山的江水如万匹白马奔腾而下，哪里如小谢所说平静如练呢？这两处化用直接因袭原句，虽未见高明之处，但是可以看出作者对谢朓的诗歌是十分看重的。

第三节　诗仙李白

对郭祥正一生影响最大的人当属诗仙李白。自梅尧臣、郑獬等人以"李白后身""谪仙后身"来赞誉他之后，郭祥正作为诗人的命运

---

① （宋）郭祥正：《送陈屯田知明州》，《郭祥正集》卷12，孔凡礼点校，第213页。
② （南朝齐）谢朓：《晚登三山还望京邑》，《谢宣城集校注》，曹融南校注集说，第278页。
③ （宋）郭祥正：《舟经天门山》，《郭祥正集》卷29，孔凡礼点校，第480页。

被他人、被自己决定了下来。他欣然接受了这一称号,以李白自诩,将李白视为毕生追求的终极目标,虽然与李白相隔三百载之时光,但是并不妨碍他与之"神交无古今"①。

一 对李白形象的接受和阐释

郭祥正对李白形象的描绘基于唐代以来金龟换酒、金殿题诗、郭李至交、流放夜郎、骑鲸捉月等传说和史实,他的诗集中有23首诗歌涉及李白形象②,这些诗从内容上可以分为以下五类,其中最具特色的是第一、第四类,最能体现诗人对李白之倾慕。下面以表格形式将这五个类型列举出来,以便更清晰地了解郭祥正对李白的接受情况。③

表 1　　　　　　涉及李白的郭祥正诗歌类型及数量

诗歌类型	诗句	篇名	卷数	页码
骑鲸捉月	却忆李白骑长鲸。倒回玉鞭击鲸尾,锦袍溅雪洪涛里。电光溢目精神闲,终日高歌去复还。……倏然却返玉皇家,不骑鲸鱼驾鸾车。留连自摘蟠桃花,嚼吐吐津染朝霞。不信如今三百载,顽鲸骇浪空相待	《松门阻风望庐山有怀李白》	2	34
	梨花蕉叶钟与鼎,倒卷锦浪吞鲸鱼	《寄题湖州东林沈氏东老庵》	9	179
	殷勤笑我骑鲸鱼,诗狂酒怪何时已	《和守讷上人五峰见寄之作》	13	229
	醉来捉住鲸鱼尾	《谢淮西吴提举子中》	10	191
	且要李白骑鲸鱼	《合肥李天贶朝请招钟离公序中散吴渊卿长官泊同饮家园怀疏阁》	13	236
	强汛月船追李白	《中书舍人陈公元舆以诗送吾儿鼎赴尉慎邑卒章见及遂次元韵和答》	13	237

---

① (宋)郭祥正:《同陈公彦推官登峨嵋亭》,《郭祥正集》卷3,孔凡礼点校,第63页。
② 有些诗歌兼具两种或三种类型,依照其所属类别分别列出,只按一次计数。
③ 以下表格中的诗句均出自(宋)郭祥正《郭祥正集》,孔凡礼点校,黄山书社1995年版。表格中仅注明诗句所在卷数和页码。

续表

诗歌类型	诗句	篇名	卷数	页码
骑鲸捉月	李白骑鲸下蓬岛，常娥洗月来沧溟。相逢且劝百壶酒，蟠桃结实何时成	《浮丘观》	14	242
	李白骑鲸出沧海，回鞭曾宿岹峣岑	《忆敬亭山作》	14	246
	安得骑鲸逐俊游	《送吴山人二首》其二	29	482
生平事迹	身趋夜郎道，心恋咸阳都	《追和李白郎官湖寄汉阳太守刘宜父》	7	153
	君不见李太白，朝为酒家仙，暮作金銮客。醉里题诗宫妾扶，自谓遇君今古无。一朝谗言入君耳，夜郎远谪吟魂孤	《西山谣寄潘延之先生》	10	184
嗜酒豪饮	天送醇醪倾北斗，群仙吹箫龙凤吼。李白一饮还一醉，醉来岂知生死累	《松门阻风望庐山有怀李白》	2	34
	却泛虚舟弄溪月，紫霞之杯倾不歇。醉来更约崔宗之，秋水玄谈清兴发	《忆敬亭山作》	14	246
	金龟换酒要佳客	《次韵和孔周翰侍郎洪州绝句十首》其七	27	429
浩气傲骨	知太白，文简公。不夸能诗与饮酒，惜其浩气突兀藏心胸	《题毕文简公撰李太白碑阴》	9	179
	李白不爱万户侯	《寄献荆州郑紫薇毅夫》	10	182
自比李白	不能跨鲸鱼，挥笔信非美	《宿栖贤寺》	5	110
	愿公归作老姚崇，莫学江东穷李白	《朝汉台寄呈蒋帅待制》	8	165
	愿如贺监怜太白，莫作曹公嗔祢衡	《留别金陵府尹黄安中尚书》	13	231
	我攀太白惭非才	《游陵阳谒王左丞代先书寄献和父》	13	234
	李白篇章我到难	《明叔致酒叠嶂楼》	23	384
	赠蒙以太白，自谓无复疑	《哭梅直讲圣俞》	30	504

续表

诗歌类型	诗句	篇名	卷数	页码
其他	李白爱之不忍去,便欲此地巢云松	《留题西林寺揽秀亭 李公择学士命名云李白有九江秀色可揽结吾将此地巢云松之句》	2	32
	还歌太白篇,事往良可哀	《题化城寺新公清风亭用李白元韵》	7	153
	琅琅先诵荆州吟,醉来捉住鲸鱼尾	《谢淮西吴提举子中》	10	191
	不自烟霄谪,世间无此人	《吴子正召饮观太白墨迹》	25	404

郭祥正描写李白形象的这些诗中,涉及最多的是"李白骑鲸"和"采石捉月"的传说,共有九处,两者通常结合在一起,塑造出一位仙人形象的李白。诗人将李白当涂病亡的悲剧结局改编为骑鲸捉月、飞升成仙的浪漫喜剧,其中"骑鲸"被多次强调深化,以此突显李白之仙人风采,这与宋代主流思想普遍将李白仙化的趋势是一致的。以《松门阻风望庐山有怀李白》一诗来看,诗人首先将李白塑造成一位驾驭巨鲸、身着锦袍、出没于惊涛骇浪之间的奇人。李白本打算"终日高歌去复还",然而天公送来美酒,群仙演奏起动听的仙乐欢迎他的到来,于是在一饮一醉之间,忘却了生死苦累,"倏然却返玉皇家,不骑鲸鱼驾鸾车"①,不再留恋人间,驾起鸾车,重返天界,只留下那只冥顽的巨鲸苦苦等待他的归来。一个"返"字已然点明了李白的身份,他原本是天上神仙下降人间,现在只是重回天宫。诗人的这个推测并非凭空而来,而是在对李白其人、其作充分了解的情况下得出的合理推论,李白常常自言"飘飘入无倪,稽首祈上皇。呼我游太素,玉杯赐琼浆,一餐历万岁,何用还故乡"②,以神仙自居。需要注意的是郭祥正将李白仙化的目的,不仅是出于对这位伟大诗人的敬仰,

---

① (宋)郭祥正:《松门阻风望庐山有怀李白》,《郭祥正集》卷2,孔凡礼点校,第34页。
② (唐)李白:《古风五十九首》其四十一,《李太白全集》卷2,(清)王琦注,第139页。

不忍他同常人一样，经历生老病死的苦痛，更多的是要借助骑鲸返回仙界寄托自己对超脱世俗和精神自由的向往。郭祥正将庄子齐万物、等死生的思想与仙人李白的形象相结合，创造出一个似真似幻、超越天地而存在的全新的李白，这个李白身上，仙幻色彩固然浓厚，但已并不仅仅是"结发受长生"①，以追求生命永恒为目标，他身上被赋予更多的是突破生死界限、达到绝对自由的渴望。李白之乐已经超越简单的成仙长生，而是"出处无瑕傲生死"②，生亦何欢，死亦何惧，连人生终极问题都能够看透，那么世间功名富贵、出与处的矛盾便更如过眼烟云了。既然诗人已经"自谓无复疑"，认为自己是李白转世，于是便要紧紧追随李白的脚步，"且要李白骑鲸鱼""强汛月船追李白"。

郭祥正在作品中回顾了李白生平重要事迹，长安酒市的壮饮豪醉，金龟换酒的慷慨潇洒，金殿题诗的风流才情，玄宗和贵妃的青眼相看，如此光辉灿烂的人生却难逃小人陷害，落得流放夜郎的结局，这一切令诗人不胜唏嘘。李白傲骨铮铮，视功名富贵如粪土，诗酒风流，才华横溢，却遭受谗言而被远谪，空负一身济世理想，命运对他何其不公！郭祥正本人同样才高位卑，屡遭构陷，相似的命运令诗人对李白有着更深刻的理解和同情。李白傲视权贵，潇洒不羁的个性深为郭祥正所激赏。李白"安能摧眉折腰事权贵，使我不得开心颜"③"人生在世不称意，明朝散发弄扁舟"④，蔑视权贵，遗世独立，向往自由自在的生活。郭祥正则是"我初佐星子，老守如素仇。避之拂衣去，寓迹昭亭幽"⑤，坚持个人操守，保持人格独立，"门掩白云聊昼卧，世间

---

① （唐）李白：《经乱离后，天恩流夜郎，忆旧游书怀赠江夏韦太守良宰》，《李太白全集》卷11，（清）王琦注，第567页。
② （宋）郭祥正：《合肥李天贶朝请招钟离公序中散吴渊卿长官泊予同饮家园怀疏阁》，《郭祥正集》卷13，孔凡礼点校，第236页。
③ （唐）李白：《梦游天姥吟留别》，《李太白全集》卷15，（清）王琦注，第708页。
④ （唐）李白：《宣州谢朓楼饯别校书叔云》，《李太白全集》卷18，（清）王琦注，第861页。
⑤ （宋）郭祥正：《昨游寄徐子美学正》，《郭祥正集》卷4，孔凡礼点校，第82页。

言说付儿曹"①"一杯得伴仙翁醉,诶喙虽长奈我何"②,无惧世间风风雨雨。李白胸怀大志,任侠纵横,以"安天下""济苍生"为己任,热爱祖国,渴望建功立业的理想同样令郭祥正敬佩不已,他虽然不似李白"十五好剑术"③"十步一杀人,千里不留行"④那样火爆冲动,但也发出"匣剑光芒射斗牛,提携天下洗人仇"⑤般快意恩仇的豪言壮语。他崇拜英雄,对古代豪侠的壮举充满钦羡,歌颂荆轲刺秦保燕,"燕云悲兮易水愁,壮士行兮专报仇"⑥,为国捐躯,死而后已。盛唐时代文人驰骋疆场、保家卫国的壮志豪情令诗人血脉偾张,"安得一军提将印,横行西域斩楼兰"⑦。他渴望上位者赏识自己,给自己一个能够发挥才干的机会,为国效力,建功立业:"我来拔鞘秋风前,毛发凛凛肝胆寒。书生无用暂挂壁,夜来虎气腾重泉。酒酣闻鸡起欲舞,明星错落银河旋。吾闻神物不终藏,丰城紫氛斗牛旁。及时与人成大功,岂肯弃置钝锋芒。会当斩鲛深入吴潭里,不然仗汝西域击名王。"⑧从日常生活来看,李白喜好漫游名山大川,他自称"五岳寻仙不辞远,一生好入名山游"⑨,郭祥正也强调自己"平生乐山水"⑩"平生厌羁束,乐为名山游"⑪"吾生磊落无滞留,一生好作大江游"⑫,凡是李白留下足迹的地方,郭祥正尽可能去游览一番并且题诗,如庐山、敬亭山、五松山、天门山、望牛渚、鹦鹉洲、宣州、秋浦、新林等地方。郭祥正崇拜李白,甚至在外貌、行为上也力图模仿

---

① (宋) 郭祥正:《齐公长老卧云轩二首》其二,《郭祥正集》卷27,孔凡礼点校,第440页。
② (宋) 郭祥正:《陈老父携茶见访因留小饮二首》其二,《郭祥正集》卷27,孔凡礼点校,第445页。
③ (唐) 李白:《与韩荆州书》,《李太白全集》卷26,(清) 王琦注,第1240页。
④ (唐) 李白:《侠客行》,《李太白全集》卷3,(清) 王琦注,第216页。
⑤ (宋) 郭祥正:《赠裴泰辰先生》,《郭祥正集》卷22,孔凡礼点校,第357页。
⑥ (宋) 郭祥正:《补易水歌》,《郭祥正集》卷1,孔凡礼点校,第8页。
⑦ (宋) 郭祥正:《原武按提杂诗五首》其四,《郭祥正集》卷27,孔凡礼点校,第437页。
⑧ (宋) 郭祥正:《古剑歌》,《郭祥正集》辑佚卷3,孔凡礼点校,第551页。
⑨ (唐) 李白:《庐山谣寄卢侍御虚舟》,《李太白全集》卷14,(清) 王琦注,第677页。
⑩ (宋) 郭祥正:《天台行送施山人》,《郭祥正集》卷15,孔凡礼点校,第252页。
⑪ (宋) 郭祥正:《赠隐静观禅师》,《郭祥正集》辑佚卷1,孔凡礼点校,第521页。
⑫ (宋) 郭祥正:《楚江行》,《郭祥正集》辑佚卷3,孔凡礼点校,第552页。

重塑李白形象：

> 黄金斗，碧玉壶。足踏东流水，目送西飞凫。拥髻顾影者，真子于之侍妾；奋髯直直视者，非列仙之臞儒。①

苏轼于元祐元年（1086）创作的这幅肖像写真画赞中，可以清晰地看到已届天命之年的郭祥正进入了一种足踏流水、目送飞鸟、诗酒相伴的生活状态。他"平生最嗜酒"②，常常酩酊大醉，不醉不休，"且致百斛酒，醉倒落花畔"③"今朝不酩酊，何以破愁颜"④"一醉三百琉璃钟"⑤，诗歌和美酒让郭祥正的生活与李白越来越接近，飘然若"列仙"的姿态既是他日常生活中的习惯状态，也可以说是他对李白外在形态的刻意仿效。

二　对李白创作的接受和阐释

从诗歌创作来看，郭祥正极力学习李白诗歌风格进行创作，在题材、体裁、内容上都积极模仿，他的诗作中有一百多首诗歌和李白关系密切。

首先来看题材内容，有的作品直接追和李白诗歌，如《追和李白姑孰十咏》《追和李白秋浦歌十七首》《追和李白登金陵凤凰台二首》《追和李白宣州清溪》《追和李白郎官湖寄汉阳太守刘宜父》《追和李白金陵月下怀古唐格》等 32 首和李诗；有的则使用李白所用之韵重新创作，如《舟次新林先寄府尹安中尚书用李白寄杨江宁韵二首》等 10 首次韵诗；还有的诗作与李白诗歌同题，如《望夫石》《妾薄命》《月下独酌二首》《春日独酌一十首》《鹦鹉洲行》《拟桃花歌》《把镜》

---

① （宋）苏轼：《醉吟先生画赞》，《苏轼全集校注·苏轼文集校注》卷 21，张志烈、马德富、周裕锴主编，第 2322 页。
② （宋）郭祥正：《春日独酌一十首》其三，《郭祥正集》卷 3，孔凡礼点校，第 46 页。
③ （宋）郭祥正：《春日独酌一十首》其二，《郭祥正集》卷 3，孔凡礼点校，第 46 页。
④ （宋）郭祥正：《春日独酌一十首》其八，《郭祥正集》卷 3，孔凡礼点校，第 47 页。
⑤ （宋）郭祥正：《留别宣城李节推献父》，《郭祥正集》卷 8，孔凡礼点校，第 159 页。

(李白有《览镜书怀》)等。以最著名的《金陵凤凰台》诗为例:

> 凤凰台上凤凰游,凤去台空江自流。吴宫花草埋幽径,晋代衣冠成古丘。三山半落青天外,二水中分白鹭洲。总为浮云能蔽日,长安不见使人愁。①
>
> 高台不见凤凰游,望望青天入海流。舞罢翠娥同去国,战残白骨尚盈丘。风摇落日催行棹,潮卷新沙换故洲。结绮临春无觅处,年年芳草向人愁。②

第一首为李白原作,第二首为郭祥正和作。李诗从凤凰台和长江之水入手,慨叹时光流逝,继而用"吴宫花草"和"晋代衣冠"进一步说明在无情的时间面前,一切都会消失殆尽。诗的后半写眼前之景,慨叹帝都长安之不可见,暗喻邪佞当道,一己报国之志不能实现,个中愁苦无法排遣。郭祥正的和诗在写作手法上全仿李白之作,但用意上略有差别。郭诗以第一句概括李诗首二句之意,凤凰台上凤凰已去,空留一座高台,远远望去,青天与江水汇合于大海之中。第三四句同李诗写法类似,商女亡国之舞,战后白骨之坟,用意相近,都是抒发朝代更迭、历史兴亡之感。第五六句同样转入眼前之景,落日余晖,风吹船帆,仿佛催着旅人出发;江潮滚滚,卷起新沙,堆积在沙洲之上,此时的白鹭洲已非李白昔日所见的那个小洲了。末二句抒写春愁,同样有所兴寄,但不似李诗明朗,似乎是在慨叹时光流逝,青春难觅。

意象选取上,郭祥正继承了李白喜用阔大雄浑的自然景物作为描写对象的特点,笔法大开大合,气势如虹,一泻千里,造语豪迈精绝。同是描写滚滚黄河,李白笔下"黄河西来决昆仑,咆哮万里触龙门"③

---

① (唐)李白:《登金陵凤凰台》,《李太白全集》卷21,(清)王琦注,第986页。
② (宋)郭祥正:《追和李白登金陵凤凰台二首》其二,《郭祥正集》卷24,孔凡礼点校,第400页。
③ (唐)李白:《公无渡河》,《李太白全集》卷3,(清)王琦注,第160页。

"黄河万里触山动,盘涡毂转秦地雷。……巨灵咆哮擘两山,洪波喷流射东海"①,郭祥正则说"黄河西来骇奔流,顷刻十丈平城头。浑涛春撞怒鲸跃,危堞仅若杯盂浮"②"公乎至宝勿尽吐,吐尽吾恐黄河水决昆仑摧,天穿地漏补不得,女娲之力何可裁"③,气势磅礴,惊天动地。李白诗歌中常见的高山、大河、巨崖、狂浪、闪电、惊雷等意象,也成为郭祥正诗歌关注的对象,"龟闯首兮屏息,虬奋麟兮搏雷"④"擘崖裂嶂何其雄,崩雷泄云势披靡。飞鸟难过虎豹愁,四时白雪吹不收"⑤"卷帘夜阁挂北斗,大鲸驾浪吹长空"⑥"湍流万丈射碧落,此源直与银河通。尘埃一点入不得,烟雾五色朝阳烘。有时昏昏雷电怒,崩崖裂壁挥长松。龙作雨,虎啸风。白日变明晦,九子亦惨容"⑦。李白喜用天宫、紫阙、星斗、瑶池、蓬莱、麻姑、王母、嫦娥、玉兔等古代神话形象来展现复绝浩瀚的宇宙,这一点同样为郭祥正所接受和继承下来,如"行脱麻衣趋紫阙"⑧"王母为我倾金罍。莲华变碧蟠桃熟"⑨"披云揖月邀常娥,愿携素手濯银河"⑩"低徊斗柄斟秋水,飞舞芦花欲雪天。直上烟霄无尺五,欲要王母对宾筵"⑪。自然意象之外,李白笔下许多人文意象也多次出现在郭祥正的诗歌当中,如祢衡,就是其诗歌中较为常见的一个人物。郭祥正在游览与黄鹤楼、鹦鹉洲相关的人文景观时,总是会联想起被杀于鹦鹉洲的祢衡,如"君不见黄鹤楼,鹦鹉洲。碧云欲合天自晚,芳草无情春亦愁。祢衡白骨瘗何

---

① (唐)李白:《西岳云台歌送丹丘子》,《李太白全集》卷7,(清)王琦注,第381页。
② (宋)郭祥正:《徐州黄楼歌寄苏子瞻》,《郭祥正集》卷9,孔凡礼点校,第176页。
③ (宋)郭祥正:《送梅直讲圣俞》,《郭祥正集》卷12,孔凡礼点校,第208页。
④ (宋)郭祥正:《石室游》,《郭祥正集》卷1,孔凡礼点校,第13页。
⑤ (宋)郭祥正:《庐山三峡石桥行》,《郭祥正集》卷2,孔凡礼点校,第18页。
⑥ (宋)郭祥正:《金山行》,《郭祥正集》卷2,孔凡礼点校,第20页。
⑦ (宋)郭祥正:《九华山行》,《郭祥正集》卷2,孔凡礼点校,第40页。
⑧ (宋)郭祥正:《赠提宫谏议沈公立之》,《郭祥正集》卷10,孔凡礼点校,第185页。
⑨ (宋)郭祥正:《凌歊台呈同游李察推公择》,《郭祥正集》卷15,孔凡礼点校,第255页。
⑩ (宋)郭祥正:《云月歌二首》其一,《郭祥正集》卷16,孔凡礼点校,第263页。
⑪ (宋)郭祥正:《题金陵白鹭亭呈府公安中尚书二首》其一,《郭祥正集》卷23,孔凡礼点校,第382页。

处，曹王旧曲无人收"①"君不见鹦鹉洲前杀祢衡，三尺棁杖当雄兵"②；有时他还好以祢衡自喻，"愿如贺监怜太白，莫作曹公嗔祢衡"③，显然是将自己和李白、祢衡归为同一类人，都是才华出众却一生坎坷，玄宗不用李白，刘表不用祢衡，自己不被上司所喜，有才不得施，或贬谪，或流放，或杀身，皆因才名误身。再如严子陵，在郭祥正诗中经常可见，郭祥正说自己"始终最爱严子陵"④，常以严子陵喻人，"子陵独往已千年，处士重来把一竿"⑤，又以严子陵自比，"一身不为万乘屈，傲笑严陵垂钓翁"⑥。

诗歌语言方面，郭祥正喜好描绘波澜壮阔的自然意象，好使用豪壮雄浑、气势磅礴之语，多学习延续了李白的豪迈风格，并且他的诗歌还有清俊雅致的一面。他主张诗歌语言平淡，从平淡中见真醇，"自从梅老死，诗言失平淡"⑦，与李白所倡导之"垂衣贵清真"⑧"清水出芙蓉，天然去雕饰"⑨的清新自然之风相合。他写下许多清丽淡泊的诗句，如"微红散晴绮，远碧衬瑶烟"⑩"低飞白鹭拣晴沙，闻晓黄鹂啭乔木"⑪，点化前人诗句，对仗工稳，语言明丽可喜，清新俊逸。郭祥正对李白的追随是狂热的，狂热到在自己的诗作中直接使用李白的诗句或语言，李白《蜀道难》中出现的"蜀道之难难于上青天"被他用在《怡轩吟赠番阳张孝子》《蜀道难篇送别府尹吴龙图仲庶》等篇中，而"噫吁嚱"三个字，被反复使用在《投别发运张

---

① （宋）郭祥正：《寄题鄂州李屯田家园仁安亭从道》，《郭祥正集》卷9，孔凡礼点校，第175页。
② （宋）郭祥正：《俞俞堂寄鄂州李裕老》，《郭祥正集》卷12，孔凡礼点校，第218页。
③ （宋）郭祥正：《留别金陵府尹黄安中尚书》，《郭祥正集》卷13，孔凡礼点校，第231页。
④ （宋）郭祥正：《瑞昌双溪堂夜饮呈吴令子正》，《郭祥正集》卷15，孔凡礼点校，第248页。
⑤ （宋）郭祥正：《题方处士卷尾》，《郭祥正集》卷23，孔凡礼点校，第380页。
⑥ （宋）郭祥正：《月下独酌二首》其二，《郭祥正集》卷15，孔凡礼点校，第257页。
⑦ （宋）郭祥正：《赠陈思道判官》，《郭祥正集》卷5，孔凡礼点校，第98页。
⑧ （唐）李白：《古风五十九首》其一，《李太白全集》卷2，（清）王琦注，第87页。
⑨ （唐）李白：《经乱离后，天恩流夜郎，忆旧游书怀赠江夏韦太守良宰》，《李太白全集》卷11，（清）王琦注，第574页。
⑩ （宋）郭祥正：《题月渊亭》，《郭祥正集》卷5，孔凡礼点校，第94页。
⑪ （宋）郭祥正：《济源草堂歌赠傅钦之学士》，《郭祥正集》卷2，孔凡礼点校，第27页。

职方_{仲举}》等数篇诗歌当中。再有"露华浓"一词,原出自李白"云想衣裳花想容,春风拂槛露华浓"①,郭祥正将其点化为"露华洗",使用在"冰壶倒景露华洗"②"露华洗出太古月"③ 中,语言淡雅精致,意境全出。再如"寒灰"一词,在诗歌中最早见于梁简文帝诗,"已拂巫山雨,何用卷寒灰"④,此后使用次数最多的是李白,据笔者统计,有七处之多,如"但见三泉下,金棺葬寒灰"⑤。郭祥正诗歌中也多次出现,如"百年易得成寒灰"⑥ "浩气不寒灰"⑦ "不令地下万物同寒灰"⑧ "壮志消尽同寒灰"⑨ "愿逢浩气吹寒灰"⑩ 等五处。其他直接使用或点化李白原句入诗,如"信道相看两不厌,古来只有敬亭山"⑪ "桃花潭水深千丈"⑫ 等对李白诗句略作改动后便直接使用的情况也为数不少。

郭祥正与李白非常相像。一方面他的自傲来自对个人才华的绝对自信,文学创作中的成就和他人赞誉与肯定,使诗人坚信自己卓尔不群;他个性耿直,不畏权贵,这让他能够蔑视功名富贵,弃官如敝屣;他的诗歌气势壮阔,笔力惊人,语言清丽,与李白创作风格极为接近,最终获得了"李白后身"的美誉,这个评价影响了郭祥正一生,无论

---

① (唐)李白:《清平调》三首其一,《李太白全集》卷5,(清)王琦注,第304页。
② (宋)郭祥正:《寄题蕲州涵辉阁呈太守章子平集贤》,《郭祥正集》卷2,孔凡礼点校,第27页。
③ (宋)郭祥正:《前云居行寄元禅师》,《郭祥正集》卷2,孔凡礼点校,第36页。
④ (梁)萧纲:《咏风诗》,载逯钦立编《先秦汉魏晋南北朝诗·梁诗》卷20,中华书局1988年版,第1945页。
⑤ (唐)李白:《古风五十九首》其三,《李太白全集》卷2,(清)王琦注,第92页。
⑥ (宋)郭祥正:《寄题蕲州涵辉阁呈太守章子平集贤》,《郭祥正集》卷1,孔凡礼点校,第27页。
⑦ (宋)郭祥正:《题化城寺新公清风亭用李白元韵》,《郭祥正集》卷7,孔凡礼点校,第153页。
⑧ (宋)郭祥正:《上赵司谏_{悦道}》,《郭祥正集》卷10,孔凡礼点校,第184页。
⑨ (宋)郭祥正:《赠孙郎中_{景修}》,《郭祥正集》卷10,孔凡礼点校,第186页。
⑩ (宋)郭祥正:《游陵阳谒王左丞代先书寄献_{和父}》,《郭祥正集》卷13,孔凡礼点校,第234页。
⑪ (宋)郭祥正:《忆敬亭山作》,《郭祥正集》卷14,孔凡礼点校,第246页。
⑫ (宋)郭祥正:《我归矣》,《郭祥正集》卷16,孔凡礼点校,第269页。

为人处世还是文学创作，他的身上被深深地烙上了李白的标记，使他一反宋人诗歌创作常态①，沿着因袭模拟多过开拓创新的道路走下去，导致作品出现高下参差混杂的情况，最终未能继梅尧臣之后，承担起主持诗坛的责任，正如内山精也所说："李白并不是超然于盛唐——正值贵族社会的终点，而是道教走红的时代——这样一个特定的时代背景而存在的。毋宁说，正是盛唐这样一个时代造就了李白这一奔放的诗人形象。另一方面，北宋后期乃是士大夫——与贵族相比，他们已经很大程度世俗化——的时代，是复兴儒教的趋势笼罩了整个社会的时代。在与盛唐完全异质的北宋后期这样一个时代里，要扮演'李白后身'，本来就是一个接近无理的要求。"② 郭祥正的一生可以说得意于李白，失意也于李白。

三 郭祥正与李白的差异

郭祥正的一生是充满着矛盾的一生，对个人才华的极度自信和渴望建功立业、迫切需要他人举荐的矛盾心理一直纠缠着诗人。他虽然始终以"李白后身"自诩，然而在现实中却与李白的个性相差甚远。李白生性豪放不羁，对自我才能的肯定达到了极致，"天生我材必有用，千金散尽还复来"③"仰天大笑出门去，我辈岂是蓬蒿人"④。他蔑视权贵，不惧强权，"羞逐长安社中儿""曳裾王门不称情"⑤，这些都令郭祥正倾慕不已，而诗人同样对自己的才华充满自信，他天才卓绝，年少成名，虽不屑于科举场屋，"又不学一诗一赋轻薄子，屑屑场屋

---

① 宋代诗人面对前代诗歌，特别是唐代诗歌难以企及的高峰，不愿因袭模拟，而是另辟蹊径，开拓宋诗创作新途径。他们将目光投向前人没有注意或者极少关注的领域，如禽言诗，在唐代只是偶尔的游戏之作，但是在宋代文人手中却出现大量拟作、和作，并且他们将这种文人雅士之休闲游戏变成能够承担起"兴、观、群、怨"之社会功能的正统文学作品。此外，宋人好用前人题目进行创作，大作翻案文章，与前人一较高下，如宋代出现的"昭君诗""桃源诗"等传统题材的诗歌创作，其中有很多作品超越了前代的同题诗作。
② ［日］内山精也：《"李白后身"郭祥正及其"和李诗"》，《传媒与真相——苏轼及其周围士大夫的文学》，朱刚等译，第529页。
③ （唐）李白：《将进酒》，《李太白全集》卷3，（清）王琦注，第179页。
④ （唐）李白：《南陵别儿童入京》，《李太白全集》卷15，（清）王琦注，第744页。
⑤ （唐）李白：《行路难》其二，《李太白全集》卷3，（清）王琦注，第190页。

声名沽"①；但是囿于时代的要求走上科举之路，十九岁中进士，授官星子主簿，步入仕途，他原本期望能够就此跨入仕途，实现自己的理想抱负，然而却所遇非人，"我初佐星子，老守如素仇。避之拂衣去，寓迹昭亭幽"②，愤而挂冠，个性强烈的他发出"与其折腰以群辱，孰若洁身而自娱"③的愤激之辞。"壮士不得志，污泥困修鳞。谁倾沧海救枯泽，矫首奋鬣乘风云。回头问燕雀，尔辈胡为群。"④ 然而，与李白不同，这种绝对自信在郭祥正身上并不多见，在他的诗歌中展现出的更多是自怨自艾和各种怨愤，"我独沉沟亦无语"⑤，极度自尊而又极端自卑的心理，甚至不惜自贬以博得同情，这与李白的极度自傲相距甚远，"我欲为书叩相阍，唤取斯人侍君侧"⑥"明公青霄我平地，才不超群怀厚愧"⑦；他急切地渴望被举荐，"升沉从此遂分手，愿借惠泽苏蒿莱"⑧"他日尧阶荐姓名，投老犹能奉鞭策"⑨；对他人的升迁既满怀羡慕，也多少有些酸酸的妒意，"高轩朱衣君自便，去住彼此遥相怜"⑩。这些诗句中更多地透露出诗人的心酸和卑微，少了李白的那份洒脱与孤傲。

李、郭创作之所以出现这些差异，仅仅从个性差别来解释，恐怕证据稍显单薄。如果分别重返两人所处历史时代场域，我们或许能对其产生的原因提出更有力的佐证。

干谒之风古已有之，最早可以追溯到先秦时代"士"阶层"遍干诸侯"、游说求官的活动，汉魏晋时期实行的察举征辟和九品中正之选官制度为干谒活动推波助澜，到了唐代，文人干谒已经蔚然成风，

---

① （宋）郭祥正：《送吴龙图帅真定_{仲庶}》，《郭祥正集》卷12，孔凡礼点校，第215页。
② （宋）郭祥正：《昨游寄徐子美学正》，《郭祥正集》卷4，孔凡礼点校，第82页。
③ （宋）郭祥正：《杂言寄耿天骘》，《郭祥正集》卷1，孔凡礼点校，第16页。
④ （宋）郭祥正：《蹡踔行送裴山人》，《郭祥正集》卷15，孔凡礼点校，第253页。
⑤ （宋）郭祥正：《送沈司理赴阙改官》，《郭祥正集》卷8，孔凡礼点校，第156页。
⑥ （宋）郭祥正：《送方奉议倅保德_{彦德}》，《郭祥正集》卷8，孔凡礼点校，第157页。
⑦ （宋）郭祥正：《酬运判毛正仲》，《郭祥正集》卷13，孔凡礼点校，第222页。
⑧ （宋）郭祥正：《同蒋颖叔林和中游郁孤台》，《郭祥正集》卷14，孔凡礼点校，第244页。
⑨ （宋）郭祥正：《投别发运张职方_{仲举}》，《郭祥正集》卷8，孔凡礼点校，第160页。
⑩ （宋）郭祥正：《将游五峰度夏代别倪倅敦复》，《郭祥正集》卷13，孔凡礼点校，第229页。

特别是在初盛唐时期达到鼎盛。干谒求献在唐代文人中是较为普遍的现象,李白、杜甫、孟浩然等人均写过干谒诗,如李白自称"申管、晏之谈,谋帝王之术。奋其智能,愿为辅弼"①。杜甫也说:"甫昔少年日,早充观国宾。读书破万卷,下笔如有神。赋料扬雄敌,诗看子建亲。李邕求识面,王翰愿为邻。自谓颇挺出,立登要路津。致君尧舜上,再使风俗淳。"② 即使是以隐逸出名、寄情山水的孟浩然,也渴望在官场上一展抱负,他同样对自己的才华和学识充满自信,"唯先自邹鲁,家世重儒风。诗礼袭遗训,趋庭霑末躬。昼夜恒自强,词翰颇亦工"③,含蓄委婉地表达请求汲引的愿望,"欲济无舟楫,端居耻圣明。坐观垂钓者,空有羡鱼情"④。葛晓音《论初盛唐文人的干谒方式》中对初盛唐文人干谒情况进行了总结:

> 初盛唐文人在干谒中不但力求与权贵保持人格的平等,而且表现出高谈王霸的雄才大略,以及对个人才能的强烈自信,反映了文人们以天下为己任的远大理想以及心胸宽广、积极进取的精神风貌。⑤

> 他们将干谒中的悲欢荣辱泄之于诗文,多半无益于本人的仕达,倒成全了一代文学。因此干谒对盛唐诗的另一面重要影响,是缺乏世故的下层文人在诗歌中充分反映了幻想破灭后的激愤。尤其是布衣对权贵的不平之气,成为盛唐诗的基本主题之一。⑥

有唐一代,由于科举制度还不够完善,因此,人才举荐成为朝廷选士的重要补充途径之一。历代皇帝十分重视人才选拔,纷纷鼓励大

---

① (唐)李白:《代寿山答孟少府移文书》,《李太白全集》卷26,(清)王琦注,第1225页。
② (唐)杜甫:《奉赠韦左丞丈二十二韵》,《杜诗详注》卷1,(清)仇兆鳌注,第74页。
③ (唐)孟浩然:《书怀贻京邑同好》,《孟浩然诗集笺注》(增订本)卷中,佟培基笺注,上海古籍出版社2013年版,第212页。
④ (唐)孟浩然:《岳阳楼》,《孟浩然诗集笺注》卷上,佟培基笺注,第132页。
⑤ 葛晓音:《诗国高潮与盛唐文化》,北京大学出版社1998年版,第224页。
⑥ 葛晓音:《诗国高潮与盛唐文化》,第227页。

臣举贤任能，为国所用。唐高祖武德五年（622）诏曰："择善任能，救民之要术；推贤进士，奉上之良规。"① 唐太宗贞观十七年（643）五月乙丑诏曰："朕观前烈，建国君临，未有不藉忠良而能济其功业者也。"② 大臣们也纷纷将推举良才作为一己之任，《旧唐书》载："（狄）仁杰常以举贤为意，其所引拔桓延范、敬晖、窦怀贞、姚崇等，至公卿者数十人。"③ 推举贤能成为整个唐代社会的一种风尚，各级官员也把这项工作当成了对国家和君主的义务与责任④。同时，皇帝对于未能举荐良才的大臣持批评态度："上（唐太宗）令封德彝举贤，久无所举。上诘之，对曰：'非不尽心，但于今未有奇才耳！'上曰：'君子用人如器，各取所长，古之致治者，岂借才于异代乎？正患己不能知，安可诬一世之人！'德彝惭而退。"⑤ 在这种风气和思想的影响下，唐代君臣以发现人才、举荐人才、拔擢贤良为美德和风尚，一些有才能的读书人可以不经过科举考试，直接得到官职，李白正是因贺知章等人的赏识和推荐而被任用，换句话说，唐代君臣荐贤任能的共识成就了李白不通过科举考试而直接授官的仕宦之路。郭祥正如此钦慕李白，他迫切地希望得到上级官员的举荐和赏识，那么他是否能够复制李白的道路呢？答案是否定的。

这是因为，两宋时期以行卷形式求取功名的干谒之风虽不及唐代兴盛，但是以升迁等其他各种目的的行卷、投献并未停止⑥。宋代科举和荐举并重，科举制度进一步发展完善，成为国家选拔官吏的主要途径和方法，大多数读书人必须通过科举考试获得仕进的机会，而荐举制度在宋代则成了官员晋升的必要条件，也就是说，进入仕途的官员必须通过他人荐举才有可能得到晋升的机会，"国朝（宋）用人之

---

① （宋）王钦若：《册府元龟》（影印本）卷67，中华书局1960年版。
② （宋）王钦若：《册府元龟》（影印本）卷67。
③ （后晋）刘昫等：《旧唐书》卷89，第2894页。
④ 王佺：《唐代荐举之制与文人干谒之风》，《齐鲁学刊》2010年第5期。
⑤ （宋）司马光：《资治通鉴》卷192"唐太宗贞观元年春正月己亥"，胡三省点校，中华书局1956年版，第6032页。
⑥ 祝尚书：《宋代科举与文学考论》，大象出版社2006年版，第340—361页。

法，一则曰举主，二则曰举主，视汉唐又远过焉"①，"荐举不再是选拔精英，而是成为一种僵化死板的官员晋升方式"②。对于渴望升迁的官吏来说，他们不得不面对"荐举未有不求而得，则无以御人之求举尔"③的局面，求人荐举成了一种必要的手段。整个社会风尚如此，在这种情况下，郭祥正无力改变现实而只能随波逐流，一方面不惜自贬身份、多次求人荐举，"升沉从此遂分手，愿借惠泽苏蒿莱"④，以求得在仕途中进一步发展；另一方面他又为自己的行为与李白大相径庭而惭愧，"强汛月船追李白，无人爱客似田文"⑤。不难发现，诗人诗歌中所反映出的思想是复杂的、多变的、矛盾的，既有渴望仕进的急迫、焦虑，求人举荐的卑微、谄媚求而不得的自怜、自叹，也有对违背自己本心的无奈、痛苦和挣扎，这些矛盾之处直接导致他的诗歌与李白诗歌相比，缺少了一份阔大的胸襟、一些恣意的潇洒，而总是显得局促和狭小。

无论在诗歌创作，还是在行为思想上，郭祥正从李白身上获益匪浅。他的诗歌兼具李白的豪放奇崛与清新自然，他的思想行动也常常与李白的孤傲豪迈不谋而合。可以说，他倾其一生试图将自己塑造成第二个李白。然而，过度的模拟使郭祥正失去了自我，使得他无法肩负起梅尧臣所期许的诗坛盟主的重任，逐渐湮没于历史的长河中。

第四节 其他诗人的影响

随着杜甫"诗圣"地位在宋代文坛确立，声名空前提高，其忧国忧民、心怀天下的爱国主义精神深刻地影响着有宋一代之文人，在这

---

① （宋）林駉：《古今源流至论·别集·举主》卷7，中华再造善本丛书·金元编·子部。
② 胡坤：《宋代荐举制度研究》，博士学位论文，河北大学，2009年，第231页。
③ （宋）刘炎：《迩言》卷8"治道"，文渊阁四库全书本。
④ （宋）郭祥正：《同蒋颖叔林和中游郁孤台》，《郭祥正集》卷14，孔凡礼点校，第244页。
⑤ （宋）郭祥正：《中书舍人陈公元舆以诗送吾儿鼎赴尉慎邑卒章见及遂次元韵和答》，《郭祥正集》卷13，孔凡礼点校，第237页。

种社会文化大环境之下，作为宋代士子中的一员，郭祥正推崇杜甫并有意向老杜学习也是非常自然的事了。此外，王维、韩愈、白居易、杜牧等人也或多或少对郭祥正的创作活动起到了一些启示作用。

一 干谒求献与孟浩然

在社会普遍存在的干谒求献风气影响下，郭祥正也未能免俗，他数次向不同官员写诗求献，希望能够在仕途上更进一步，发挥自己"生平学尽经济策，宗工大匠亲琢磨"①的才能。同唐代干谒诗相似，他的干谒诗中充溢着对盛世明君的歌颂和对所求之人的赞美，诗中多次夸赞自己所处时代之美好，统治者之贤明，如"君臣会合前世无，朝廷万事图新美"②"君不见太公辞渭水，谢安起东山，日月再开天地正，龙虎感会风云闲"③"枢庭进直腰横金，君臣道合同一心。……徐冠貂蝉坐廊庙，重见成王得周召"④，诗人好以武王与姜尚、成王与周公等君臣相合为喻。对所求之人，他也极尽赞美之能事，有的夸奖对方文学才华，如"千言不落一字俗，凛凛秋风吹太阿。大才小用小有补，牛羊茁壮余无他"⑤；有的赞扬其声名显赫，如"夫君之名振朝野，道行谏听逢时者。南州岂足舒君才，天门夜诏星车回"⑥；有的从其家世写起，夸赞他人道德人品、执政能力、经济头脑，如"祖朝开国之真孙，轩轩冠盖宜高门。拔身州掾入政府，议论挺特穷根源。颜渊必用孔子铸，自此声名闻至尊……货泉交汇指诸掌，老吏缩手随规箴。如公之才世希有，突兀千丈辉乔林"⑦。在干谒诗的结尾处，郭祥正通常会委婉地提出举荐要求，"何时赴诏玉京去，万事待子能调和"⑧"愿

---

① （宋）郭祥正：《投别发运张职方仲举》，《郭祥正集》卷8，孔凡礼点校，第159页。
② （宋）郭祥正：《谢淮西吴提举子中》，《郭祥正集》卷10，孔凡礼点校，第192页。
③ （宋）郭祥正：《上赵司谏悦道》，《郭祥正集》卷10，孔凡礼点校，第184页。
④ （宋）郭祥正：《投献省主李奉世密学》，《郭祥正集》卷12，孔凡礼点校，第217页。
⑤ （宋）郭祥正：《酬吴著作子正》，《郭祥正集》卷8，孔凡礼点校，第160页。
⑥ （宋）郭祥正：《上赵司谏悦道》，《郭祥正集》卷10，孔凡礼点校，第184页。
⑦ （宋）郭祥正：《投献省主李奉世密学》，《郭祥正集》卷12，孔凡礼点校，第217页。
⑧ （宋）郭祥正：《酬吴著作子正》，《郭祥正集》卷8，孔凡礼点校，第160页。

学李贺逢韩公,他日不羞蛇作龙"①"愿君闻此颇矜恻,许借长帆还泽国。他日尧阶荐姓名,投老犹能奉鞭策"② "愿公吐和气,稍回岩谷春,养成尺寸木,为公车下轮"③,自己虽然年纪老迈,但是"自嗟虽老力未衰,命未遇知甘摈死。南山射虎竟残年,不得封侯亦徒尔",有朝一日,自己必然有所回报,"感君欲引西江波,涸辙行将脱蝼蚁。功名成就须报恩,莫道江南无壮士"④ "他年青史上,报德岂无人"⑤。

与初盛唐干谒诗不完全相同的是,郭祥正的干谒诗中很少"布衣对权贵的不平之气",内容上与孟浩然的创作更为接近。同孟浩然一样,郭祥正"一生都夹在出仕与退隐的矛盾痛苦中"⑥,孟浩然感叹"三十犹未遇,书剑时将晚"⑦,郭则认为自己"逢时不自结明主,空文亦是寻常人"⑧,时乖运蹇,一生蹭蹬,"三入长安献不售,困鳞怅望西江波"⑨ "贱生流落何可言,四十栖迟埋冗员"⑩ "醉乡酩酊万事休,功名难成岁华晚"⑪。孟浩然遭遇"乡曲无知己,朝端乏亲故"⑫的坎坷,郭祥正则是抱怨昔时的友人早已飞黄腾达,却不肯帮助自己,"故人骑龙不相助,子陵自欲追巢由。拔山力尽真可伤,江湖安得重相忘。恩仇必报乃壮士,如今孰是韩张良"⑬,哪里去寻找慧眼识珠,举荐韩信的张良呢?二人可谓同病相怜了。郭祥正的不平,更多的是对自身遭遇的不满,往往表现出一种自怜,一种对个人命运的自怨自艾。

---

① (宋)郭祥正:《上赵司谏悦道》,《郭祥正集》卷10,孔凡礼点校,第184页。
② (宋)郭祥正:《投别发运张职方仲举》,《郭祥正集》卷8,孔凡礼点校,第160页。
③ (宋)郭祥正:《投献省主李奉世密学》,《郭祥正集》卷12,孔凡礼点校,第217页。
④ (宋)郭祥正:《谢淮西吴提举子中》,《郭祥正集》卷10,孔凡礼点校,第192页。
⑤ (宋)郭祥正:《投献省主李奉世密学》,《郭祥正集》卷12,孔凡礼点校,第217页。
⑥ (唐)孟浩然:《孟浩然诗集笺注·前言》,《孟浩然诗集笺注》,佟培基笺注,第3页。
⑦ (唐)孟浩然:《田园作》,《孟浩然诗集笺注》卷下,佟培基笺注,第458页。
⑧ (宋)郭祥正:《上赵司谏悦道》,《郭祥正集》卷10,孔凡礼点校,第184页。
⑨ (宋)郭祥正:《投别发运张职方仲举》,《郭祥正集》卷8,孔凡礼点校,第159—160页。
⑩ (宋)郭祥正:《投献省主李奉世密学》,《郭祥正集》卷12,孔凡礼点校,第217页。
⑪ (宋)郭祥正:《投别发运张职方仲举》,《郭祥正集》卷8,孔凡礼点校,第159—160页。
⑫ (唐)孟浩然:《田园作》,《孟浩然诗集笺注》卷下,佟培基笺注,第458页。
⑬ (宋)郭祥正:《投别发运张职方仲举》,《郭祥正集》卷8,孔凡礼点校,第159—160页。

二 杜甫

诗圣杜甫是郭祥正在唐代继李白之后找到的另一位精神导师，他非常喜爱杜甫诗歌，好吟诵其诗，"载歌少陵篇"①，将李白、杜甫视作毕生学习追随的对象，以超越他们为荣，"大句压甫白"②，"李翰林、杜工部，格新句老无今古。我驱弱力谩继之，发词寄兴良辛苦"③。他的诗歌作品中常常出现"杜坛"，将杜甫视作诗中元帅，余者皆应拜服其下。诗人一方面对自己的诗歌才华十分自信，"高吟凌李杜"④"老彼杜工部，玄哉扬子云"⑤，另一方面也清醒地认识到自己与老杜之间的差距，他承认"少陵才力吟非易"⑥，杜甫之才学、能力如此广博，学来不易，即使自己奋力学习，仍然"千篇愧比老杜老"⑦。祥正曾写下许多和杜、学杜之诗，如《游道林寺呈运判蔡中允如晦昆仲用杜甫元韵》，乃次韵杜甫《岳麓山道林二寺行》⑧而作；他模拟杜甫以乐府旧题写时事的传统，杜甫写有《前苦寒行》《后苦寒行》，而他创作了《苦寒行》二首，同样沿用乐府旧题，反映当前社会现实。此外尚有《晚晴》《川涨》等和杜甫创作题目相同的诗作。杜甫心系天下、自我牺牲的精神令诗人在遭遇人生失意、愤懑不平的同时，仍然能够"我甘海隅食蚌蛤，饱视两邑调租庸。呜呼，不独夔子之国杜陵翁，牙齿半落左耳聋"⑨"宁独濡枯焦，永愿消尘烦"⑩，面对生活磨难，能够

---

① （宋）郭祥正：《湘西四绝堂再送蔡如晦二首_{用韩退之游湘西韵}》其二，《郭祥正集》辑佚卷2，孔凡礼点校，第539页。
② （宋）郭祥正：《蒋颖叔要予同赋平云阁》，《郭祥正集》辑佚卷1，孔凡礼点校，第524页。
③ （宋）郭祥正：《送徐长官_{仲元}》，《郭祥正集》卷12，孔凡礼点校，第212页。
④ （宋）郭祥正：《昨游寄徐子美学正》，《郭祥正集》卷4，孔凡礼点校，第82页。
⑤ （宋）郭祥正：《颖叔招饮吴圃》，《郭祥正集》卷5，孔凡礼点校，第105页。
⑥ （宋）郭祥正：《置酒西楼呈主公龙图》，《郭祥正集》卷24，孔凡礼点校，第397页。
⑦ （宋）郭祥正：《游道林寺呈运判蔡中允如晦昆仲用杜甫元韵》，《郭祥正集》卷9，孔凡礼点校，第169页。
⑧ （唐）杜甫：《岳麓山道林二寺行》，《杜诗详注》卷22，（清）仇兆鳌注，第1986页。
⑨ （宋）郭祥正：《南雄除夜读老杜集至岁云暮矣多北风之句感时抚事命题为篇》，《郭祥正集》卷8，孔凡礼点校，第162页。
⑩ （宋）郭祥正：《兰陵请雨》，《郭祥正集》卷4，孔凡礼点校，第74页。

第三章　薪火相传:郭祥正诗文之创作渊源

甘之如饴,欣然接受。

郭祥正从艺术技巧上因袭和模拟杜甫之诗作。他喜欢借鉴杜甫诗歌创作技巧,常常在诗歌中直接使用或者略微改动杜甫原句置于自己的作品中:

1. 郭:众人皆欲戮。①

杜:世人皆欲杀。②

郭在此诗中自注"上杜句",将"世人"换为"众人","杀"换成"戮",余者不变,句式不改。

2. 郭:一片花飞减却春。③

杜:一片花飞减却春。④

照搬杜甫原句。

3. 郭:车辚辚兮马萧萧。⑤

马萧萧,车轣轣,道上行人半相识。⑥

杜:车辚辚,马萧萧,行人弓箭各在腰。⑦

第一句中,诗人根据表达需要,将杜甫两个三字句用一个"兮"字连缀成七字句;第二句中,"车"与"马"的位置互换,并且改"车辚辚"为"车轣轣",其实与原句差别不大,都是指车轮转动的声音。第1、2两组诗句,皆是杜甫为李白而作,郭祥正对此应当颇为赞同。

他还极力模仿杜甫"诗史"的创作手法,在诗歌中记载某些历史事件或者个人经历中折射出的社会面貌,同样具有鲜明的历史纪实性特点。杜甫有"皇帝二载秋,闰八月初吉"⑧的写时记事手法,郭祥

---

① (宋)郭祥正:《端州逢故人刘暐光道致酒鹄奔亭作》,《郭祥正集》卷5,孔凡礼点校,第107页。
② (唐)杜甫:《不见》,《杜诗详注》卷10,(清)仇兆鳌注,第858页。
③ (宋)郭祥正:《仲春樱桃下同许损之小饮因以赠之》,《郭祥正集》卷10,孔凡礼点校,第192页。
④ (唐)杜甫:《曲江二首》其一,《杜诗详注》卷6,(清)仇兆鳌注,第446页。
⑤ (宋)郭祥正:《补易水歌》,《郭祥正集》卷1,孔凡礼点校,第8页。
⑥ (宋)郭祥正:《交难》,《郭祥正集》卷16,孔凡礼点校,第266页。
⑦ (唐)杜甫:《兵车行》,《杜诗详注》卷2,(清)仇兆鳌注,第113页。
⑧ (唐)杜甫:《北征》,《杜诗详注》,卷5,(清)仇兆鳌注,第395页。

正便也在诗歌中以"元祐丙寅春,新昌有狂寇"①"元丰五年秋,七月十九日"② 作为起句,前者记叙了一次社会动乱,后者讲述漳州地区的重大水灾,都具有一定史料价值。郭祥正还格外关注自然灾害,他写下《水涨》《积潦》《复寒》《倚楼》《自和》二首等一系列借景抒怀的诗歌,从这些诗歌中大致能够推断某一时期气候条件对某一地区(如元丰初年漳州地区)农业生产带来的影响,可以说是较为宝贵的气象学史料。

除了杜甫之外,唐代诗人王维、韩愈、白居易、孟郊、杜牧等人的作品也颇为郭祥正所欣赏和接受。

王维的"漠漠水田飞白鹭,阴阴夏木啭黄鹂"③ 被郭祥正转化为"低飞白鹭拣晴沙,闻晓黄鹂啭乔木"④,"行到水穷处,坐看云起时"⑤ 则被化用在"坐看峰头片云起"⑥ 当中,并且王维"中年颇好道"的佛禅心境与守讷上人"脱去儒冠披坏衣,一生长在名山里"的出世生活同样令诗人欣羡不已。

韩愈、孟郊也是郭祥正较为关注的诗人。他十分敬服韩愈、孟郊之才,"有谁文采如昌黎"⑦ "昌黎首唱城南句,东野继作芬兰椒"⑧ "卓然韩杜诗,光焰不可掩"⑨ "韩愈莫吟泷吏问"⑩。他自云"我效退

---

① (宋)郭祥正:《新昌吟寄颖叔待制》,《郭祥正集》,卷5,孔凡礼点校,第111页。
② (宋)郭祥正:《漳南书事》,《郭祥正集》,卷5,孔凡礼点校,第95页。
③ (唐)王维:《积雨辋川庄作》,载(清)彭定求编《全唐诗》卷128,中华书局1999年版,第1299页。
④ (宋)郭祥正:《济源草堂歌赠傅钦之学士》,《郭祥正集》卷2,孔凡礼点校,第27页。
⑤ (唐)王维:《终南别业》,载(清)彭定求编《全唐诗》卷126,第1276页。
⑥ (宋)郭祥正:《和守讷上人五峰见寄之作》,《郭祥正集》卷13,孔凡礼点校,第229页。
⑦ (宋)郭祥正:《奉和广帅蒋颖叔留题石室》,《郭祥正集》卷13,孔凡礼点校,第224页。
⑧ (宋)郭祥正:《奉和安中尚书同漕宪登长干塔》,《郭祥正集》卷13,孔凡礼点校,第231页。
⑨ (宋)郭祥正:《湘西四绝堂再送蔡如晦二首 用韩退之游湘西韵》其一,《郭祥正集》辑佚卷2,孔凡礼点校,第538页。
⑩ (宋)郭祥正:《次曲江先寄太守刘宜翁五首》其三,《郭祥正集》卷28,孔凡礼点校,第451页。

之拜"①，称赞他人则说"况君才力似韩愈"②"文格迥欺韩愈老"③。祥正还好以孟郊自喻，"东野久龙钟，多惭退之拜"④，孟郊的"出门即有碍"⑤作为杜诗对句被直接使用在《端州逢故人刘暐光道致酒鹄奔亭作》中。而孟郊诗作生新瘦硬的特点，在郭祥正诗歌中也时有体现，如"苔沿土阶绿，风尖纸窗破"⑥，青苔沿阶生长，给台阶染上一层绿色；寒风劲吹，仿佛带着尖刺，轻易地将窗纸弄碎，"苔绿""风尖"展现出一幅寒苦衰败的景象。又如"冷翠光争滴，残红湿不飞"⑦，"残红""冷翠"从视觉和感觉两个方面描绘了绵绵细雨中，花瓣片片凋落，枝头只剩残片；草树苍绿，让人遍体生寒，整个画面的色彩是凄冷寒凉的。

现实主义诗人白居易对郭祥正的影响主要体现在两个方面。

第一，郭祥正诗歌中常出现白居易使用过的典故，如"红炉底事不邀客，回雪落梅空断肠"⑧显然是对白居易"绿蚁新醅酒，红泥小火炉。晚来天欲雪，能饮一杯无"⑨一诗的反用；"何时载酒伴酡颜"⑩"胜游安得伴酡颜"⑪，其中酒醉"酡颜"是白居易常用之典，白居易在自己的诗作中至少五处用到了这个典故，如"密座移红毯，酡颜照绿杯"⑫，又如"归鞍酩酊骑，酡颜乌帽侧"⑬"促膝才飞白，酡颜已渥丹"⑭。第二，郭祥正创作了一些杂题古诗，酷似白居易等人所创制

---

① （宋）郭祥正：《再和颖叔志游》，《郭祥正集》卷5，孔凡礼点校，第102页。
② （宋）郭祥正：《谢蒋颖叔惠澄心纸》，《郭祥正集》卷11，孔凡礼点校，第201页。
③ （宋）郭祥正：《补到难篇终别作八句寄吴圣与长官》，《郭祥正集》卷22，孔凡礼点校，第366页。
④ （宋）郭祥正：《和樊希韩解元》，《郭祥正集》卷4，孔凡礼点校，第65页。
⑤ （唐）孟郊：《赠别崔纯亮》，载（清）彭定求编《全唐诗》卷377，第4243页。
⑥ （宋）郭祥正：《溪上闲居三首》其一，《郭祥正集》辑佚卷2，孔凡礼点校，第535页。
⑦ （宋）郭祥正：《和朱行中龙图游澄惠寺》，《郭祥正集》卷20，孔凡礼点校，第332页。
⑧ （宋）郭祥正：《喜雪呈守倅二首》其二，《郭祥正集》卷29，孔凡礼点校，第477页。
⑨ （唐）白居易：《问刘十九》，《白氏长庆集》卷17，四部丛刊本。
⑩ （宋）郭祥正：《寄凤凰山张居士》，《郭祥正集》卷22，孔凡礼点校，第362页。
⑪ （宋）郭祥正：《寄题贺州甑山亭》，《郭祥正集》卷22，孔凡礼点校，第369页。
⑫ （唐）白居易：《醉中戏赠郑使君》，《白氏长庆集》卷16，四部丛刊本。
⑬ （唐）白居易：《代书诗一百韵寄微之》，《白氏长庆集》卷13，四部丛刊本。
⑭ （唐）白居易：《与诸客空腹饮》，《白氏长庆集》卷20，四部丛刊本。

之为时、为事而作的新乐府诗歌,如《白玉笙》《莲根有长丝》《墨染丝》《朝出青闺里》等,这些诗通常以诗之首句或诗歌要表达的主要内容为题,或者反映社会现实,批判丑恶现象;或者关心百姓,心系苍生;又或者咏史抒怀,借古讽今,其中体现出来的强烈的现实主义精神与新乐府诗歌一致,如"莲根有长丝,不供贫女机。柳梢有飞绵,不暖寒者衣"①,对贫苦百姓寄寓深刻同情。他对白居易文学才能评价很高,认为白居易的诗歌兼具楚辞与《诗经》之长,"骚雅仍兼白乐天"②,是非常优秀的作品。

晚唐诗人杜牧也是郭祥正关注的一位前辈诗人,他的《追和杜牧之贵池亭》便是追和杜牧《题池州贵池亭》之作。他将杜牧与李白的诗歌相提并论,"牧之吟齐山,太白咏秋浦。至今三百年,光焰不埋土"③"却忆齐山小杜歌"④,推崇杜牧《九日齐山登高》一诗,认为其诗作堪与李白媲美,杜牧也成为郭祥正对他人文学才能的褒扬,他称赏李常"幕下高才似牧之"⑤"君来宣城幕,众谓得杜牧"⑥。

郭祥正对庄子、屈原、李白的模拟源自少年得志以及与三人相似的心路历程,他们都个性鲜明奔放,才高而位卑,一生坎坷,壮志难酬;他对《诗经》现实主义传统的继承、对杜甫和白居易的学习则受到当时社会的思想观念和儒家传统的影响;对陶渊明、王维的钦羡是在江湖与魏阙、出仕与隐逸矛盾挣扎之后的最终选择;汉魏五言诗传递出的生命意识、时空观念又使得他的诗歌中闪耀着理性光辉。总之,郭祥正诗歌豪迈精绝风格的形成与他能够博采百家之长、虚心向前代艺术家学习的态度是分不开的。

---

① (宋)郭祥正:《莲根有长丝》,《郭祥正集》卷16,孔凡礼点校,第261页。
② (宋)郭祥正:《子中修撰叠嶂楼致酒》,《郭祥正集》卷22,孔凡礼点校,第361页。
③ (宋)郭祥正:《酬富仲容朝散见赠因以送之》,《郭祥正集》卷5,孔凡礼点校,第120页。
④ (宋)郭祥正:《楮溪重九阻风戏呈同行黎东美》,《郭祥正集》卷13,孔凡礼点校,第228页。
⑤ (宋)郭祥正:《至万安寄吉守李献父大夫》,《郭祥正集》卷22,孔凡礼点校,第363页。
⑥ (宋)郭祥正:《感怀赠鄂守李公择》,《郭祥正集》辑佚卷1,孔凡礼点校,第515页。

第四章　包罗万象：郭祥正生平经历与文学创作（上）

　　人思想之形成，包含主客观因素，就客观因素而言，与家庭教养、教育陶冶、社会环境、时代思潮均有关联；从主观因素来看，个人资质、社会经历、生活遭遇等都会对人的思想变化产生影响。郭祥正仕宦生活曲折坎坷，出仕五次，隐逸五次，有功不赏，无辜被冤，经历宦海沉浮，看透世间百态，生活的艰辛坎坷令诗人的思想复杂多变。现存1400多首诗歌中，既充满儒家入世与修身的理想，又体现出道家自由与隐遁的追求，还渗透着佛家清净与禅机的了悟；既有历史兴亡、时空无限的复绝宇宙意识，又难逃伤春悲秋、生命短暂的哀痛，这些反映在文学创作上，便呈现出作品思想内容驳杂，各种体裁兼备的特点。本章及下一章拟以生平经历为经，对郭祥正一生中不同时期的诗歌创作活动进行分析，联系其仕宦与隐居生活，根据其诗歌所展现的主题、内容和思想进行分类研究。

　　郭祥正的诗歌，大致可以分为七大类：主观抒怀、客观寄怀、交游酬答、闲适生活、民生社会、思想信仰、艺术评论，每一个大类下又可分为若干小类。以下对前六种类型诗歌分节讨论，第七种艺术评论类放在郭祥正文艺思想中专门分析。

第一节 主观抒怀类诗作

郭祥正诗歌作品中抒写个人感怀的作品数量很多,他往往在诗歌中直接倾诉个人情感,或者叙志感怀、自伤身世;或者讽刺丑恶,发泄不满;或者慨叹生命无常、时光易逝;或者感悟人生,渴望归隐,这些诗歌展现出不同时期诗人复杂而真挚的情感体验。

一 悲士不遇与求献

郭祥正诗作中,慨叹才高位卑、命运坎坷、壮士不遇的作品占了较大比例,他笔下多悲愤慷慨之语,怨怼之情溢于言表,对个人才能的绝对自信与饱受命运捉弄的愤懑悲伤交织在一起,这些体悟并非一成不变,而是随着诗人在不同时期经历的改变而相应发生着变化,这在他一生近三分之二的时间当中或多或少都有所体现。

(一)初入仕途时期:38 岁之前,星子主簿、德化尉任及家乡隐居十年

诗人天才卓绝,年少成名,"念昔未弱冠,与君昆弟游。各怀经纶业,壮气凌阳秋。知音得袁宰,鉴赏称琳璆",19 岁中进士,授官星子主簿,步入仕途,他原本期望能够就此跨入仕途,实现自己的理想抱负,然而所遇非人,"我初佐星子,老守如素仇。避之拂衣去,寓迹昭亭幽"①,愤而挂冠,个性强烈的他发出"与其折腰以群辱,孰若洁身而自娱"②的愤激之辞。此时的诗人正处于少年得志、初入仕途时期,心高气傲、孤高耿介的性格促使他毅然逃离压抑个性的官场,"壮士不得志,污泥困修鳞。谁倾沧海救枯泽,矫首奋鬣乘风云。回头问燕雀,尔辈胡为群"③。这一时期诗歌中更多的是有志难申的愤

---

① (宋)郭祥正:《昨游寄徐子美学正》,《郭祥正集》卷 4,孔凡礼点校,第 82 页。
② (宋)郭祥正:《杂言寄耿天骘》,《郭祥正集》卷 1,孔凡礼点校,第 16 页。
③ (宋)郭祥正:《蹉跎行送裴山人》,《郭祥正集》卷 15,孔凡礼点校,第 253 页。

怒，这种愤怒以与世不容、与世对抗的姿态表现出来，在第一次愤而辞官的行动中达到了顶点。然而，在此阶段中，儒家的济世理想在年轻的诗人心中仍然占据上风，于是便有了第二次出仕，并且诗人在任期间还写诗投献，求得对方举荐，以便在官场上能进一步提升：

> 弹剑思经纶，悲歌负阳春。逢时不自结明主，空文亦是寻常人。君不见太公辞渭水，谢安起东山，日月再开天地正，龙虎感会风云闲。又不见屈原泽畔吟《离骚》，渔翁大笑弗餔糟，可行则行止则止，胡为憔悴言空劳。夫君之名振朝野，道行谏听逢时者。南州岂足舒君才，天门夜诏星车回。紫皇之真人，造化无嫌猜。往将和气辅舒惨，不令地下万物同寒灰。功成收身彩云里，坐酌千觞浮玉蕊。麻姑王母相经过，醉来共泛瑶池水。乐亦不可尽，名亦不可穷。愿学李贺逢韩公，他日不羞蛇作龙。①

此诗作于嘉祐五年（1060），郭祥正26岁，正在德化尉任上。诗里仍然充满了对个人才能的绝对自信和自傲，他以冯谖、姜尚、谢安自诩，虽有经天纬地之才，又身居盛世，却无缘与明主相知，君臣际会。接着笔锋一转，又故作豁达之语：屈原的命运和自己的状况不正相同吗？与其被渔者嘲笑，不若"可行则行止则止"，何必徒劳憔悴如斯？然而济世理想不是那么容易放下的，于是诗人在颂扬赵司谏（赵抃）之后，劝慰他勿失志向，有朝一日定能重新入朝，再受重用。由此也可以发现郭祥正此时对魏阙的态度，仍然是有所期待的，他渴望再展济世宏图，因此最终还是委婉地向对方请求，希望对方能够慧眼识珠，像韩愈举拔赏识李贺一样，给自己一个以蛇作龙的机会。所谓的"行"与"止"，在这一时期当中，他没有做到，因为他的愿望仍是"尽书政绩表中州"②。

---

① （宋）郭祥正：《上赵司谏₍悦道₎》，《郭祥正集》卷10，孔凡礼点校，第184页。
② （宋）郭祥正：《蜀道难篇送别府尹吴龙图₍伸庶₎》，《郭祥正集》卷15，孔凡礼点校，第251页。

（二）中年两次出仕时期：38—52岁，武冈、桐城令，知汀、漳期间

对个人命运的慨叹、壮士不遇的悲哀和迫切的求献愿望是郭祥正这一时期诗歌中较多体现的主题。

38岁的祥正第三次入仕，出任邵州防御判官，知武冈县，接着参与章惇经制梅山事，立下大功，然却有功不赏，莫名遭受处罚，"权邵州防御判官郭祥正为太子中舍，与江东路家便差遣。章惇言祥正均给梅山田及根括增税有劳也"①。友人已经尽力帮助，但是好事难成。此事对诗人的影响是极为深刻的，以至诗人在写给朋友的诗中感叹"行年均坎坷，抚己共悲酸"②"劳劳功业安在哉，出林之木风先摧。有言不得见天子，卷舌却出金门来"③，木秀于林，风必摧之，有言不得进，有才不得施，命运的捉弄让诗人心灰意冷，"顾我最飘零，尘网自投足。遐趋僻小郡，势若羝羊触……君名方显显，我困已碌碌"④，此时诗人身上已经少了年轻时的那种怨怼和愤怒，更多是一种对命运无常的无可奈何的悲凉：

> 男儿四十无所成，可怜鬓发霜华生。长书朝奏夕命相，此事故非言不行。低徊却入邵陵幕，梅岭招降建城郭。论功第一遭众谗，断木浮沉委满壑。噫吁嚱，数奇不独李将军，株坐桐乡三见春。桐乡虽好大儿死，风物满眼唯悲辛。迩来又赴肥上辟，碌碌随人亦何益。法网深悬无纵鳞，敛翼饥禽忧弹射。噫吁嚱，一寸丹心不堪折，扁舟却忆姑溪月。溪如凝冰月如雪，天地清光迥交澈。钓丝千丈入琉璃，六鳌一举三山随。人生快意莫如此，腰束黄金多横死。君不见日暮途穷逆行客，一饷荣华速诛殛。又不见

---

① （宋）李焘：《续资治通鉴长编》卷244"神宗熙宁六年壬辰"条，第5939页。
② （宋）郭祥正：《将至历阳先寄王纯父贤守》，《郭祥正集》卷20，孔凡礼点校，第323页。
③ （宋）郭祥正：《中秋登白纻山呈同游苏寺丞子骏》，《郭祥正集》卷9，孔凡礼点校，第171页。
④ （宋）郭祥正：《感怀赠鄂守李公择》，《郭祥正集》辑佚卷1，孔凡礼点校，第514页。

都市朝衣就剑人，谁道忠言能杀身。休休休，归去来。芝田石室云长在，瑶草琪花春不回。收帆银涛即平陆，跨青牛兮驱白鹿。莫向人间歧路行，岂有悲欢与荣辱。休休休，归去来，计已决。肯学腐儒空有言，辜负春鹃口流血。①

念昔未弱冠，与君昆弟游。各怀经纶业，壮气凌阳秋。知音得袁宰，鉴赏称琳璆。君家天地崩，泣血城南陬。释服就乡举，名姓必见收。数为礼部黜，嗟命宁怨尤。子山仅五十，感疾遽不瘳。子美如孤鸿，哀鸣大江头。其声最酸楚，闻者皆涕流。有才多困蒙，此理不可求。我初佐星子，老守如素仇。避之拂衣去，寓迹昭亭幽。篇章自此富，写咏穷欢忧。慈母待禄养，复尉溢浦州。随辟宰环峰，碌碌三载周。才归遭酷罚，五体戕戈矛。旦夕期殒灭，余生安敢偷。粗能襄事毕，寒饿妻儿羞。复入湖外幕，万里浮扁舟。几葬江鱼腹，迤逦百端愁。到官未三月，开疆预参谋。招降五万户，结田使锄耰。论功辄第一，谤语达冕旒。得邑敢自诉，断木当沉沟。儿女相继死，泣多昏两眸。脱去殊未能，游鳞已吞钩。春风吹瘦颊，黄尘蒙敝裘。才趋合肥府，又鞠历阳囚。荒庭忘岁月，忽见花枝柔。清明动乡思，一水嗟淹留。却忆藏云会，雕盘荐珍羞。高吟凌李杜，猛饮哈阮刘。野寺想如昨，游人今白头。倏忽三十年，老大功名休。日毂不暂止，吾生信如沤。有酒尚可醉，余事皆悠悠。②

此二首诗乃祥正在桐乡为官期间所创作，可以说是其前半生经历的回顾与总结。回首四十年沧桑岁月，诗人感慨万千：自己空有经天纬地之才，却得不到上位者的赏识，梅山开拓之功，不仅不受封赏，反而遭人谗言构陷。诗人自比李广，认为自己时乖运蹇，满腔热情，一片丹心却投报无门；为了衣食，奔波万里，道险几死；桐乡任上，儿女亡故，如今年纪老大，仍沉沦下僚，整日担心遭到陷害，这一切

---

① （宋）郭祥正：《将归行》，《郭祥正集》卷2，孔凡礼点校，第22—23页。
② （宋）郭祥正：《昨游寄徐子美学正》，《郭祥正集》卷4，孔凡礼点校，第82—83页。

令诗人不平、痛苦、愤懑、忧惧，官场生活的失意，自然使他产生"不如归去"的想法。

尽管慨叹命运不济，也想放下一切脱离官场羁绊，归隐山林，但是诗人的报国热情没有完全消失，"积学久未遇，忠言今可施。请君略细故，吐出胸中奇。悉救当世弊，自结明主知"①。他对朝廷政事非常关心，直接批评当世之弊，积极入世的精神理想最终压倒了归园田居的闲适安逸，诗人不甘困于小邑，依旧寄希望于他人举荐，"平生所得惟悲歌，时命未遇君如何。满怀策画献不售，凤凰飘泊无嘉禾。困鳞不借一杯水，异时安用西江波"②。他数次上书以求汲引，如向李奉世投献云：

> 祖朝开国之真孙，轩轩冠盖宜高门。拔身州掾入政府，议论挺特穷根源。颜渊必用孔子铸，自此声名闻至尊。熙宁神化迈前古，屡诏驰车外循抚。大河之北淮之壖，民起痌瘝竞歌舞。枢庭进直腰横金，君臣道合同一心。货泉交汇指诸掌，老吏缩手随规箴。如公之才世希有，突兀千丈辉乔林。徐冠貂蝉坐廊庙，重见成王得周召。泰山镂牒天垂休，却笑鸿蒙首频掉。贱生流落何可言，四十栖迟埋冗员。涸鳞怅望一杯水，安用西江浩渺之波澜。愿公吐和气，稍回岩谷春，养成尺寸木，为公车下轮。他年青史上，报德岂无人。③

李奉世，即李迪之子，名承之，字奉世，《宋史·李迪传》云："子柬之、肃之、承之、及之，孙孝基、孝寿、孝称。"④ 又附李承之传云："承之字奉世，性严重，有忠节。"⑤ 故知李奉世即李承之，李

---

① （宋）郭祥正：《送黄吉老察院》，《郭祥正集》卷6，孔凡礼点校，第124页。
② （宋）郭祥正：《送刘继邺秀才之岳阳访木尉》，《郭祥正集》卷12，孔凡礼点校，第214页。
③ （宋）郭祥正：《投献省主李奉世密学》，《郭祥正集》卷12，孔凡礼点校，第217页。
④ （元）脱脱等：《宋史·李迪传》卷310，第10171页。
⑤ （元）脱脱等：《宋史·李迪传》卷310，第10177页。

迪之子。全诗首先称颂李承之家世显贵，李本人乃稀世之才，又夸赞新政之美，接着转入求献主题，自叙蹭蹬栖迟之苦，不惑之年仍不能有所作为，援引庄子涸辙之鲋的典故，急切盼望得到对方举荐。从"四十栖迟埋冗员"推断，此诗大概作于梅山事后，虽有功劳，却没有得到封赏，因此向李承之密学投献，直接而急迫地恳请对方"愿公吐和气，稍回岩谷春"，有朝一日自己必定有所报答。与之类似的投献诗还有"他日尧阶荐姓名，投老犹能奉鞭策"①"愿如贺监怜太白，莫作曹公嗔祢衡"②"自嗟虽老力未衰，命未遇知甘摈死。南山射虎竟残年，不得封侯亦徒尔。……功名成就须报恩，莫道江南无壮士"③，反映出诗人迫切的报国心愿。

由于李承之汲引，郭祥正被起用知汀州，摄漳州，然而这次任命远远低于他的预期，他深感仍未得到一展抱负的机会，因此再次萌生退意，"便思勇决谢尘网，往跨皓鹤参翔鸾。吟诗卖药同至乐，安用包羞拘一官"④。但是真正到任之后，郭祥正依然认真地履行着地方官职责，关注民生疾苦，勤政为民，治理水患，为当地百姓所称颂。元丰三年（1080），他奉诏进京，途中被闽使者奏有罪，"前汀州通判奉议郎郭祥正勒停"⑤，罢官家居，年末又回到汀州，流落漳、汀一带。已届天命之年的诗人再次蒙受不白之冤，只能与友人诉说心中的悲苦和冤屈：

> 屋漏沿窗玉篆斜，索居蒸湿度年华。衔冤欲诉中都狱，抱义难酬漂母家。地隔五湖秋雁绝，草荒三径晓猿嗟。幸君数送琼瑶句，枯卉蒙春亦吐花。（《次韵元舆雨中见怀二首》其一）

---

① （宋）郭祥正：《投别发运张职方仲举》，《郭祥正集》卷8，孔凡礼点校，第160页。
② （宋）郭祥正：《留别金陵府尹黄安中尚书》，《郭祥正集》卷13，孔凡礼点校，第231页。
③ （宋）郭祥正：《谢淮西吴提举子中》，《郭祥正集》卷10，孔凡礼点校，第192页。
④ （宋）郭祥正：《圆山谣》，《郭祥正集》卷16，孔凡礼点校，第268页。
⑤ （宋）李焘：《续资治通鉴长编》卷344"神宗元丰七年三月壬子"条，第8257页。

> 雨锁柴门一径斜，诗筒时复觇英华。自怜白发非商叟，却对青山忆谢家。卞玉逢知终荐达，隋珠投暗只惊嗟。悲歌半夜弹雄剑，恨血千年变土花。（《次韵元舆雨中见怀二首》其二）①

卞和三次献玉，虽然遭受酷刑，但终于"逢知终荐达"。自己却栖迟不遇，有冤难诉，虚度韶光，空负一身才华，知音不赏，明珠暗投。韩信一朝发达，报答漂母一饭之恩，自己却始终得不到机会。诗人对命运不公、无人赏识的控诉已经无法用怨愤来表达，只能夜半"悲歌"、泣血遗恨，发出"仕途机阱了可畏，天地虽广身不容"②的愤激之语。仕途之外，生活再次给了诗人沉重一击，"儿归半道死，旅棺未葬埋"③，老年丧子的苦痛让他不仅"身计只知忧陷井"④，而且"明时枉作衔冤客，皓首翻为哭子人"⑤，胸中的悲愤化作对家乡的思念和眷恋，化作归隐山林的迫切愿望，"生死波中止一沤，离家失子已忘忧。只思北苑春芽熟，安得骑鲸逐俊游"⑥。

郭祥正之思想复杂而微妙，表现在诗歌作品里，既有自伤命运乖蹇、壮士不遇的哀怨与无奈，也有建功不赏、李广难封的怅惘和苦闷。他试图用归隐故乡的闲适恬淡来冲抵对怀才不遇之愤慨、对命运无常之哀叹，但是报国之雄心如同熊熊燃烧的火焰，总是难以熄灭，他热切而急迫地向上位者请求举荐，这些求献也起到了一些作用，于是便有了汀、漳之任，而这一次出仕令诗人对人生无常、命不可控有了更深刻的体验，其作品里传达出的是个人在命运面前的极度痛苦与无能为力，自此悲士不遇的成分大大减少，欲求举荐的愿望更是消失无踪了，远离官场、归隐田园的愿望逐渐强烈起来。

---

① （宋）郭祥正：《次韵元舆雨中见怀二首》，《郭祥正集》卷21，孔凡礼点校，第350页。
② （宋）郭祥正：《灵芝宫子固传王平父事》，《郭祥正集》卷16，孔凡礼点校，第268页。
③ （宋）郭祥正：《同萧英伯登陈安止啸台》，《郭祥正集》卷5，孔凡礼点校，第90页。
④ （宋）郭祥正：《临汀春晚》，《郭祥正集》卷21，孔凡礼点校，第347页。
⑤ （宋）郭祥正：《感怀寄泉守陈君举大夫》，《郭祥正集》卷21，孔凡礼点校，第344页。
⑥ （宋）郭祥正：《送吴山人二首》其二，《郭祥正集》卷29，孔凡礼点校，第482页。

二 人生感悟

波诡云谲的仕宦生涯、落拓不偶的坎坷命运带给郭祥正许多磨难,令诗人感受到人生苦短,应及时行乐;人心难测,结交不易。

(一) 人生苦短、及时行乐

美好的时光像生命短暂的繁花,人生百年,如白驹过隙,转瞬即逝,一首《醉歌行》寄寓了诗人鄙弃功名富贵、虚名浮利的志向以及感悟人生、以酒解忧、及时行乐的生命意识和对历史沧桑变幻之感慨:

> 明月珠,不可襦,连城璧,不可餔,世间所有皆虚无。百年光景驹过隙,功名富贵将焉如。君不见北邙山,石羊石虎排无数。旧时多有帝王坟,今日累累蛰狐兔,残碑断碣为行路。又不见秦汉都,百二山河能险固。旧时宫阙亘云霄,今日原田但禾黍,古恨新愁迷草树。不如且买葡萄醅,推壶挈榼闲往来。日日大醉春风台,何用感慨生悲哀。①

全诗以人们所珍爱之珠玉金璧起兴,这些财富既不可做衣给人温暖,又不能做食使人饱腹,由此诗人得出"世间所有皆虚无"的结论,百年时光飞逝而过,功名富贵更是缥缈不实。与无情岁月相较,即使古代的帝王将相,如今也不过是落得黄土一抔,昔时气势宏伟的坟陵,在历史车轮的无情碾压下,只剩下断瓦残垣;往日遮天蔽日、高耸入云的宫阙,已然埋没于荒烟蔓草之间。作者借历史兴亡、沧海桑田的变幻,表达人生苦短的悲哀,结句则说一醉解千愁,其实内心深处充满了悲凉之感,与古诗中"生年不满百,常怀千岁忧。昼短苦夜长,何不秉烛游?为乐当及时,何能待来兹"② 异曲同工。体现时代变幻、兴亡更迭的还有如"尧舜竟何在,楚汉空战争。胜负一日事,寂

---

① (宋)郭祥正:《醉歌行》,《郭祥正集》辑佚卷3,孔凡礼点校,第551页。
② 《古诗十九首·生年不满百》,载(梁)萧统选《昭明文选》卷29,李善注,韩放主点校,京华出版社2000年版(中册),第304页。

寥千载名"①，无情的时间面前，功名是如此苍白，"人世百年能几许"②"功名能几何，回首岁时暂"③，名与利不过是过眼烟云，何不抛开这些身外之物，"致此一壶酒，都忘千岁名"④，否则"良辰不同乐，衰暮空惜别"⑤，要为韶华虚度而痛苦了。

岁月如梭，时不待人，面对永恒的时间，人类是如此渺小、无力，无论是帝王将相，还是贩夫走卒，贤愚穷达，统统难逃一死，不如抛开过往，珍惜眼前，好好享受生活：

> 去日不可追，来日已无多。衰颓复自念，迁谢当奈何。贤达并贱愚，百岁同消磨。不如咏觞酌，徘徊眄庭柯。流翠自成幄，好风时经过。憎爱理兼忘，虚淡神所和。运尽即随尽，葬骨南山坡。⑥

过去的时光已经无法挽回，未来时间所剩无几，应珍惜眼前，纵心所欲，诗酒相随，静静等待人生最后时刻。全诗展现出诗人勘破生死、随缘自适的生活哲学。这种体悟，并非与生俱来，而是诗人经过重重磨难之后的切身感受。郭祥正闽中获罪，颠沛流离、冤情难诉，从最初的痛苦悲愤逐渐转为开朗豁达：

> 郭子弃官合肥，归隐姑孰，一吟一酌，婆娑溪上，自号曰醉吟先生。居五年，或者谓其未老，可任以事，荐于上。上即召之，复序于朝，俾监闽汀郡。寻摄守漳南。上复召之，行至半道，闽使者状其罪以闻，遂下吏，留于漳几三年。郭子一吟一酌，逍遥乎一室之中，未尝有忧色。又自号曰漳南浪士。客疑而问焉，郭

---

① （宋）郭祥正：《把镜》，《郭祥正集》卷4，孔凡礼点校，第75页。
② （宋）郭祥正：《郑州太守王龙图赟之出家妓弹琵琶即席有赠》，《郭祥正集》卷15，孔凡礼点校，第247页。
③ （宋）郭祥正：《和颍叔丁山黯字》，《郭祥正集》卷3，孔凡礼点校，第60页。
④ （宋）郭祥正：《对酒爱月示客》，《郭祥正集》卷4，孔凡礼点校，第78页。
⑤ （宋）郭祥正：《暮春之月谒庐守陈元舆待制作》，《郭祥正集》卷7，孔凡礼点校，第138页。
⑥ （宋）郭祥正：《自释二首》其一，《郭祥正集》卷6，孔凡礼点校，第133页。

子曰：士有可以忧，有不足以忧者。仰愧于天，俯愧于人，内愧于心，此可以忧矣；反是，夫何忧之有。作《浪士歌》以释客问。

> 江上浪如屋，海中浪如山。浪士乘浪舟，兀兀在浪间。浪头几时息，士心殊自闲。死生生死尔，浪歌聊破颜。①

面对生死已经无所谓欢欣或者畏惧，又怎会在意人间之苦？只要无愧于自己本心，完全可以"浪歌聊破颜"，这里更多的是故作欢颜，更多的是无奈。

诗人及时行乐的思想有时和毕生夙愿——归隐田园结合在一起，但其思想既不完全等同于汉末文人那种放纵式的行乐，也不全然与陶渊明笔下桃花源人为躲避战乱而隐逸的逃避现实相似。因为所处时代不同，他的行乐与归隐更多来源于对自身遭遇的不满，表面的轻松愉悦难以掩盖深层的落寞悲哀，以下面一首诗为例：

> 遭时如尧舜，击壤欢且歌。归田尚叨禄，天宠固已多。敢复邀长年，寓景随流波。有酒即觞酌，风日眷清和。俯悲秦晋士，含饥避干戈。②

此诗前两句歌咏太平盛世，接着诗人反语说出自己已经得到上天给予的很多荣宠富贵，应该满足当下悠闲自在、随心所欲、欢饮美酒、风和日丽的生活。相比于我，桃源中的避秦人忍饥挨饿躲避战乱，实在是太可怜了。

诗人虽然高唱流连诗酒、及时行乐，但是其高洁的志向操守没有因生活的安逸或困顿而发生改变，不论何时何地何事，他都坚持仰不愧于天，俯不愧于人，内不愧于心：

> 群材欣向荣，志士寂无托。独鸟千里飞，天末孤云泊。越女

---

① （宋）郭祥正：《浪士歌并序》，《郭祥正集》卷4，孔凡礼点校，第83—84页。
② （宋）郭祥正：《自释二首》其二，《郭祥正集》卷6，孔凡礼点校，第133页。

殊西子，秦声异别鹤。守贞不辞贫，怡怡内常乐。高歌戛金玉，其声震寥廓。（《志士吟二首》其一）

岁华忽已晚，志士将奈何。摧车卷前修，渟泽无余波。知命守穷贱，脱屐南山柯。出从麋鹿游，坐与猿鸟歌。采菊复采薇，聊以养天和。（《志士吟二首》其二）①

第一首诗通过达者与穷者的对比，寄托诗人甘于贫贱之志向。群才享受着阳光的恩泽，孤单的"志士"却无所依靠，像孤独的飞鸟，翱翔天际；又如漂泊游荡的白云，远空停驻。即便如此，"志士"仍然"守贞不辞贫"，内心便怡然长乐。将此心托付高歌，声音响彻苍茫天地。第二首感慨自己年纪老大、志士迟暮，命运不可更改，但仍然要追随前贤脚步，甘守贫贱生活，"采菊"之悠然自得与"采薇"之守节不移便是诗人的最终选择。"知命守穷贱"既饱含对命运不公的哀怨控诉，也表达了保持个人节操、不屈服于流俗的坚定信念。

（二）世道险恶，结交不易

两次遭受陷害导致郭祥正对世道人心产生了深深的忌惮和怀疑，"势去竞诋排，功成乃歌颂。人情岂相遥，此理古今共"②，世情冷暖，趋炎附势，自古如此；"窃甘禄食忧谤嘲，有若夜鼠防饥猫"③ "潜鱼防饵钓，高雁避城笊"④，世事险恶，人心难测，须小心谨慎；"世情翻覆可沾巾，三千食客背田文"⑤，"荆榛满眼世路恶，恩忘水覆终难收"⑥。

在困境或者利益面前，朋友也会背叛，原先以为牢不可破的友谊是如此脆弱：

---

① （宋）郭祥正：《志士吟二首》，《郭祥正集》卷7，孔凡礼点校，第134页。
② （宋）郭祥正：《酬耿天骘见寄》，《郭祥正集》卷4，孔凡礼点校，第67页。
③ （宋）郭祥正：《登王知白秀才跂贤亭呈同游余万二君》，《郭祥正集》卷9，孔凡礼点校，第172页。
④ （宋）郭祥正：《遣怀》，《郭祥正集》卷18，孔凡礼点校，第290页。
⑤ （宋）郭祥正：《酬李推官淮上见寄》，《郭祥正集》卷8，孔凡礼点校，第161页。
⑥ （宋）郭祥正：《中秋登白纻山呈同游苏寺丞子骏》，《郭祥正集》卷9，孔凡礼点校，第171页。

> 一作闽南客,幽忧忽过春。交游半卿相,踪迹自埃尘。未附垂天翼,空成涸辙鳞。吾庐松菊在,怅望勑溪滨。①

此诗作于祥正汀、漳为官期间,此时的他异常苦闷,回想一生所结交之友人,大多数居于高位,然而没有人愿意伸出援手。与他们相比,自己潦倒困苦,真是天壤之别。自己如同涸辙之鲋,攀不上垂天之翼,还是回到自己的旧居中,与松菊相伴,不要在溪水边惆怅痛苦了,诗人对友人不肯相助非常不满。

几度遭谗之后,诗人深感到世路艰险,"寻幽尚龃龉,处世信难料"②"交态非今薄,人情自古难"③,交友也同样艰难,"人生足离合,世役异屯泰"④,故作《交难》一诗:

> 马萧萧,车辚辚,道上行人半相识。识面虽多心友难,沧海可量人莫测。君不见张、陈昔日刎颈交,临阵弯弓返相射。又不见座中耳语程将军,背骂一钱犹不直。噫吁嚱,休休休。猿鸟可为伴,麋鹿可与游。春日晴晖晖,春风思悠悠。春泉滑涓涓,春林碧柔柔。行止任所适,歌啸忘吾忧。逢人辄掩口,语发多为仇。⑤

沧海尚且可以量出深浅,人的心却是没有办法测算的。张耳、陈余为了利益反目,临汝侯虽然当众与程不识耳语,私下竟批评对方"不值一钱"。张耳欣赏陈余,陈余也非常尊重张耳,"余年少,父事张耳,两人相与为刎颈交"⑥,然而在权势利益面前终于反目,"太史公曰:张耳、陈余,世传所称贤者……然张耳、陈余始居约时,相

---

① (宋)郭祥正:《交游》,《郭祥正集》卷17,孔凡礼点校,第278页。
② (宋)郭祥正:《游华阳洞阻雨》,《郭祥正集》卷3,孔凡礼点校,第59页。
③ (宋)郭祥正:《排闷呈元舆》,《郭祥正集》卷18,孔凡礼点校,第299页。
④ (宋)郭祥正:《同许栖默游阳洞》,《郭祥正集》卷3,孔凡礼点校,第56页。
⑤ (宋)郭祥正:《交难》,《郭祥正集》卷16,孔凡礼点校,第266页。
⑥ (汉)司马迁:《张耳陈余列传》,《史记》卷89,上海古籍出版社1977年版,第1966页。

然信以死，岂顾问哉。及据国争权，卒相灭亡，何乡者相慕用之诚，后相倍之戾也！岂非以利哉！"①临汝侯对程不识当面亲昵无间，背后却诋毁嘲笑："行酒次至临汝侯，临汝侯方与程不识耳语，又不避席……（夫）无所发怒，乃骂临汝侯曰：'生平毁程不识不直一钱，今日长者为寿，乃效女儿呫嗫耳语。'"②这里诗人引用了张耳、陈余反目和灌夫指责临汝侯两个典故来感叹人心难测，自古皆然。世态炎凉，恐怕只有与猿鸟、麋鹿交友了吧。最好是一个人生活在山林田野之中，才能"行止任所适，歌啸忘吾忧"，如果与人相交，千万要捂住自己的嘴，否则出言一多，朋友多半就变成仇敌了，"交游今已绝，孤坐欲何言"③。最后二句是诗人对友人无情的悲愤控诉，交友贵在知心，而不在时间长短，"相逢莫恨晚，结交贵知心"④，一生之中，难得知己，"不忘交旧似君稀"⑤，可叹人之无情，尚不如物，"明年信到梅梢早，不似人心有改时"⑥。

三 仕宦奔波与思乡归隐

深受儒家济世思想影响的绝大多数中国古代读书人，以治国安邦为个人终身奋斗目标，孟子说"士之失位也，犹诸侯之失国家也"⑦，只有出仕，谋得官位，才能实现个人抱负，展示自己的才华。然而仕途险恶，官场黑暗，到处是尔虞我诈、弱肉强食，且君心难测，风云变幻，一个不留神便会招来祸端，甚至丢掉性命，荣华富贵与生死存亡只在一线间，"忆昔怒驱丞相去，犹思上蔡东门兔"。因此很多人便

---

① （汉）司马迁：《张耳陈余列传》，《史记》卷89，第1977页。
② （汉）司马迁：《魏其武安侯列传》，《史记》卷107，第2161页。
③ （宋）郭祥正：《幽居》，《郭祥正集》卷17，孔凡礼点校，第271页。
④ （宋）郭祥正：《仲春樱桃下同许损之小饮因以赠之》，《郭祥正集》卷10，孔凡礼点校，第192页。
⑤ （宋）郭祥正：《狄倅伯通席上二首》其一，《郭祥正集》卷28，孔凡礼点校，第467页。
⑥ （宋）郭祥正：《次韵元舆七绝·春归四首》其一，《郭祥正集》卷27，孔凡礼点校，第442页。
⑦ 杨伯峻译注：《孟子译注》，中华书局2005年版，第142页。

有了"纵有封君禄万钟,争如食邑桃千树"① 的归隐之心。陶渊明发出感慨:"真风告逝,大伪斯兴,闾阎懈廉退之节,市朝趋易进之心。怀正志道之士,或潜玉于当年;洁己清操之人,或没世以徒勤。"② 尽管如此,士人们还是千方百计争入仕途,或许是为了实现理想,也可能是为了追求荣华富贵、享受生活。一旦进入官场,不到万不得已,他们是不会选择离开的。他们更欣赏一种身在魏阙,心游江湖的吏隐生活,"身居金马玉堂之近,而有云峤春临之想;职在献纳论思之地,而有灞桥吟哦之色"③,中国古代传统读书人一方面胸怀安天下、济苍生的梦想,另一方面也渴望着纵情山水的闲适。

郭祥正同样如此,他的一生中将近三分之二时间是在各处做官和游历中度过的。他生性爱好漫游,出任邵州、武冈、桐城、历阳、汀州、漳州、端州等地地方官时,他有更多机会徜徉自然山水之间,足迹遍及福建、江西、安徽、江苏、广东、广西、湖南、浙江、河南等地,留下山水景观题咏诗歌450首,占到全部诗歌总量的31%④。青壮年时期的郭祥正虽然身在官场,但也渴望抛开人世烦恼,徜徉自然山水之间:

> 寻山佳兴发,一夜渡江月。首到庐江元放家,水洞清光数毫发。爱之使欲久栖息,又闻灵仙之境敞金阙。清风吹我衣,不觉过皖溪。危梁千步玉虹卧,松行十里青龙归。烟霞绕脚变明晦,忽见殿阁铺琉璃。重檐却在迥汉上,倚栏俯视白日低。虚庭自作箫籁响,屋角更无飞鸟飞。霓幡重重蔽真御,仿佛遥见星文垂。长廊纱笼绝笔画,老龟稳载青瑶碑。更逢逍遥不死客,齿清发翠桃花肌。萧台可到亦非远,云间况有白鹿骑。细窥绝景辄大笑,吾曹何事尘中为。安得良田三百亩,可以饱我妻与儿。长年只在

---

① (宋)释居简:《桃源行》,载北京大学古文献所编《全宋诗》卷2791,第33061页。
② (晋)陶渊明:《感士不遇赋》,《陶渊明集校笺》卷5,杨勇校笺,第255—257页。
③ (宋)杨万里:《山居记》,《诚斋集》卷76,四部丛刊本。
④ 潇潇:《郭祥正山水景观题咏诗研究》,硕士学位论文,安徽大学,2007年,第11页。

名山里，万事纷纷都不知。①

此诗作于祥正第二次出仕，在德化尉②任上。诗人忙中偷闲，到一位居住在山里的友人家中拜访。幽静的山洞、澄澈的水流，十里青松径，千步飞虹桥，云蒸霞蔚，晦明变化，重檐高阁，霓幡招展，仿佛身入神仙幻境。虽然结尾处诗人表示非常喜欢这种山居隐逸生活，可以抛开世间一切，但是却以养育妻儿为由，来解释不放弃仕途的原因。任邵州防御判官之后，他又写下《怀青山草堂》一诗，一面回忆山居生活的舒适闲淡，一面追悔再入仕途，"我昔弃官结茅宇，九品青衫安足数。竹筒盛酒骑白牛，醉眼看天与天语。如何蹭蹬随辟书，十年又向风尘趋。只今两鬓满霜雪，功业不成思旧庐""谁人萦尔不归去，自问此心无乃愚"③，身在官场，心向江湖。

当诗人遭受陷害，仕途不顺之时，他又会转向还家归隐、纵情山水，"休欤归乎，春山巍巍，春水渺渺，春蒲濯濯，春鱼尾尾。吾亲在前，吾子在后，饮甘涤洁，以介眉寿"④"呜呼，耕吾土兮足以食，条吾桑兮足以衣。予奉亲兮孰不可乐，予治身兮尤以为宜。蹇何忧兮何思，恬无闷兮无知。休欤归乎，以退为进乎，予发诸诚乎，贤谁弗信乎"⑤。然而，一旦真正身处江湖、归隐田园，他又心怀魏阙，渴望出仕，故此他常常一面为自己的出仕行动找一些借口，"士有以处兮，无亩以耕。眷余绪之尚抽兮，慨慈亲以迟荣。徐虚缩瑟以内习兮，予实愧乎先民之心。惚恍恻怆其不得已兮，被命于九江之浔"，这时归隐成了不得已的行为，自己因奉养老母而躬耕田园，现在已然觉悟，为国尽忠更重要，"事将有责兮，死岂予之所畏。盖忠未足以尽报兮，

---

① （宋）郭祥正：《山中乐》，《郭祥正集》卷2，孔凡礼点校，第22页。
② （宋）乐史：《太平寰宇记》卷111，"江南西道·江州"条，文渊阁四库全书本。引文如下："德化县二十乡本汉浔阳县，属庐江郡。《吴录》云属武昌。《宋书·州郡志》曰：'浔水注江，因水以名县。'隋开皇十八年改为彭蠡县，大业二年改为湓城县，唐武德五年改为浔阳县，自州东移于今所，伪唐改为德化县。"
③ （宋）郭祥正：《怀青山草堂》，《郭祥正集》卷12，孔凡礼点校，第219页。
④ （宋）郭祥正：《言归》，《郭祥正集》卷1，孔凡礼点校，第4页。
⑤ （宋）郭祥正：《广言归》，《郭祥正集》卷1，孔凡礼点校，第5页。

孝未克以自信。惟行止之坎坎兮，适简罪以冀生。度白日之难兮，谁察予情"①；一面又借助他人之口来述说自己出仕的愿望：

> 苍山冻云犹未消，君骑瘦马来飘飘。入门下马与我语，琅琅满室鸣箫韶。一官初得遭猛守，十年困辱朱颜凋。恨无田园即长往，醉卧白日歌唐尧。去干斗粟活妻子，谁念尘滓污琼瑶。相逢太息不能已，解衣贳酒愁魂消。红梅零落雪霜洗，苍雁蹭蹬狐狸骄。男儿功名顾有命，太公七十方渔樵。否极泰来如覆手，阔步自此凌烟霄。侧闻丞相开东阁，肯使斯人重折腰。②

诗人德化尉任满，归隐姑孰，过了近十年田园生活，漫长的困顿岁月让他"朱颜凋零"。"男儿功名顾有命，太公七十方渔樵。否极泰来如覆手，阔步自此凌烟霄。侧闻丞相开东阁，肯使斯人重折腰"，表面来看是劝慰余秘校，实际也是自我勉励，渴望否极泰来，重入仕途。

江湖与魏阙的二难选择，使宦海沉浮中的郭祥正既无法真正体验自然山水之乐，也不能充分享受归园田居的恬静悠游。直到困守汀、漳，饱受摧残，对家乡的思念之情与日俱增，他悲叹自己的命运，愁肠百结，"归梦不成残夜雨，空阶滴滴到愁肠"③，常常发出"何日笼樊启，再归溪上耕"④ "故园何日返，此地独含情"⑤ "远游成底事，白首忆乡关"⑥ "与其宠辱惊，何似归来早"⑦ 的声音，这才彻底泯灭了出仕之心，解开了心结。特别是在55岁获准辞官之后，诗人带着愉悦欢快的心情，在归家途中，遍览名山大川，最后回到家乡，真正实现了纵情山水、归隐田园的夙愿。这个愿望的实现是在经历起伏动荡的仕

---

① （宋）郭祥正：《泛江》，《郭祥正集》卷1，孔凡礼点校，第5页。
② （宋）郭祥正：《送余秘校》，《郭祥正集》卷11，孔凡礼点校，第207页。
③ （宋）郭祥正：《夜雨感怀》，《郭祥正集》卷27，孔凡礼点校，第448页。
④ （宋）郭祥正：《早起》，《郭祥正集》卷17，孔凡礼点校，第272页。
⑤ （宋）郭祥正：《即事》，《郭祥正集》卷17，孔凡礼点校，第271页。
⑥ （宋）郭祥正：《溪岸》，《郭祥正集》卷17，孔凡礼点校，第276页。
⑦ （宋）郭祥正：《寄题九江陶子骏佚老堂》，《郭祥正集》卷7，孔凡礼点校，第137页。

宦生活、离家失子的剧痛之后，因此显得格外珍贵，诗人将对家乡的眷恋怀念与寄情山水的快意交织在一起，成为其诗歌所展现的重要内容：

> 春田岂不美，春园亦可佳。田水流决决，园禽语喈喈。荷笠复携锄，动作颇自谐。邻叟三五辈，击壤欢无涯。禄仕四十年，志运良已乖。许国既无补，陷阱几沉埋。皇恩湛昭洗，印绶蒙优差。内循齿发衰，愧彼英俊偕。休焉保其终，飞章乞残骸。将归乐复乐，清风扫孤怀。（《将归三首》其一）

> 结庐谢山下，门荒萝径深。寂无车马迹，而有猿鸟音。高峰落日尽，远壑归云沉。死生一吾趣，长啸亡头簪。勇往复此乐，俯仰安可任。（《将归三首》其二）

> 垂老度庾岭，西江守端州。逾年忝禄食，归思忽惊秋。结庐丹湖边，种橘果屡收。挂冠已不早，悬车随两眸。休休保残龄，击壤歌皇猷。有儿集吏选，余事复何求。回首天地恩，瞑目终难酬。（《将归三首》其三）①

此三首诗以《将归》为题，诗中所描绘的春日田园生活场景，如荷锄耕作的乐趣，邻里欢歌的画面，归隐山居、猿鸟相伴的闲淡等，虽为诗人想象之词，却自然流露出发自心底的欢愉与满足。家居生活也许贫困艰难，自己甘愿闭门谢客，与世隔绝，可以免去许多烦扰：

> 积忧避纷谤，杜门甘贱贫。破屋败风雨，荒蹊绝车轮。幸无尘垄集，静与凫雁邻。吾年半已过，空花眷余春。往来犹康庄，安用烦距欣。念此良自适，浩歌洗忧屯。②

---

① （宋）郭祥正：《将归三首》，《郭祥正集》卷5，孔凡礼点校，第107—108页。
② （宋）郭祥正：《自适》，《郭祥正集》辑佚卷2，孔凡礼点校，第535页。

另外一首《山中乐并序》以楚辞体形式描写山林中之美景,抒发徜徉山水之间的乐趣:

> 归乎乐哉,山中之乐兮,其乐无穷。蔼葱苍而杳巑丛兮,眷青瑶之诸峰。琉璃一碧兮,湖波止而溶溶。层楼相望,曲径相通。鱼龙转影于汀澜之际,钟梵答响于烟云之中。鸟嘤日暖兮,花气濛濛。攟密叶而成幄兮,风飒飒而吹松。岩谷玲珑,霜木落也。玉宇浮空,冰澌凝也。天高月朗兮,定省乎华严之境。雷奔雨骤兮,作新乎水墨之宫。达僧拟王孙之葬_{圆法师},逸士_{林逋}蹑渊明之踪。方尔祖之得名兮,考其言于庐陵之醉翁。曰:嗟世之人兮,曷不归来乎山中。山中之乐不可见,今予其往兮谁逢。后四十年,尔复好吟。远游不返,求我之从。劝尔之归兮,栖老乎山中。尔之材兮甚良,当自适其无庸之庸。违世绝俗,黜明塞聪。山中之乐兮乃可以久,非我与尔兮谁同。①

全诗以劝人归隐山林、享受山中之乐起笔,接着细致描摹山中四季、阴晴时清幽静谧的景色:青山绿水之间白云缥缈,古寺庄严,钟鼓梵呗,缭绕其间。温暖的春天里,山花烂漫,好鸟相鸣;炎热夏日,松林茂密,好似为庙宇围上了一层绿帐;秋天来临,落叶飘荡在岩谷之中,声似鸣玉;清冷冬夜,月光笼罩下,庙宇如同用冰筑成的玉宇琼楼。天气晴朗,明月高照,仿佛华严圣境;惊雷骤雨之下,恍若山水图画。如此美景令人沉醉其间,不忍离去,最后诗人表达了自己终老山中,远离尘世的愿望。

《江上游》一诗则体现了诗人遨游江湖,纵酒放歌的快意:"我乘逸兴浮扁舟,杨花渡江飞满头。河豚初熟鲚鱼烂,借问春光须少留。人间乍听黄金鸟,物外谁怜白雪鸥。但愿沧波化为酒,青山两岸皆糟丘。人生快意天地小,登览何必须瀛洲。渔歌声断自起舞,酩酊更看江月流。"②

---

① (宋)郭祥正:《山中乐并序》,《郭祥正集》卷1,孔凡礼点校,第12页。
② (宋)郭祥正:《江上游》,《郭祥正集》卷16,孔凡礼点校,第260页。

他从心底里热爱这种徜徉山水之间、悠游天地之中的生活方式。

四 歌颂友谊

郭祥正一生交游甚广,他与梅尧臣、苏轼、李之仪、潘兴嗣、傅尧俞、李常、蒋之奇、耿天骘、陈轩、陈安止、留仪、夏噩等人都有过交往,经常唱和酬答,对友人的怀念和对友谊的珍视是郭祥正主观抒情类诗歌的又一重要内容。耿天骘、陈轩、陈安止是诗人感怀诗中常常提到的几位志同道合的挚友,在与他们的唱和过程中,诗人将自己的喜怒哀乐向友人诉说,无所顾忌,痛快淋漓,抒发个人对生活的感悟和人生际遇的不平:

(一) 耿天骘

耿天骘,名宪,生平事迹不详,可能是一位居住山林的隐士,王安石曾与其有过唱和。

> 筑室君先隐,穷途我正难。流莺春谷暖,别鹤玉琴寒。泉响经时听,云光抵暮看。异方空泪眼,何日共幽欢。[①]

与自己末路穷途的挣扎相比,友人的山居隐逸生活是如此闲适安逸,诗人在诗歌中表达了和友人一起归隐山林的愿望。

> 我思昔人言,处世犹大梦。尘编堆床头,抚事聊一诵。兴衰系时运,贾谊尔何恸。又思东方朔,为鼠知不用。谁怜胯下儿,能领百万众。势去竞诋排,功成乃歌颂。人情岂相遥,此理古今共。桓桓耿夫子,策射金榜中。老彼涧底松,未作明堂栋。暂来令句曲,寻仙造深洞。摩挲瑶琪花,借问谁所种。开落既忘年,一奏薰风弄。诗言此归隐,不恋五斗俸。何时定挂冠,我愿为仆从。[②]

---

① (宋)郭祥正:《怀天骘》,《郭祥正集》卷18,孔凡礼点校,第300页。
② (宋)郭祥正:《酬耿天骘见寄》,《郭祥正集》卷4,孔凡礼点校,第67页。

友人的赠诗引起诗人诸多感悟,古往今来,兴衰成败不尽如人意;世事难料,人情冷暖,自古如此,实在应该早早归去,不再过问人间尘世,友人何时挂冠,自己便会立刻追随他的脚步,一同归隐。

(二) 陈轩

陈轩,字元舆,他是诗人在闽南地区为官及漂泊时期结识的一位至交,二人在公务之余游历闽地山水,互相唱和酬答,"庚酬三百首,余韵付咸池"①,结下了深厚的友谊:

> 暂阻龙山雨,还思凤阁人。凌云曾献赋,薄雾岂藏身。酒酿公田秋,羹调紫荬菔。稍晴应见过,酬唱莫辞频。②

因风雨阻隔,二人暂时不能相见,但诗人对友人的思念之情已然无法遏制,他迫不及待地告诉朋友,天气一旦放晴就赶紧过访,莫要嫌酬唱太频繁了。

> 鲜鲤江湖味,香醪日月春。抚循时有赠,饱暖遂忘贫。玉缕空投箸,金波漫入唇。交情今乃见,晚节共松筠。③

诗人感谢友人以新鲜鲤鱼相赠,慨叹自己在潦倒之时见到了真正的友情。"衰病仍为客,相依过一春",朋友无微不至的关照,让自己感动万分,"何时公赴召,终欲托车轮"④。

(三) 陈安止

陈安止,事迹不可详考,大约生活在汀、漳地区,祥正诗中云"旧学已荒三岁懒,故乡何处一身遥"⑤,此诗是酬谢陈安止送别而作,

---

① (宋)郭祥正:《与元舆论诗而风雨骤至》,《郭祥正集》卷19,孔凡礼点校,第304页。
② (宋)郭祥正:《雨中怀元舆》,《郭祥正集》卷18,孔凡礼点校,第303页。
③ (宋)郭祥正:《谢元舆送鲜鲤煮酒》,《郭祥正集》卷19,孔凡礼点校,第305页。
④ (宋)郭祥正:《元舆三月三十日致酒》,《郭祥正集》卷18,孔凡礼点校,第300页。
⑤ (宋)郭祥正:《和安止怀予北归怅然有作三首》其一,《郭祥正集》卷21,孔凡礼点校,第355页。

题目中含"北归"二字，诗人正由闽地返家，安止送别，可知安止生活在闽地。陈安止是一位与陶渊明类似的隐逸之士，甘于贫困，志行高洁，"陈子贫无居，东家借茅屋。达士宁羞贫，四方所居隩。平台荔阴下，天匠资尔筑。青分一畦兰，绿种万竿玉。幸遭文明运，志岂效孤竹。又非远人音，欲以逃空谷"①。祥正与安止过从甚密，且经常酬答往来，《郭祥正集》中有《和安止怀予北归怅然有作三首》《安止同登王园葆光阁二首》《和安止登山》《次韵安止春词十首》《陈安止迁居三首》《同萧英伯登陈安止啸堂》等诗歌。

  春雨淫难霁，春山阻俊游。绿迷芳草恨，红湿落花愁。古剑空弹铗，疏帘懒上钩。何当生羽翼，一日似三秋。(《雨怀安止三首》其一)

  身隔空山雨，心同物外游。成篇超俗格，开卷释新愁。鸾凤翔青琐，蛟鼍挂玉钩。重吟垂翼句，春气返如秋。(《雨怀安止三首》其二)

  雨隔陈夫子，僧房懒独游。闭门谁复过，欲语已含愁。病翼深防弹，惊鳞远避钩。交情君勿替，松柏挺霜秋。(《雨怀安止三首》其三)②

从这三首诗来看，郭祥正将陈安止视为无话不谈的挚友，"闭门谁复过，欲语已含愁"，可惜连绵春雨阻挡了友人来访的脚步，无人可以与之倾诉心中之苦，诗人不由得悲叹起坎坷的命运、怀才不遇的苦闷。祥正怀念友人的诗作还有《月下怀留二君仪》《雨霁怀进醇老》《雨中酌君仪所送酒有怀》《重阳怀历阳太守孙公素》等，虽然都是歌颂友谊、感念朋友的感怀之作，但诗人并非千篇一律直接抒情，而是

---

① (宋)郭祥正：《陈安止迁居三首》其二，《郭祥正集》卷5，孔凡礼点校，第87页。
② (宋)郭祥正：《雨怀安止三首》，《郭祥正集》卷19，孔凡礼点校，第307—308页。

根据所写友人的不同特点，有感而发，或者表达志同道合的志趣，或者夸赞对方才华出众，写作手法各异。

五　哀挽悼亡

郭祥正诗作还有一些哀挽悼亡类作品，深切寄托了诗人对亲友的痛切哀思以及对天道自然的思考。

（一）悼自己

此类作品主要是效仿陶渊明自悼之诗而创作的一组五言古诗：

> 百年苦役役，一死已休休。惟我方自适，妻子空悲愁。满樽奠美酒，满盘荐珍羞。我终不可起，汝情谩悠悠。送我入蒿里，寂寞无春秋。（《拟挽歌五首》其一）

> 形坏影亦灭，有神竟何依。漠漠空木中，岂知经四时。以此为长年，谁人不同归。儿孙汝勿泣，朋旧汝勿悲。岁月易经过，冥默终相期。（《拟挽歌五首》其二）

> 生前势有殊，死去分始齐。且将耳目静，安用亲旧啼。鸿雁任南北，日月随东西。陵谷亦已变，道化复何为。（《拟挽歌五首》其三）

> 于生动以扰，既死静且潜。黄土假面目，青草为鬒髯。荣华春风吹，憔悴秋霜沾。回嗟在世人，不识此理廉。（《拟挽歌五首》其四）

> 枯骨蝼蚁余，空棺蔓草缠。欲诉既无路，欲窥不见天。休休可奈何，达道乃自然。（《拟挽歌五首》其五）[①]

第一首写自己死亡之后，妻儿祭奠、送葬的场景；第二首写埋葬

[①] （宋）郭祥正：《拟挽歌五首》，《郭祥正集》卷30，孔凡礼点校，第512—513页。

之后，儿孙友朋祭奠自己，诗人劝慰他们不必过于悲哀，终有一天会在地下相见；第三首写已葬之后，人生有差别，至死则无差，死亡不需悲哭，因为终于可以耳目清静了；第四首写身体开始腐化，与黄土、野草融为一体；第五首写枯骨化尽，只剩蝼蚁，空留缠满野草的棺椁，这些都是自然变化，只要通达其中之道便没有遗憾了。这组诗从写作手法上看，仿陶渊明《挽歌诗三首》而作，前三首次序安排也一致，"首篇乍死而殓，次篇奠而出殡，三篇送而葬之，次第秩然"①，后面两首写埋葬之后，尸体腐烂直至灰飞烟灭。诗人从人死亡的瞬间开始写起，一直写到化为尘埃，消失殆尽为止，旨在说明"达道""明理"。诗人反复强调的"道"和"理"包括两个方面：一是生死之道，"死生终始了为一"②，生与死都是一样的，生前一切都不存在，死后也全部化为空无；二是生死乃自然之道，有生必有死，有死必有生，生死如同日月更替，四时变幻的自然规律一样，生不必喜，死不须悲，万物有生就有死，"劳生随物化，孰免葬蒿莱"③，只要能通晓这些，便是达道了。他的这种生死观不仅深受陶渊明豁达开朗的人生态度之影响，还融合了道家思想中的生死哲学。

（二）哀子女

人生最大之悲哀莫过于丧子失亲之痛，郭祥正幼年丧父，中年失子，其遭遇令人唏嘘。

> 五岁养育恩，一朝随埃尘。琅琅读书声，在耳犹如新。哽哽临绝言，唤爷眉屡颦。永痛卑栖邑，医脉非良真。微疾遽夭殇，吾家失麒麟。噪天天莫知，拊地地不闻。泪迸睛欲枯，肠断鼻愈辛。汝卧长夜台，我孤大梦身。后嗣复谁望，有车已摧轮。佳雏堕危巢，异芳零短春。黄泉无白日，青冢多愁云。哀弦写悲歌，吊汝冥漠魂。④

---

① （清）邱嘉穗：《诗笺》，转引自《陶渊明集校笺》，杨勇校笺，第252页。
② （宋）郭祥正：《酬蔡尉秘校》卷10，《郭祥正集》，孔凡礼点校，第194页。
③ （宋）郭祥正：《无客》，《郭祥正集》卷18，孔凡礼点校，第288页。
④ （宋）郭祥正：《哭子点》，《郭祥正集》卷30，孔凡礼点校，第506页。

桐乡任上，大儿点因病夭折，诗人痛心疾首，写诗悼亡。点早慧，喜读书，是诗人心中之"佳雏""麒麟"。然而一朝殒命，诗人悲痛难当之下不禁责备医生无能，丧子之痛，摧人心肝，他呼天抢地，眼泪枯干，肝肠寸断，鼻间酸涩，却无力挽回爱子，只能哀歌祭魂。第二次丧子发生在祥正结束闽南生活，自漳南归乡途中。儿子郭焘去世①，诗人再次陷入深深的悲伤之中：

> 柴门永日泪沾巾，事与心违渐失真。家住江南几万里，身留海上已三春。明时枉作衔冤客，皓首翻为哭子人。多谢泉州贤府主，数将书札问悲辛。②

皓首老翁痛哭流涕，爱子痛子之心溢于言表。

诗人还有楚辞体诗歌《殇愁》一首，虽未明确指出是悼念何人，但是其发自肺腑的哀伤与痛苦是如此强烈，情感真挚，令人感同身受：

> 气氛氛兮隘如，魂扬扬兮宁居。慧言在耳兮，畴能舍诸。异质沉壤兮，委夫顽虚。鸿雁零飞兮，若独何趋。兰茞早悴兮，天孰与辜。雄噪雌啼兮，巢失佳雏。天地黯黯兮，风雨呼呼。旐翩翩兮导衢，夜冥冥兮永殊。樽有醑兮鼎有鱼，享弗享兮日月云徂。③

"兰茞早悴兮，天孰与辜。雄噪雌啼兮，巢失佳雏"，从这几句来看，诗人悼亡之人应该是夭亡的孩子，诗歌采用楚辞一唱三叹的形式，将悼亡之情寄寓其中，催人泪下。

郭祥正哀悼子女的作品，用情至深，可见其作为慈父怜爱子女的一面。

---

① 参见林宜陵《采石月下闻谪仙——宋代诗人郭功甫》，秀威资讯科技股份有限公司2006年版，第19页。
② （宋）郭祥正：《感怀寄泉守陈君举大夫》，《郭祥正集》卷21，孔凡礼点校，第344页。
③ （宋）郭祥正：《殇愁》，《郭祥正集》卷1，孔凡礼点校，第6页。

(三) 哭师友

在郭祥正诗集中为师友创作的悼亡诗有近 40 首，这些诗情真意切，寄托诗人无限之哀思，令人读之动容。

1. 梅尧臣、王安石、欧阳修

梅尧臣对郭祥正有知遇之恩，二人关系密切，亦师徒亦挚友。梅尧臣的离世，让诗人伤痛不已，"平生怀抱只君知，想见音容涕泗垂"①，自此之后，再无人能够理解自己了。梅尧臣卒于 1060 年 4 月，其时祥正在德化尉任上，他写下这首悼亡之作：

> 生事念死隔，欻如过鸟飞。长空不留迹，清叫竟何之。死者固已矣，生者谩相思。昭亭雪塞山，相遇忘寒饥。解剑贯浊酒，果肴躬自携。扫除长少分，旷荡文章期。赠蒙以太白，自谓无复疑。及将起草茅，谨札还先驰。邀我采石渡，烂醉霜蟹肥。沉吟望夫曲，朗咏天门诗。险绝必使和，凡鱼岂龙追。篇篇被许可，当友不当师。（予尝以师礼见圣俞，圣俞不予当也。）凌晨挂高帆，公行我言归。一别三四秋，音问山中稀。去年集选曹，僮瘦马力羸。访公国东门，问我来何时。青刍与白饭，诸子争赍持。论新复谈故，谓我今逾奇。南还得长篇，万里衔光辉。此德未云报，讣音裂肝脾。桓桓万人英，不遇终愁羁。一官止太学，薄命吁可悲。所嗟吾道丧，斯文竟何为。譬彼卞子玉，弃置污浊泥。凤来无嘉禾，啄肉纷群鸱。彼苍厥有主，此理安无欺。呜呼如之何，酸嘶复酸嘶。②

诗人首先回顾二人相知相交的过程，虽然见面次数不多且年龄悬殊，却不妨碍二人倾盖如故，成为至交好友。尧臣、祥正初次见面于昭亭山上，二人相携游览采石渡，一同吟诗，一起饮酒，祥正的诗"篇篇被许可"。几年之后，二人京城相遇，梅尧臣依然热情接待，"论新复谈故，谓我今逾奇"。然而这竟成了诀别，讣音传来，令诗人

---

① （宋）郭祥正：《吊圣俞坟》，《郭祥正集》卷 29，孔凡礼点校，第 493 页。
② （宋）郭祥正：《哭梅直讲圣俞》，《郭祥正集》卷 30，孔凡礼点校，第 504—505 页。

痛彻心扉，肝脾俱裂，"此德未云报，讣音裂肝脾"，今世之恩再无法报答，他痛惜梅尧臣才高不偶，一生沉沦下僚，质问苍天"彼苍厥有主，此理安无欺"，为何如此不公？

郭祥正与王安石的关系并非《宋史》本传及私人笔记中记载的那样不睦，相反祥正对荆公是相当敬服的，二人经常唱和赠答，私交甚笃。安石去世，祥正亲自送殡并且到坟前祭奠，写下吊唁之作：

间世君臣会，中天日月圆。裕陵龙始蛰，钟阜鹤随仙。畜德何人绍，成书阁国传。回头尽陈迹，麟石卧孤烟。(《王丞相荆公挽词二首》其一)

公在神明聚，公亡泰华倾。文章千古重，富贵一毫轻。若圣丘非敢，犹龙耳强名。悲风白门路，啼血送铭旌。(《王丞相荆公挽词二首》其二)①

再拜孤坟奠浊醪，春风斜日漫蓬蒿。
扶持自出轲、雄上，光焰宁论万丈高。(《奠谒王荆公坟三首》其一)

大手曾将元鼎调，龙沉鹤去事寥寥。
寺楼早晚传钟响，坟草春回雪半消。<small>公蒋山绝句云：他生来听此楼钟。</small>(《奠谒王荆公坟三首》其二)

平昔偏蒙爱小诗，如今吟就复谁知。
箧中不忍开遗卷，矫矫龙蛇彼一时。(《奠谒王荆公坟三首》其三)②

---

① （宋）郭祥正：《王丞相荆公挽词二首》，《郭祥正集》卷30，孔凡礼点校，第504页。
② （宋）郭祥正：《奠谒王荆公坟三首》，《郭祥正集》卷28，孔凡礼点校，第466—467页。

这五首诗中，前面四首诗评价了王安石在政治和文学领域中的贡献，对其匡救时弊的功劳予以肯定。最后一首从二人私交角度入手来寄托哀思，安石最爱自己的小诗，如今斯人已逝，还有谁来欣赏自己的诗呢？实在不忍翻看那些诗篇了。想到这些，诗人便黯然神伤。"长忆金陵数往还，诵公佳句伴公闲。如今不复闻公语，独自西轩卧看山"①，遥想当年二人金陵酬答，如今却再也听不到他的声音了，只剩下自己孤独地遥望西轩之外的青山。

欧阳修与郭祥正虽并未有过直接交往，但祥正对欧公的文学成就赞誉有加，诗人年轻时便非常喜欢欧阳修所作《庐山高》，曾为梅尧臣背诵此诗，因而得到梅的赞赏。文忠公辞世，祥正写下《怀文忠公》一诗，以示哀悼之情：

> 平生最爱醉翁诗，游遍琅琊想醉时。一代风流随手尽，谷泉岩鸟不胜悲。②

此诗虽未以"挽词"面貌出现，实际上也是一首悼亡哀挽之作，前两句写自己一生中最爱的便是醉翁之诗，游遍琅琊去追寻欧公之影迹，幻想当年醉翁亭中欢乐宴饮之场景。后两句哀悼欧公之死，不直接说出自己的悲伤，而是以无知的山川鸟兽之"不胜悲"来衬托有知的、情感丰沛的人心中更沉重的悲恸。

2. 王令、徐洪、留定

王令、徐洪二人均壮志未酬，盛年离世，这令祥正感伤不已。

> 追仿佛兮，故国之高丘。与子之相遇兮，听其言而若秋。雍雍而肆兮，严严而收。乐我之心兮，以遨以游。予将娶兮，于南州。莫克从子兮，翻自省以幽幽。川陆兮沉浮，日月兮再周。云子之长逝兮，怆我之深忧。子不可见兮，道将谁求。彼苍者天兮，

---

① （宋）郭祥正：《西轩看山怀荆公》，《郭祥正集》卷27，孔凡礼点校，第434页。
② （宋）郭祥正：《怀文忠公》，《郭祥正集》卷27，孔凡礼点校，第431页。

胡惨胡仇。夺子之速兮，使不位于公侯。虽穷德之特立兮，弗与世以绸缪。嗟坎水之未盈兮，竟何泽以休休。喑予之声兮，血予之眸。犹不足以止兮，灵何在而荐羞。惟永绝兮奈何，怅平昔兮悠悠。①

诗人回忆与王令初识时的情境，二人言笑晏晏，一同漫游，"与子之相遇兮，听其言而若秋。雍雍而肆兮，严严而收。乐我之心兮，以遨以游"，对比今日，"云子之长逝兮，怆我之深忧"，上天是何其残酷，早早夺去你的生命。诗人心痛惨怛，"喑予之声兮，血予之眸"，然天人永隔，只能空留惆怅。

嗟乎孺兴之不幸兮，上有高堂白发之慈亲。孝不克以自信兮，魂将逝而复返。目冥冥而莫胜兮，顾天命之予短。业修修兮，志与道配。寂不少振兮，遽沉幽而终塞。兰未芳兮先凋，月将升兮俄陨。孺人嚣嚣兮，追话言之弗足。梦悠悠兮，魂去来而数憨。抚稚子兮秋夜长，暗明珰兮摧腕玉。魂何知兮，兴予之哀。体与道化兮，岁月徂而屡周。情缠绵兮若俱往，词不足以尽寄兮托余思于江流。②

徐洪孺兴遽遭不幸，留下高堂慈母，他的孝心尚未及表达，留有遗恨，恐怕魂魄还会去而复返吧。孺兴德行高尚却命运乖塞，如幽兰未花先凋，明月初升即落。妻子忧伤难过，总也回忆不够曾经的话语，她独自抚育年幼的孩子，漫长秋夜如何度过。诗人痛惜友人早逝，故作此"荒唐"之语。

留定是祥正在漳南时期结识的一位挚友，二人乃患难之交：

南漳留定君仪，才行之士也，尝有德于予。今其卒矣，故为

---

① （宋）郭祥正：《王逢原哀词》，《郭祥正集》卷1，孔凡礼点校，第10页。
② （宋）郭祥正：《徐孺兴哀词》，《郭祥正集》卷1，孔凡礼点校，第10—11页。

之词以哀之。

怀伊人兮,漳水之湄。爰结好之初兮,予方出乎陷阱之羁縻。彼知予之横罹兮,眷茕茕而弗支。氛侵侵而袭人兮,子独赠我以兰芝。芳芬芬而爽吾衷兮,虽厄穷而弗疑。言涓涓而洗吾耳兮,寂尘听而凄其。炊嘉黍而纳吾腹兮,使朝则忘饥。采薜荔为予之服兮,慨前修之可追。脂吾车而秣吾驷兮,造仙窟之幽奇。煮甘溜而茗酌兮,珍盘进乎离支。唱则和兮,迭指摘其醇醨。同底于道兮,遵圣渚为之归。聊容与以卒岁兮,曾弗察乎白驹之骛驰。洎中吉而启行兮,舣桂浆以违离。惕南北之缅邈兮,蹇形影之颓衰。歌激扬而再发兮,泪浪浪以沾衣。马悲鸣而仰顾,仆弛负以增欷。行云住而黯惨,去鸟返而低迷。岁聘介而一至兮,孰敢为之后期。幸再往而再复兮,释予心之思也。忽承讣以踯躅兮,行不知其所之也。嗟若人之蕴美兮,天其夺之速也! 寒松柏之枯折兮,恶植则滋以荣也。考大空之役物兮,必善持而化之也。将为麟为凤兮,对明世而出也。将为兰为荪兮,芬馨香而荐上帝也。将为江为河以济舟也,将为雨为露而泽物也。将复为人兮,英华于士林也。将为仙为神兮,自适于逍遥之境也。呜呼,以甚塞之怀兮,测乎无涯之朕。以有限之情兮,导乎无穷之悲。呜呼,其有知乎? 其无知乎? 吾其能久乎? 吾将从子于重泉之游乎? 吾又何词之哀乎?[①]

在诗人最痛苦无助的时候,君仪不惧流言,与他结交相知。二人交游唱酬,流连诗酒,其景历历在目。快乐的日子如白驹过隙,祥正回到家乡,虽然南北相隔,路途遥远,但是二人仍然互通音讯,酬答往还。突然之间,噩耗传来,"忽承讣以踯躅兮,行不知其所之也",为何老天总是要妒忌英才,夺人性命! 接下来,诗人连用几个排比,祝祷君仪卒后能为仙为神、自适逍遥。"呜呼,以甚塞之怀兮,测乎无涯

[①] (宋)郭祥正:《留君仪哀词》,《郭祥正集》卷1,孔凡礼点校,第11—12页。

之眹。以有限之情兮，导乎无穷之悲"，不过，无论君仪是否有知，不久之后，自己也会追随他游于黄泉之下，那么现在就不必哀伤了吧？

诗人还作有两首悼念留定的诗：

> 信报君仪讣，将如吾道何。交游亡玉树，涕泪泻金波。三子先凋泯，一身缠病疴。人生谁不死，遗恨独君多。（《亡友留君仪挽词二首》其一）

> 壮子皆先陨，亲丧未启欑。病成终不愈，魂散若为安。结义从今泯，遗编忍复看。亭开基石处，云水想漫漫。（《亡友留君仪挽词二首》其二）①

诗人以五言古诗的形式写出了自己听闻噩耗之后的伤痛。君仪此生坎坷，体弱多病，三子先后离世，一生遗恨无数，只有魂魄散去才能真正安心吧。二人结义之情从此凋零，不忍再翻看他留下的诗篇了。

3. 其他悼亡

> 荣翁_{周询仲谟}。苦于学，腹实五车书。尤明礼乐事，画就百幅图。献之神宗朝，不报还旧庐。白头着青衫，老愤犹欲舒。佐邑曾未赴，瞑目忽已殂。何子_{敏中仲文}。稍家富，恬不为利拘。执笔工词章，科第学有余。终遭有司黜，才命诚难俱。今闻亦长往，令我勤悲吁。二家各有子，素业传门闾。登科既同籍，奔丧又同途。李君_{洙圣源}。出世胄，轩轩佩琼琚。计偕冠多士，场屋喧名誉。晚乃乐高隐，卖药荒村墟。愈贫愈自信，纯洁不可污。天胡夺其龄，否极泰则无。斯人皆旧游，想望空踟蹰。顾我虽未死，目眊霜盈须。近酒已先恶，趋时迹尤疏。飞章乞残骸，轻舟下重湖。将投永安泊，访旧相欢娱。那知死生隔，三秀同时枯。欲为招魂篇，

---

① （宋）郭祥正：《亡友留君仪挽词二首》，《郭祥正集》卷30，孔凡礼点校，第509页。

悲风涕沾濡。①

这首诗是悲悼周询、何敏中、李洙三人的。从"顾我虽未死，目眊霜盈须。近酒已先恶，趋时迹尤疏"和"飞章乞残骸，轻舟下重湖"几句来看，此诗大约作于诗人从端州回姑孰途中，他本欲拜访老友，岂料得知三友皆已亡故，诗人悲痛哀怨，涕泪沾巾。三位友人皆才行之士，或精于礼乐教化；或饱读诗书，文采出众；或鄙弃功名富贵，洁身自爱。可惜天妒英才，"否极泰则无"，三人均已离世。诗人将三个具有共同特性的人放在一首诗中加以纪念哀悼，感情真挚，感人至深。

在对友人的哀悼诗里，还有对友人含冤莫白的控诉，"有才曾未施，负冤终莫雪。世情多反覆，美玉不如铁"②"奸言诬直节，枉狱累明时。白玉元无玷，青天孰可期"（《故临川太守石公挽词二首》其一），"半道逢豺虎，吞声力已穷。命从冤狱丧，言有谏臣公"（《故临川太守石公挽词二首》其二）③。

此外，诗人还为神宗皇帝作过两首挽词，对其在位 19 年的功绩予以充分肯定：

> 物物皆成化，熙熙十九春。寿觞方奏乐，法座忽流尘。遗治前无古，称宗孰有神。烟霄歧路别，百辟共沾巾。（《神宗皇帝挽词二首》其一）

> 原庙工初毕，神游竟不还。鼎湖龙驭远，湘岸竹枝斑。谥号尊逾圣，陵基别有山。○陵去诸陵三十余里。九重春忽暝，四海惨愁颜。（《神宗皇帝挽词二首》其二）④

---

① （宋）郭祥正：《三亡诗》，《郭祥正集》卷30，孔凡礼点校，第511—512 页。
② （宋）郭祥正：《哭夏寺丞公酉》，《郭祥正集》卷30，孔凡礼点校，第505 页。
③ （宋）郭祥正：《故临川太守石公挽词二首》，《郭祥正集》卷30，孔凡礼点校，第506—507 页。
④ （宋）郭祥正：《神宗皇帝挽词二首》，《郭祥正集》卷30，孔凡礼点校，第503 页。

诗中对神宗充满了敬仰，也不乏哀伤情绪。诗人一生经历五位皇帝，仁宗、英宗、神宗、哲宗、徽宗，却仅为神宗一人作悼词，可见其心目中神宗地位之高。

中国古典诗歌的抒情言志功能在郭祥正诗作中体现得十分明显，诗人创作的主观抒怀类诗歌还有很多，这里不一一列举。通过诗歌，诗人的情感体验得以宣泄，内心世界得以展现在世人眼前。

第二节　客观抒怀类诗作

郭祥正诗歌中还有一些借客观事物来抒写个人情怀的作品，诗人或者通过对历史遗迹、山川风物、日常事件的摹写来抒写个人情志，或者借他人之口抒发具有普遍意义的人类共同情感体验。

一　咏史感怀

郭祥正创作的咏史感怀诗歌往往借历史事件和人物故事来寄寓对国家兴衰、朝代更替的感慨、对世事沧海桑田变化的感喟，有时借特定历史人物之命运抒发个人怀抱。

（一）悲悼人物命运，抒写个人情志

郭祥正的咏史诗作中有一些专门为某些历史人物作传、悲悼其不幸命运的作品，寄寓了诗人的同情与哀悼。借歌咏历史人物以抒发个人情志，是咏史类诗歌中的常见手法。郭祥正笔下出现较多的历史人物是祢衡：

> 猛虎磨牙啮九州，祢生何事来撤廞。黄云屯屯宴宾客，矿衣脱去更岑牟。渔阳掺挝曲声苦，壮士衔悲寂无语。汉朝社稷四百年，海泻涛淙一坏土。嗟哉鼓史狂而痴，天运往矣安能追。四方血战殊未已，三尺桅杖真何为。君不见武昌之国鹦鹉洲，至今芳草含春愁。可行则行止则止，死无所益令人羞。死无所益令人羞，

黄祖、曹公均一丘。①

《后汉书·祢衡传》载：祢衡"少有才辩，而尚气刚傲，好矫时慢物"②。孔融对他极为推重，"淑质贞亮，英才卓跞，初涉艺文，升堂睹奥。目所一见，辄诵于口，耳所暂闻，不忘于心，性与道合，思若有神"③，数次荐之于曹操。然衡为人狂傲，轻视操，且"数有恣言"。操怀忿于心，召祢衡为鼓史，大宴宾客时要求大家"脱其故衣，更着岑牟单绞之服"，唯有衡不奉其命，仍着旧衣击鼓，鼓声悲壮，听者无不慷慨悲愤。当被追责为何不着岑牟单绞之服，衡"先解衵衣，次释余服，裸身而立，徐取岑牟、单绞而着之，毕，复参挝而去，颜色不怍"④，裸身见操羞辱对方；借着请罪的名义，"着布单衣、疏巾，手持三尺梲杖，坐大营门，以杖捶地大骂"⑤。曹操深恨祢衡，但又恐担上乱杀之名，欲借刘表之手除之。刘表虽也深恶衡，但同样不愿承担杀人罪名，将衡推荐给黄祖。衡在黄祖处仍不改倨傲个性，黄祖虽爱才，但为人性急狂暴，将衡杀害。

鹦鹉洲得名于祢衡所作《鹦鹉赋》。从唐代开始，鹦鹉洲逐渐进入诗人们的视野，这个意象最早出现在初唐寒山、王勃、卢照邻、张说等人笔下，他们的大多数作品只是就鹦鹉洲上景色进行描写，很少将其与历史人物相联系。盛唐诗人中，李白是较多关注这一意象的诗人，他写过两首与鹦鹉洲有关的专题诗作，其一为《鹦鹉洲》："鹦鹉来过吴江水，江上洲传鹦鹉名。鹦鹉西飞陇山去，芳洲之树何青青。烟开兰叶香风暖，岸夹桃花锦浪生。迁客此时徒极目，长洲孤月向谁明。"⑥ 此诗延续初唐传统，通过鹦鹉洲上的景物刻画，抒发旅途孤

---

① （宋）郭祥正：《鹦鹉洲行》，《郭祥正集》卷2，孔凡礼点校，第19页。
② （南朝宋）范晔：《后汉书·祢衡传》卷80下，中华书局1965年版，第2652页。
③ （汉）孔融：《荐祢衡表》，载（梁）萧统选《昭明文选》卷37，李善注，韩放主点校，中册，第519页。
④ （南朝宋）范晔：《后汉书·祢衡传》卷80下，第2655页。
⑤ （南朝宋）范晔：《后汉书·祢衡传》卷80下，第2656页。
⑥ （唐）李白：《鹦鹉洲》，《李太白全集》卷21，（清）王琦注，第992—993页。

寂、身世飘零之感。另一首为《望鹦鹉洲怀祢衡》："魏帝营八极，蚁观一祢衡。黄祖斗筲人，杀之受恶名。吴江赋《鹦鹉》，落笔超群英。锵锵振金玉，句句欲飞鸣。鸷鹗啄孤凤，千春伤我情。五岳起方寸，隐然讵可平。才高竟何施，寡识冒天刑。至今芳洲上，兰蕙不忍生。"①这首诗开创了唐代借鹦鹉洲写历史人物的传统，展现出诗人对祢衡之痛惜，"才高""寡识"不过反语愤激之词。郭祥正《鹦鹉洲行》乃承续李白叙史抒怀之作，在写法上也与李诗近似。

开头诗人便指出"祢衡寡识""猛虎磨牙啮九州，祢生何事来撅厥"。乱世里猛虎肆虐，你为何要出来嘲弄他？"猛虎"一词这里指代曹操。你真是狂妄而痴愚，竟看不到"汉朝社稷四百年，海泻涛淙一坏土"，四百年时间，沧海桑田，汉朝社稷已经倾覆，"天运往矣安能追"，天道运行岂是人力所能改变的？天下群雄逐鹿，四方血战，仅凭三尺棁杖又能有什么作为？如今只剩鹦鹉洲上萋萋芳草还在为你忧伤。可叹你却不知，人生应当行可行之事，止可止之事，否则便"死无所益令人羞"了。诗中两次强调"死无所益令人羞"，深深感叹祢衡死之毫无价值。诗中之祢衡，实际便是诗人自己，祥正个性耿介，性情孤傲，不畏强权，才华卓绝，年少成名，胸怀天下，渴望有所作为。从祢衡身上，诗人看到了自己的影子。祢衡遭遇之坎坷，又令诗人联想到个人遭际，故此借咏史来抒发身世命运之悲哀。行止之辩，不仅批评祢衡，其实更是诗人自我批评、劝慰之词，祢衡不识乱世之危殆，知不可为而为之，是痴愚之举；自己虽然身处太平盛世，"圣世销兵久，楼船不复藏。清澜浮桂楫，红袖荐瑶觞。荇菜风牵碧，荷花雨迸香"，然而恐怕也无人赏识，"孔融真爱士，宁厌祢生狂"②。结尾处诗人发出"黄祖、曹公均一丘"的感叹，曹操、黄祖也没有能逃脱生老病死的自然规律，化作黄土一抔。

(二) 慨叹国家兴亡、世事变迁

祥正安徽为官（桐城、历阳）期间，写下吟咏三国遗迹的《魏王

---

① （唐）李白：《望鹦鹉洲怀祢衡》，《李太白全集》卷22，（清）王琦注，第1044页。
② （宋）郭祥正：《元舆待制藏舟浦宴集》，《郭祥正集》卷20，孔凡礼点校，第333页。

台》《藏舟浦》《樊山》等诗作，在回顾歌咏古人史事的同时，展现出个人对时光流转、物理变迁的具有普遍意义的人生哲理之深刻体验。

> 金城东百尺，高台临远空。长江浩荡剑门险，欲平吴蜀难为功。谁倾黄金建佛庙，击鼓撞钟夜还晓。香厨供办老僧闲，玉栏花谢游人少。我来独立想英雄，战艇连云气概中。犹有斯台存旧址，可怜铜雀起悲风。①
>
> 金城北，荒荒野水连云白。岛屿相望一径通，绕堤杨柳迷春色。天下三分血战秋，张辽凿浦暗藏舟。吴蜀虽亡晋已起，山川自结寒烟愁。承平只作寻春处，关门锁断春归路。画船载酒歌白纻，不忍醒时送春去。②

这两首诗均以三国时期曹魏灭西蜀，平东吴，短暂一统天下，最终被司马氏取而代之的历史事件为背景。诗人游览战争遗迹，不由感慨万千：当年战船连云、流血漂橹、征战不休的血腥场面，随着时间推移，如今已经都不复存在，现在只看到钟鼓环绕的庄严庙宇、灿烂美丽的鲜花；张辽凿浦藏舟，攻打东吴，曹操屹立高台，指点江山，曾经取代曹魏的西晋王朝而今也湮灭在历史长河之中，剩下的唯有一座空旷的旧台作为历史兴亡的见证。时间能摧毁一切，任何人都无法阻挡历史前进的车轮。

能够反映郭祥正历史意识的诗歌还有《樊山_{即孙椒郊坛祀天之处,今尚存,谢朓诗云樊山开广宴是也}》：

> 汉室火符熄，群雄起纵横。两京荡为墟，万里无农耕。曹操劫神器，欲窃禅让名。吴蜀耻北面，鼎峙方战争。杀人如脍鱼，天地厌血腥。至今武昌邑，尚传吴主城。长江吞八极，圆坛窥杳冥。想当堙郊时，志勇扫欃枪。燔柴封玉牒，冠弁罗公卿。登山

---

① （宋）郭祥正：《魏王台》，《郭祥正集》卷16，孔凡礼点校，第259页。
② （宋）郭祥正：《藏舟浦》，《郭祥正集》卷16，孔凡礼点校，第259页。

锡燕喜，日光烂旗旌。宁知后嗣弱，壮业竟无成。空余旧基址，千载未欹倾。常时屡掩卷，每读涕泗盈。而况泊舟楫，披榛自经行。霸图何所见，芳草与云平。晚浪淙石脚，犹疑兵甲声。①

樊山，又名樊冈、来山、西山、袁山或寿昌山，今称雷山，位于今湖北鄂城西北。《水经注》载："今武昌郡治，城南有袁山，即樊山也。"②《方舆胜览》云："樊山，在武昌西三里。一名西山，下有寒溪。"③ 相传孙权与群臣曾泛舟于此山之下，这里也是他举行祭天仪式的地方。"昔孙权装大船，名之曰'长安'，亦曰'大舶'，载坐直之士三千人，与群臣泛舟江津。"④ 后主孙皓也曾登临游览。此诗可以分作上下两层来看，第一层回顾三国历史，汉室衰微，群雄逐鹿，硝烟四起，兵燹之下，昔日宏伟壮观的两京长安、洛阳变成废墟，土地无人耕种。曹操窃国，吴主孙权耻于北面事贼，据守武昌，抵抗魏国大军，战争惨烈，死伤无数，天地仿佛都厌恶这漫天血腥之气。孙权终于成就其一方霸业，然而他的后继者却孱弱无能，"壮业竟无成"。每每读到这段历史，诗人"常时屡掩卷，每读涕泗盈"，今日登临此山，还能依稀看到孙权当年祭祀天地的遗迹，但已然荆榛满目。日暮时分，山脚下巨浪不断拍打石块，让人惊疑似乎还能听到当年千军万马厮杀搏斗的声音。

再来看郭祥正追和李白的怀古之作：

> 历览古都会，金陵冠南州。天开钟阜倚，江转玉绳流。异代有兴废，前贤归冢丘。草没乌衣巷，尘埋结绮楼。城空龙虎踞，

---

① （宋）郭祥正：《樊山 即孙权郊坛祀天之处，今尚存，谢朓诗云樊山开广宴是也。》《郭祥正集》卷4，孔凡礼点校，第68页。
② （汉）桑钦撰，（后魏）郦道元注，（明）李长庚等订，近人王国维校：《水经注笺·江水三》卷35，袁英光、刘寅生整理标点，上海人民出版社1984年版，第1103页。
③ （宋）祝穆撰，祝洙增订：《方舆胜览》卷28"寿昌军"条，施和金点校，第502页。
④ （清）赵一清：《水经注释》卷35，文渊阁四库全书本。

台罢凤凰游。默想秦淮月，曾悲玉树秋。①

六朝古都金陵，上天格外眷顾，地理位置绝佳，长江如玉绳般流转环绕城外。诗人首先概括介绍金陵得天独厚的地理优势，接着转入怀古。不同朝代兴废更替，前代贤哲已经深埋丘冢之下，荒草淹没了东晋大族聚居的乌衣巷，唐都长安结绮楼②也被尘埃所覆盖，昔日虎踞龙盘的王城空寂下来，凤凰台上的凤凰不再飞来。诗人将"乌衣巷"与"结绮楼"对举，实际是将东晋与唐朝进行比照，意在说明昔日繁华盛景都已湮没于荒烟蔓草间，任何强大的王朝最终都消亡了。最后两句以秦淮河上的明月作结，世事沧桑变化，王朝兴衰变迁，恐怕只有明月才能见证这一切。诗人选取"秦淮月"与"玉树秋"两个意象，前者紧扣题目中的"金陵"，后者则暗示南唐后主李煜之亡国曲《玉树后庭花》，进一步点明"怀古"主题。

郭祥正的咏史诗还有《补易水歌》《次韵行中龙图游后浦六首》《元舆待制招饮衣锦亭》《魏武庙》《留题吕学士无为军谪居廊轩》《朝汉台寄呈蒋帅待制》《追和李白金陵凤凰台》二首，这些作品寄寓着诗人对人类社会历史发展的朴素理念：国家兴衰、世事变迁是无法改变的，人在时空长河、历史洪流中如此渺小。无论是英雄豪杰，还是芸芸众生，终将化为尘埃而消失殆尽。从创作手法上看，此类作品往往将远古历史、目下景物以及个人情感体验融为一体，虚中有实，实中有虚，情、景、史自然融合，虚与实互相渗透，不失为咏史佳篇。

二 咏物寄怀

郭祥正的咏物诗不注重描摹事物外部特征，而是抓住事物最显著的内在特点进行刻画，注重"神"，并且多有所兴寄。诗人以这些景物为

---

① （宋）郭祥正：《追和李白金陵月下怀古》，《郭祥正集》卷19，孔凡礼点校，第319页。
② 结绮楼为唐代宫中的一座楼阁。（宋）欧阳修等《新唐书·后妃列传下》卷77载："宪宗孝明皇后郑氏……懿宗立，尊后为太皇太后。咸通三年，帝奉后宴三殿，命翰林学士侍立结绮楼下。"

依托，或叙志，或言怀，或论史，来传达个人对社会人生的体悟与感受。

(一) 叙志

借客观事物来叙述个人之志节理想，这在祥正咏物诗中最为常见，咏宝剑抒写效力沙场、建功立业的决心；写松柏寄寓出仕求官、位列公卿的愿望；借古松自言坚持操守、人格独立的品性。

> 古有名剑似秋水，龙盘虎拏焰欲起。鸡林削铁不足言，昆吾百炼安足齿。淬花曾莹鸊鹈膏，掉箭却敲龙凤髓。忆昔破敌如破竹，带霜飞渡桑乾曲。电光昼闪白日匿，魑魅走逃罔魉伏。于今锈涩混铅刀，夜凉风雨青龙哭。冰翼云淡雪花白，血痕冷剥苔花绿。我来拔鞘秋风前，毛发凛凛肝胆寒。书生无用暂挂壁，夜来虎气腾重泉。酒酣闻鸡起欲舞，明星错落银河旋。吾闻神物不终藏，丰城紫氛斗牛旁。及时与人成大功，岂肯弃置钝锋芒。会当斩鲛深入吴潭里，不然仗汝西域击名王。①

此诗从宝剑之外观写起，不作具象描绘，而是突出宝剑之锋利，用料考究，经过千锤百炼，精心打制而成，亮如秋水，削铁如泥；接着叙述此剑之历史，这把剑经淬毒为刺客所持，也曾和主人一起疆场御敌，今天却蒙上点点锈斑。诗人在夜深人静、风雨交加之时仿佛能听到它的哭泣声。第三层转入诗人的感受，如今此剑为"我"所有，拔剑出鞘，让人悚然一凛，肝胆生寒。可惜"我"只是一介书生，只能将它高挂墙壁，然而神物有灵，不可终藏。诗人酒酣，豪情万丈，闻鸡啼明，拔剑而舞，此时此刻，征战沙场、建功立业的壮志冲上心头。全诗气势雄壮，词气豪迈，代表了诗人诗歌创作中豪壮风格的一面。

祥正还有一首《剑》诗，同样表达了渴望驰骋沙场、保家卫国的理想：

> 不得公孙一舞看，空嗟尘渍血痕干。铸成星斗生光焰，化作

---

① （宋）郭祥正：《古剑歌》，《郭祥正集》辑佚卷3，孔凡礼点校，第551页。

龙蛇会屈盘。金匣藏时天地静，玉池磨处雪霜寒。谁为将相扶明主，此物能令社稷安。①

全诗以杜甫所记载公孙大娘的剑器舞之典起笔，"不得公孙一舞看，空嗟尘渍血痕干"，叹息不得见公孙剑器舞之雄姿，只能空自嗟叹宝剑蒙尘，血痕已干。接着描绘宝剑的外形特点，"铸成星斗生光焰，化作龙蛇会屈盘""金匣藏时天地静，玉池磨处雪霜寒"，宝剑铸成，如同星斗熠熠生辉，藏之金匣，似龙蛇曲盘；磨砺剑刃，寒光闪烁，欺霜赛雪。最后联系历史，感叹帝王将相，谁不是在武力支撑下而成就王侯霸业？"谁为将相扶明主，此物能令社稷安"，没有将相，国家社稷岂能长治久安？在诗人的心中，"剑"已经与内心辅佐帝王、成就事业的理想发生碰撞并融合了，"剑"就是诗人的化身。诗中"谁为"一句与上面"书生"句，微露怀才不遇之苦闷，明面上说的是剑，实际是诗人借咏物来自述明珠蒙尘之苦。

诗人对自己的才能十分自信，坚信终有一天能够实现治国安邦之理想，位列公卿：

  婆娑松与枥，夹径碧濛濛。未辨雪霜操，同沾雨露功。低枝翻翠盖，垂叶密樊笼。它日为梁柱，抡材合至公。②
  周遭松桧漫为邻，翠碧婆娑未出群。但愿盘根坚似石，不忧枝干不凌云。③

由"它日为梁柱，抡材合至公""不忧枝干不凌云"可知，诗人借松枥和幼柏来自我鼓励，只要是栋梁之材，终究会有出头的一日。他虽然渴望显官高位，但决计不会改变自己高洁品性去迎合上位者，"但愿盘根坚似石"，立身坚定。

---

① （宋）郭祥正：《剑》，《郭祥正集》卷22，孔凡礼点校，第357页。
② （宋）郭祥正：《松枥》，《郭祥正集》卷17，孔凡礼点校，第280页。
③ （宋）郭祥正：《通惠寺小柏》，《郭祥正集》卷29，孔凡礼点校，第500页。

诗人在另一首《古松行》中说道：

> 空山古松阅人代，黛色铜姿终不改。蚴蟉诘曲还相向，千寻气结云礚礒。风雨冥冥秋气深，耳边往往苍龙吟。蓬莱仙子有无间，往来白鹤昼常阴。百尺樛枝拓金戟，山中十月飞霹雳。千年化作虬龙形，流脂下见成灵珀。方今楼阁连飞甍，斧斤未敢来相倾。晦冥神物共诃护，一物钟灵天不轻。我来抚此重叹息，造物由来贵孤直。趺坐松前日将暝，谡谡寒风落巾帻。①

诗的前十二句分别对古松的颜色、姿态、枝叶、主干、松脂（琥珀）进行了刻画，山中古松经历数代而始终不改青黑色的外表、青铜般坚硬挺拔的身姿，枝叶盘曲纠结，周围云气缭绕，在秋日风雨声中，犹如苍龙在耳边吼叫。它历经千年风霜雪雨、雷电霹雳的洗礼，枝干上的松脂滴落下来，结成灵气四溢的琥珀。在神灵冥物的呵护下，斧斤也不能伤害它，因为上天不会轻视钟灵毓秀的神物。诗人不禁感叹，造物主从来都是珍视爱护那些孤傲正直之物的，于是由古松的"孤直"推演到自己之"孤直"，借古松来抒写自己坚持操守，矢志不渝的坚定信念。

祥正叙志之作还有《庭竹》：

> 眷此庭中竹，罗生横十寻。疏疏挺高节，密密敷清阴。好风每相过，流尘讵能侵。其下无蔓草，其傍远修林。结根自得所，非高亦非深。谁复采笙箫，玉宇思和音。②

庭院中疏疏落落几竿翠竹，挺拔劲节，带来一片清爽阴凉。清风吹过，纤尘不染。其下野草不生，其旁秀木环绕，扎根自得之所，不高亦不深。有人能采之做成笙箫，音调和谐通达玉宇。竹喻君子，庭中之竹，乃诗人之化身，竹之"高节"象征人之品行高洁。

---

① （宋）郭祥正：《古松行》，《郭祥正集》辑佚卷3，孔凡礼点校，第550页。
② （宋）郭祥正：《庭竹》，《郭祥正集》卷7，孔凡礼点校，第155页。

(二) 言怀

祥正托物言怀之作主要是抒发怀才不遇的愤懑、个人遭遇的不幸，时而对命运际遇表现出豁达开朗的态度，时而又苦闷消沉，试图以畅饮美酒的来消解苦闷。

他选取莲花、秋扇、桧树三种植物作为抒情对象：

> 濯濯水中华，香艳胜苹藻。英英泥中根，洁素常自保。房实又堪食，无一不为好。乃知金仙经，譬喻肆论讨。游宴集宾僚，赏咏固宜早。一朝霜飙至，茎叶变枯槁。抑亦如佳人，妍媚忽衰老。顾眄岂复怜，弃置不足道。幽怀向君开，芳樽为倾倒。本末谁能搴，愁烟起孤岛。①

莲花生长在水中，美丽清香胜过白苹、水藻，它的根虽然深深扎入黑色的淤泥里，然而却始终保持高洁。它的果实可以食用，全身无一处不美好。诗人首先将莲的典型特点娓娓道来，分别从气味、外形、果实来说明莲之美。邀朋聚友，大家早点来观赏歌咏此物，否则一旦霜雪风寒来到，它的茎叶便枯萎了，恰如美人娇艳的容貌忽然衰老，不会有人顾盼怜惜，只会抛弃一边。诗人借莲花的各种美来比喻君子之美，也是暗指自己，将莲花枯萎衰败与美人容颜衰老联系起来，意在说明自己最美好的时光也快要逝去，尽管"幽怀向君开，芳樽为倾倒"，可是却无人赏识，只能空自惆怅。诗人还有一首咏桧树的诗，"花开供蜜叶禁霜，老柏乔松气亦降。未遇李聃谁爱惜，柘塘西院碧油幢"②，同样抒写了知音不赏、有才难施的苦闷。

虽然常常有悲士不遇之怨愤，但是诗人也不乏豁达与开朗。他创作的《秋扇》诗便一改传统诗歌中自伤哀怨的基调，展现出旷达向上的一面。"秋扇见弃"典故出自西汉成帝之班婕妤，她因失宠而自请居于长信宫，作《怨歌行》以自伤，曰："新裂齐纨素，鲜洁如霜雪。

---

① （宋）郭祥正：《赏莲》，《郭祥正集》卷7，孔凡礼点校，第135页。
② （宋）郭祥正：《院庭桧树》，《郭祥正集》卷29，孔凡礼点校，第500页。

裁为合欢扇，团团似明月。出入君怀袖，动摇微风发。常恐秋节至，凉飙夺炎热。弃捐箧笥中，恩情中道绝。"① 此后，"秋扇"这一意象便固定下来，在历代诗歌当中指代君王薄情，女人色衰被弃，如"妾身似秋扇，君恩绝履綦"②"可惜逢秋扇，何用合欢名"③，到了唐代，郑谷、刘禹锡还作有专题诗作《秋扇词》。宋代以"秋扇"为题进行专门创作的诗人比唐代多，郭祥正便是其中之一：

> 轻素裁团扇，投君掌握中。为君却烦暑，动摇挹凉风。一朝霜飙至，罗帏衾被重。辞君且屏迹，弃置随断蓬。物理古如此，用舍安可穷。愿君千万寿，执热还相逢。④

此诗与前代秋扇诗最大的不同体现在最后四句，"物理古如此，用舍安可穷。愿君千万寿，执热还相逢"，诗人认为，秋扇见弃并无不妥，天气炎热，自然需一扇在手，祛除烦暑；天气转凉，当然要将扇弃置一旁，道理自古如此，只盼望着君子健康长寿，等到天热的时候仍然可以相逢。诗人也有怨，"弃置随断蓬"，但是却没有绝望，冷静地对"用"与"舍"做出判断，该用则用，该舍则舍，寒来暑往，只要君王还在，自己便有与之重新会合的机会。

更多的时候，诗人在生活中以酒消愁，将生活与命运中的不快消弭在美酒当中：

> 金熨斗，酌醇酒。熨开万斛之愁肠，赠尔千年之眉寿。酣酣笑脸坐生春，安用逢人嗟白首。⑤
> 翠碧杯，满酌正是桃花开。一年三百六十日，几人待得春归来。春归来，不饮酒，翠碧之杯尔何有。⑥

---

① （汉）班婕妤：《怨诗》，载逯钦立编《先秦汉魏晋南北朝诗·汉诗》卷2，第116页。
② （梁）刘孝绰：《班婕妤怨》，载逯钦立编《先秦汉魏晋南北朝诗·梁诗》卷16，第1824页。
③ （陈）阴铿：《班婕妤怨》，载逯钦立编《先秦汉魏晋南北朝诗·陈诗》卷1，第2450页。
④ （宋）郭祥正：《秋扇》，《郭祥正集》卷7，孔凡礼点校，第135页。
⑤ （宋）郭祥正：《金熨斗》，《郭祥正集》卷16，孔凡礼点校，第258页。
⑥ （宋）郭祥正：《翠碧杯》，《郭祥正集》卷16，孔凡礼点校，第259页。

有美酒便可解千愁，不须感叹日月催人老，满头华发生。有美酒便要及时行乐，莫要辜负美好时光。除了流连美酒之外，诗人还通过对日常生活中常见事物的观察，试图总结人生命运之规律。在《水磨》一诗中，诗人由日常生活中常见的工具——水磨入手，水磨周而复始，按照既定轨迹运转，让诗人联想到个人的命运，感慨命运无法掌控，"运动无昼夜，柄任谁与持"，因此做人应该"势转随圆机"① 以趋利避害。

三 借物咏史

郭祥正善于借助客观事物来叙述历史，将自己对历史社会变迁的认知和感悟寄寓其中：

> 白玉笙，咸通十三年琢成。琢成匠人十指秃，进奉明堂声妙曲。当时应赐恩泽家，流传至煜煜好奢。高堂日日听吹笙，不知国内非和平。仁兵万众一旦至，国破仓黄笙堕地。虽然讹缺未苦多，却落人间为宝器。管长纤纤剥笋束，况值吴姬指如玉。不见排星换掩时，自然天韵来相续。昔时祸乱曲，今日太平歌。兴亡不系白玉笙，但看君王政若何。②

匠人呕心沥血巧手雕琢而成的白玉笙，声音美妙，本应赏赐有功之人，却传到了南唐李煜手中。李煜日日笙歌，忘却了自己的国家并不太平。"仁兵"一旦而至，李煜落得亡国下场，"国破仓黄笙堕地"，一片凄凉景象。今日天下安定，再来听白玉笙演奏的曲子，诗人不禁感慨，国之兴衰成败的关键在于君主如何施政，而并非由于一件玩物。

再有《明皇十眉图》，诗人借对一幅画的鉴赏，抒写了对唐玄宗一生误国、误人、误己的遗憾和同情以及对世事沧桑变化之感喟：

> 明皇逸事传十眉，正是唐家零落时。霓裳曲调虽依旧，阿蛮

---

① （宋）郭祥正：《水磨》，《郭祥正集》辑佚卷1，孔凡礼点校，第530页。
② （宋）郭祥正：《白玉笙》，《郭祥正集》卷16，孔凡礼点校，第258页。

终不似杨妃。画工貌得非无意,欲使流传警来世。翠翘红粉尚争春,隐约香风起仙袂。六龙真驭竟何之,泰陵荒草长狐狸。空将妙笔劝樽酒,醉觉人间万事非。①

安史之乱爆发,唐玄宗带领宫眷匆匆逃往蜀地,虽为逃亡,但仍不忘寻欢作乐、沉迷酒色,命人画《十眉图》:"天宝逸事云:'明皇幸南京,多以宫人自随,乃令成都画手画为十眉以赐之。一曰鸳鸯眉,又名八字眉;二曰小山眉,又名远山眉;三曰五岳眉;四曰三峰眉;五曰垂珠眉;六曰月棱眉;七曰分梢眉;八曰函烟眉;九曰排云眉,又名横烟眉;十曰倒晕眉也。'"②战乱之后,玄宗回归长安,欣赏由阿蛮表演的贵妃昔日所制之《霓裳羽衣曲》,却发现阿蛮终究比不上杨贵妃。画工有意将美女争春、歌舞升平的场面画下来,其实是为了警戒后世之人。可怜玄宗已然不知到了哪里,他的陵墓上长满荒草,狐狸出没其中。诗人对险些沦为亡国之君的唐玄宗是不满的,但同时也是同情的,他的昏庸给国家、个人都带来了巨大的灾难,然而他对贵妃的深情却又令人叹惋。不过随着时间推移,这些都将化为虚无,只是后人一定要从中汲取教训,才不负画者之本意。

还有他的《合肥何公桧部使者杨公潜古命予赋之》一诗,诗人由何公手植之桧树联想到魏武帝野心勃勃,想吞没东吴,可惜却没有成功,而今一代霸主已经灰飞烟灭,当日植桧之何公更是连名姓都没有流传下来,然而此桧树却仍然屹立挺拔,英姿勃发:"高枝偃羽盖,低枝卧苍龙。盘根彻厚地,疏影落寒空。荏苒九天碧,仍为烟雾蒙。相传魏武帝,解甲休铁骢。尝坐此桧下,吞吴未成功。至今晦暝夕,往往扬英风。"③滚滚历史长河,奔流不息,人们在其中挣扎浮沉,终究还是会消失殆尽,不留痕迹。

---

① (宋)郭祥正:《明皇十眉图》,《郭祥正集》卷14,孔凡礼点校,第242页。
② (明)曹学佺:《蜀中广记》卷4"成都府"条,文渊阁四库全书本。
③ (宋)郭祥正:《合肥何公桧部使者杨公潜古命予赋之》,《郭祥正集》卷4,孔凡礼点校,第76页。

此类作品还有《观唐植夫所藏古墨》等，同样借物叙史，寄托历史兴亡、沧桑变幻，这也是郭祥正客观抒怀类诗歌的显著特色。

四 代言寄怀

郭祥正还创作了一些代他人之口寄托情志的诗歌，主要是一些宫怨闺情类诗歌，形式上通常为五言古诗和乐府诗，以闺阁女子的口吻诉说相思离别之苦、丈夫的薄情寡义以及深宫女子对帝王薄幸的哀伤惆怅。这类诗往往短小精巧，情感细腻，善于从细节之处展现人物内心世界。

（一）相思之苦

诗人为闺中思妇代言，抒写女子对在外男子的挂念与相思，控诉男子的薄情和战争带来的生离死别。

> 妾抬纤纤手，一拂白玉琴。琴声写三叠，寄妾万里心。朱弦断可续，妾心常不足。才惊枫叶丹，又见杨枝绿。望君君未到，妾貌宁长好。云鬟懒重梳，从教似秋草。（《庐陵乐府十首》其一）

> 鸿雁殊未来，思君一弹琴。泠泠别鹤语，折尽幽兰心。蛛丝漫相续，难系骅骝足。白日无时停，云鬟宁长绿。年华要不老，不若丹青好。对之虽无言，犹胜种萱草。（《庐陵乐府十首》其二）

> 与子初执手，效彼瑟与琴。子去既不返，谁复知我心。宝刀能切玉，愿断金乌足。留住枝上春，花红叶长绿。懊恼复懊恼，憔悴变妍好。不见庭中兰，埋没随百草。（《庐陵乐府十首》其三）

> 妾身厌尘埃，专心托君子。感君一面昣，涸辙逢秋水。雍容未经年，结誓同生死。胡为忽言别，短书无一纸。愁思魂梦飞，鹊语不成喜。岁晚君不来，红妆为君洗。（《庐陵乐府十首》其四）

> 嵯峨姑射山，绰约飞行子。绛唇启皓玉，明眸漾寒水。方平与

麻姑，相期永不死。手披《黄庭经》，金字写青纸。胡为谪人间，离合溢悲喜。妖桃凝露珠，东风任吹洗。(《庐陵乐府十首》其五)

庭下幽兰幂寒雾，金鸭冷烟无一缕。从君别妾驾红鸾，望断三山无觅处。平时曲调休重举，长袖空垂不成舞。醒眼牵愁送春去，独立残阳与谁语。(《庐陵乐府十首》其六)

英英玉山禾，乃是凤凰食。凤凰殊未来，禾生亦何益。幽香眷春尽，孤根含露寂。委弃同蒿莱，咄嗟人莫识。(《庐陵乐府十首》其七)

自君之往矣，幽房守岁华。眉头匀翠淡，裙带缕金斜。魂魄空成梦，音书不到家。凭谁度庾岭，和泪寄梅花。(《庐陵乐府十首》其八)

粉黛元知假，丹青岂是真。桃花初过雨，溪水暗流春。眼眼随云断，书书托雁频。渔郎自迷路，枉杀武陵人。(《庐陵乐府十首》其九)

不作巫山雨，螺川久住家。欲知冰未释，须信玉无瑕。对局拈棋子，开窗摘杏花。谁能谙此意，红日又西斜。(《庐陵乐府十首》其十)[①]

这组乐府诗中其一、其二、其三、其四、其六、其八、其十均站在闺中女子角度，代言抒怀，思妇思念漂泊在外的游荡子，懒起梳妆，发如乱草。她与所思之人远隔千山万水，音书断绝，只能寄情于瑶琴以纾解相思之苦。冬去春来，花开花谢，红了枫叶，绿了杨柳，时间

---

① （宋）郭祥正：《庐陵乐府十首》，《郭祥正集》卷7，孔凡礼点校，第139—141页。

一日日、一年年过去，青春美丽的容颜逐渐老去，而所思之人不见归来，恐怕早已忘记当初琴瑟相谐的美好和海誓山盟的诺言。比较特别的是其五、其七、其九，其五用传说中的仙人贬谪人间，被迫经历悲欢离合来比喻自己和丈夫饱尝相思离别之苦；其七将丈夫比作凤凰，自己则是凤凰赖以生存的嘉禾，意在说明夫妻本应生死相依，然而凤凰却抛弃了嘉禾，比喻丈夫忘掉了自己。其九将丈夫久久不归家比作渔郎自己迷失道路，找不到桃源，怎能埋怨自己这个"武陵人"呢？

闺阁中的女子视丈夫为自己终生依靠，对爱情矢志不渝，然而男子却心思难以捉摸，男子好见异思迁，导致女子常常遭受被抛弃的命运，因此思妇们不仅饱受相思煎熬，还要忧惧丈夫变心，将自己彻底遗忘：

> 妾面如花开，妾心似兰花。花开色易衰，兰死香不已。愿持枯兰心，终焉托君子。君行胡不归，两见秋风起。鸿雁只空来，音书无一纸。夜夜梦见君，朝朝懒梳洗。不忆霜月前，丝桐为君理。千古万古悲，悠扬逐流水。①

女子自述容貌美丽如花，内心纯洁似兰，容颜虽易逝，兰心死犹香。可惜君子音讯全无，"两见秋风起"，更添凄凉，只能将千古万古相思之苦，付诸流水。

> 雌凤始营巢，妖桃半敷荂。忆昔嫁君时，相逢一何乐。朱颜妾未变，白眼君先恶。君恩不下济，妾意正难托。空床春寂寥，孤灯夜萧索。哀弦时一弹，弹终泪还落。②

回忆初嫁君家，组建温馨家庭，"相逢一何乐"，生活如此幸福，自己的容颜如夭夭桃花，美丽无比。然而朱颜犹在，欢情已薄，夫君白眼相向，满是厌恶，一片深情难以托付，深夜独守空房，一盏孤灯

---

① （宋）郭祥正：《代古相思》，《郭祥正集》卷7，孔凡礼点校，第142页。
② （宋）郭祥正：《妾薄命》，《郭祥正集》卷7，孔凡礼点校，第141页。

相伴，只能将心中的哀伤付与瑶琴，一曲终了，泪水还是忍不住掉落。
（二）离别之痛

哀莫哀兮生别离，离别之痛是人生中最大的悲哀痛苦。

  渡江君别妾，恨不如桃叶。桃叶解随君，渡江不用楫。妾既不得随，渡江楫如飞。自怜妾命薄，江头还独归。一步一回首，碧云凝落晖。空将盈掬泪，和粉洒罗衣。_{古诗云："桃叶复桃叶，渡江不用楫。"}
  团扇不遮面，欲君永相见。胡为忽别妾，船逐南风便。君行妾独处，妾复谁为主。正似晚春花，零落随风雨。有情频寄书，莫令书更疏。却羡路旁草，到处逢君车。①_{古诗云："团扇复团扇，团扇遮人面。相见不相亲，不如不相见。"}

此二首为送别之诗，所用之典均来自王献之和桃叶故事。第一首写妻子在渡口送别即将远游的丈夫，恨不能将身化作桃叶，追随丈夫渡江而去。诗人用王献之与桃叶的亲密无间来反衬妻子和丈夫的别离苦痛，其苦更甚。第二首反用《团扇郎》②之意，将之改为"团扇不遮面，欲君永相见"来说明夫妻二人感情深厚，为下文不忍生离作铺垫。丈夫离去，留下妻子独处，失去了依靠的妻子，好似晚春残花，必定会被风雨吹落。妻子不能同桃叶一样，与丈夫同去，只能殷殷嘱咐，如果夫妻情深，那么要多多来信，莫断绝音信。最后两句将思妇怨别之苦深化，丈夫之车渐行渐远，离愁却如道旁之草，延伸向远方，没有穷尽，思妇徒然羡慕无情之草能够伴随丈夫车旁。人有情，却不能追随离人脚步；草无情，反倒和离人相依相伴。还有五言绝句《忆别》一首，"佳人万里别，一念肠千结。何处望书来，天南雁飞绝"③，同样寄寓相思别离之苦。

  在外飘荡的游子可能有归家的一日，那些征战沙场的将士却很可

---

① （宋）郭祥正：《怨别二首》，《郭祥正集》卷7，孔凡礼点校，第142页。
② 参见王金珠《团扇郎》："团扇复团扇，持许自遮面。憔悴无复理，羞与郎相见。"载（宋）郭茂倩《乐府诗集》卷45，聂世美、仓阳卿校点，上海古籍出版社1998年版，第514页。
③ （宋）郭祥正：《忆别》，《郭祥正集》卷25，孔凡礼点校，第407页。

能永远无法回来,他们的妻子要面对的是死别之苦:

> 清秋送残暑,隔屋忽闻砧。远震星河夜,遥兴关塞心。欲知针缕密,即是泪痕深。他日功成后,逢人寄好音。①
>
> 天潢转斜白,庭菊汛团露。纨扇辞玉纤,云幄含幽素。湿萤递疏牖,寒螀鸣外户。南邻发砧响,凉夕敢虚度。不作舞衣裳,为君理缯絮。边碛多苦寒,先秋寄征戍。②

两首诗均以清冷秋夜捣衣砧声起笔,描写思妇独守空闺,为在外征战的丈夫缝制寒衣,将满腔相思泪、忧惧心密密缝进细细的针脚中,只盼望战事早日结束,捷报传来。另一首《望夫石》借用妇人盼夫归不得而化作望夫石的传说,将思妇对征人的相思苦恨展现出来:

> 杜鹃啼血春林碧,妾有离愁异今昔。上尽高山第一峰,目乱魂飞化为石。化为石,可奈何,泪悬白露衣薜萝。千古万古望夫恨,一江秋水寒蟾多。汉家天子点征役,良人荷戈归不得。此身未老将何从,不似山头化为石。③

目乱魂飞、泪悬白露,刻画出一个伤心欲绝的思妇形象,望夫之恨,古今相同。良人为国征战,有家不得归,自己不能追随他而去,不若化作山头之石,永远等待着他的归来。

(三)深宫之怨

> 池水满,宫柳长,胡地沙晴日色黄。自知憔悴容华改,朝来临镜懒梳妆。却寻携手旧游处,拾得落花空断肠。(《杨白花二首》其一)

---

① (宋)郭祥正:《捣衣》,《郭祥正集》卷18,孔凡礼点校,第291页。
② (宋)郭祥正:《闻砧》,《郭祥正集》卷6,孔凡礼点校,第135页。
③ (宋)郭祥正:《望夫石》,《郭祥正集》卷16,孔凡礼点校,第260—261页。

秋风起，黄叶飞，宫门深锁日还西。背人一去音书断，塞雁无情亦解归。此恨此愁无处托，暗尘消尽缕金衣。(《杨白花二首》其二)①

从"胡地沙晴日色黄""塞雁无情亦解归"二句来看，这两首诗写的是一位嫁入胡地深宫里的汉家女子对家乡亲人的思念。塞雁南来北往尚解归家之意，人却"背人一去音书断"，只能"却寻携手旧游处，拾得落花空断肠""此恨此愁无处托，暗尘消尽缕金衣"了。

（四）男女热恋

除却闺怨哀伤情绪之外，诗人偶尔也会化身为热恋中的少年男女，抒发男女欢爱之幸福：

渊渊玉井水，碧净觉春归。不为洗红粉，邀郎濯锦衣。②

全诗仅用二十个字便将热恋中少女羞涩而喜悦的心情刻画得淋漓尽致。深深的玉井之水，碧绿而澄净，正是春天来到、春光明媚的时候，细致的环境描写为下文少女怀春作铺垫。来到水边，不为梳妆打扮，而是邀约心上之人，为他濯洗身上的锦衣，此二句心理描写，凸显恋爱中的少女一心为爱人的甜蜜和忘我。

五 写景寄情

郭祥正创作的写景诗中，除了一部分纯然描写山水风景、赞叹自然造化神工的诗歌之外，有相当数量是有所兴寄的，诗人往往将自己的心情与自然景色融合，兴起思归之情、化外之念、时事评议、怀古幽思，使得山水景物不再是与人无关的独立的存在客体，而成为诗人"强烈主观情志的投射"③。

---

① （宋）郭祥正：《杨白花二首》，《郭祥正集》卷16，孔凡礼点校，第266—267页。
② （宋）郭祥正：《玉井》，《郭祥正集》卷25，孔凡礼点校，第405页。
③ 莫砺锋：《论陆游写景诗的人文色彩》，《社会科学战线》2011年第9期。

(一) 思归之情、化外之念

> 金山杳在沧溟中，雪崖冰柱浮仙宫。乾坤扶持自今古，日月仿佛躔西东。我泛灵槎出尘世，搜索异境窥神功。一朝登临重叹息，四时想像何其雄。卷帘夜阁挂北斗，大鲸驾浪吹长空。舟摧岸断岂足数，往往霹雳捶蛟龙。寒蟾八月荡瑶海，秋光上下磨青铜。鸟飞不尽暮天碧，渔歌忽断芦花风。蓬莱久闻未成往，壮观绝致遥应同。潮生潮落夜还晓，物与数会谁能穷。百年形影浪自苦，便欲此地安微躬。白云南来入我望，又起归兴随征鸿。[1]

《金山行》是郭祥正诗歌中的名篇，备受历代批评家所推崇。全诗整体表现出豪迈壮阔的风格，无论是艺术特色还是思想内容，与李白诗歌都非常接近。全诗二十句，前十八句大笔写意，描绘金山的雄奇高峻，后六句转入抒情，感叹潮涨潮落，日夜更迭，自然造化运转不停，其中之奥妙不能穷尽，人生也要"物与数会"，百年时间一晃而过，何必自寻烦恼，不如就在此处安居。诗人从眼前金山，联想到传说中的蓬莱仙岛，由自然之景推及自然规律、物理变迁，最后兴起了化外之思，产生不如归去的想法。

金山与诗人一生结下难解之缘，他在《冬夜泊金山》诗中写道："寒野云阴重，新冬客意忙。道途无处尽，岁月有时长。流落随江海，崩腾避雪霜。还投白莲社，清净万缘忘。"[2] 寒冷冬夜里，旅途中的诗人停泊在金山脚下，感慨人生道路无穷无尽，而人之岁月有限，不若斩断尘缘，隐逸深山。诗人还有一首与金山有关的写景抒情诗，他这一次虽并未真正到达金山附近，只是梦中所见，但足见其对金山的眷念：

> 珠帘高卷倚危栏，望尽方知出世间。江海交流云缥缈，楼台

---

[1] （宋）郭祥正：《金山行》，《郭祥正集》卷2，孔凡礼点校，第20页。
[2] （宋）郭祥正：《冬夜泊金山》，《郭祥正集》卷20，孔凡礼点校，第335页。

相映月回环。薰成香界浑无地,化作天宫别有山。京口、瓜洲竟安在,梦醒却欲泛舟还。①

诗人刻画了梦中所见金山景色,梦醒之后兴起了怀乡思归的想法,由梦境转到现实,由金山联想到家乡,过渡自然,毫无突兀之感。

再有祥正治狱历阳期间望牛渚山,即景创作的一组诗歌:

> 身滞历阳浦,心倾牛渚云。圣人开六合,于此渡三军。霸气扫无迹,神功千载闻。明朝有归兴,石上洗尘纷。(《望牛渚有感三首》其一)

> 遥怜牛渚矶,柳带拖春绿。归思无时阑,断弦声自续。更听渔父吟,悠扬写心曲。何人效斯人,烟波洗双足。(《望牛渚有感三首》其二)

> 江迥偏留月,山空不住云。遥怜李太白,曾忆谢将军。帆影随潮上,樵声隔岸闻。柳花迷客眼,三月雪纷纷。(《望牛渚有感三首》其三)②

就任桐城、历阳是诗人一生中第三次出仕,这次出仕仍然没有给诗人足够的空间去展示自我能力,因此诗人再次兴起了归家的念头。牛渚山"在当涂县北三十里。山下有矶,古津渡也,与和州横江陵相对"③,作者望牛渚山,意在怀念家乡当涂。

郭祥正在汀、漳为官期间,遍览闽省山水,创作了一些短小精致

---

① (宋)郭祥正:《梦游金山作四韵既觉止记一联因足成之梦中作第二联》,《郭祥正集》卷21,孔凡礼点校,第352—353页。
② (宋)郭祥正:《望牛渚有感三首》,《郭祥正集》卷4,孔凡礼点校,第79页。
③ (宋)祝穆撰,祝洙增订:《方舆胜览》卷15"太平州·牛渚山",施和金点校,第265页。

的写景诗，这些诗歌饱含着他对家乡的怀恋，对亲人的思念。

> 黯淡阴晴阁雨天，清明将近见秋千。风高乔木莺初啭，水暖平沙鹭斗眠。身计只知忧陷井，年华岂解老神仙。迢迢归路三千里，始信家书值万钱。①
> 今朝晴日照柴扉，即看轻云卷翠微。燕子有情归旧栋，柳条牵恨拂征衣。故乡书信何时到，瘴地烟岚此处稀。白酒一杯聊强饮，物情人事恐相违。②

第一首诗写的是南国早春景色。清明将近，细雨时断时续，微风轻拂，黄莺在树林间啼鸣，白鹭躲藏在沙洲上酣睡。眼前美丽而静谧的景色令诗人暂时忘却世俗中的一切"陷阱"，想起数千里之外的家乡，归乡之思涌上心头。第二首诗也是写春景，晴朗温暖的春日里，灿烂的阳光洒在屋门上，天空中微云舒卷。燕似有情，再次飞回旧屋；柳条牵恨，轻拂征人衣襟。可叹燕、柳尚知流连旧屋，不愿别离，而人却身在异乡，只能企盼故乡的音书能够传到。诗人不禁感叹，"物情人事"总是无法调和，人并非不如物，并非不知情，但是却迫于人事而不得不违背自己的本心，此时唯一能做的便是借酒浇愁了。

诗人来到庐山脚下，忽然想起了曾经居住于此的陶渊明，兴起与天地合一的化外之思：

> 羌庐初在望，复忆柴桑翁。醉来卧盘石，闷默天地通。不入惠远社，自弹无弦桐。悠悠出谷云，漠漠栖林风。倚岩片月白，落磴寒泉红。此意非睒听，遥知与君同。③

渊明结庐南山之下，过着醉卧盘石、与天地相融、逍遥自得的生

---

① （宋）郭祥正：《临汀春晚》，《郭祥正集》卷21，孔凡礼点校，第347页。
② （宋）郭祥正：《雨霁》，《郭祥正集》卷21，孔凡礼点校，第349页。
③ （宋）郭祥正：《望庐山怀陶渊明》，《郭祥正集》卷5，孔凡礼点校，第109页。

活。这也是诗人渴望的生活,数百载时光虽久,却无法阻隔自己与陶公心意相知相通。

(二)今古对比,评议时事

从游赏自然风景,到怀古幽思,进而联系现实社会,诗篇布局巧妙,由实到虚再转为实,这种手法是郭祥正写景诗的又一特色。

> 笑别姑孰州,来作潜山游。潜山闻名三十载,写望可以销吾忧。晴云如绵挂寒木,广溪镜静涵明秋。山头石齿夜璨璨,疑是太古之雪吹不收。信哉帝祖驻鸾跸,异景怪变谁能求。若非青崖见白鹿,安得此地排珠楼。群仙长哦空洞绝,绿章对事乘虚辀。灵鸟盘旋老鸦舞,华灯散采祥飙浮。噫吁嚱,汉武登坛求不得,明皇夜梦推五百。宁知司命抱真符,为宋真人开社稷。诏书数下修琳宫,殿阁缥缈平诸峰。六朝德泽旋愈远,九天福祐来无穷。君不见潜山之下潜水之涯,菖蒲有九节,白术多紫花,采之百拜献君寿,陛下盛德如重华。①

潜山,又名潜岳,今属安徽,"一名潜岳,在怀宁西北二十里。魏左慈居此山,有炼丹房"②。由此可知此诗约作于祥正为官桐城、历阳时期,即诗人第三次出仕期间。此间虽经历波折,但是他仍然积极仕进。诗人对潜山仰慕已久,在一个清朗的秋日里,怀着愉快的心情登上了峰顶。山头之上,白云环绕林间,碧溪澄净如镜。月光笼罩下,山石荦确,色泽莹白,如覆盖着万古不化的皑皑白雪。面对如此美景,诗人以为进入了神仙幻境,"若非青崖见白鹿,安得此地排珠楼。群仙长哦空洞绝,绿章对事乘虚辀。灵鸟盘旋老鸦舞,华灯散采祥飙浮",继而感叹汉武帝、唐玄宗求仙不得,令人惋惜。接着笔锋一转,转入对大宋皇帝的歌颂,诗人将神宗与唐尧虞舜相提并论,"菖蒲有九节,白术多紫花,采之百拜献君寿,陛下盛德如重华",神宗因此

---

① (宋)郭祥正:《潜山行》,《郭祥正集》卷2,孔凡礼点校,第21页。
② (宋)祝穆撰,祝洙增订:《方舆胜览》卷49"安庆府",施和金点校,第875页。

得到九天福佑，福泽延绵，开启大宋王朝盛世局面。

在歌颂帝王圣明之外，诗人还将历史事件与今日盛世进行对比，高唱时代赞歌：

> 洞庭秋高北风起，怒浪排空日光眣。坐见雪山飞从物外来，地轴天关恐将圮。移沙裂石失浦溆，群龙呀牙鲸掉尾。舟人但如鹡鸣垤，咫尺存亡隔千里。嗟哉至柔物，颓洞安可当。大禹没已久，巨浸谁为防。须臾风收浪亦静，常娥洗月添寒光。湘妃妙曲鼓未彻，汨罗之魄云徜徉。而今君臣正相乐，法弊一一新更张。监司精明郡县肃，国无忠愤惟循良。洞庭怪变自出没，回首天边归雁行。①

全诗以洞庭秋日怒浪排空的景象起笔，先从正面铺写怒涛之气势，"坐见雪山飞从物外来，地轴天关恐将圮。移沙裂石失浦溆，群龙呀牙鲸掉尾"，惊涛骇浪扑面而来，震撼人心。接着从侧面衬托，描写舟中之人在滔天巨浪面前如此弱小，仿佛躲在蚁穴中的蚂蚁，命悬一线。诗人感慨，水本至柔之物，然而水流汇聚一处，也有颓洞浩荡的一面。可惜治水之大禹久已不在，谁能够防御这巨浪呢？自然变幻莫测，转眼之间风平浪静，面对此景，诗人浮想联翩，思及湘妃与屈原之种种遗恨，如今君主英明，君臣相合，再无湘妃之悲，更无屈原之冤，"而今君臣正相乐，法弊一一新更张。监司精明郡县肃，国无忠愤惟循良"，歌颂新法实施更除旧弊，天下清明。

郭祥正创作的写景寄怀类诗歌，从眼前景物起笔，进而联想历史事件，最后将古代与当下现实作比，歌颂太平盛世，由实景自然过渡到虚想，不露斧凿痕迹。

（三）怀古叙史

郭祥正在描写景物时，有意将景物的历史背景，包括地名源起及

---

① （宋）郭祥正：《采石亭观浪》，《郭祥正集》卷9，孔凡礼点校，第173页。

当地所发生之历史事件与景物联系起来，使客观之景染上浓厚的人文色彩。

> 扁舟未下连虞滩，韶石罗列谁雕刓。化工有意露怪变，待彼虞舜来观玩。泊舟登岸始远览，两峰直裂诸峰巑。青鸾低徊欲下饮，翠凤却舞抟修翰。蛰龙攫雷怒奋角，帝子出震初峨冠。日光扑扑散金蕊，莲花透澈琉璃盘。行衣十里仙雾湿，暝色一抹轻绡寒。我将沿崖想韶乐，北风忽变阴漫漫。松摇长空吼万壑，溪走石脚淙惊湍。遗音自与天地响，听不以耳精神完。重瞳一去不复还，随风波兮陟云间。潇湘洞庭亦何有，竹上血泪千年斑。九成不作至道熄，纷纷后世畴能攀。登韶石兮情飘飘而未尽，饬彼柴车兮且将造乎苍梧九疑之深山。①

首先叙述韶石之源起，韶石得名于舜帝，"昔舜游登此石，奏《韶》乐，因以名之"②，"化工有意露怪变，待彼虞舜来观玩"。接着按游踪由远及近、从山下到山上的过程来描写韶石景色。泊舟山下，远远望去，双峰高耸入云，诗人想象青鸾、翠凤、蛰伏之龙居住其中。离舟登山，仙雾缭绕沾湿衣襟，天色渐暗，一抹清寒袭来。登上仙崖，遥想当年舜帝在此演奏《韶》乐。忽然之间，北风涌起，天色阴沉，苍松摇撼，万壑嘶吼；溪水湍急，冲刷石块，令人心惊。《韶》乐之遗音与天地相合，只能用精神去领会而不能用耳朵去听。最后，诗人转入抒情，可叹舜帝一去不返，湘妃空留遗恨，血染斑竹。可惜《韶》乐久已不作，大道已灭，后世安能与那个美好的时代相较，自己将整饬柴车，追随舜帝脚步，进入苍梧九疑之深山。

诗人的另一首《九疑山图》，虽非实景描写，但精心描摹了画中九疑山（现称"九嶷山"）景色，并且将历史故事穿插其间：

---

① （宋）郭祥正：《韶石行》，《郭祥正集》卷2，孔凡礼点校，第24—25页。
② （宋）乐史：《太平寰宇记》卷159"岭南道·韶州"，文渊阁四库全书本。

噫吁戯,九疑山色何雄奇。坡陀诘曲不足状,九峰万丈排天扉。崭崭俨若九老坐,乾颠坤弱能扶持。崖回时复见华屋,原本旋有山经题。白云绵联芳草歇,拱木夭矫狂风吹。上有源源不绝之寒泉,下有沄沄不断之深溪。初疑青铜照碧落,忽见云汉飞虹霓。丹青画出尚如此,而况高步穷岖崎。或云重瞳一来不复返,二妃血泪斑竹枝。惜哉不经孔子辩,后世谁能公是非。尧非幽囚,舜不野死。尧崩民如丧考妣,舜非游仙而幸此。群猪耸耳听童子,游人击之变风雨。见豕负涂圣所恶,仙人护之亦何补。我知神仙术已卑,但爱此山雄而奇。背图南望未能到,高吟尽日长吁戯。①

九疑山是与舜帝有关的一个历史遗存,相传舜帝死后葬于此山之下。诗人一见此图,为其壮丽景色所震撼,惊呼"噫吁戯,九疑山色何雄奇。坡陀诘曲不足状,九峰万丈排天扉。崭崭俨若九老坐,乾颠坤弱能扶持"。先言其雄奇、诘曲、高峻,后又言寒泉、深溪源源不断。画手高妙,令诗人仿佛置身其间,发出"丹青画出尚如此,而况高步穷岖崎"的感叹,只是画便如此险峻奇绝,若身临其境就更令人惊讶了。下面转入回顾历史和传说,舜帝南来,亡于此地,娥皇、女英二妃伤心痛哭,她们的血泪染红了翠竹,诗人认为这段历史是虚假的,驳斥了尧为舜所囚禁、舜死于苍梧大荒之说,"尧非幽囚,舜不野死。尧崩民如丧考妣,舜非游仙而幸此";他对九疑山上群猪阻道,因为有仙人庇护,游人击之便会风雨交加的传说提出疑问,"见豕负涂圣所恶,仙人护之亦何补"。结句言明自己并非因神仙传说而爱此山,而是爱此山之雄奇峻伟。诗中由画中地点传说,而起了对已有信史的怀疑,可知诗人亦具有宋代诗人普遍的疑古求实之精神。

祥正写景叙史之作还有《濡须山头亭子》②。作者站在濡须山头上的一座孤亭中远眺,绝美景色尽收眼底,"孤亭压危峰,绝景入平眺。双崖控巢水,禹力万古耀。林倾乾象阔,涛淙地轴掉"。忽然之间发

---

① (宋)郭祥正:《九疑山图》,《郭祥正集》卷14,孔凡礼点校,第242—243页。
② (宋)郭祥正:《濡须山头亭子》,《郭祥正集》卷8,第72页。

现"茅茨数椽屋",原来是"噫哉魏武庙",遥想当年,魏武帝"吞吴势虽壮",可惜享国日短,"晋起国旋剽。楼船战士去,沧浪尽渔钓"。

(四) 离愁与反战

江文通《别赋》首开春景写伤别的创作先河,后世迁客骚人纷纷仿效。祥正以《别赋》前四句为题,通过写春景以寄寓离情和反战情绪。

春草碧色
雪洗烧痕尽,春将碧色来。行人莫回首,渡口夕阳催。
春水绿波
春江波自绿,不染木兰舟。只与岸边草,依依添客愁。
送君南浦
田园有余乐,道路有余悲。留君不肯住,君去欲何之。
伤如之何
汉武事远征,征夫与家别。几人衣锦还,多为原上血。[①]

这四首诗中,前三首写送别之场景,冬去春来,春染草绿,春江碧波,夕阳西下,兰舟催发。田园之乐,道路之悲,却留君不住,行人还是要远别了。第四首补充远别的原因,天子点兵,征夫别家,恐怕一去便是死别了,一将功成万骨枯,有几人能够衣锦还乡呢?诀别之伤痛,在明媚春光映衬下更加深重,以草木无心无情反衬人之情深义重。

郭祥正的客观抒情类作品,多感物寄怀,借景抒情,有所兴寄。这些作品有的表达对王朝兴衰的感慨、对历史问题的质疑,反映出诗人进步的历史观;有的抒写个人理想,宣示征战沙场、建功立业的决心;还有的则较为消极,叹息个人命运,认为人生苦短应及时行乐。总之,在他的客观抒情诗中,诗人情感体验是丰富而多变的,这是其思想驳杂繁复的又一明证。

[①] (宋)郭祥正:《春草碧色》,《郭祥正集》卷26,孔凡礼点校,第425页。《春水绿波》《送君南浦》《伤如之何》,《郭祥正集》卷26,孔凡礼点校,第426页。

第五章　包罗万象：郭祥正生平经历及文学创作（下）

第一节　交游酬答类诗作

交游酬答类诗作，主要指诗人因人际交往互动的需要而创作的奉和、酬赠、唱和、赠答类诗歌，如寄赠、送别、宴饮等类别的诗作，或者歌功颂德、称赞对方，又或描绘风花雪月、无病呻吟，内容往往空洞无物。郭祥正诗集中也有大量这类作品，但是他的诗歌饱含深厚的思想情感和丰富的内容，如自我感怀、景物描绘、风土人情、友谊颂赞、文学理论等。根据作者创作意图，这类作品大致可以分为四种类型，以下分别论述。

一　送别

郭祥正的送别诗现存 101 首，此类诗歌在表达惜别之情以外，还蕴含着多种主题，如身世之恨、个人理想、怀乡之情、古今之叹、嘉勉后学、期许未来等；从内容上来看，除了在诗歌中嘉许友人才能，回顾相知相交过程之外，还加入时事政治、地方风物、风俗民情、历史典故、神话传说，扩大了送别诗的内涵。

他的送别对象有三种：1、升迁的友人；2、失意的友人；3、方外之人。根据送别对象的身份、与自己关系的亲疏，内容也有所差异。

这里着重讨论前两种,第三种放在宗教哲学思想中论述。

(一)初入仕途阶段:38岁之前的送别诗

初入仕途的郭祥正深受李白的影响,以安天下、济苍生为一己之志,功成身退是他的终极目标。由于祥正有着洒脱不羁之性格、热爱山水的本心,因此求仙隐逸成为他追求向往生活的途径。这一时期,他的送别诗一般包含两个方面的内容:一是赞誉友人;二是申述个人情志。从艺术特点来看,仙幻、隐逸色彩较为浓厚。以下面一首诗为例:

> 浪花卷雪秋风起,开帆日行三百里。问君此去安所之,佐邑南城风俗美。夫君才业真雄奇,四十青衫能养卑。世无孔子礼乐坏,君独勇起勤扶持。书成未遇聊自晒,暂向南城为吏隐。闲入麻源倾酒卮,仙家好景无忙时。瀑绡千丈挂苍壁,玉华万柄摇清池。常娥东来渡银汉,面面莹彻皆琉璃。谢公秀句发天籁,颜守老笔蟠蛟螭。高风凛凛尚可挹,鸟声不断哀猿啼。嗟予学道苦不早,壮岁形容已枯槁。闻说名山心即飞,一生愿向山中老。爱君逸兴何由攀,飘如孤鹤遗尘寰。若见麻姑与王远,寄我一粒黄金丹。①

此诗作于治平三年(1066),诗人32岁时,为送别好友杨蟠而作。诗的前半部分盛赞杨蟠在儒学领域中的成就,并称赞其虽身居下僚,仍然能够保持操守;接着安慰友人"书成未遇聊自晒,暂向南城为吏隐",无人赏识只是暂时的,权且"吏隐"一番;诗的后半部分便解释怎样"隐","闲入麻源倾酒卮,仙家好景无忙时",深入神仙洞府,畅饮美酒,欣赏仙家美景。"闻说名山心即飞,一生愿向山中老。爱君逸兴何由攀,飘如孤鹤遗尘寰。若见麻姑与王远,寄我一粒黄金丹","我"也向往神仙生活,可惜却如孤鹤一般,迷失在尘寰中,如果见到麻姑和王远,别忘记为"我"寄一粒金丹。诗中麻姑、

---

① (宋)郭祥正:《送杨主簿次公》,《郭祥正集》卷12,孔凡礼点校,第210页。

王远都是传说中的仙人，金丹也属仙家宝物，几处典故的使用，为全诗染上一层缥缈的仙幻色彩。

再如送梅尧臣的诗里，为了赞誉梅的诗歌才华，他说道："青风吹天云雾开，仙人骑马天上来。吟出人间见所不可见，常娥织女为之生嫌猜。织女断鹊桥，常娥闭月窟，从兹不放仙人回。一落人间五十有四岁"①，称梅尧臣为天上仙人下凡，才华出众，只是偶然落入人间生活了五十四年。在叙述自己归隐山林之愿望时，他也不忘将隐逸生活与仙人联系起来，"我亦归青山，白云相伴闲。若驾鸾凰赴瑶阙，先到临川与君别"②。

有的送别诗里体现出诗人对人生的体悟、命运的慨叹：

> 去年遇君陵阳峰，杜鹃声乱桃花红。佳人玉指按玉板，劝我一醉三百钟。醉来骑鲸赴瑶阙，不记当时与君别。溪上扁舟破雪归，楼前芳草还春发。白头太守重相遇，开樽大笑呼琼娥。向来十客七已去，唯与杜九闻清歌。歌声绕梁离思苦，听不得终泪如雨。回首茫茫天地中，聚散百年能几许。今朝此地重相逢，秋汉无云江月空。把酒与君须醉倒，已知后会皆衰翁。陵阳乐事那复得，官贱食贫身愈迫。击剑高吟非故乡，何时共作沧浪客。③

至和二年（1055），诗人21岁，送别挚友李常。对于友人的离别，他不胜唏嘘，"回首茫茫天地中，聚散百年能几许"，生命短暂，聚散能有几回？人生在世，不如意事十之八九，"陵阳乐事那复得"，欢乐时光总是短暂的。可叹自己"官贱食贫身愈迫"，盼望着能与好友摆脱命运束缚，和友人一起，"何时共作沧浪客"。

诗人还常常借送别表达希望为国君分忧、为人民解难的愿望，

---

① （宋）郭祥正：《送梅直讲圣俞》，《郭祥正集》卷12，孔凡礼点校，第208页。
② （宋）郭祥正：《送袁殿丞世弼》，《郭祥正集》卷12，孔凡礼点校，第209页。
③ （宋）郭祥正：《送李察推公择》，《郭祥正集》卷12，孔凡礼点校，第213页。

"噫吁巇,今我无匹马,安得从公游,尽书政绩表中州,献之明堂付太史,陛下请捐西顾忧"①,愿望实现,便功成身退。在诗人来看,所谓"功成",便是要青史记载姓名、凌烟阁留下影像,"回思昔人政事美,尽求形像堂中图。二十二人最豪杰,森森玉树临冰壶。前题姓名后书赞,文章仿佛窥典谟""南民遮道留不得,老幼挽缆相携扶。愿言早入天朝作丞相,调燮水旱苏寰区",受到百姓爱戴,名垂青史;"身退"就是离开朝堂,回归家乡,歌舞美酒相伴,"功成异日保身退,西江秋风熟鲈鱼。牦尾黄雀更珍绝,白糯酿美倾醍醐。醍醐一饮三百盏,琵琶啄木唤舞姝。舞姝十八如明珠,石榴殷裙蝉翼裾"②,尽情享受人间美酒,观赏美人歌舞,享受神仙般快活的日子。

（二）仕宦风波阶段:38—52岁时的送别诗

经历仕宦风波的诗人对人生、社会、命运、历史都进行了深度思考,在这一阶段的送别诗中,关注时事、感悟人生、叙志言怀、自伤命运成为主要内容。

> 鹗飞不在泥,决有青云趣。凤凰不妄出,恐为时所误。桓桓南都贤,幸遭明主顾。垂绅正手板,磊落奏治具。源流出无穷,胸胆豁以露。帝曰卿良哉,予僚汝之父。果见麒麟儿,腾骧蹈前步。擢为东宫允,往漕八州赋。予将观汝能,慎勿惮细故。揭来重湖南,君恩密宣布。拔才惟俊明,逐吏皆狡蠹。朝廷方更化,免役出金助。深沉详施为,委曲善告谕。有司绝诛求,比屋乐农务。贫富一以均,歌颂喧道路。七月新书成,入奏驰骏驭。君来万家春,君去秋色暮。清湘似君心,偏使丑影惧。何时到金阙,显用期必遇。成法无瑕疵,后效有程度。皇皇太上圣,赫赫师尹辅。大业日愈新,虚怀未尝饫。谏垣将峻陟,使节岂还付。却忆仁祖朝,天下复庠序。南都最为盛,万里英才聚。严严高平公,

---

① （宋）郭祥正：《蜀道难篇送别府尹吴龙图仲庶》,《郭祥正集》卷15,孔凡礼点校,第251页。
② （宋）郭祥正：《送吴龙图帅真定仲庶》,《郭祥正集》卷12,孔凡礼点校,第215—216页。

明堂真栋柱。尚书继踵来，两献仲舒疏。君家有大阮，敛缩未腾骞。名声晚乃达，霖雨今仍霁。信哉颜渊氏，必用孔子铸。邦家不乏才，社稷永盘固。伊予亦何人，不异置中兔。时命适大谬，与物竟多迕。卑栖邵陵幕，窃禄饱婴孺。不才甘委置，朽木费吹嘘。一朝逢知己，拔茅冀连茹。翻思刷羽翰，翩翩厕鸳鹭。不然弃已归，筑室幽闲处。吐纳元和津，万事不挂虑。韩子亦尝云，岂肯居沮洳。①

此诗作于熙宁五年（1072），熙宁变法正在如火如荼地进行中，郭祥正对革新运动是抱着支持和赞赏的态度的，并且以为自己生逢国家变革之际，正是可以施展抱负的好时候。祥正时年38岁，任职武冈，参与章惇经制梅山事，立下功劳，然而却不得封赏，因此对人生、命运产生抱怨，"伊予亦何人，不异置中兔。时命适大谬，与物竟多迕。卑栖邵陵幕，窃禄饱婴孺"，对自己遭人陷害、有功不赏的遭遇愤愤不平，自伤自悼，"跛鳖亦自知，中心冷如铁"②，但是却并没有放弃仕进之念，"不才甘委置，朽木费吹嘘。一朝逢知己，拔茅冀连茹。翻思刷羽翰，翩翩厕鸳鹭"，希望得到对方举荐。诗人以送别为题，大量笔墨用于溢美之词，但是诗中不乏对时政的关注，"朝廷方更化，免役出金助。深沉详施为，委曲善告谕。有司绝诛求，比屋乐农务。贫富一以均，歌颂喧道路"，虽然身居荒蛮偏僻之地，却仍然关注朝廷新法的实施情况，他的理想依然未变，"独善名易灭，兼济垂不朽"③。

（三）归隐青山阶段：52岁之后的送别诗

闽地冤狱之后，祥正对仕途已然失去兴趣，"君须陟台省，吾欲

---

① （宋）郭祥正：《送湖南运判蔡如晦赴阙》，《郭祥正集》辑佚卷2，孔凡礼点校，第537—538页。
② （宋）郭祥正：《送郑说道太博监内法酒库》，《郭祥正集》辑佚卷2，孔凡礼点校，第541页。
③ （宋）郭祥正：《高鸿送唐彦范司勋移苏守 公云自此乞分务矣》，《郭祥正集》辑佚卷2，孔凡礼点校，第540页。

隐松萝"①，他最大的愿望就是归隐家乡，因此这一阶段的送别诗多抒发对家乡的思念，"羡君先度岭"②，"自顾驽骀困，宁攀逸骥游。楚歌弹未彻，归思已难留"③。对于所送之人，祥正也总是以表达真挚的祝福为主，少了凄苦的自怜：

朝闻紫诏下龙楼，夕卷红旌别海陬。六路理财烦侍从，一门传节继风流。_{希鲁公尝以侍制领发运。}诗如老杜犹为达，策似刘贲稍见收。廊庙乏材终大用，愿均和气及岩幽。_{予已乞骸，将归旧庐。}④

虽为送别，全诗却不见离别感伤，而是充满对好友升迁的喜悦之情，"廊庙乏材终大用，愿均和气及岩幽"，从心底里为蒋之奇得到升迁而高兴。

联镳出梅山，倏然二十载。君常佐天府，我遂泛云海。音书鱼雁绝，梦寐想风采。高车忽来过，笑语珠璀璀。故交悉相忘，而君独不改。天王尧舜资，化柄付良宰。网罗收鸿鹄，台阁茂兰茝。君归必殊显，发策救民疼。形容入凌烟，丹青永无浼。使我观太平，白首甘冻馁。⑤

郭祥正随章惇经制梅山事发生在1072年，从前两句可以推断出此诗作于1092年。昔日一起参与梅山事的好友终于得以升迁，回到台阁，为天下百姓解除忧患。诗人真心为他高兴，祝愿友人有朝一日能够高名垂青史，影入凌烟阁。

---

① （宋）郭祥正：《寄东莞李宰宣德》，《郭祥正集》卷19，孔凡礼点校，第318页。
② （宋）郭祥正：《送象守贾正夫朝奉还台二首》其二，《郭祥正集》卷19，孔凡礼点校，第319页。
③ （宋）郭祥正：《即席和颖叔送别四韵》，《郭祥正集》卷19，孔凡礼点校，第318页。
④ （宋）郭祥正：《送颖叔待制拜六路都运之命》，《郭祥正集》卷22，孔凡礼点校，第372页。
⑤ （宋）郭祥正：《送胡子企大夫还台》，《郭祥正集》卷6，孔凡礼点校，第117—118页。

与此类似的还有《送倪敦复朝奉还台》《送黄彦发还台》《送喻明仲朝请还台》等，诗人看淡仕途之路，参悟人生命运，不再将他人的升迁和自己的不遇进行对比，诗歌中少了许多怨怼不平之气。

对于失意之友人、后辈，祥正通常肯定对方之才华，而后进行嘉许、鼓励、安慰：

> 炎风吹黄尘，去兴不可止。丈夫固有命，得失致悲喜。何当永相将，锡山酌泉水。①

诗人以长辈口吻劝说落第之外甥，人各有命，不需为命运而悲喜失当，最好的办法是归隐山林、莫问人事。这大约是诗人因自己的坎坷人生而有所感发，所送之人是自己的亲戚，且关系比较亲近（祥正幼年失怙，投奔嫁与临川沈遵的姐姐，沈济为沈遵之子），故用一己切肤之痛及平生感悟劝慰外甥。

> 一番黄纸集群材，南国儒英起草莱。至宝不逢知己鉴，束书重见下天来。壮心肯向明时屈，孤愤须临浊酒开。许有新诗令我听，夜堂还使鬼神哀。②

王安国与祥正相交，安国自幼聪明过人，才华出众，"王安国字平甫，安礼之弟也。幼敏悟，未尝从学，而文词天成。年十二，出所为诗、铭、论、赋数十篇示人，语皆警拔，遂以文章称于世，士大夫交口誉之"③，故此祥正以"至宝不逢知己鉴，束书重见下天来"来安慰安国，只是暂时未遇知己罢了，不必过于介怀，"你"的才情惊天地泣鬼神，一定要寄来新诗与"我"共赏。

祥正送别之作常以观景而兴起怀古之思、古今之叹，有时还记载

---

① （宋）郭祥正：《送甥沈济秀才下第南归》，《郭祥正集》卷6，孔凡礼点校，第117页。
② （宋）郭祥正：《王平甫下第南归》，《郭祥正集》卷24，孔凡礼点校，第391页。
③ （元）脱脱等：《宋史·王安国传》卷327，第10557页。

地方风物、风土人情：

> 春风动地吹春去，行人不肯江边住。片帆朝挂暮千里，烟雾苍茫宿何处。夫君少年日，射策明光宫。同时得意三百辈，上林曾醉桃花红。十余年间事超忽，几在青云几白骨。君虽未甚荣，亦足有余乐。存心不负圣与贤，何须画影凌烟阁。浔阳城楼古楼壮，邂逅相逢观溟涨。鱼龙奔走势莫分，却忆当时兵火愁杀人。至今战场无绿草，冤魂夜哭寒蟾老。临风沥酒一吊之，而我浮生何足道。聊为君行歌数声，青山截断江流平。晴云相对似能舞，野鸟好语如吹笙。却送闲愁付沧海，身虽离异心无改。若访蓬莱王母家，为攀琪树遥相待。①

前四句写景，实写春日浔阳江边渡口送别，接下来插叙写友人科场得意，少年才高，然而十余年过去，世事沧桑变化，有人平步青云，有人化作白骨。友人虽没有荣达显贵，但是能够安然享受生活乐趣，也是幸事；接着再次转入眼前送别之场景，登临城头古楼，眺望烟波浩渺的洞庭湖，诗人不由得兴起历史沧桑之叹，战争如此残酷，昔日战场仍旧寸草不生，"冤魂夜哭寒蟾老"。与这些冤死之人相比，"我"平生所经历之事微不足道。上面"君虽未甚荣，亦足有余乐。存心不负圣与贤，何须画影凌烟阁"几句，既是安慰友人，也是诗人自我宽慰，不必过于忧伤，欣然接受命运的安排吧；最后诗人将视角重新拉回到送别场景，为友人行歌饯别，"聊为君行歌数声，青山截断江流平。晴云相对似能舞，野鸟好语如吹笙。却送闲愁付沧海，身虽离异心无改。若访蓬莱王母家，为攀琪树遥相待"。与之相似的还有以下这首诗：

> 登姑苏，望五湖。范蠡扁舟竟何在，吴王宫殿惟荒墟。民贪

---

① （宋）郭祥正：《送姚太博歌行_{彦圣}》，《郭祥正集》卷2，孔凡礼点校，第38—39页。

吏狡郡多事，煮盐为盗无完庐。使君谁何好平恕，宽则脂韦猛则虎。只今卧治闻黄公，更得高才归幕府。愿令里巷歌《召南》，风化流行成乐土。昔年引对大明殿，国论轩轩动人主。往持使节临朔方，威霁秋霜爱春雨。玉上青蝇谁强指，鼻端白垩宁伤斧。升沉偶尔非吾嗟，不用东方且为鼠。岂闻绝代无佳人，何必西施妙歌舞。盛倾绿酒脍肥鲈，承诏还从大梁去。①

此诗开头紧扣题目，登上姑苏城，眺望五湖，回顾姑苏城之历史和兴衰变迁，范蠡驾着扁舟不知所终，吴王阖闾的宫殿只剩一片废墟。接着写姑苏地方风情，言其民贪婪、官吏狡诈。地方多事，煮盐为盗，经济落后，民不聊生。在列举种种困难之后，诗人转向对友人的期许，"只今卧治闻黄公，更得高才归幕府。愿令里巷歌《召南》，风化流行成乐土"；友人的能力是大家有目共睹的，顺势插叙友人的才华，"昔年引对大明殿，国论轩轩动人主。往持使节临朔方，威霁秋霜爱春雨"。最后祝福安慰朋友，偶然的升降黜陟不必嗟叹，总有一日会"承诏还从大梁去"。

祥正送别之作内容丰富多变，并非一味抒情，而是往往将写景、叙史、记事穿插在离愁别绪当中，借景抒情、记事写情、叙史寄情，感情真挚且有所凭依。创作技巧上，除了常见的比喻、夸张、想象、联想，诗人还好用赋体铺排，如"东南会府唯钱塘，高门双开南斗旁。门前碧瓦十万户，晓色满城烟雨香。圣祖神宗造区宇，应命最先吴越王。不经兵火二百载，地饶沃衍民康强。莲花红白西湖芳，南山翠影临沧浪。琼楼宝塔照日月，尘埃不到炎天凉。画船罗幕尽高卷，白玉美人游冶郎。年年中秋海潮过，万顷银山面前堕。少年轻命争弄潮，手掣红旗逆潮簸"②，铺陈记叙杭州景色、物产、风土人情，从西湖美景、南山翠影，到画船罗幕、游人如织，一派繁华胜景；钱塘大

---

① （宋）郭祥正：《姑苏行送胡唐臣奉议入幕》，《郭祥正集》卷2，孔凡礼点校，第38页。
② （宋）郭祥正：《钱塘行送别签判李太博献甫》，《郭祥正集》卷15，孔凡礼点校，第251—252页。

潮，少年弄潮之风俗，令人神往。诗人在描写这些地方风物、景色的同时谆谆叮嘱友人"四时风物同吟啸，十郡兵民归卷舒。公闲畜德聊自养，承平功业还吾儒。况君登朝未四十，慎勿出处穷欢娱。慎勿出处穷欢娱，临渊履冰佩琼琚"，告诫友人莫要被繁华迷惑，毁了前途，务必谨慎出处。二者过渡非常自然，毫无突兀之感。

二 宴饮奉呈

（一）宴饮之作

祥正才思敏捷，宴饮欢会之时，即兴赋诗，往往能够援笔立就，一气呵成。他本人对此也颇为自得，从《漳南王园乐全亭席上呈同游诸君坐客刘公曰有水一池有竹千竿可以赋诗浪士勇起索笔即其言缀成长调文不加点》这一题目来看，诗人对自己即席创作的作品十分自信：

> 乐全有水一池，有竹千竿。池通两潮信，竹密四时寒。引子黄鹂弄语，探鱼碧鸟忘还。复有佳宾命酌，水晶交错觥船。空中闻玉箫，王母想乘鸾。问君不醉当何适，百岁忧愁今夕欢。常娥痴妒埋冰盘，绛龙蜡泪倾不干。孰知大海腾波澜，自有人世藏仙源。刘公八十精神全，留子造古风义全，蔡阮名家文学全，王氏世医阴骘全，兀兀浪士天机全。乐全乎，且饮酒，独醒怀沙亦何有。①

此诗先歌咏乐全亭景色，继而转向对宴饮欢会场景的描写，接着写到参加宴会之人，由人之"乐全"点明"乐全"之意，最后抒发以酒消愁的愿望。虽为即席之作，但全诗结构精巧，由景色之美、宴饮之乐过渡到人生之乐全，自然流畅；语言韵散结合，三言、四言、五言、六言、七言交叉使用，既有散文之自由，也有诗歌之整饬，可见

---

① （宋）郭祥正：《漳南王园乐全亭席上呈同游诸君坐客刘公曰有水一池有竹千竿可以赋诗浪士勇起索笔即其言缀成长调文不加点》，《郭祥正集》卷9，孔凡礼点校，第178页。

诗人诗歌创作才能高妙。

同前面诗作相似,祥正宴饮之作多于欢饮之际兴起化外之思,思考感悟人生:

> 吾爱秋水阁,水影照采椽。莹碧不知极,定与银汉连。荷花十丈开,白藕想如船。双鹤时一鸣,寒霄下回旋。况复对羽客,岂异蓬莱仙。便当沽玉液,猛饮明月前。人生不嗜此,何物能逃年。请君倾醉耳,松风奏薰弦。身世能两忘,安用养浩然。梦觉事已殊,此道谁能全。驰驱冠剑徒,百岁犹倒悬。深深下于地,冥冥高出天。君语达已达,吾歌玄复玄。大笑问刘子,细穷秋水源。秋水源可到,更寄琳琅篇。[①]

诗人站在秋水阁上,向下俯视,碧水连天,一望无际,似与银河相接;莲花盛开,白藕似舟。向上仰望,一双白鹤在云霄之下飞舞回旋,鹤唳声声入耳。面对方外羽客、化境之景,诗人产生了"何物能逃年"的感悟,既然如此,便当及时行乐,纵酒放歌,学会"身世能两忘",以解除百年之忧患。又如诗人在辞官好友宴集时所作之诗,在记叙宴饮的欢乐场景之余,表达了辞官归隐的愿望,"古人今人乐如此,出处无瑕傲生死"[②]。

在另一首宴饮诗中,诗人传达出人生苦短,须及时行乐的思想:

> 陵阳三峰压千里,百尺危楼势相倚。海波不动蛟龙盘,叠玉无尘雪霜洗。溪光冷浸山光润,地接金陵古名郡。青猿啸断四五声,白鸟归飞两三阵。四时之景皆可观,六月来游肤发寒。有时下瞰北山雨,只道森森银竹竿。贤哉光禄余太守,昨引佳宾列樽酒。朝饮三百杯,暮吟三百首。不为阴惨严刑诛,长吐阳春活残

[①] (宋)郭祥正:《秋水阁席上呈颖叔原道》,《郭祥正集》卷3,孔凡礼点校,第61—62页。
[②] (宋)郭祥正:《合肥李天贶朝请招钟离公序中散吴渊卿长官泊予同饮家园怀疏阁》,《郭祥正集》卷13,孔凡礼点校,第236页。

朽。御史曾书治绩碑，州人尽祝灵椿寿。沉沉罗幕更漏稀，灯如撒星公醉归。丝簧前引后鼓鼙，珠履交错行迟迟。丈夫得意不为乐，借问百年能几时。[①]

此诗仍从写景入手，介绍双溪阁之地理位置：宣州城外，陵阳山边，高楼相依，金陵为邻。然后转向双溪之水、陵阳之山，溪水澄澈，水流湍急，山中青猿长啸，白鸟归飞，春夏秋冬四时皆有美景可观。继写此次宴会时间，"六月来游肤发寒"，山中之雨，恍若道道银色竹竿。由此可知，祥正写诗，构思严谨。明确了时间，夏日六月，正是多雨季节，因此后文写雨景便有了着落，作者之用心可见一斑。写景之后转入宴会主人，称颂余良肱为人贤能，政绩斐然，深受百姓拥戴。最后写宴会结束，主客尽兴，"沉沉罗幕更漏稀，灯如撒星公醉归。丝簧前引后鼓鼙，珠履交错行迟迟"，结尾转入低沉，曲终人散，欢乐的时光如此短暂，人生苦短，丈夫在世便应快意欢谑，及时行乐。

祥正之宴饮诗作常在描摹欢乐场景之后，引入对人生的思考，传递出欢乐背后隐藏着的悲哀，这大约与他本人怀才不遇的经历有关。还有一些宴饮之作只是记叙宾主欢愉场面，如《南安刘太守席上劝曾叔达酒》一诗，为劝酒之作，属于应酬范围，意义不大，这里不予论述。

(二) 奉呈之作

祥正奉呈之作多半即景抒怀，或叙史怀古，或记载山川风物，或保存地方传说，最后曲终奏雅，申明奉呈之意。

> 鹿入望夷秦欲灭，真剑先流白蛇血。尉佗椎髻尔何为，漫占海隅蛟蜃穴。祝融之符天下归，岂假陆生三寸舌。千金装橐未为多，更上高台拜尧阙。至今人说朝汉台，不知此地藏蒿莱。使君

[①] (宋) 郭祥正：《宣州双溪阁夜宴呈太守余光禄》，《郭祥正集》卷2，孔凡礼点校，第28页。

好事一登赏，譬若古鉴初磨开。香炉烟生石门晓，三山翠拥浮丘来。风松自作笙箫响，暮霞却卷旌旗回。长空无碍鸟无迹，人事宁须问今昔。琼浆且泛琉璃船，满眼夕阳留不得。登台何似登金门，烂吐文章侍君侧。愿公归作老姚崇，莫学江东穷李白。①

诗人首先叙史，回顾朝汉台之来历。秦灭汉兴，高祖遣陆贾劝说赵佗接受汉朝册封，赵佗成为首位南越王，他曾花费千金筑成朝汉台，然而数千年光阴过去，朝汉台下已是满地蒿草。下面转入登台后景色描写：夕阳之下，"香炉烟生石门晓，三山翠拥浮丘来。风松自作笙箫响，暮霞却卷旌旗回"，美景无限好，让人不禁发出"人事宁须问今昔"之感。最后诗人对友人寄予希望，登朝汉台不如登金门，不要放弃仕进之心，还须长侍君侧，异日当有所作为，不要像我一样穷愁困顿。再来看另外一首奉呈之作：

番禺城北越王台，登临下瞰何壮哉。三城连环铁为瓮，睥睨百世无倾摧。蕃坊翠塔卓椽笔，欲蘸河汉濡烟煤。沧溟忽见飓风作，雪山崩倒随惊雷。有时一碧渟万里，洗濯日月光明开。屯门钲铙杂大鼓，舶船接尾天南回。斛量珠玑若市米，担束犀象如肩柴。越王胡为易驯服，陆生辩与秦、仪偕。当时贡物竟何有，汉家宫殿今蒿莱。邦人每逢二月二，熙熙载酒倾城来。元戎广宴命宾客，即时海若收风霾。群心愈喜召和气，百伎尽入呈优俳。乐声珊珊送妙舞，春色盎盎浮樽罍。鬼奴金盘献羊炙，蔷薇瓶水倾诸怀。嗟余老钝已茅塞，坐视珠履惭追陪。青蝇何知附骥尾，伯乐底事矜驽骀。番禺虽盛公岂爱，亭亭自是岩廊材。千年故事写长句，指画造化回枯荄。昌黎气焰遂低缩，瓦砾未足当琼瑰。仙姿劝公莫妄想，元鼎久待调盐梅。②

---

① （宋）郭祥正：《朝汉台寄呈蒋帅待制》，《郭祥正集》卷8，孔凡礼点校，第164—165页。
② （宋）郭祥正：《广州越王台呈蒋帅待制》，《郭祥正集》卷8，孔凡礼点校，第162—163页。

全诗从番禺城（今广州）的地理位置、风景名胜写起，登临越王台向南俯瞰，番禺三城（中城、东城、西城）连环构筑，遥相呼应，似铁瓮一般坚固，百世不倾。前四句交代了番禺城之形势，下面铺叙城外大海壮观而变幻莫测的景象，"沧溟忽见飓风作，雪山崩倒随惊雷。有时一碧淳万里，洗濯日月光明开"，继而接入人文环境，"屯门钲铙杂大鼓，舳船接尾天南回。斛量珠玑若市米，担束犀象如肩柴"，番禺城经济繁荣，物产丰饶，盛产珍珠、犀角、象牙。面对现实之景，诗人又兴起历史兴亡之叹，"越王胡为易驯服，陆生辩与秦、仪偕。当时贡物竟何有，汉家宫殿今蒿莱"，当年陆贾说服赵佗归汉，其能言善辩不逊于苏秦、张仪，如今大汉王朝已然湮灭在历史长河中，昔日的宫殿早已变成废墟了。下面描绘此地风俗民情，每年农历二月二的庆典活动，场面盛大，"百伎尽入呈优俳。乐声珊珊送妙舞，春色盎盎浮樽罍。鬼奴金盘献羊炙，蔷薇瓶水倾诸怀"，民间百戏杂耍竞献，乐人舞姬轻歌曼舞；人民生活富足，官民同乐，可见邦民对地方官长之爱戴，侧面烘托蒋之奇的雄才伟略，为下文期许埋下伏笔。眼前盛景令诗人感喟不已，"嗟余老钝已茅塞，坐视珠履惭追陪。青蝇何知附骥尾，伯乐底事矜驽骀"，思及自身往日获罪，今日幸得友人大力提携，为酬谢知己，提出诤谏之言，"番禺虽盛公岂爱，亭亭自是岩廊材"，"仙姿劝公莫妄想，元鼎久待调盐梅"，莫要沉溺于此地之安乐，也不必渴望脱离世俗生活去追寻成仙，作为国家之栋梁，应当顾念国家，为国效力，方不负君之大材。

其他奉呈之作有《蒲涧奉呈蒋帅待制》《武溪深呈广帅蒋修撰》《九曜石奉呈同游蒋帅颖叔吴漕翼道》《鹄奔亭呈帅漕二公》《奉和安中尚书同漕宪登长干塔》，这些作品在祥正手中已经不只是造情之作，他改变了应制诗歌应景娱乐的单一功能，其所记之历史典故、风俗民情、传说故事扩大了诗歌内涵，具有保存民俗、经济史料之文献价值。

三 酬谢

郭祥正以"酬""谢"或"酬谢"为题的诗歌里，主要叙写对友人的慰问或馈赠之感激，除此以外，还有颂扬友人才能之作，如《酬魏炎秀才》"长篇赠我不可和，和声酸涩令人羞"①，以自谦口吻赞扬友人之诗才；《谢钟离中散惠草书》"丈人行草天下无，体兼众善精神俱"②，对朋友高超的书法才能大加赞扬。以《酬富仲容朝散见赠因以送之》为例：

> 牧之吟齐山，太白咏秋浦。至今三百年，光焰不埋土。我朝文愈甚，往往出前古。仲容生相门，璨然凤凰羽。作镇簿书闲，盈编金玉吐。牧之何足论，白也真尔汝。一朝解符归，暂泊采江浒。肩舆过蓬荜，高谈辰及午。洗我尘垢听，不觉欢欲舞。又如熟黄粱，连餐释饥苦。昔闻郑国公，片言戢狂虏。庙食配神宗，昭昭仲山甫。今逢族弟贤，家法中规矩。郎省宁淹回，往自结明主。不惟唐萧家，继踵登相府。请驱千里云，时作三日雨。③

富仲容，生平不可考，从文中"生相门""郑国公""族弟贤"几句来看，他应该是富弼子侄，与弼子绍庭为同辈，《宋史·富弼传》云："（弼子）绍庭字德先，性靖重，能守家法。"④此诗以杜牧《齐山》、李白《秋浦歌》在文学领域中散发出的光芒来衬托"我朝"文学成就超越古人。富仲容出身相门，"作镇簿书闲，盈编金玉吐"，出类拔萃，灿烂如凤凰之羽，其才华能压倒杜牧、李白。接着诗人转而写感谢富仲容的到访，祝愿他能与自己的父辈一样，"往自结明主""继踵登相府"。类似的还有《谢王左丞惠冰酒十五斗》，对王安礼在国家政治生活中的功绩和治国之才能予以充分肯定，"昔年廷争动丹陛，君臣道合趋升平"，同时也期望对方能够更有作为，为天下百姓谋取幸福，"愿公归去庙堂上，尽使斯民醉醇酿"⑤。

---

① （宋）郭祥正：《酬魏炎秀才》，《郭祥正集》卷10，孔凡礼点校，第195页。
② （宋）郭祥正：《谢钟离中散惠草书》，《郭祥正集》卷11，孔凡礼点校，第200页。
③ （宋）郭祥正：《酬富仲容朝散见赠因以送之》，《郭祥正集》卷6，孔凡礼点校，第120页。
④ （元）脱脱等：《宋史·富弼传》卷313，第10257页。
⑤ （宋）郭祥正：《谢王左丞惠冰酒十五斗》，《郭祥正集》卷13，孔凡礼点校，第234页。

有的诗感发个人心绪、人生感悟，如上文提到的《醉歌谢太平李倅自明除夜惠酒》一诗，既有对诸多历史人物的评价，也有诗人因史事而引发的人生感叹以及纵情美酒的快意，"不如饮酒醒复醉，抱瓮负锸渠无仇。沧海化为酒，蓬莱作糟丘。与君携手去，赤脚踏鳌头"①。此类诗歌在客观抒怀类诗歌中已有论述。

还有一些酬谢诗，或叙述客观事物、景物之历史，或兴起历史兴亡之叹。

> 李氏三世皆名书，古今笔法谁能如。澄心堂中蓄妙纸，敲冰捣楮惟恐粗。当时文物称第一，教敕往往亲涵濡。赫然真龙跃中国，僭逆甘就雷霆诛。论功行赏尽金玉，唯有此物多赢余。流传既久乃珍绝，一轴不换千明珠。乐安御史辄寄我，二十五轴无纤污。却疑织女秋夜醉，素段割裂天所须。又如美玉才出璞，莹采射目争阳乌。文章未到二王法，宝纸谩对明窗铺。廷珪煤麝铜雀瓦，气象犨兀尤相于。坐思厚贶欲为报，累旬安得论锱铢。况君才力似韩愈，尽当返赠诛奸谀。②

写澄心堂纸，重其历史背景。起首歌咏南唐李氏父子书法皆无人能及，接着转而歌咏宋朝军队占领南唐时，宝物都已经分赏群臣，唯有澄心堂纸流传民间，其制作工序复杂，千金难买。接下来转入主旨，感谢友人蒋之奇的馈赠，然后细致描绘纸的特点，说它像天上织女织出的白色绸缎；又似刚刚琢磨出来的美玉，光洁莹白。面对如此至宝，诗人自谦书法技艺不得二王真谛，不敢下笔，因此回赠蒋之奇并且给予期望，希望他能如韩愈一样直言进谏，诛灭邪佞。此诗本为答谢友人馈赠之作，作者却从物之历史背景写起，加重了全诗浓厚的历史沧桑感。这类作品在上文中已经论及，兹不赘述。

---

① （宋）郭祥正：《醉歌谢太平李倅自明除夜惠酒》，《郭祥正集》卷14，孔凡礼点校，第243页。

② （宋）郭祥正：《谢蒋颖叔惠澄心纸》，《郭祥正集》卷11，孔凡礼点校，第201页。

祥正还常在酬赠作品中抒发历史兴亡之叹：

> 我闻武夷山，乃是神仙府。灵舟插峭壁，异骨留深坞。有时风高月色静，天乐琤淙散天宇。飘飘秀气钟为人，往往声名迈前古。练君头角杰然奇，少年折桂登云梯。陆机才华恨羞涩，相如词调惭支离。青衫一命东城尉，能使斯民歌恺悌。鸾凤肯与鸡鹜争，万里云霄终自致。东城烟水秋茫茫，览古高吟应断肠。白蛇血溅赤龙剑，八千子弟同时亡。而今战处无青草，庙门斜掩狐狸老。群巫请雨摇镮刀，滴沥椒浆荐苹藻。力拔山兮安在哉，丹青壁画空尘埃。因君吟想不能已，孤雁一声山月颓。①

东城，即乌江县，"乌江县东北四十里，……本秦乌江亭，汉东城县地。项羽败于垓下，东走至乌江亭，舣船待羽处也。……今有庙，在县南三里"②。诗歌前半段为送别东城尉而作，多为美言夸饰之词。后半段转入咏史，回顾当年楚汉相争之时，项羽被刘邦围于垓下，八千江东子弟血战而亡，霸王自刎而死。当年血流遍野之处，如今寸草不生；为纪念项羽而建的庙宇废弃倾颓，成为野狐出没之地；群巫摇动着镮刀，贡献美酒却是为了请雨。人们已经忘记了这位能够拔山扛鼎的西楚霸王，墙上的壁画早已消失，空留一片尘埃。诗人禁不住为这位盖世英雄的不幸遭遇扼腕长叹。

还有一种用于交际目的的诗歌是题写之作，一般作于新居落成之时，以示恭贺，如《姑孰堂歌赠朱太守》《济源草堂歌赠傅钦之学士》《寄题洪州潘延之家园清逸楼》《蒋颖叔要予同赋平云阁》《寄题东城耿天骘归洁堂》《寄题陈生九华阁》等。无论是诗人亲自参观之后而作，还是并未亲临、仅靠想象完成的作品，这些作品的共同特点是先赞誉主人，接着写所题写之景物，结尾表示对主人之羡慕或者兴起归隐之思，与客观抒怀中借景抒怀类作品类似。

---

① （宋）郭祥正：《谢东城练尉》，《郭祥正集》卷 10，孔凡礼点校，第 191 页。
② （宋）乐史：《太平寰宇记》卷 124，"淮南道·和州府"，文渊阁四库全书本。

交游酬答之作在郭祥正手中不仅仅是人际交往的工具，其内容也并不只局限于酬谢往还、应制奉呈，而是包含了更加丰富多彩的风景名胜、地方风物、民俗风情、历史沧桑、古今之叹等内容的书写，加上多种写作手法的综合运用，大大提高了此类诗歌的观赏性和艺术性，实为上佳之作。

第二节 闲适生活类诗作

郭祥正一直向往闲适的隐逸生活，从 20 岁第一次辞官漫游开始，先后五次归隐，一生中隐居故乡时间近五十年。即使出仕期间，在仕途失意、遭受陷害之时，静谧的山林、美好的田园也成为他心灵的避风港。

他的闲适之作主要包括以下两个方面的内容：一是家居生活，田园之乐，生活闲情，艺术欣赏；二是山林之乐，壮游之乐。前者深受陶渊明诗风影响，后者则明显带有李白思想的痕迹。下面分别予以论述。

一 家居生活

祥正诗中描写的家居生活悠闲自得、生动有趣：

（一）田园之乐

　　田田时雨足，鞭牛务深耕。选种随土宜，播掷糯与粳。条桑去蠹枝，柔柔待春荣。春事不可缓，春鸟亦已鸣。（《田家四时四首》其一）

　　麻麦闻熟刈，蚕成缲莫迟。更看田中禾，莨莠时去之。幸此赤日长，农事岂敢违。愿言一岁稔，不受三冬饥。（《田家四时四首》其二）

　　开塍放余水，经霜谷将实。更犁原上畴，坎麦亦云毕。老叟

呼儿童,敲林收橡栗。乃知田家勤,卒岁无闲日。(《田家四时四首》其三)

田事今云休,官输亦已足。刈禾既盈囷,采薪又盈屋。牛羊各蕃衍,御冬多旨蓄。何以介眉寿,瓮中酒新熟。(《田家四时四首》其四)①

诗人带着愉悦的心情描写农家四时生活状态:其一描述春天播种、养蚕工作,一年之计在于春,春事是田家最重要的工作,"春事不可缓,春鸟亦已鸣";其二写夏日农忙场景,收获成熟的麻麦,剥茧缫丝,烈日下还要除去田中杂草,为了一年丰收、不忍饥挨饿,"农事岂敢违";其三记叙农家秋日工作,收获稻米,放掉田中之水,补种小麦,老人小孩忙着拾取橡栗,田家辛苦,一年到头没有空闲之日;其四写田事终于结束,赋税也已完毕,人们采薪修屋,以酒祝福。此组诗模拟《诗经·豳风·七月》,描写农民一年四季生产、生活状况,观察细致入微,可见诗人对田园生活的关注与热爱。

对归园田居的热爱使诗人格外关注农事,即使外出闲游,眼中也尽是田园风景:

淡沲城南路,参差柳绊烟。稻秧才一寸,蚕子始三眠。曲折藏花地,暄和载酒天。清江深有兴,只欲解归船。②

归家之后,诗人与家人团聚,享受天伦之乐:

瓮中有浊酒,畦中多美蔬。呼童起大网,更向溪中渔。鳞鳞得鲜鳞,斫脍选肥鲈。君生不能织,我生不能锄。儿孙无白丁,生理已有余。陶然共一醉,隙间驰白驹。倏忽各已死,体

---

① (宋)郭祥正:《田家四时四首》,《郭祥正集》卷3,孔凡礼点校,第48—49页。
② (宋)郭祥正:《城南》,《郭祥正集》卷17,孔凡礼点校,第276页。

化委虫蛆。①

此诗乃诗人与妻子闲居饮酒时有感而作，描绘了家居生活安乐幸福的场景。"瓮中有浊酒，畦中多美蔬"，诗人自酿美酒，亲手种菜，田园生活令他乐在其中。"呼童起大网，更向溪中渔。鱍鱍得鲜鳞，斫脍选肥鲈"，对捕鱼场面的生动刻画，更体现出诗人对田园家居生活的满足，虽然"君生不能织，我生不能锄"，但是"儿孙无白丁，生理已有余"，家中人丁兴旺，子孙光耀门楣，因此要"陶然共一醉，隙间驰白驹"，珍惜快乐时光，安享悠闲自得的田园生活。

（二）闲居之乐

归隐田园的生活给诗人带来无穷乐趣，他怡然自得，体验幽居耕读之闲适：

> 溪头守穷屋，白昼常静卧。唯闻鸟雀喧，岂有车马过。苔沿土阶绿，风尖纸窗破。遗编对古人，千载默相和。（《溪上闲居三首》其一）

> 爱此城南静，穷年守茅舍。无能聊自安，有智必趋诈。红蕖笑池面，白鹭时时下，呼儿补疏篱，选吉得天赦。（《溪上闲居三首》其二）

> 衡茅颇幽独，物景资所好。修篁清风来，远渚晓烟冒。才短难趋时，囊空不忧盗。静几无纤尘，焚香读真诰。（《溪上闲居三首》其三）②

从"选吉得天赦"一句可以看出此诗应是漳南获赦之后的作品。得到平反的诗人，心情异常平静，一个人幽居穷屋，不受俗世打扰。

---

① （宋）郭祥正：《与内饮有赠》，《郭祥正集》辑佚卷2，孔凡礼点校，第536页。
② （宋）郭祥正：《溪上闲居三首》，《郭祥正集》辑佚卷2，孔凡礼点校，第535页。

"唯闻鸟雀喧,岂有车马过"乃点化陶渊明"结庐在人境,而无车马喧"而来,"苔沿土阶绿,风尖纸窗破"两句不仅形象生动地描绘出所居之"茅舍穷屋",还进一步解释了"岂有车马过","土阶绿""纸窗破"透露出所居之处的简陋,青苔已经爬上了黄土台阶,显见很少有人走在上面,侧面说明过往之人稀少。诗人"遗编对古人,千载默相和",此中"古人"即陶渊明,诗人与陶渊明"默相和",心灵相通,去欣赏近处"红蕖笑池面,白鹭时时下",远方"修篁清风来,远渚晓烟冒"的美景。"才短难趋时,囊空不忧盗",乃诗人自嘲,因自己无才,与时不和,因而幽居于此;贫困潦倒,也不担心盗贼光顾,"无能聊自安,有智必趋诈",于是静下心来"焚香读真诰",陶渊明无疑成了诗人的最佳模仿对象:

> 君欲效陶潜,超然异今趣。闲斋即吾庐,欣欣同所慕。潜鱼不群游,栖鸟不返顾。无意亦无我,何思复何虑。遂超羲皇上,日夕自休裕。百年能几何,不知岁云暮。终当随白云,悠悠此山去。①

舒适安逸的闲居生活令诗人心情愉快,忘记了世间功名利禄,用一颗童心去发现生活中的美:

> 谁云月无情,那知月有情。我住月亦住,君行月亦行。致此一壶酒,都忘千岁名。胸中各有月,莫遣暗云生。②

诗人邀客饮酒,酒酣微醺,突然发现"我住月亦住,君行月亦行"的现象,如同小孩子初次看到月亮一般,充满天真童趣。清明踏青,出城闲游,他也能欣赏"篮舆投晓出重城,桃李无言似有情。淡白轻红能几日,可怜吹洗过清明"③的美景,感叹春光美好,而春日短暂。

---

① (宋)郭祥正:《和陈掾效陶斋》,《郭祥正集》卷6,孔凡礼点校,第129页。
② (宋)郭祥正:《对酒爱月示客》,《郭祥正集》卷4,孔凡礼点校,第78页。
③ (宋)郭祥正:《出城》,《郭祥正集》卷29,孔凡礼点校,第480页。

（三）生活闲趣

郭祥正还创作了一些生动有趣的描写日常琐事的诗歌，通过对生活中常见事物的摹写来表达对生活的热爱，如写品茗之乐的《元舆试北苑新茗》、饮食之乐的《谢元舆送鲜鲤煮酒》等。下面以写食笋之乐的两首诗为例：

> 苍崖长龙孙，头角露已甚。呼丁恣庖割，移榻就浓荫。恍疑羽林枪，罗列在紫禁。余鞭横瘦蛇，密箨若绅纤。亭亭风势匀，节节泉脉沁。藩垣谨藏护，宁使暴客闯。烹调众云美，剪伐吾亦任。绕齿嚼冰澌，毛发寒以溓。[闲]心本猿鸟，世味嗟毒鸩。野逸谁所怜，愁思肠胃渗。诗才君独勇，辩舌予久噤。酒行且莫辞，醉胆沧溟浸。况逢尧舜治，面内来左衽。熙熙冠盖游，落落饱食饮。鸾凤自横飞，燕雀蒙广荫。徘徊食笋谣，明发扁舟赁。（《同阮时中秀才食笋二首》其一）

> 予生本无羁，谬为兹县尹。日长公事余，佳客车接轸。入林安所食，烹庖就肥笋。森森苍龙孙，头角遭束窘。金刀仆争割，紫箨手亲陨。草火尤相宜，狼藉亦残忍。聊为一饷乐，得酒辄满引。喧呼棋屡胜，惨淡诗不敏。予腹既便便，从君莞而哂。（《同阮时中秀才食笋二首》其二）①

此二诗记叙诗人同友人食笋之事。这本是日常生活中极为平常的一件小事，诗人却能从寻常中发现不平常，发掘生活旨趣，可见其热爱生活的本心。"日长公事余，佳客车接轸。入林安所食，烹庖就肥笋"，处理日常公务之余，诗人与朋友一起悠游山林，"金刀仆争割，紫箨手亲陨""烹调众云美，剪伐吾亦任"，他亲自动手割笋、剥笋，体验劳作乐趣，与众人"酒行且莫辞，醉胆沧溟浸""聊为一饷乐，

---

① （宋）郭祥正：《同阮时中秀才食笋二首》，《郭祥正集》卷3，孔凡礼点校，第51—52页。"闲"字，原书缺，据文渊阁四库全书本《青山集》补。

得酒辄满引"，纵情欢谑。诗中对竹笋的描摹十分细致，"苍崖长龙孙，头角露已甚。呼丁恣庖割，移榻就浓荫。恍疑羽林枪，罗列在紫禁。余鞭横瘦蛇，密箨若纫纤"，若非真心热爱生活之人，怎能如此细心观察一件普通事物？诗人真正醉心于这种悠闲自得的生活状态，悉心体验其中之趣味。

生活闲趣还体现在诗人对生活中美好事物的客观描绘上，他善于抓住事物的主要特征进行刻画，用细腻的笔触凸显个人对人生和生活的感悟：

> 三月金张启仙馆，百种名花此尤罕。昭君晓怯胡地寒，太真昼卧华清暖。梦为庄叟蝴蝶狂，散作襄王云雨短。莫笑空山芝与兰，冷艳不随金剪断。①

诗中没有正面描写牡丹形态，而是大量使用典故来衬托牡丹之美艳，诗人以王昭君、杨玉环来比喻牡丹雍容、娇艳的柔弱之美。结尾点明，芝兰生长于空山幽谷，人迹罕至，不为人知，不如牡丹那样华贵艳丽，受人瞩目，但是却不需担心自己因美丽而被金剪剪下。诗人借牡丹之美来比喻人之才华，被人欣赏固然是好事，但是却也须担心摧折之难。

再来看郭祥正的赏梅诗：

> 闻说观梅借烛光，今宵为我更开觞。月来枝上冰生艳，风过梢头玉有香。羌笛几声传旧曲，菱花一夜照繁妆。坐中老杜凌何逊，索酒题诗思欲狂。（《和倪敦复观梅三首》其一）

> 江月江梅斗冷光，就梅临月举瑶觞。素娥未许风摇影，青帝宁容蝶采香。迢递一声羌调怨，轻盈千点玉人妆。出尘标格情多

---

① （宋）郭祥正：《牡丹吟》，《郭祥正集》卷16，孔凡礼点校，第265页。

少，东阁曾令杜甫狂。(《和倪敦复观梅三首》其二)

月压江梅似雪光，使君要我共飞觞。不饶桂树轮中影，独占霜娥鉴里香。信报春来先众卉，恨随人去入残妆。孔融爱客君能似，席上应容处士狂。(《和倪敦复观梅三首》其三)①

此三首诗写江边月下观梅所见。其一写月下梅花之香，皎洁的月光洒落人间，梅树仿佛覆盖上一层银白色的薄冰，忽然之间，清风吹过，枝上传来阵阵清香，好似枝上的薄冰开出了美丽的花朵。其二写月下梅花之色，月光、江水映衬之下，梅树上洁白的花朵发出淡淡的冷光，高洁出尘。其三是对前面两首的总结，写梅花之香不让桂树，梅之高格因其不畏严寒。

三首之后，诗人，意犹未尽再次和诗两首：

江梅千片惜离披，更向风前把一卮。冷艳不辞今日舞，清香还是隔年期。客经易水忘归处，云倚巫山欲散时。安得不吟仍不饮，满头华发拟何为。(《又同赏落梅二首》其一)

谁惜东园玉树空，且携樽酒与君同。盈盈素艳辞寒萼，泪泪余香散晓风。已许冰霜分我莹，尽饶桃杏向人红。能诗自有倪夫子，何必滁阳觅醉翁。(《又同赏落梅二首》其二)②

两首诗描绘了清洌的月光下，清风吹拂、梅花飘落、暗香浮动的美景。其一使用两个典故，荆轲易水告别，一去不返；巫山白云易散，让人空留遗憾，来寄托世间美好的事物总是很容易失去，因此应该及时行乐。其二盛赞梅花不畏冰雪，不与桃杏争艳，悄然绽放，品性高洁，而自己的友人文采精绝，堪比六一居士欧阳公，可以将这美景在

---

① (宋) 郭祥正：《和倪敦复观梅三首》，《郭祥正集》卷23，孔凡礼点校，第378—379页。
② (宋) 郭祥正：《又同赏落梅二首》，《郭祥正集》卷23，孔凡礼点校，第379页。

诗歌中尽情抒写。

祥正对生活的热爱还表现在他乐于和各处民众相处，熟知风土人情，积极参与各种有趣的游乐活动：

> 竞渡传风俗，旁观亦壮哉。棹争飞鸟疾，标夺彩龙回。江影浑翻锦，歌声远震雷。轻生一饷乐，时序密相催。①

龙舟竞渡原为楚地习俗，后来逐渐扩展到其他地区。"五月五日竞渡，俗为屈原投汨罗日，伤其死所，并命舟楫以拯之，舸舟取其轻利，谓之'飞凫'。"②此诗描写了竞渡惊险刺激、声势浩大的壮观场面，"棹争飞鸟疾，标夺彩龙回。江影浑翻锦，歌声远震雷"，一条条龙舟如飞鸟般在水面疾驰，争夺锦标。江面上彩龙翻滚，歌声如同震雷。欢乐的场面很快就会结束，诗人劝诫众人，贪欢享乐之后，莫要忘记岁月相催。

与此类似的还有诗人听闻友人结彩舟游湖而所作之诗：

> 湖波渺渺浸残春，东郭开筵迥不群。闻结彩舟撑碧落，更携箫鼓度青云。自怜玉海终无敌，却忆琼浆竟未分。伯育先寄诗，有"与君分两石"之语。珠履难陪空怅望，且凭诗句张吾军。（《闻陈伯育结彩舟作乐游湖戏寄三首》其一）

> 东陈风义旧传闻，雕鹗鸾凤果逸群。青竹题诗才倚马，画船捶鼓气凌云。赏心自向明时得，乐事应容下客分。敌饮会须翻玉海，背河决胜看齐军。（《闻陈伯育结彩舟作乐游湖戏寄三首》其二）

> 临漳多士冠南闽，况复高才更出群。笔下文章翻锦绣，坐中谈笑领风云。美名合预青钱选，邪党今从白眼分。闻欲高亭张雅宴，

---

① （宋）郭祥正：《竞渡》，《郭祥正集》卷17，孔凡礼点校，第281页。
② （宋）李昉：《太平御览》卷31，四部丛刊本。

寂寥应悯旧将军。(《闻陈伯育结彩舟作乐游湖戏寄三首》其三)①

诗人听闻好友结彩舟作乐游湖,便写下三首诗来记叙此事,虽未能亲自参与这次活动,但诗人展开了丰富的联想和想象,叙写了游湖活动的盛大场面,"闻结彩舟撑碧落,更携箫鼓度青云""画船捶鼓气凌云",彩舟画舫上鼓乐喧天,声震云霄,主人大开筵宴,热情招待四方宾客,大家酒助诗兴,"敌饮会须翻玉海,背河决胜看齐军",宾主尽欢。"我"虽然"自怜玉海终无敌,却忆琼浆竟未分",只能"珠履难陪空怅望,且凭诗句张吾军",不能参与这次盛会,万分遗憾。

祥正对人生的感悟有时充满了幽默感,这种幽默感是其人生经历和生活经验的总结,他作了一首《老人十拗诗》:

> 不记近事记得远事,不能近视能远视,哭无泪笑有泪,夜不睡日睡,不肯坐多好行,不肯食软要食硬,儿子不惜惜孙子,大事不问碎事絮,少饮酒多饮茶,暖不出寒即出。②

全诗如叙家常,将人生步入老年之后的日常生活状态和心理活动描写得十分逼真生动。人到老年,记忆力减退,日常近期发生的事记不住,却喜欢回忆过去;眼睛昏花,只能看清远处,看不到近处;一笑眼泪便流出,哭时反倒不见泪;日夜颠倒,白昼嗜睡,夜里清醒;腿脚不便,却不愿长坐,反而喜欢走路;牙齿脱落,偏偏要吃硬的东西;不爱儿子,却溺爱孙子;不问大事,只絮叨琐事;好茶不好酒;暖和的时候不肯出门,寒冷的时候偏要出门。总之,老人都是十分固执的,凡事喜欢违背自然规律,往往做出幼稚的举动。

祥正是如此热爱生活,以至邻里之间的矛盾冲突都能以一种风趣含蓄的方式化解:

---

① (宋)郭祥正:《闻陈伯育结彩舟作乐游湖戏寄三首》,《郭祥正集》卷21,孔凡礼点校,第343页。
② (宋)周必大:《二老堂诗话》,载(清)何文焕辑《历代诗话》,第666页。

> 丑女不知丑，终朝事涂抹。恶鸟不知恶，彻夜鸣聒聒。有客示我诗，一读冠缨绝。不知夜吟苦，肝肺亦辘轳。呕心良可怜，妨睡未忍喝。慎勿轻恶诗，恶诗非易得。①

诗人虽被邻居夜吟恶诗搅扰得痛苦难寐，却仍然同情其作诗辛苦、呕心沥血、肝肺纠结，可见郭祥正为人风趣，极富同情心，颇能体会理解他人的不易。

二 笑傲山林

（一）山居之乐

山居之乐也是祥正闲适诗着意表达的内容之一，笑傲山林的生活对他充满了诱惑：

> 风萧萧兮云霭霭，泉淙淙兮石皑皑。禽惊人兮远飞去以复还，客醉其间兮殊不知为冠带。发披衣颓以自顾兮，谁为吾仇。山花为我一笑兮，山草为我以忘忧。嗟世人之愚兮，竟营营以何求。求百年之宠荣兮，取万世之奴囚。怵谗舌之甚兮，尚毁孔而谤周。咄何得而何失兮，孰为马而为牛。歌数作兮饮未休，石骇以走兮泉凝而不流。起挽石以道泉兮，尔何我尤。吾将去乎世兮，结尔以长年之游。②

山中美景令诗人神往，白云霭霭，清风吹拂，甘泉淙淙，岩石错落，静谧和美的山景使诗人从"怵谗舌之甚兮"的忧惧中解脱出来，徜徉山水之间，放下世间荣宠声名，遗世独立。诗人酷爱山居生活，留心观察山中昼夜、四季的不同景色：

---

① （宋）郭祥正：《邻壁诗至恶而终夜甚苦》，载汤华泉《新见宋十二名家诗辑录》，《阜阳师范学院学报》（社会科学版）2007年第1期。

② （宋）郭祥正：《山中》，《郭祥正集》卷1，孔凡礼点校，第3页。

晓

柴门晓初启,晴岚堆远峰。不知何处鹤,踏折一枝松。

夜

夜阑窗户闭,《黄庭》看未终。西岩一声虎,四壁生清风。

春

自扫松间叶,冰霜一半开。碧桃花未发,停待漉香醅。

夏

永日琴为伴,前村酒可沽。松阴拣盘石,赤脚踏冰壶。

秋

有酒看云饮,无书寄雁回。数蛩鸣败草,一叶落苍苔。

冬

黄昏鸟飞绝,夜半猿啼切。纸帐寒不眠,开门见猛雪。①

清晨推开屋门,晴朗的天空下,远处山峰白云缭绕,忽然听到一声脆响,原来不知何处一只仙鹤踏断了松枝。夜色阑珊,窗下研读《黄庭经》,一声虎啸传来,惊得诗人放下手中之书,只觉得四处都是虎啸风吟。春季冰皮初解,碧桃将开,诗人坐在亭中过滤新酿之美酒。夏日有琴相伴,消磨漫长的白昼。前村有美酒,可以买来一醉。坐在松荫下的盘石上,如同赤着双脚踩在冰壶上,炎热顿消。秋季天高云淡,北雁南飞,叶落青苔之上,虫鸣衰草之中。冬季黄昏群鸟绝迹,夜半猿猴哀啼,屋内卧帐如纸,难以抵御寒风,诗人辗转反侧无法入睡,索性披衣推门而出,发现屋外已是漫天狂舞的雪。山居生活虽然孤寂且环境简陋,却少了人间种种烦恼,因此是诗人所向往的。

与此类似的诗还有《予家小山四首》,诗人将自家附近的小山当作了家园的一部分,工笔细绘旭日初升时的景象,"苍翠正含烟雾湿,一峰先占太阳红"(《晓》),青翠的群山笼罩在缥缈如烟的晨雾中,一轮红日跃上山头;大雨飘落时,"林林银竹注潺湲,迸玉跳珠乱鏊间"

---

① (宋)郭祥正:《山居绝句六首》,《郭祥正集》卷26,孔凡礼点校,第424—425页。

（《雨》），雨水从天而降，宛如竿竿银色的竹子，汇入千沟万壑，仿佛溅玉迸珠；明月笼罩下，"小山凝望月明间，天与金银作小山"（《月》），月下山川镀上了一层皎洁的月光，好似天用金银做成了群山；白雪皑皑时，"皎皎群峰照画栏，深深岩窦逼人寒"（《雪》）①，群峰如画，岩洞深寒。不同时间小山之上景致都很动人，诗人喜悦之情溢于言表。

（二）壮游之乐

祥正爱好登临游览、纵情山水，体验山水之乐，他初入仕途便开始壮游祖国大好河山。他游宣城，会梅尧臣于昭亭山；十年隐居，遍游家乡附近名山大川、人文景观，写下《忆敬亭山作》《石门》《郎官湖》《洞庭阻风》《濡须山头亭子》《安中尚书见招同诸公登雨华台》《和敦复留题池州弄水亭》等登临游览之作。此后出任地方官期间，他每到一处定然遍览当地名胜古迹：桐乡为官时，他登凌歊台、白纻山；汀、漳为官时登啸台，游高明轩、临漳亭；端州任上，登英州烟雨楼、鹄奔亭，赏轮石，游五羊城、碧落洞，登九曜石，写下《石室游》《石室后游》；还乡途中过清远峡，题广庆寺壁。隐居青山之后，他也常常漫游各地，如再次造访庐山，作《望庐山怀陶渊明》一诗，到杭州拜访友人，写下《和杨公济钱塘西湖百题》，描绘西湖名胜风景。诗人的身影遍及两广、闽浙、两湖、中原地区，他在四处漫游过程中，欣赏自然和人文之美，体验快意人生。

祥正游览过程中所作之诗在前面章节中已有详细论述，这里仅举一例略作说明：

> 缥缈朱楼浮绛烟，弥漫碧酒汛金船。琼花满树春长在，知是人间换几年。（《太平天庆观题壁五首》其一）

> 琳宫缓步独移时，世事纷纷不复知。且看满庭松上雨，碧瑶

---

① （宋）郭祥正：《予家小山四首》，《郭祥正集》卷29，孔凡礼点校，第494页。

幢节覆青丝。(《太平天庆观题壁五首》其二)

一枰棋散复持杯,却绕长廊步懒回。且看满庭松下月,断金斜玉间苍苔。(《太平天庆观题壁五首》其三)

风吹云雨霁,入门松桧香。何处有烦暑,心官自清凉。(《太平天庆观题壁五首》其四)

听君弹《别鹤》,《别鹤》怨离索。何以动乾坤,六月秋霜落。(《太平天庆观题壁五首》其五)[1]

此组诗乃祥正过贵池,游览天庆观之后有感而作。其一写初到天庆观的感受,诗人来到天庆观中,看到香烟缥缈,殿阁重楼若隐若现,恍如神仙幻境。满树琼花怒放,昭示着旺盛的生命力,仿佛春天常驻于此。他不禁感慨,人间已是几度沧桑了,此间却看不到时间流逝,与白居易"长恨春归无觅处,不知转入此中来"[2]异曲同工。其二、其三写诗人游览天庆观的所见所想,"且看满庭松上雨,碧瑶幢节覆青丝""且看满庭松下月,断金斜玉间苍苔",在这样幽静的环境里,自然是"却绕长廊步懒回""世事纷纷不复知",一入此间,便觉烦暑顿消、心宫清凉。听君弹起《别鹤》之曲,音调萧索悲凉,天地为之动容,六月便降下秋霜。

三 艺术欣赏

郭祥正不仅是一个出色的诗人,除了文学天赋之外,他对绘画、书法等艺术形式都有着独特而敏锐的感受力,欣赏各种艺术精品也成为其日常生活中不可缺少的重要活动之一。他曾经创作了许多品鉴绘

---

[1] (宋)郭祥正:《太平天庆观题壁五首》,《郭祥正集》卷28,孔凡礼点校,第469—470页。

[2] (唐)白居易:《大林寺桃花》,《白氏长庆集》卷16,四部丛刊本。

画、书法、诗歌的评论性诗歌，如《观怡亭序铭》《魏中舍家藏王摩诘海风图》《王元当家藏钟隐画三害图》《李公择学士出示胡九龄归牧图》《观柳殿丞家藏竹柏图》《同蔡持正长官观齐景茜虞部家藏远祖成公监修国史诰》《谢冲雅上人惠草书》《谢余干陆宰惠李廷圭墨》等，这里仅选其中一首予以分析，其他研究详见郭祥正文艺思想。

> 有唐三百年，绝出阳冰篆。最怜《怡亭序》，笔画兼众善。磨崖深云间，人迹到应鲜。亦如大君子，隐晦久而显。裂素印麝煤，字字未讹舛。冰冻垂瓦石，犀尖利刀剸。连环不可解，虬尾勇自卷。谁云模以刻，曾是玉工碾。铭辞志尤宏，云翼待风展。琳琅谐八音，雅重参二典。英豪逢一时，江山供广宴。遗踪逐飞鸟，旧址没榛藓。良朋信稀遇，古兴浩难遣。吾宋垂百年，教化固非浅。人人擅文翰，比唐殊媚软。作诗聊自警，中道尚可勉。①

祥正善书法，对书法艺术具有独到的鉴赏力，他最为欣赏李阳冰的篆书，此诗即为对阳冰书法所作的艺术点评。全诗可分为两个层次，第一层从"有唐三百年"到"江山供广宴"，叙述阳冰《怡亭序》之作，笔画博采众家之长，乃绝世之珍，"裂素印麝煤，字字未讹舛。冰冻垂瓦石，犀尖利刀剸。连环不可解，虬尾勇自卷"，然而因镌刻在摩崖深处，不为世人所知。接着诗人从文学鉴赏角度评价此序之价值，"铭辞志尤宏，云翼待风展。琳琅谐八音，雅重参二典"；第二层转入古今对比，当年怡亭"英豪逢一时，江山供广宴。遗踪逐飞鸟，旧址没榛藓"的盛大场面已经消逝，如今只剩土丘旧址埋没于荒烟蔓草之间，"良朋信稀遇，古兴浩难遣"，反观我大宋王朝，百年盛世，重视教化，人人擅长文辞，与唐代相比，却多了一份软媚之气。

祥正创作的闲适生活类作品将日常生活里遨游山林、耕读田园之乐刻画得生动且细腻，一些描写家居闲趣的诗歌充满生活气息。这些

---

① （宋）郭祥正：《观怡亭序铭》，《郭祥正集》卷4，孔凡礼点校，第68—69页。

诗歌作品在风格上秉承陶渊明田园诗一脉，显示出其创作中雅致精细的一面。

第三节 民生社会类诗作

作为地方官员的郭祥正对民生社会非常关注，他为官一方，总是心系百姓安危、关心民间疾苦，这类作品可以体现出他悲天悯人之情怀。

一 自然灾害

自然灾害威力巨大，常常给人民生命财产带来极大危害，祥正常常在诗歌中描述各种天灾造成的严重后果，寄寓对劳动人民的深切同情与关注。

1. 风灾

> 一鸟忽惊鸣，众鸟高下噪。飘风自南至，汹汹结阴瀑。须臾江涛翻，石裂巨木倒。禾麻安更论，畦陇潆若扫。苍天本好仁，孰使风伯暴。有叟重咨嗟，吾年行已耄。此风未尝见，神理所诫告。我因谕彼侬，天地广覆帱。噫气亦偶然，何必泥应报。掉头不我顾，植杖复悲悼。①

全诗描写了一次风暴给农业生产活动带来的巨大灾难。飞鸟首先感知风暴即将来临，惊慌失措，高下飞舞，发出阵阵尖叫。忽然之间，大风气势汹汹从南而来，片刻之后江涛滚滚，在如此狂风之下，石裂树倒，更遑论地里的庄稼，"禾麻安更论，畦陇潆若扫"。面对如此惨状，诗人向天呼告，上苍本应具有仁爱之心，因何让风伯肆虐人间？下面转入和一位老翁的对话，借他人之口侧面说明风灾之危害，"此

---

① （宋）郭祥正:《大风》,《郭祥正集》卷4，孔凡礼点校，第73页。

风未尝见,神理所诫告""植杖复悲悼",老翁认为这次风暴一定是上天给人们的警告。诗人对此说不以为然,刮风只是偶然之事,何必牵强附会说是因果报应?祥正明确反对鬼神之说,反映出诗人理性求实的唯物主义精神。

2. 旱灾

旱灾对农业生产同样具有难以估量的破坏力。

> 不雨九十日,火气流郊郭。空山渴虎兕,涸泥困龙鱼。农事固骚屑,令人但长吁。渺思真宰意,反覆竟何如。去岁百川溢,田园变江湖。南民遂乏食,十九弃路衢。那闻今秋旱,性命当无余。祀龙稽往法,击鼓烦群巫。殷殷百里雷,奋自东南隅。阴云随电合,密雨应时须。驰驱苍黄际,惨淡气色苏。登楼注远目,百忧聊涤除。银浪彻平地,玉绳迷太虚。日月洗尘垒,山川改焦枯。法宫朝大舜,冠珮皆鸿儒。况当礼乐新,百灵共持扶。和气自兹肇,风雨安敢逾。欲传千岁音,咏言愧藦芫。①

此诗前半写持续了三个月的旱灾所造成的凄凉景象,"不雨九十日,火气流郊郭。空山渴虎兕,涸泥困龙鱼",诗人有感于此,发出"农事固骚屑,令人但长吁"的叹惋。回想去年,水溢百川,园田变成泽国,人民饿死十之八九,尸横遍野,哪里想到今年却是大旱,炎热缺水,人们恐怕都要丧失性命了。诗的后半描写了一场及时雨,缓解了旱情,给人民带来生的希望。

旱灾威力不可小觑,祥正在《祀南岳喜雨呈李倅元吉》一诗中描写了盛夏一场旱灾给湖南地区造成的严重灾难,"六月赤日方炎炎,云不行天龙遁潜。阴阳失职帝怒赫,地下万物遭炮焊。农夫争陂数斗死,驱沙掷土唯飞廉"②,炎炎夏日,艳阳高照,天空中不见一丝云彩,大

---

① (宋)郭祥正:《观雨》,《郭祥正集》卷4,孔凡礼点校,第74页。
② (宋)郭祥正:《祀南岳喜雨呈李倅元吉》,《郭祥正集》卷9,孔凡礼点校,第174页。

地万物恍若遭到烈火炙烤一般。人们为了争夺有限的陂塘，互相争斗而死，狂风卷着砂石到处乱走，旱灾令人们惶恐不安，却又毫无解决之法，只能寄希望于祭祀上苍，求得怜悯，降下甘霖，"湖南本钱二十有四万，岁望何以安黎黔。府官惶惶使台恐，祀坛祷岳惟精严"。

诗人对旱灾之威力有着清醒的认识，因此他对及时雨有着特殊的情感：

> 阴云海上来，飘风亦随至。填空翻猛雨，溢溜迸平地。岂惟滋稼穑，高视扫瘴疠。群山各藏晦，万壑恣吞噬。蚊蝇暂驱除，草木起憔悴。榕枝碧胜染，荔子红欲坠。呼儿索杯盘，四体袭凉气。丰年固有兆，此雨信嘉瑞。一人尧舜圣，三公夔卨备。阴阳兹调和，乐饮真吾事。①

从"阴云海上来"和"高视扫瘴疠"两句来看，此诗大约作于诗人居留汀、漳期间。一场及时雨的到来，解决了诸多问题，"岂惟滋稼穑，高视扫瘴疠""蚊蝇暂驱除，草木起憔悴。榕枝碧胜染，荔子红欲坠"，雨水润泽庄稼，涤除瘴疠之气，驱走蚊虫，草木焕发生机，榕树碧绿如洗，荔枝鲜红欲坠。诗人心中充溢着满满的喜悦，"呼儿索杯盘，四体袭凉气。丰年固有兆，此雨信嘉瑞"。

3. 水患

祥正笔下描写最多的是水患之害。

> 元丰五年秋，七月十九日。猛风终夜发，拔木坏庐室。须臾海涛翻，倒注九溪溢。湍流崩重城，万户竞仓卒。马牛岂复辨，涯渚恍已失。婴老相携扶，回首但悽慄。忧心漫如焚，救疹竟无术。忆昨摄印初，岁望颇云吉。田畴时雨足，粳糯各秀实。胡为兆阴怪，平地遭潏汨。尤嗟梁栋材，中道摧折毕。日月有常度，

---

① （宋）郭祥正：《喜雨》，《郭祥正集》卷5，孔凡礼点校，第88页。

金行正萧瑟。畴咨风雨师,残害皆天物。天心本好仁,忍视久不恤。况今大上圣,治具严且密。骑马藏民间,教兵授神笔。四夷还旧疆,百辟奉新律。固宜集和气,祥瑞为时出。缘何漳南民,憔悴抱愁疾。终当呼长鲸,一吸见蓬荜。①

元丰五年(1082),祥正48岁,在漳州为官,此诗叙述了台风造成的水灾。七月十九日夜里,狂风大作,吹袭整整一夜,刮倒树木,摧毁房舍,吹起滔天巨浪,引起海水倒灌,激流冲塌城池,河堤决口,千万百姓仓皇出逃,牛马到处漂流。百姓互相搀扶,顾望家园被毁,心中惨恻。面对此情此景,诗人忧心如焚,苦无良策。祥正对百姓之遭遇是极为同情的,他向苍天发问,"胡为兆阴怪,平地遭潏汨。尤嗟梁栋材,中道摧折毕。日月有常度,金行正萧瑟。畴咨风雨师,残害皆天物",为何违背恒常运行之道,残害生灵;他向上天呼告祈求,天公有好生之德,必不忍视人间之苦;如今四海升平,漳南百姓缘何要受此痛苦,希望上位者能够拯救百姓于水火。

诗人所在漳南地区,雨量丰沛,水患频繁,加上临近大海,经常台风肆虐,这令诗人长期忧心忡忡:

> 稍止今朝雨,犹埋瘴岭云。乱流安可塞,故老未尝闻。阴怪群难数,阳光晚渐分。仅能存井邑,不复念锄耘。(《稍霁二首》其一)

> 淫霖霾昼夜,积潦接郊郭。小艇家家有,危橡处处扶。稍晴人共喜,却暖鸟争呼。海若一何暴,几翻天地枢。(《稍霁二首》其二)②

> 已喜收微雨,还愁合暮云。潮痕殊未减,屋折厌频闻。天地溟

---

① (宋)郭祥正:《漳南书事》,《郭祥正集》卷5,孔凡礼点校,第95—96页。
② (宋)郭祥正:《稍霁二首》,《郭祥正集》卷19,孔凡礼点校,第312—313页。

濛内，山川早晚分。吾民方乏食，何以慰耕耘。(《自和二首》其一)

猛风来半夜，骇浪却平郭。避地忧桥断，登山借杖扶。马牛真不辨，老稚乱相呼。安得瞻晴景，苍苔绣户枢。(《自和二首》其二)①

前两首题为《稍霁》，后两首题为《自和》，是前两首诗歌的和作，这四首诗可以视为一组诗。《稍霁》二首写暴雨过后，天空开始放晴，水患初平，放眼望去，"仅能存井邑，不复念锄耘"，"淫霖霾昼夜，积潦接郊郭。小艇家家有，危橼处处扶"，田地被淹没，无法耕种，积水一直延伸到城外，家家户户自备小船，房屋摇摇欲坠，到处是水灾过后的凄惨景象。《自和》二首则写雨脚初收，台风又来侵袭，卷起海浪，淹没大地。"天地溟濛内，山川早晚分。吾民方乏食，何以慰耕耘"，"猛风来半夜，骇浪却平郭。避地忧桥断，登山借杖扶"，水雾漫天，天地山川可以勉强分得清楚，可是民众没有食物，如何去耕耘土地？夜半狂风骤起，骇浪涌上平地，人们扶老携幼慌忙逃亡躲避。在自然力量面前，诗人深感无力，只能期盼"安得瞻晴景，苍苔绣户枢"。

水患无情，上位者却没有足够能力治理，诗人不禁思念起治水有功的大禹来：

朱夏久不雨，川源倏然涨。三潮渺相连，狂风蹴高浪。蛟龙递出没，鱼鳖随浩荡。群山悄低徊，阡陌失背向。嗟嗟圩中田，一埂安可障。去年已大潦，十户九凋丧。幸赖官廪实，嗷嗷命所仰。官廪今已空，农事未敢望。理水竟无术，祈祷俟灵贶。退寸复进尺，潮势颇难量。彼苍罪斯民，杀戮不以杖。令人思禹功，巍巍百王上。②

---

① (宋)郭祥正：《自和二首》，《郭祥正集》卷19，孔凡礼点校，第313页。
② (宋)郭祥正：《川涨》，《郭祥正集》卷6，孔凡礼点校，第126—127页。

酷暑难耐的夏日，久旱无雨，突然之间，大水涨起，水势浩大，狂风卷起巨浪，"三潮渺相连，狂风蹴高浪。蛟龙递出没，鱼鳖随浩荡。群山悄低徊，阡陌失背向。嗟嗟圩中田，一堘安可障"，淹没群山树林、道路农田。回想去年，大水弥漫，伤亡十九，幸而尚有官仓可以救济，然而今年官仓已空，人民将无所依靠。可叹朝廷"理水竟无术，祈祷俟灵贶。退寸复进尺，潮势颇难量"，没有有效的办法应对水灾，只能无力地向苍天祝祷，可惜苍天不恤下民，怪罪下来，"杀戮不以杖"，残酷的现状令诗人怀念起大禹治水之功。

诗人对于水灾的描写，还有《水涨》中"山雨连朝注，溪流没草亭""波澜平地作，嗟叹未曾经"[1] 的场面刻画。水灾给诗人留下了惨痛记忆，因此当偶然遇到雨霁天晴之时，他便兴奋不已：

  川涨那堪雨，今朝喜晚晴。幽花萦露重，浊水止蛙鸣。圩稻应全刈，村醪可强倾。吾虽无一亩，亦足慰余生。[2]

看到天空放晴，诗人联想到农民们大概已经把田中稻谷及时收获了，值得喝酒庆贺一番，自己也为他们高兴，"吾虽无一亩，亦足慰余生"。

4. 雪寒

不合时令的大雪同样会给人民生产生活带来重重困难。

  元冥夺春令，连旬雪塞屋。嗷嗷何物声，云是饥民哭。来请义仓米，奈何久空腹。寒威如戈矛，命尽须臾速。忆昨去年水，云涛卷平陆。高村既无麦，低田又无谷。民间已乏食，租税仍未足。县令欲逃责，催科峻鞭扑。嗟哉吾邦民，何以保骨肉。昂头诉苍苍，和气待春育。春工本好生，此雪无乃酷。谁家敞园馆，草树变琼玉。美人学回风，欢笑列灯烛。不知万户寒，唯忧五更

---

[1]（宋）郭祥正：《水涨》，《郭祥正集》卷17，孔凡礼点校，第274页。
[2]（宋）郭祥正：《晚晴》，《郭祥正集》卷18，孔凡礼点校，第287页。

促。世无采诗官，悲歌寄鸿鹄。①

诗人首先描写眼前惨况，春天已经到来，但冬天却夺走时令，大雪不止，耳边传来饥民们悲惨的哭声，饥饿难耐的百姓请求官仓救济，天寒地冻，命在旦夕。写到这里，诗人暂时放下眼前，插入对去年水灾的回忆，补充说明人民所经历之苦难，"忆昨去年水，云涛卷平陆。高村既无麦，低田又无谷。民间已乏食，租税仍未足。县令欲逃责，催科峻鞭扑"。去年水灾，淹没农田，颗粒无收，百姓无食，官吏们却全然不顾百姓死活，逃避责任，催缴租税。诗人发出感叹，"嗟哉吾邦民，何以保骨肉。昂头诉苍苍，和气待春育"，我邦之民，怎样才能保全自己的骨肉？恐怕只有向苍天祈祷，让春天早日来临。可恨豪富之家，仍旧醉生梦死，全不理会百姓之死活，盼望着大雪能持久一些，担忧不能拥雪取乐，诗人悲叹"不知万户寒，唯忧五更促。世无采诗官，悲歌寄鸿鹄"。世间已无采诗官，百姓之苦，无处申诉，不能上达天子，自己也只能写诗抒写愤懑。此诗采用对比手法，尖锐地指出豪富之家终夜欢歌与贫苦百姓性命不保的矛盾对立，继承杜甫诗歌创作的现实主义描写手法。

再来看诗人创作的《后春雪》一诗：

> 前雪深尺五，后雪深五尺。动地北风恶，连天冻云塞。通逵绝行人，万物同一色。烛龙爪生冰，阳乌嘴插翼。牛羊何足论，虎豹饿无食。此雪昔未有，父老均叹息。况当长养时，玄冥翻怒赫。我欲请雷车，夜半轰霹雳。斗杓幹春阳，和气随甲拆。溶为大田水，青发陇头麦。南民多苏醒，白骨免堆积。朝廷方体仁，乾坤应合德。有酒不敢饮，独乐神所责。悲歌闭空屋，写慰同心客。②

---

① （宋）郭祥正：《前春雪》，《郭祥正集》卷6，孔凡礼点校，第123—124页。
② （宋）郭祥正：《后春雪》，《郭祥正集》卷6，孔凡礼点校，第124页。

诗的开头以"前雪深尺五,后雪深五尺"起笔,"深尺五"与"深五尺"看似重复,实际却极言雪之大、积雪之深厚,为下文埋下伏笔。"动地北风恶,连天冻云塞。通逵绝行人,万物同一色。烛龙爪生冰,阳乌嘴插翼。牛羊何足论,虎豹饿无食",连日大雪,北风劲吹,严寒使天地似乎都冻结了。道路行人绝迹,万物苍茫一色。天气如此寒冷,连烛龙脚爪上都生了冰,金乌也把嘴埋在羽翼之中,更何况凡间牛羊虎豹。诗人用传说中掌管四季的烛龙和太阳神鸟来说明天气之寒冷。在万物生长的季节,老天震怒,降下前所未有的大雪,人们只能摇头叹息,却无能为力。"我欲请雷车,夜半轰霹雳。斗构斡春阳,和气随甲拆。溶为大田水,青发陇头麦。南民多苏醒,白骨免堆积",诗人担忧百姓生计,愿尽一己之力,请得雷车,用雷声唤醒春天、融化雪水,供农事灌溉,使万物得以生长、人民免于死难。"有酒不敢饮,独乐神所责。悲歌闭空屋,写慰同心客"几句体现出诗人忧民之心,不忍独自饮酒作乐。

描写雪灾的还有《复雪》:

> 连朝雪复雪,吾独拥红炉。樽中亦有酒,不为饥寒驱。目前奚所忧,所忧在村墟。去年旱兼水,二税多逃逋。十家九乏食,往往死路衢。空山嗥虎豹,深渊卧龙鱼。飞鸟各敛翼,康庄断行车。倚门独悲歌,阳气何时舒。[①]

大雪一天接着一天下个不停,诗人虽然独拥火炉,且有美酒可以驱寒,但是仍然忧心村落里的情况。回想去年,大旱连着大水,百姓纷纷逃避赋税,因为十家九无食,多有饿死之人倒毙在道路街衢。今年的大雪导致"空山嗥虎豹,深渊卧龙鱼。飞鸟各敛翼,康庄断行车",已经很难看到生物活动的痕迹了。面对此情此景,诗人只能独自倚门叹息,企盼阳春气息早日来临。

[①] (宋)郭祥正:《复雪》,《郭祥正集》卷7,孔凡礼点校,第138页。

雪灾之后，往往伴随着严寒，寒冷的天气也会造成巨大的灾难：

> 江南饶暖衣絺绤，今岁春寒人未识。溪流冰合地成拆，一月三旬雪三尺。去年大潦民无食，子母生离空叹息。只今道路多横尸，安忍催科更诛殛。（《苦寒行二首》其一）

> 下溪捕鱼一丈冰，上山采樵三尺雪。人人饥饿衣裳单，骨肉相看眼流血。乾坤失色云未收，雕鹗无声翅将折。官仓斗米余百金，愿见春回二三月。（《苦寒行二首》其二）①

两首《苦寒行》道尽严寒天气中人民生活的艰辛痛苦。江南地区地气温暖，人们用葛布做衣裳，岂料今年春寒料峭，是前人所没有见过的。溪流结冰，大地冻裂，大雪下了整整一个月，积雪三尺。去年大水为患，民众乏食，母子生别，道路上多有倒毙的尸体，官吏们怎忍心去催缴赋税？下溪捕鱼，溪水结起厚冰；上山采樵，积雪埋没道路，人人腹中饥饿、身上衣单，亲生骨肉也不得不抛弃。官仓之中，米价大涨，斗米百金，人们只盼望着春天早日归来。苦寒之中，人民为生存艰难奔波，将希望寄托在官府少征赋税、天气尽快回暖上。诗人一方面对百姓的艰辛困苦给予深切同情和关注，另一方面批评作为民之父母的官员们刻薄无情。诗人和杜甫一样，愿意为天下苍生之幸福奔走呼告，愿以一己之苦难换取他人之安乐："时吟杜甫苦寒诗，白鹄翅垂眼流血。昆仑关折非吾忧，但愿春泥补地裂。"②

虽然没有大雪，但寒冷的天气也给阴雨连绵的闽南地区带来了麻烦：

> 三月闽南国，阴寒变惨凄。市楼添酒价，山雨勒莺啼。田父忧春种，商人怯路泥。何当好风日，稚子浴清溪。③

---

① （宋）郭祥正：《苦寒行二首》，《郭祥正集》卷3，孔凡礼点校，第34—35页。
② （宋）郭祥正：《德化默亭观雪呈郑令》，《郭祥正集》卷9，孔凡礼点校，第172页。
③ （宋）郭祥正：《复寒》，《郭祥正集》卷18，孔凡礼点校，第293页。

三月闽南地区天气阴寒,雨水不断,冻得黄莺都停止了鸣叫。人们以酒取暖,导致酒价上涨。农民担心无法播种,商人畏惧路途泥滑。什么时候才能有好天气,让孩子们在清澈的溪水里沐浴嬉戏。此诗乃祥正蛰居闽地所作,闽南地区气候温暖湿润,寒流一旦出现便会严重影响农业生产,春耕不能正常进行,导致民不聊生,这一切令诗人忧心如焚。

二 战争

战争是诗人比较关注的对象。祥正诗歌作品中较少出现那种唐人诗歌中对战争宏大场面的叙事,有的只是对战争情况的客观描述及借他人之口表达的反战情绪。

> 边兵不觉西人至,麟州仓卒城门闭。城中带甲仅防城,城外生灵任凋毙。元戎底事不防秋,千里郊原战血流。谩说知兵范仆射,未免君王西顾忧。①

此诗题目中之"麟州",当为明人所说之麟州城,其址"在神木县北四十里,……宋因之金陷于夏"②。据《宋史纪事本末》载,西夏曾两次用兵麟州,第一次是"(元丰六年)五月,夏人寇麟州神堂砦,知州訾虎躬督兵出战,败之。诏虎自今毋得轻易出入,遇有寇边,止令裨将出兵赶逐,恐失利损威,以张虏势"③。正是朝廷这种不得轻易出入,对敌寇仅仅采取"赶逐"的政策,导致了战争失利。元丰六年(1083),此时诗人正在汀、漳任上。第二次是在元祐六年(1091)"九月,夏人寇麟州,又寇府州"④。这时诗人已经辞掉端州官职,归家两年。两次麟州之战,第一次记载较为详尽,从《麟州叹》诗中叙述的背景来看,此诗很可能写的是元丰六年(1083)麟州之战。诗歌

---

① (宋)郭祥正:《麟州叹》,《郭祥正集》卷16,孔凡礼点校,第263页。
② (明)李贤等:《明一统志》卷36,文渊阁四库全书本。
③ (明)陈邦瞻:《宋史纪事本末·西夏用兵》卷40,中华书局1977年版,第394页。
④ (明)陈邦瞻:《宋史纪事本末·西夏用兵》卷40,第396页。

开头叙写麟州城守将昏聩,直到敌军兵临城下才仓促派兵应战,而抵御敌军的办法竟然是关闭城门,坚守不出,任由敌人在城外烧杀抢掠,不顾城外生灵,造成"千里郊原战血流"的惨状。诗人最后指出,"谩说知兵范仆射,未免君王西顾忧",恐怕只有真正懂得用兵之道的范仲淹才能够解除君王西顾之忧吧,批评执政者不能知人用人。

登临游览之时,面对气势壮阔的高山大川,诗人胸中涌起一股豪迈的报国豪情:

> 历阳望姑孰,抚掌衣带隔。却瞻天门山,落日一双碧。不如云中鸟,自在鼓两翼。冠裳漫羁绁,发绿今已白。功名随浮烟,所得乃禄食。天兵下安南,獠穴须灭迹。腾山吼豺虎,跨海轰霹雳。杀气暗南溟,万古一洗涤。借令伏波在,缩手定叹息。男儿逢此时,弗往荷矛戟。胡为守文法,铢铢较朝夕。终当解官去,大舰挂长席。乘风卷云涛,载月奏玉笛。不作凌烟人,犹为钓鳌客。谁能对乡关,跬步归未得。①

诗人身在历阳,登高东望,与家乡姑孰隔江相对,多么渴望自己能够和云中飞鸟一样,展翅高飞,脱离冠带羁绊。自己如今已经鬓生华发,功名利禄犹如过眼浮烟,"我"所得到的不过是一份俸禄以资饮食罢了。时光流转,年纪老大,突然想起安南此刻的战事来,"天兵下安南,獠穴须灭迹。腾山吼豺虎,跨海轰霹雳。杀气暗南溟,万古一洗涤。借令伏波在,缩手定叹息",对曾经经历过战争场面的诗人来说,到沙场上建功立业无疑是极有吸引力的,因此他发出"男儿逢此时,弗往荷矛戟。胡为守文法,铢铢较朝夕"的感喟。如若失去这次机会,"终当解官去,大舰挂长席。乘风卷云涛,载月奏玉笛。不作凌烟人,犹为钓鳌客",不能成为凌烟阁上万古流芳的功臣,便要如李白一般,做一个自由自在的"钓鳌客"。

---

① (宋)郭祥正:《东望》,《郭祥正集》卷4,孔凡礼点校,第75页。

祥正所作闺怨类诗歌传达出反对战争的信息，此类诗歌上文已有论述，兹不赘述。

三 社会政治

（一）内乱

　　元祐丙寅春，新昌有狂寇。名探其姓岑，厥初善巫咒。南民欣尚鬼，来者争辐辏。经年惑群众，诡术遂潜构。摧城止三阚，排锋唯撒豆。竹竿变枪旗，锐兵莫吾斗。此事古未闻，造意无乃陋。蚩蚩彼何知，丁壮拥前后。长驱向城郭，尘土翳白昼。刺史亟闭门，神理默垂祐。城头无百兵，坐待五羊救。贼中众所见，戢戢罗甲胄。须臾薄寒阴，冻立多僵仆。平明若鸟散，贼本未遑究。权帅计仓卒，遣将速诛蹂。贪功恣杀戮，原野民血溜。婴儿与妇女，屠割仅遗脰。传报及南昌，新帅若烟走。○颖叔至洪，闻贼报，即星驰度岭，有诗云：六日闻贼报，七日走如烟。入境亟止杀，渠恶用机购。逾旬果获探，腰斩余悉宥。朝廷方好仁，帅略实能副。台章请褒赏，诏语优以懋。抚绥聊借镇，侍从尔来复。身居江湖上，名近日月右。○已上略制词中语。麟儿随飞龙，戊辰季嗣遂登科。阴骘资贵富。彼美南山松，落落千丈秀。终为廊庙器，未许连城售。吴、毛持漕节，文彩烂锦绣。发为《新昌行》，洪钟待谁扣。我将磨苍珉，为公悉镌镂。○运判吴翼道、毛正仲皆作此诗，并刻石立于新昌之使厅。①

　　诗人采用纪实笔法讲述了发生在元祐元年（1086）春天新昌地区的一次内乱。新昌，宋代属岭南道，峰州管辖②，即今天两广一带。这次内乱由一名岑姓之人发起，此人善用巫咒祝祷之术，因新昌土俗好巫鬼之风，内乱很快便席卷整个新昌地区，"南民欣尚鬼，来者争辐辏。经年惑群众，诡术遂潜构。摧城止三阚，排锋唯撒豆。竹竿变

---

① （宋）郭祥正：《新昌吟寄颖叔待制》，《郭祥正集》卷5，孔凡礼点校，第111—112页。
② （宋）乐史：《太平寰宇记》卷170，"岭南道·峰州"条，文渊阁四库全书本。

枪旗,锐兵莫吾斗。此事古未闻,造意无乃陋。蚩蚩彼何知,丁壮拥前后。长驱向城郭,尘土翳白昼",凭借怪力乱神之说,这群乌合之众,揭竿为旗,斩木为兵,居然攻城略地,围攻新昌县城,卷起的尘土遮天蔽日。诗人不禁感叹,这样的事情闻所未闻。面对这群暴民,新昌刺史居然只会关闭城门,坐在家中向上天祈祷求得庇护,城头上无兵守御,大家枯坐等待救援。"须臾薄寒阴,冻立多僵仆。平明若鸟散,贼本未遑究。权帅计仓卒,遣将速诛蹙。贪功恣杀戮,原野民血溜。婴儿与妇女,屠割仅遗胔",天气转寒,贼人多冻死倒毙,天刚亮便如鸟兽般逃走。本来应趁机将贼人一举拿下,可惜代理将帅贪功冒进,全无智计,纵兵肆意杀戮,流血遍野,平民百姓无辜受死,婴儿妇女被残害,寥寥数笔勾勒出惨烈的战场画面,给人以强烈的视觉冲击。

内乱固然令诗人痛心,但更痛苦的是看到朝廷用人不当,将帅无能。诗人对挣扎在死亡线边缘的民众寄寓了深切同情。

(二) 官吏迫害

此类诗作或记载官吏贪婪,迫害民众;或记载人民生活困苦,却仍然要担负沉重的赋税,诗中充溢着诗人的不平与愤懑。

> 二年桐乡邑,乘春览荣芳。日日绕花树,与客倾壶觞。况有清涧泉,潺潺穿北墙。容为方广池,白虹卧危梁。谁磨青铜镜,朗照红粉妆。唯恐浮云来,遮我逍遥场。舞娥回皓雪,笛叟鸣凤凰。醉则卧花下,所惜徂春阳。作诗数十篇,素壁挥琳琅。诏书徙幕府,笼鸟无高翔。却治历川狱,幽忧坐空堂。有女杀其母,逆气凌穹苍。郡县失实辞,吏侮争持赃。辟刑固无赦,何以来嘉祥。高垣密阊禁,但觉白日长。茫然思旧游,今成参与商。世网未能脱,乐事安可常。咄嗟勿重陈,昏昏灯烛光。①

---

① (宋)郭祥正:《春日怀桐乡旧游》,《郭祥正集》卷4,孔凡礼点校,第74—75页。

此诗作于桐乡任上，诗人任职第二年（1076），原本安闲自在的生活被历阳发生的一件刑事案件打乱，"却治历川狱，幽忧坐空堂。有女杀其母，逆气凌穹苍。郡县失实辞，吏侮争持赃。辟刑固无赦，何以来嘉祥"，子女弑亲乃是重罪，历阳官吏却贪赃枉法，徇私舞弊，隐瞒罪行，践踏法律，这样的官吏，怎么能够为国家带来祥瑞？

对于朝廷的赋税与救济制度，祥正也颇有微词，任职地方期间，他重视农业生产，关心人民生活：

> 三岁悲农事，官仓亦已贫。敕书虽赦狱，恩泽未苏民。南国供输大，中宵涕泗频。一心随草木，无复念沉沦。①

他担心官仓已无存粮，无法解决人民之饥饿问题。朝廷虽然下诏赦免罪人，但是这种恩泽却无法真正实施于百姓，闽南地区赋税不减，人民仍然负担沉重，每思及此，诗人便彻夜难眠，涕泪难禁，大概只有让自己的心如同草木般无情，才能免于忧郁愤懑吧。面对可能到来的饥馑，朝廷救助无方，恩泽不能及于下民；农业凋敝，朝廷赋税却不予减免，导致灾情更加严重，身为地方之父母，诗人既心痛又无奈。

揭露课税弊端的诗还有《墨染丝》：

> 缲丝自喜如霜白，输入官家吏嫌黑。手持退印竞传呼，倏见长条染深墨。墨丝归织家人衣，别买输官吏嗔迟。寄言夷狄与三军，汝得丰衣民苦辛。②

上缴课税的蚕丝白如霜雪，农民们本来还暗自高兴，岂料官吏却嫌弃太黑不合格，待到领回之时发现长丝已经被染成墨黑色。黑丝只

---

① （宋）郭祥正：《农事》，《郭祥正集》卷18，孔凡礼点校，第289页。
② （宋）郭祥正：《墨染丝》，《郭祥正集》卷16，孔凡礼点校，第262页。

能供家人织衣，还得再买新丝交给官府，官吏们却责怪交税太迟。诗的结尾处，诗人代民寄言：蛮夷之人与三军将士们，你们可知道你们身上的丰衣凝聚着人们多少辛酸与痛苦？从澶渊之盟开始，北宋王朝用岁币等一系列政策，安抚周边少数民族政权，为社会换来了暂时的平静，然而却为百姓套上了一重赋税枷锁。

诗人对社会弊端有着清醒的认识，他认为国家已经到了非常危急的时刻，"用广财已乏，官冗人愈卑。政宽法不举，将懦边无威。家家侈声乐，淳源变浇漓。土木绚金碧，佛仙竞新祠。此乃心腹疾，岂止为疥癣"①"法密吏愈偷，食众财益虚。末大本渐弱，岂在专防胡"②，冗官冗兵导致财政匮乏，官吏无能，律法不严，民众奢靡，生活浮华，社会种种弊端带来的危机远远超过了边疆少数民族政权的威胁，表面的繁华遮蔽了内在的腐坏陈旧，国家已经到了非要变革不可的地步，"譬彼脉已病，其身尚膏腴。要当速内究，珍丸应时须"③，因此诗人对新法的实施极为支持，"熙宁神化迈千古"④，经过变革，朝廷上下显现出欣欣向荣的景象，君臣相合，律法严明，"而今君臣正相乐，法弊一一新更张。监司精明郡县肃，国无忠愤惟循良"⑤。但是诗人也没有忽视新法实施过程中存在的问题，他并不盲目支持新法、一味颂扬，而是客观看待其中的弊端，"中丞孤愤已沉泉，时事愈新谁敢议"⑥，对于敢于直谏的旧党中坚吕诲，诗人是十分尊重的，他希望友人能够"愿如范文正，挺特真丈夫"，自己"老死见太平，委弃甘路衢"⑦。

---

① （宋）郭祥正：《送黄吉老察院》，《郭祥正集》卷6，孔凡礼点校，第124页。
② （宋）郭祥正：《送胡与几被召赴阙》，《郭祥正集》卷6，孔凡礼点校，第114页。
③ （宋）郭祥正：《送胡与几被召赴阙》，《郭祥正集》卷6，孔凡礼点校，第114页。
④ （宋）郭祥正：《投献省主李奉世密学》，《郭祥正集》卷12，孔凡礼点校，第217页。
⑤ （宋）郭祥正：《采石亭观浪》，《郭祥正集》卷9，孔凡礼点校，第173页。
⑥ （宋）郭祥正：《将至江夏先寄太守李学士公择》，《郭祥正集》卷15，孔凡礼点校，第249页。
⑦ （宋）郭祥正：《送胡与几被召赴阙》，《郭祥正集》卷6，孔凡礼点校，第114页。

第四节　思想信仰类诗作

郭祥正的诗歌中还有一些能够反映其思想信仰的诗作。作为儒家读书人，其思想中占主导地位的是儒家信仰；宋代佛、禅二教兴盛，受时代影响，他的思想中不免掺杂了佛学因素；对李白的刻意模仿以及个人性格导致其思想为老庄等道家和道教神仙学说浸染，以下分别论述其诗作中关于儒、道、释思想信仰的部分。

一　儒家思想

郭祥正诗歌中体现最多的是儒家济世理想，如"独善名易灭，兼济垂不朽"[①] 等，在前文中已有多处论及，故不再赘述，这里主要讨论其反映儒家忠孝和修身思想的诗作。

(一) 忠君爱民

郭祥正深受儒家"君君，臣臣，父父，子子"忠君孝亲观念影响，在他的诗作中，经常可以见到如老杜"一饭未尝忘君也欤"[②] 的忠君思想，而这种忠君思想往往与爱国爱民联系在一起。

郭祥正秉承杜甫心系天下、忧国忧民的现实主义精神，关心民生疾苦，对百姓充满怜悯，对国家君主忠贞不渝。

诗人以全天下为己任，无论身处何地，自己是何种身份，始终不忘国家大事，对国事保持着清醒的认识。他清楚地看到国家在内政外交中面临的困境，痛快地指摘时弊：大宋朝廷内政上"法密吏愈偷，食众财益虚。末大本渐弱，岂在专防胡"[③]，律法严密却令官吏们更加

---

① （宋）郭祥正：《高鸿送唐彦范司勋移苏守公云自此乞分务矣》，《郭祥正集》辑佚卷2，孔凡礼点校，第540页。

② （宋）苏轼：《王定国诗集叙》，《苏轼全集校注·苏轼文集校注》卷10，张志烈、马德富、周裕锴主编，第988页。

③ （宋）郭祥正：《送胡与几被召赴阙》，《郭祥正集》卷6，孔凡礼点校，第114页。

怠惰；冗官、冗兵、冗费导致财政困窘，削弱国之根基，危机不仅仅只在国门之外。外交上"鬼章虽获万国贺，防边未可旌旗空。中原将帅谁第一，愿如卫、霍皆成功"①。他忧心国家军备废弛，渴望边疆安定，"西人未柔服，长策在诸公"②，"朝廷近日无新事，只恐西戎尚扰边"③。他认为治国之道在于一个"仁"字，"唯仁乃无敌，四海同一家"④。诗人也热切地关注着百姓生活，民生疾苦。他重视农业生产，担心自然灾害给人民生活造成生命财产的巨大损失，密切观察着各种异常天气对农业生产活动的重大影响，"雨""雪""旱""涝""寒""暖"成为其诗歌中出现较多的自然意象。面对自然灾害，自己虽然没有办法去应对，但是却始终挂念着天下苍生基本生存问题，"何当广栽植，欲以慰饥年"⑤。当旱魃肆虐，无雨之时，他为民请雨，"夜半何所适，请雨之名山""屏气注诚想，百灵启玄关"，诚心的祈祷终于感动上苍降下甘露，于是他便欣慰不已，"宁独濡枯焦，永愿消尘烦"⑥，为天下苍生之幸福，甘愿独自承受煎熬，爱民之心跃然纸上。诗人愿为天下苍生之幸福奔走呼告，愿以一己之苦痛换取天下之幸福："时吟杜甫苦寒诗，白鹄翅垂眼流血。昆仑关折非吾忧，但愿春泥补地裂。"⑦

无论表达何种主题，他总能联想到君王的恩泽，常常在诗歌当中称颂君主，歌唱王朝盛世，即使在讽刺黑暗现实、同情人民疾苦的诗歌中，仍然时时不忘夸赞君主之贤德。如上文提到的《漳南书事》，本意是表现水灾给漳南民众带来的毁灭性打击，前半首写得凄恻惨怛，令人痛彻心扉，但是诗人却在诗的后半加入"况今大上圣，治具严且

---

① （宋）郭祥正：《南雄除夜读老杜集至岁云暮矣多北风之句感时抚事命题为篇》，《郭祥正集》卷8，孔凡礼点校，第162页。
② （宋）郭祥正：《黄山二首》其一，《郭祥正集》卷18，孔凡礼点校，第292页。
③ （宋）郭祥正：《将至五羊先寄颖叔修撰》，《郭祥正集》卷22，孔凡礼点校，第363页。
④ （宋）郭祥正：《题雨华台 仲庶龙图新作于梁云公讲台之上》，《郭祥正集》辑佚卷1，孔凡礼点校，第528页。
⑤ （宋）郭祥正：《和颖叔千岁枣》，《郭祥正集》卷19，孔凡礼点校，第320页。
⑥ （宋）郭祥正：《兰陵请雨》，《郭祥正集》卷4，孔凡礼点校，第73—74页。
⑦ （宋）郭祥正：《德化默亭观雪呈郑令》，《郭祥正集》卷9，孔凡礼点校，第172页。

密。骑马藏民间,教兵授神笔。四夷还旧疆,百辟奉新律。固宜集和气,祥瑞为时出"① 歌咏皇朝文治武功的语句,旨在说明在当朝皇帝治理之下,整个社会还是一片安定繁荣的景象,君王是贤明的,仅仅是小小的漳南地区出现了一些状况,颇有些曲终奏雅的味道,使得整首诗连贯性、思想性大大削弱。登临游览的诗中也会出现如"而今君臣正相乐,法弊一一新更张。监司精明郡县肃,国无忠愤惟循良"②的颂扬之词,面对大好河山,盛赞当今朝廷上下君臣相合、社会安定,不再会有"汨罗之魄"的冤屈了。送别友人之作也不忘对上位者夸赞一番,"况逢至治朝,日月开二圣"③。奉呈酬答之时必然说上一句"如今天子治文明,柔远怀来不用兵"④,彰显出对君主的无比忠诚。祥正表达忠君观念的诗作还有很多,这里不一一列举。

(二) 孝亲爱子

社会生活里忠君爱国和仁民爱物的思想在郭祥正个人家庭生活中表现为孝亲和爱子。祥正幼年丧父,他对母亲是极为孝顺的,在《言归》一诗中,他用饱含深情的笔触回忆幼时母亲教养自己之艰辛:"予七龄而孤兮,托慈育以苟生。捉手以笔兮,口授以经。绪先子之素训兮,夜未央而丁宁。既束发以就学兮,入必问其与游。闻道之进兮,曰:'使我以忘忧,课蚕而织兮,纫衣以先汝,使弗坠业兮,我劳而汝处。'"如今母亲年事已高,眷恋故土不愿远离,于是自己便决定辞官归家,朝夕侍奉母亲,"吾母耄兮恋故乡。虽得邑而禄兮,曾癏瘝之弗遑。与音问之吉兮,孰若朝夕而在傍"。诗的结尾处,诗人想象归家之后,奉亲教子、其乐融融的场面,"春山巍巍,春水溇溇,春蒲濯濯,春鱼尾尾。吾亲在前,吾子在后,饮甘涤洁,以介眉寿"⑤。

作为一个父亲,他深爱自己的儿女,对于两个儿子之死,耿耿于

---

① (宋) 郭祥正:《漳南书事》,《郭祥正集》卷5,孔凡礼点校,第96页。
② (宋) 郭祥正:《采石亭观浪》,《郭祥正集》卷9,孔凡礼点校,第173页。
③ (宋) 郭祥正:《送孙公素朝奉还台》,《郭祥正集》卷5,孔凡礼点校,第97页。
④ (宋) 郭祥正:《武溪深呈广帅蒋修撰》,《郭祥正集》卷2,孔凡礼点校,第33页。
⑤ (宋) 郭祥正:《言归》,《郭祥正集》卷1,孔凡礼点校,第4页。

怀,痛心不已,写下《哭子点》《殇愁》寄托哀思;居留闽南期间,与儿女天各一方,只能以诗歌来寄托怀抱,"冤狱何时辨,思儿泪满巾"①"乡关隔寒食,父子共沾襟"②,远隔万水千山,父子不得相见,"只凭欹枕梦,时到谢山阴"③,梦中才能相会;他亲自送郭鼎赴慎邑为官,并且唱和陈轩恭贺郭鼎入仕所作之诗④;花甲之年还借拜访老友之便去慎邑探望儿子,写下《将至慎邑寄鼎》⑤,将旅途所见与儿子分享,寄托对家乡和亲人的思念。祥正不仅是孝子,而且也是一位慈父,对子女十分疼爱。

祥正自己奉亲至孝,他还大力褒扬孝子事迹,宣扬孝义行为:

> 古云蜀道难,蜀道之难难于上青天。孝子寻亲不辞远,草屝负米离番川。西从荆州望夔国,扪罗蹑石穿林巅。峡山愈深人迹绝,但闻悲风冷涧声潺湲。汲溪钻火行复餐,夜宿茅屋衣裳单。回首江南路九千,一见归客吞悲酸。寄声吾母形骸安,慎勿为语皮皴干。涪州城西遇征蛮,城门防盗白昼关。抚膺仰天涕汍澜,见亲之难难于蜀道难。成都渐近心稍宽,踊跃可得瞻耆颜。父昔离家子方孕,子得见父今壮年。胡弗归兮死敢请,慰我慈母心悬悬。三往三返又十载,孝子执辔方言还。番人闻归竞嗟喜,夫妇白首重团圆。诛茅立屋奉甘旨,陈侯篆榜名怡轩。春禽提壶助春饮,彩衣自舞春风前。腰金馔玉非我欲,但愿眉寿双松坚。朝熙熙,暮熙熙,谁将朱丝绳,奏我怡轩诗。⑥

---

① (宋)郭祥正:《忆小子鼎》,《郭祥正集》卷18,孔凡礼点校,第299页。
② (宋)郭祥正:《寒食感怀示子鬻二首》其一,《郭祥正集》卷18,孔凡礼点校,第298页。
③ (宋)郭祥正:《寒食感怀示子鬻二首》其二,《郭祥正集》卷18,孔凡礼点校,第298页。
④ (宋)郭祥正:《中书舍人陈公元舆以诗送吾儿鼎赴尉慎邑卒章见及遂次元韵和答》,《郭祥正集》卷13,孔凡礼点校,第237页。
⑤ (宋)郭祥正:《将至慎邑寄鼎》,《郭祥正集》卷29,孔凡礼点校,第499页。
⑥ (宋)郭祥正:《怡轩吟赠番阳张孝子介》,《郭祥正集》卷14,孔凡礼点校,第245页。

张孝子即张介，吴曾《能改斋漫录》中记载了他的故事："番阳张吉父介，方娠时，父去客东西川不还。张君自为儿时，已怆然有感。其言语食息，未尝不在蜀也。与尚书彭公器资同学，作诗云：'应是子规啼不到，致令我父未归家。'闻者皆怜之。既长，走蜀，父初无还意。乃归省母，复至涪阆，往返者三。其父遂以熙宁十年三月至自蜀，乡人迎谒叹息，或为感泣。一时名士，咸赋诗以纪其事。……郭公功甫诗：'父昔离家子方孕，子得其父今壮年。胡弗归兮死敢请，慰我慈母心悬悬。三往三返又十载，孝子执鞭方言还'云。张君自其父归，又作轩以安之，而名之曰怡轩。"① 张介寻父一事在当时影响很大，祥正此诗便记叙了番阳张孝子历尽千辛万苦，十年三次往返蜀地寻父的事迹。诗歌以李白《蜀道难》原句"古云蜀道难，蜀道之难难于上青天"起，渲染寻父途中的第一重艰险，"孝子寻亲不辞远，草屦负米离番川。西从荆州望夔国，扪萝蹑石穿林巅。峡山愈深人迹绝，但闻悲风冷涧声潺湲。汲溪钻火行复餐，夜宿茅屋衣裳单"，张介不顾番阳与蜀地路途遥远，只身踏上寻父路途，翻山越岭，风餐露宿，在人迹罕至的深山绝岭中穿行，钻木取火，汲溪而饮，艰难险阻一言难尽，即便如此，他也仍然惦念远在家乡的母亲，"回首江南路九千，一见归客吞悲酸。寄声吾母形骸安，慎勿为语皮皱干"。接着作者开始叙写孝子寻亲途中的第二重困难，"涪州城西遇征蛮，城门防盗白昼关。抚膺仰天涕汍澜，见亲之难难于蜀道难"，涪州城外的战争阻挡了他寻亲的脚步，他仰天抚胸，泣涕如雨，与亲人相见竟是如此艰难，甚至超过了蜀道险阻。东川不见父，孝子继续向西川进发，"成都渐近心稍宽，踊跃可得瞻耆颜。父昔离家子方孕，子得见父今壮年。胡弗归兮死敢请，慰我慈母心悬悬"，父子二人终于在成都相见，回忆过往，不胜唏嘘。然而第三重困难接踵而至，相见的喜悦被父亲不愿归家之举冲淡。张孝子并未因此而气馁，"三往三返又十载，孝子执鞶方言还。番人闻归竞嗟喜，夫妇白首重团圆"，三次往返蜀地，

---

① （宋）吴曾：《能改斋漫录》卷11，"张吉父作怡轩以安其父"条，第319—320页。

孝心所至，金石为开，终于迎接父亲回家，一家人得以团圆。最后写归家之后，张孝子为父亲造怡轩，让他安享晚年，"诛茅立屋奉甘旨，陈侯篆榜名怡轩。春禽提壶助春饮，彩衣自舞春风前。腰金馔玉非我欲，但愿眉寿双松坚。朝熙熙，暮熙熙，谁将朱丝绳，奏我怡轩诗"。从诗的题目来看，诗人直接使用"张孝子"而没有称名或字号，诗中也使用"孝子"作为第一人称代词，可知诗人对他的孝义行为极为赞赏，故以"孝子"称以示尊重和褒扬。

诗人还有一首诗也是称颂孝行的：

> 结庐守亲冢，淡食毕丧制。焚香诵宝经，倾悲拔冥滞。神明扶孝思，肌发保阳气。支离仅不死，邻里为歔欷。倏然叩予门，殷勤谢铭志。袖携一幅图，离坎备形势。明堂正丘穴，松槚列新翠。身虽离冢旁，披图即流涕。拏舟遽言别，讳日仲春至。酌水采嘉蔬，藉草具严祭。又言广栽植，薄取岁时利。事死如事生，终焉达斯志。儒者似君稀，况复褐冠类。谁为孝子传，吾诗信无伪。①

此诗写一位方外之士为亲守孝之事，诗人对他这种"事死如事生"的行为表示赞赏，故为孝子作传。全诗从丧礼结束之后守制写起，许栖默为亲人焚香诵经，因思念与悲恸而形销骨立，仅凭借精神力量在支撑身体，邻里见之叹息不已。他来拜访诗人，感谢诗人为其亲作墓志铭并商讨如何修墓祭祀，虽然自己不能守着亲人，但是一看到所制之墓园图便伤心流泪，与诗人约定到来年仲春忌日回来祭扫，"倏然叩予门，殷勤谢铭志。袖携一幅图，离坎备形势。明堂正丘穴，松槚列新翠。身虽离冢旁，披图即流涕。拏舟遽言别，讳日仲春至。酌水采嘉蔬，藉草具严祭。又言广栽植，薄取岁时利"。诗人被他"事死如事生，终焉达斯志"的孝义深深打动，发出"儒者似君稀，

---

① （宋）郭祥正：《送许栖默道士》，《郭祥正集》卷5，孔凡礼点校，第112页。

况复褐冠类。谁为孝子传，吾诗信无伪"的感喟，如今真正能够做到"事死如事生"的儒者都已经很少了，难能可贵的是许栖默作为一个道士，居然能坚守孝道，所以自己要为孝子作传，让天下人相信孝的存在。

（三）修身养德

祥正重视个人人格和品德的培养，自身以颜渊、陶渊明为榜样，安贫乐道，学习孟夫子，养浩然之气；对后辈则以孔子"三戒"谆谆教导之。

颜渊、陶渊明安于贫困，坚持操守的品格为诗人所激赏：

> 陶潜真达道，何止避俗翁。萧然守环堵，褐穿瓢屡空。粱肉不妄受，菊杞欣所从。一琴既无弦，妙音默相通。造饮醉则返，赋诗乐何穷。密网悬众鸟，孤云送冥鸿。寂寥千载事，抚卷思冲融。使遇宣尼圣，故应颜子同。①

此诗乃借读《陶渊明传》而抒发个人志向之作。在祥正眼中，陶渊明与颜渊一样，身居陋巷，箪食瓢饮而不悔，自得其乐。"萧然守环堵，褐穿瓢屡空"是指颜渊，孔子对其贤德品行赞不绝口，子曰："贤哉，回也！一箪食，一瓢饮，在陋巷，人不堪其忧，回也不改其乐。贤哉，回也！"② 而"粱肉不妄受，菊杞欣所从"则是在说陶渊明，他同样甘于贫困生活，与菊花相伴便满足了。"一琴既无弦，妙音默相通"既是说陶渊明弹奏无弦琴之典故，也是说颜、陶二人在本质上是相通的，假如能遇到像孔夫子那样的圣人，陶渊明也可以如同颜渊一样，令名远播，让人称颂。

孟子养浩然之气说对诗人也产生了较大影响：

> 养浩深思孟氏醇，一堂窗户更清新。篆香未过日停午，蚁酒

---

① （宋）郭祥正：《读陶渊明传二首》其二，《郭祥正集》卷5，孔凡礼校注，第91—92页。
② 杨伯峻译注：《论语译注》，中华书局1980年版，第59页。

初浮莺弄春。枉尺直寻非我欲，仁民爱物任吾真。三年课绩书优最，此地谁来继后尘。①

诗人将自己信奉的儒家"仁民爱物"思想与浩然正气融为一体，作为自己修身养德的标准。他反复在诗歌中提到养浩然之气，如"进何忧而退何憾兮，养吾气之浩然"②"浩气本来缘直养，百年等是寄浮沤"③，他夸赞友人"赋诗我未如陶令，养浩君能似子舆"④"与君定交增浩然"⑤。

下面来看他对后辈品行修养的要求。

> 东冈送终毕，北堂待荣养。短棰跨羸骖，西风吹祖帐。玉盘堆脍缕，金船倒新酿。劝君当勇去，回首勿凄怆。胸中五千卷，立事须少壮。扬名永不灭，孝节乃可尚。长安集纷华，出处慎所向。肯为声色惑，一婢百金偿。不知粉黛蠹，血气速凋丧。胡为发斯言，期子以将相。⑥

此诗为送别后辈之作。前半写送别时的场景，安慰所送之人"劝君当勇去，回首勿凄怆。胸中五千卷，立事须少壮。扬名永不灭，孝节乃可尚"，勇敢去追求自己的目标，不要过分伤痛离别之苦，既然已经饱读诗书，满腹经纶，就应该趁着青春年少成就一番事业。后半转入对后辈的告诫，"长安集纷华，出处慎所向。肯为声色惑，一婢百金偿。不知粉黛蠹，血气速凋丧。胡为发斯言，期子以将相"，此去之处乃繁华富贵之乡，一定要谨慎行事，切莫为声色迷惑，损毁身体。这段话显然是对孔子提出的"三戒"其中两戒之发挥。所

---

① （宋）郭祥正：《题史君梁正叔浩然堂》，《郭祥正集》卷24，孔凡礼点校，第399页。
② （宋）郭祥正：《采薇山之巅赠张无梦先生》，《郭祥正集》卷1，孔凡礼点校，第16页。
③ （宋）郭祥正：《寄题潘温叟林堂》，《郭祥正集》卷23，孔凡礼点校，第378页。
④ （宋）郭祥正：《元舆待制以书酒见招》，《郭祥正集》卷29，孔凡礼点校，第497页。
⑤ （宋）郭祥正：《即席和酬金陵狄倅伯通》，《郭祥正集》卷13，孔凡礼点校，第232页。
⑥ （宋）郭祥正：《送宋前之赴调》，《郭祥正集》卷4，孔凡礼点校，第83页。

谓"三戒",乃孔子之言,"孔子曰:'君子有三戒:少之时,血气未定,戒之在色;及其壮也,血气方刚,戒之在斗;及其老也,血气既衰,戒之在得'"①。谆谆诫勉,体现出作者深受儒家思想浸染的一面。

儒家思想对郭祥正的影响在其诗歌作品中还表现为言必称尧舜和对当权者的赞颂。他的诗歌中经常可以看到直接歌颂尧舜或者称他人为尧舜的诗句,如"琴声写出尧舜心,尧舜爱民无远迩,君不见薰风兮来自南"②"况逢尧舜治,面内来左衽"③"君臣若尧舜,明良互赓酬"④"沉吟往事君勿悲,我曹幸遇尧舜时"⑤"天子聪明继尧舜,庙堂论道皆伊霍"⑥"我宋真人启闾阖,尧舜之运重昭昭"⑦。他的诗歌当中也经常提到儒家思想中"仁""义""智"等核心观念,如"景物化为仁智学""丈人教子惇义方"⑧"天公好仁不用武,太古光芒未磨淬"⑨"朝廷方体仁,乾坤应合德"⑩"缘何魏夫子,心仁生悯恻"⑪"庙堂赫赫用耆旧,熟讲仁义安羌戎"⑫"圣祖神宗仗仁义,中原一洗兵甲休"⑬"怀仁附义天下悦,忠言屡叩宸聪回"⑭,仅一个"仁"字,在其诗集当

---

① 杨伯峻译注:《论语译注》,第176页。
② (宋)郭祥正:《武溪深呈广帅蒋修撰》,《郭祥正集》卷2,孔凡礼点校,第33页。
③ (宋)郭祥正:《同阮时中秀才食笋二首》其一,《郭祥正集》卷3,孔凡礼点校,第51页。
④ (宋)郭祥正:《安中尚书见招同诸公登雨华台》,《郭祥正集》卷6,孔凡礼点校,第122页。
⑤ (宋)郭祥正:《姑孰乘月泛渔艇至东城访耿天骘》,《郭祥正集》卷10,孔凡礼点校,第183页。
⑥ (宋)郭祥正:《赠孙郎中景修》,《郭祥正集》卷10,孔凡礼点校,第186页。
⑦ (宋)郭祥正:《奉和安中尚书同漕宪登长干塔》,《郭祥正集》卷13,孔凡礼点校,第231页。
⑧ (宋)郭祥正:《寄题德兴余氏聚远亭》,《郭祥正集》卷2,孔凡礼点校,第30页。
⑨ (宋)郭祥正:《留题九江刘秀才西亭西临大江南略庐阜北见四祖》,《郭祥正集》卷2,孔凡礼点校,第31页。
⑩ (宋)郭祥正:《后春雪》,《郭祥正集》卷6,孔凡礼点校,第124页。
⑪ (宋)郭祥正:《谢魏户曹惠酒》,《郭祥正集》卷6,孔凡礼点校,第126页。
⑫ (宋)郭祥正:《南雄除夜读老杜集至岁云暮矣多北风之句感时抚事命题为篇》,《郭祥正集》卷8,孔凡礼点校,第162页。
⑬ (宋)郭祥正:《徐州黄楼歌寄苏子瞻》,《郭祥正集》卷9,孔凡礼点校,第177页。
⑭ (宋)郭祥正:《游陵阳谒王左丞代先书寄献和父》,《郭祥正集》卷13,孔凡礼点校,第233页。

中就反复出现14次之多,可见儒家思想对他的影响是非常深远的。

二 佛禅思想

佛教发展到宋代时,进一步向知识分子阶层渗透,深刻地影响到他们的日常生活、行为方式以及观念世界。在宋代的佛教中,禅宗无疑是最有势力、最有影响力的宗派。禅宗对宋代文人诗歌的影响,远远超过唐代。两宋著名文学家、思想家、政治家大多与禅宗有着或深或浅的关系。郭祥正也不例外地接受了佛禅思想,他本人是临济宗白云守端禅师的法嗣,曾经与许多僧人居士有过交往,其中比较出名的有守端、法真、了元(佛印)、可宣①、法演、仁勇等人,他们彼此酬答,往来唱和,郭祥正诗集中便保存了不少此类诗歌,这些诗歌传达出诗人渴望隐居佛寺,借佛禅来求得身心解脱的愿望。下面分别以诗人在人生不同阶段创作的诗歌来探讨佛禅思想对他的影响。

(一)初入仕途时期

> 忆云居乃在汇泽西南修川之隅。山盘盘兮,石门屹立磴道绝,飞瀑万丈淙冰壶。云沉沉兮,方昼而忽暝,古木交错兮,藏魑魅。攀崖欲上复自止,投险却忆骑鲸鱼。崖回时复造平野,绝顶乃有百顷之膏腴。群山下瞰若聚米,殿阁枕藉非人区。露华洗出太古月,桂子摇落阴扶疏。清风欲借羽仪展,秽念顿觉秋毫无。老禅底事不度我,红日东上还驱车。如今正似武陵客,放舟已远嗟迷途。青春一往二十二,白雪渐变千茎须。西来忽遇归飞鸟,青纸远寄黄金书。灵茶香味胜粉乳,满箧所赠逾琼琚。玉川七碗吃不得,灌顶未识真醍醐。南暹北讷惜已死,唯师秀出孤峰孤。潜深隐密自得所,岂不悯我栖榛芜。倒影射岩犹入石,异日三橡容野夫。②

---

① (明)曹学佺:《蜀中广记》卷84《高僧记第四·川西道四》载:"可宣禅师,汉州人也……净空居士郭功甫过门问道,与厚。"文渊阁四库全书本。
② (宋)郭祥正:《前云居行寄元禅师》,《郭祥正集》卷2,孔凡礼点校,第36页。

我所思兮，欧山之巅。白石苍木蔽窥而隔世兮，路通乎兜率之天。层楼复阁，触崿绚烂。往即造兮，云渤兴而澶漫。徒倚恍惚若夺吾魄兮，聊放睇以盘桓。徐风生而雾散，卷绡縠于林端。泊天清而日上兮，瀑峻飞而潺湲。蓄而为潭，泄而为涧。运之以车兮，盈乎大田。然后度石桥，登重门。睹篆玉之榜，谒金仙之尊。徒众五百，庞眉皓首。形仪静而不杂兮，语言要而不烦。齐兴止以钟鼓兮，善后先而摩难。举正眼而谛瞬兮，了无一法之可观。寂兮乐兮，妙复妙兮，其惟真如之禅。我请弃冠释带以投依兮，师则指乎未契之缘。于是曳屣却步，循磴道而复返兮，岁渺渺而屡残。触网罗以系累兮，方伤羽而戢翰。怅昨游而欲再兮，庶已创而复完。乱曰：畴将归兮，卧龙之室。依大道师，成佛而出。①

这两首诗是郭祥正寄赠了元（佛印）禅师而作。从"青春一往二十二"句来看，写作于1057年，即嘉祐二年。两首诗的前半部分都是在描写云居山绝美壮观的景色，山势逶迤高峻，道路险阻难攀，山中云雾缭绕，飞瀑激流，古木参天；山顶沃野膏田，层楼殿阁，色彩绚烂，似幻似真，恍若人间仙境，故此诗人心生出家离俗之念，可惜禅师以因缘未到而拒绝了诗人的请求，于是他只能怅然而归，"于是曳屣却步，循磴道而复返兮，岁渺渺而屡残""南遐北讷惜已死，唯师秀出孤峰孤。潜深隐密自得所，岂不悯我栖榛芜。倒影射岩犹入石，异日三椽容野夫"，寄希望于来日，渴望能够被禅师度化，"依大道师，成佛而出"。

初入仕途的郭祥正，个性倔强而孤傲，以上两首诗写于他辞去星子主簿之职、第一次游历时期，而此时也是诗人刚刚获得"李白后身"的赞誉、颇为自得的时期，李白的出世身影、仙人风姿深深打动了他。祥正因与上司发生龃龉而厌恶仕途，冲动挂冠，漫游拜访名山

---

① （宋）郭祥正：《后云居行寄和禅师》，《郭祥正集》卷2，孔凡礼点校，第37页。

古刹。这一时期,年少气盛、愤世嫉俗的诗人对于佛禅的理解还仅仅停留在表层,他欣赏的仅仅是山寺幽静,与世隔绝,自己可以像李白一样,离开俗世,归隐其间,享受神仙生活。他还并未真正去深入了解佛教思想,反映在诗作当中便是采用大开大合、虚实相生的笔法、夸张奇特的想象,将云居山描绘成似幻似真的神仙世界,而真正关涉佛禅思想的地方却很少。

(二) 仕宦波折时期

> 邑城东南百余里,穿尽荒山渡重水。林倾路转大壑开,峭壁崔嵬半空倚。上无勾连下无根,镌镵难成画难比。回环岩窦碧玲珑,月华吞吐湖光洗。石鼓昼鸣云雨垂,金鸡夜斗龙蛇起。成公说法已千年,事载龟趺尚新美。嗟予平生慕佛学,空洞忘机造玄理。暂来福地神愈清,况接高禅挥麈尾。晋颙悟道天下师,云琏声名自予始。精蓝际会付三人,净众如归闻法喜。今朝更结名山游,宝阁珠楼同践履。达了无生无不生,一声猿啸清风里。①

> 桐乡山水天下名,龙眠气势如长城。重冈复岭跨三郡,盘压厚地攒青冥。东南佛寺号投子,寺门洞启元无扃。雪峰三来道方契,凿井百尺穿重冰。至今善利永不泯,辘轳夜转闻寒声。慈济玄谈载金刻,龟趺鳞甲光荧荧。谁忧怪变碎以斧,半落崖下莓苔青。时移岁晚人事塞,高座窃据非真僧。白云徒侣半凋落,泉石往往荒柴荆。我来抉弊眼除眯,颙自寿至人天迎。随车贝叶五千卷,宝藏突兀同时成。张翁好施古亦少,助我福地还中兴。老禅咒龙未三日,泉发石上吁可惊。晨厨千僧用无尽,琅玕引溜何泠泠。城中客少民事简,屡携茗酌来煎烹。叩师玄关问至理,心地拂拭菱花明。妙峰胜会岂殊此,迷即成凡随死生。明朝官满重回首,别师写作龙眠行。②

---

① (宋)郭祥正:《重九日同修颙惠云二禅师游浮山访洪琏长老》,《郭祥正集》卷13,孔凡礼点校,第230页。
② (宋)郭祥正:《龙眠行留别修颙禅师》,《郭祥正集》卷13,孔凡礼点校,第230—231页。

郭祥正作于桐乡任上的这两首诗是写景抒怀类诗歌，他在诗里详细描绘山寺静谧幽美的环境，进而表达归隐之愿望。第一首诗起首交代浮山地理位置，强调其险要之势以及景色之美，接着回顾此山之与佛教有关的历史，"成公说法已千年，事载龟趺尚新美"，继而转入记叙三人会面的情形，"晋颛悟道天下师，云琏声名自予始。精蓝际会付三人，净众如归闻法喜。今朝更结名山游，宝阁珠楼同践履。达了无生无不生，一声猿啸清风里"，在尽情尽兴游览的同时，诗人由景入情，通达了悟生和死的问题。所谓"无生"，即不生，《广弘明集》解说为"夫万化本于无生，而生生者无生；三才兆于无始，而始始者无始，然则无生无始，物之性也"①，生与死是相对的，无生便无死，无死也无生，不生不死是万物之本性。

第二首同样先介绍龙眠山的位置及高峻的气势，也是起首叙述投子寺之历史兴衰变化，"东南佛寺号投子，寺门洞启元无扃。雪峰三来道方契，凿井百尺穿重冰。至今善利永不泯，辘轳夜转闻寒声。慈济玄谈载金刻，龟趺鳞甲光荧荧"，盛赞雪峰和尚重建投子寺之功。然而时过境迁，后继者并非"真僧"，窃据高位，"时移岁晚人事塞，高座窃据非真僧。白云徒侣半凋落，泉石往往荒柴荆"，寺庙再次衰落下来。幸而"我来抉弊眼除眯，颛自寿至人天迎。随车贝叶五千卷，宝藏突兀同时成。张翁好施古亦少，助我福地还中兴。老禅咒龙未三日，泉发石上吁可惊。晨厨千僧用无尽，琅玕引溜何泠泠"，修颛佛法精深，张翁乐善施财，才让这洞天福地再次兴盛起来。最后转入写诗人自己，"城中客少民事简，屡携茗酌来煎烹。叩师玄关问至理，心地拂拭菱花明。妙峰胜会岂殊此，迷即成凡随死生。明朝官满重回首，别师写作龙眠行"，诗人公务闲暇之余，来拜访禅师，与之品茗谈禅，感悟佛法至理，心要如同菱花镜一样，经常拂拭才能保持明亮洁净，对事物过分迷恋便会陷入凡俗中，执着生死的困惑，难以解脱。这时诗人对禅的理解停留在"渐悟"阶段，心如明镜常拂拭，

---

① （唐）释道宣：《广弘明集》卷8，四部丛刊本。

莫使染尘埃。

这个阶段的诗人领会了佛家"生"与"无生"的关系及生死转化,对佛禅思想有了一定了解,故不再执着于入寺出家,不过,他对脱离红尘、遁入佛寺的生活还是很向往的:

> 仕禄不及养,勇往学金仙。弃家如脱屣,坏衣披稻田。见汝若见母,令我涕泗涟。我方龆龀时,巨岳遭摧颠。汝母挈我往,西江赴临川。爱育比其儿,衣食无颇偏。追随二三载,思亲我言还。是时汝未产,顾今三十年。汝壮我已老,死者归重泉。悠悠记昨梦,幻妄真可怜。汝能逃世累,趣尚固已贤。京华勿久栖,还当择深渊。返穷生死本,勿为言句缠。拭我衣上泪,赠汝金石篇。①

此诗是他为出家外甥法真所作的送别诗作,从诗中叙述自己与外甥一家的渊源来看,这首诗大约作于祥正41—42岁时。诗人九岁左右随姊去往临川,"追随二三载"。如今三十年过去了,诗人已经年近不惑。诗中有言"顾今三十年",故此可推断诗人此诗的创作时间是在桐城令任期。从"汝壮我已老,死者归重泉"来看,大约是已有亲朋过世,因而祥正对生死产生了如梦境般"幻妄真可怜"的感慨,他羡慕外甥能够"汝能逃世累,趣尚固已贤",告诫对方"京华勿久栖,还当择深渊。返穷生死本,勿为言句缠",不要迷恋人间繁华,速速选择一个远离世俗的地方,从根本上参悟生死,不要为语言所纠结。此时诗人对佛教,特别是禅宗的"不立文字,教外别传"的"顿悟"已经有所了解,对佛禅的认知又更进一步了。

留滞汀、漳期间,诗人对仕宦生涯已然失去了热情,佛寺的幽静深深地吸引了他:

> 有客学清净,喜为林下游。兹轩高且明,驻策同其休。目界

---

① (宋)郭祥正:《送外甥法真一师》,《郭祥正集》卷6,孔凡礼点校,第117页。

既朗彻,心官欣自由。弃禄慕居士,读经亲比丘。云树樵声远,石层春水流。鸟羽莹可数,花光暖争浮。已知隔人寰,日落山更幽。适此悟无生,余事安足求。①

登上高明轩,极目四望,眼界骤然开朗,内心也清净自由了,诗中展现出抛开世间功名利禄,与佛、法、僧相伴的愿望。

(三) 归隐青山阶段

我闻辩才师,解空称第一。病子得摩顶,其疾顿若失。救物运真悲,了心非幻术。声名动寰宇,退身愈藏密。峨峨龙井峰,篁竹不透日。终朝无来宾,筇枝自横膝。此道何寥寥,差肩佛摩诘。无生无不生,一以贯禅律。安得两羽翰,归飞参丈室。稽首慕高峰,天地相终毕。②

辩才大师即"杭州上天竺辩才法师元净,悟法华三昧,有至行,弘天台教,号称第一"③。此诗写作时间大约在元祐六年(1091),与《和杨公济钱塘西湖百题》时间相近。诗人拜访杭州辩才大师,作诗纪念,大师精通禅律,令诗人敬服,他希望能跟从大师精研佛理。

当年寻胜已忘还,乘兴重来倍觉闲。赤脚敬瞻新宝藏,白髯羞对旧青山。禅翁昔授岭南衲,狂客今探树穴环。行把生涯付妻子,幻身长寄一岩间。④

此诗是诗人二十三年之后再游桐城所作,《郭祥正集》辑佚卷三中有《重来桐城》一诗,其中有句"重来二十三年后",由此可以推

---

① (宋)郭祥正:《同陈安止登高明轩》,《郭祥正集》卷5,孔凡礼点校,第93页。
② (宋)郭祥正:《寄杭州天竺辩才大师》,《郭祥正集》卷6,孔凡礼点校,第116页。
③ (宋)释德(惠)洪:《林间录》卷下,文渊阁四库全书本。
④ (宋)郭祥正:《再游浮山呈璞禅老》,《郭祥正集》卷23,孔凡礼点校,第378页。

知此诗作于1098—1100年，诗人归隐青山之后再次出游桐城，再次体验了当年游览时流连忘返的趣味，乘兴而来，心中悠闲。他恭敬地重新瞻仰佛法律藏，回想起当年游览此处，曾经为佛法所吸引，想要皈依，但是却汲汲俗世事务而屡次失之交臂，如今想来确实愧对这一片青山绿水。下面两句点明禅师是禅宗法嗣，受业于岭南六祖慧能一派，而自己也并非凡品，狂客探树取环是诗人自喻，暗示自己也是转世而来，大有根基，为下文"幻身长寄一岩间"作铺垫。

选择归隐青山的诗人，在晚年找到了一种更适合自己的生活方式，那就是像陶渊明一样，隐居田园，心远地自偏，不需躲藏到深山古寺，因此诗歌中对于出家的执念淡化了。从"行把生涯付妻子，幻身长寄一岩间"中可以看得出，家人是他最难以割舍的，这也从另一方面说明诗人认同的生活方式便是与家人一起，享受天伦之乐。

祥正一生与佛教高僧交往频繁，好游览古寺名刹，他的诗作中频现佛教术语，如醍醐灌顶、香积饭、清凉、彼岸、心传、菩提、三车法等词，如"听公高论何由尽，应比醍醐灌漏卮"①"薰成香积界，回首非尘笼"②"承音既亲切，妙顶醍醐灌。登门已清凉，定步济彼岸"③"禅祖心传上上机"④"长养菩提因"⑤"寺载三车法"⑥，佛教内容和佛教术语的使用也是他诗作内容丰富多样的又一明证。

三 老庄思想与道教信仰

在郭祥正的诗歌当中，老庄思想中逍遥至乐、齐万物等死生的理论以及由老庄思想发展而来的传统隐逸和道教游仙往往掺杂在一起，很难截然分开，最终诗人形成了以求仙为外壳、遁世隐逸为实质的独

---

① （宋）郭祥正：《将至寿州先寄知府龙图三首》其二，《郭祥正集》卷24，孔凡礼点校，第395页。
② （宋）郭祥正：《琅琊行》，《郭祥正集》卷16，孔凡礼点校，第265页。
③ （宋）郭祥正：《题净众院赠蒙禅伯》，《郭祥正集》卷5，孔凡礼点校，第94页。
④ （宋）郭祥正：《六祖大涌泉》，《郭祥正集》卷22，孔凡礼点校，第365页。
⑤ （宋）郭祥正：《普利寺自周上人高明轩》，《郭祥正集》卷5，孔凡礼点校，第92页。
⑥ （宋）郭祥正：《题清远峡广庆寺壁》，《郭祥正集》卷5，孔凡礼点校，第100页。

特的哲学思想体系。

(一) 道家思想

郭祥正深受老子、庄子影响,是道家思想的忠实信徒。他在诗歌中写道:"穷达无过四十年,事业空存一张纸。不如饮酒临春风,溪水绿净山花红。金丝玉管乱两耳,一醉三百琉璃钟。醉来辞君登海槎,四方上下皆吾家。"① 丝竹玉管惑乱人耳,正是对老子"五色令人目盲,五音令人耳聋"② 思想的反映。对于庄子,诗人不仅从艺术手法上学习,而且从思想上接受和认同,"始信庄生言,观鱼乐濠上"③,他作诗评价《庄子》一书:

> 铿铿南华经,语意妙复妙。高能出苍旻,卑不厌藜藿。阴静偶暂处,隐迹两莫吊。息踵真人徒,息喉愚者绍。方同造物言,万变领枢要。既能无恒化,勿凿混沌窍。百家拾其余,所得乃遗溺。至音听以气,世或昧此调。不见杏坛讲,犹为渔父诮。君看泰山顶,半夜日先照。惟逢蒋颖叔,沉默造玄奥。落笔逾万言,严密若诰诏。嗟予久聋暗,此道雅未剽。一昨闻君谈,神悟百骸疗。人忘道术游,鱼忘江海跳。昭亭果见期,为子发长啸。④

《南华经》语意玄妙,诸子百家学说皆是捡拾《庄子》剩余渣滓废物,甚至都是遗溺。庄子以为,真人呼吸以踵,愚者呼吸以气;生死犹如瘔痰,不必惊讶,不要人为去改变物之天性,可叹世人不能真正理解庄子的思想,"初不辨牛马,河伯方欣然。及见北海若,始惊大小悬。大小不相借,致令夔爱蚿。学者倘悟此,心忘真乃全"⑤,如果学《庄子》之人从河伯和北海若身上明白了大小之相对关系,

---

① (宋) 郭祥正:《留别宣城李节推献父》,《郭祥正集》卷8,孔凡礼点校,第159页。
② 陈鼓应:《老子注译及评介》第12章,中华书局1984年版,第106页。
③ (宋) 郭祥正:《池上晚景分得上字》,《郭祥正集》卷5,孔凡礼点校,第95页。
④ (宋) 郭祥正:《酬颖叔见寄》,《郭祥正集》卷3,孔凡礼点校,第61页。
⑤ (宋) 郭祥正:《题宣州天庆观秋水阁》,《郭祥正集》辑佚卷1,孔凡礼点校,第526页。

那么就能够通过心斋坐忘而保全天性。"至音听以气",至音要从"自然之气"中去感受,而非用耳去听,因为"至音非乐音,玲珑闻自然"①。

在《庄子》思想影响下,诗人将逍遥与归隐、及时行乐联系在一起,作为解决人生困境的最佳途径,"逍遥形骸外,浩荡天地情"②"归去来兮予之思,放吾形兮聊逍遥以卒岁"③"噫吁嚱,达亦不足恃,穷亦不足羞,但愿明月照我酒,古来秉烛供遨游。因谁为谢北海若,酩酊不辨马与牛"④,穷与达如同大与小,是一种相对关系,因此身处"达"境并没有什么可仗势的,相对的,身处"穷"地也没有什么可羞耻的。人生在世不能为外界事物过分拘限,应该忘记形骸之累,逍遥于天地之间。

(二) 道教游仙

纪昀等人在《四库全书总目提要》中评价郭祥正诗歌:"其诗好用仙佛语,或偶伤拉杂,而才气纵横,吐言天拔。"⑤"好用仙佛语",说明郭祥正的诗歌中道教神仙色彩比较浓厚。诗人想象瑰奇,好使用超现实手法将大量具有神仙道教色彩的词语、典故、意象运用到诗里来叙写客观世界、现实事物。如"仙棋一局一番春,几见桃花满流水。他年功成趋帝阙,醉唤常娥拥明月。照开三十六洞天,玉树瑶花恣攀折"⑥六句诗中,四处典故与道教神仙思想相关。"一局一番春"的棋局,出自"王质烂柯"之典,樵夫王质入山,观仙人下棋,忘记时间,手中斧头手柄都腐烂了⑦;"几见桃花"之典出于刘

---

① (宋)郭祥正:《游仙一十九首》其五,《郭祥正集》卷3,孔凡礼点校,第42页。
② (宋)郭祥正:《题旌德虞令观妙庵》,《郭祥正集》辑佚卷1,孔凡礼点校,第526页。
③ (宋)郭祥正:《古思归引_{石季伦有其序而亡其词}》,《郭祥正集》卷1,孔凡礼点校,第8页。
④ (宋)郭祥正:《中秋登白纻山呈同游苏寺丞_{子骏}》,《郭祥正集》卷9,孔凡礼点校,第171页。
⑤ (清)永瑢等:《四库全书总目提要》卷154,第3994页。
⑥ (宋)郭祥正:《武夷行寄刘侍郎》,《郭祥正集》卷2,孔凡礼点校,第35页。
⑦ 宋代曾慥《类说》卷8载:"信安郡石室山,晋时王质伐木,至见数童子棋。与质一物,如枣核,含之不觉饥。视斧柯烂尽。既归,无复时人。"(北京图书馆古籍出版编辑组编《北京图书馆古籍珍本丛刊》,书目文献出版社1998年版)

晨、阮肇入天台山遇仙女的传说;"三十六洞天"是道教典籍中宣扬的神仙福地。① 道教服食炼丹,求长生的修炼法门也影响了诗人,"爱君逸兴何由攀,飘如孤鹤遗尘寰。若见麻姑与王远,寄我一粒黄金丹"②"若逢吴市门,更访长生理"③ "我爱长吟登好山,到此便欲辞尘寰。可能筑室辄延我,为君炼熟黄金丹。丹成大笑分一粒,坐令绿发回朱颜。浮生百岁不早悟,日月扰扰空循环"④。同宋代许多文人一样,他喜欢道术,对道教经典爱不释手,不仅时常要阅读《黄庭经》,并且还会抄录,"手披《黄庭经》,金字写青纸"⑤ "《黄庭》看在手,白雪任盈簪"⑥ "夜阑窗户闭,《黄庭》看未终"⑦。他经常引用其中语词,如"高奔日月瞻玉京,阴气炼尽阳气成"⑧,幻想自己飞升入天,与日月合为一体。再如"三叠琴心调夜月,一杯茗酌送春风"⑨,"三叠琴心"来自"琴心三叠舞胎仙",语出《上清章》。梁丘子注云:"三叠,三丹田,谓与诸宫重叠也。胎仙即胎灵大神,亦曰胎真,居明堂中,所谓三老君,为黄庭之主。以其心和则神悦,故舞胎仙也。"⑩ 诗人多处引用《黄庭经》,是因为"从某种意义上说,《黄庭经》往往代表与功利、红尘、忙碌相对的淡泊、出世、闲适的生活态度和平和心态"⑪,他试图通过阅读道教典籍来消解俗世生活之烦恼,以清心寡欲的生活方式对抗自身遭遇之苦痛。

诗人常用自身体验来证实道教神仙的神异性:

---

① 见(宋)张君房《云笈七签》卷27"洞天福地部",蒋力生等校注,华夏出版社1996年版,第153—157页。
② (宋)郭祥正:《送杨主簿次公》,《郭祥正集》卷12,孔凡礼点校,第211页。
③ (宋)郭祥正:《送朱伯原秘校》,《郭祥正集》卷4,孔凡礼点校,第85页。
④ (宋)郭祥正:《题杏山阮氏高居》,《郭祥正集》卷14,孔凡礼点校,第240页。
⑤ (宋)郭祥正:《庐陵乐府十首》其五,《郭祥正集》卷7,孔凡礼点校,第140页。
⑥ (宋)郭祥正:《寓馆》,《郭祥正集》卷17,孔凡礼点校,第280页。
⑦ (宋)郭祥正:《山居绝句六首·夜》,《郭祥正集》卷26,孔凡礼点校,第424页。
⑧ (宋)郭祥正:《赠潜山伊居哲先生》,《郭祥正集》卷14,孔凡礼点校,第238页。
⑨ (宋)郭祥正:《赠历溪张居士》,《郭祥正集》卷24,孔凡礼点校,第392页。
⑩ (宋)张君房:《云笈七签》,第199页。
⑪ 张振谦:《唐宋文人对〈黄庭经〉的接受》,《暨南学报》(哲学社会科学版)2012年第3期。

庙食圆山忘岁年，自言眈酒未能还。身披羽衣手提药，时时混迹来人间。七言四句又奇绝，固非俗士能追攀。蓬莱却在漳水上，鳌头突起沧波环。长萝秀木锁春色，石泉自泻秋声潺。伊予来漳四十日，始造秘殿瞻威颜。归鞍未解疾遽作，寒气束缚形骸脧。夜梦青衣捧玉盘，琉璃十颗传灵丹。欣然投齿咀三四，若饮沉瀣生修翰。精神顿觉枕上醒，五鼓未送蟾光残。明朝视事若平昔，僚吏争贺询其端。真仙垂祐必终始，凡骨岂易当珍丸。便思勇决谢尘网，往跨皓鹤参翔鸾。吟诗卖药同至乐，安用包羞拘一官。①

传说中圆山仙人用仙药救助人间病人。祥正初到漳州，生了一场病，夜梦圆山仙人赐予灵丹，翌日不药而愈，故此诗人认为"真仙垂祐必终始"，于是兴起辞别人间，寻仙炼丹的念头。

诗人还将世俗生活之享乐与神仙之乐等同：

偶骑匹马游仙关，瑶池夜宴欢未阑。邀予末座闻清弹，琵琶十槽声正繁。初疑饥鸾啄玉应天响，忽似霹雳数声春气还。曲遍将终檀板急，舞袖裂霞随拍入。踏碎琼筵鸾步娇，汗透香绡露桃湿。解缭罢舞整花钿，宛转仙容雁行立。主人使令持酒卮，香随罗袜成尘飞。铜龙无声夜无极，煌煌烛焰回朝晖。桃源花落长溪净，人著秦衣樽俎馨。岂如此会绝风流，主人殷勤宾客敬。我作短歌公听取，人世百年能几许。乐极哀来古所悲，不如立功当此时。②

此诗大约作于熙宁七年（1074），郭祥正年 40 岁，按堤原武时期。他去拜访郑州太守，郑州太守设宴款待，席间歌舞升平，宾主尽情尽欢，彻夜享乐。于是诗人便将郑州太守府比作仙关，将这次欢宴

---

① （宋）郭祥正：《圆山谣》，《郭祥正集》卷 16，孔凡礼点校，第 268 页。
② （宋）郭祥正：《郑州太守王龙图赟之出家妓弹琵琶即席有赠》，《郭祥正集》卷 15，孔凡礼点校，第 247 页。

看作瑶池夜宴、舞女歌姬视为仙女。

最能体现祥正之道教神仙思想信仰的是《游仙一十九首》：

漠漠出寒雾，悠悠趋太清。珠楼被重绡，灵花纷素馨。青衣捧绿章，磨丹书姓名。为我横玉笛，一奏雌龙声。（其一）

非尘复非烟，氲氲散紫清。乃知泠风御，倏倏恣游行。忽逢黄金阙，云是玉帝京。逍遥侍御者，不假精锐兵。（其二）

扶桑并咸池，窈窈殊在下。真阳涵素光，无昼亦无夜。神体常自保，不与物俱化。运龄从此长，尘缘顿消谢。（其三）

至道不由学，颓龄安可住。宿命无纤罹，重玄乃遐悟。鲜明女萝君，致我火浣布。稽首存至诚，欣会如所度。（其四）

至音非乐音，玲珑闻自然。殊绝洞房景，亦超郁罗天。灵嫔下鹤驭，问我来何缘。却惊与世隔，一别三千年。（其五）

澡心华池液，薰手玉楼香。一披宝神经，众真共来翔。七言咏良遇，至音迭琅琅。珍重卫夫人，行草记瑶章。（其六）

太微无烈风，紫台多灵露。逍遥三五客，披衣纵高步。回首笑复歌，游此今几度。却嗟寰中人，枉为死所误。（其七）

仙家无四时，瑶草常芬芳。五岳倏来尔，玉鞭驱凤凰。得道迭相度，不闻嫉贤良。所以心无邪，人人自年长。（其八）

妙景素无杂，玉界涵虚明。妙声清不淫，洞歌奏金铃。真遇非遐想，忘心乃全生。噫哉百年内，得失安足营。（其九）

峨峨金精巾，飘飘清霞裙。手持紫毛节，身乘三素云。驾言欲何适，上朝玉宸君。隐书谢所赐，洞明道之根。（其十）

倏然乘一气，来往游太空。闲歌内景章，遂登蕊珠宫。华英不知名，激齿甘液浓。此乐无忧虞，固非侯与公。（其十一）

投真落人世，倏经四九年。睹纷未尝竞，内顾净且渊。果逢飞行羽，得披紫微仙。携手浮绛波，绛波春渺然。（其十二）

攀沿日月窟，遂观天地枢。捣金铸豪英，抟糟酝庸愚。校量宿所造，报应无差铢。丁宁与世言，安分勿浪图。（其十三）

在天不择友，天人皆正一。云汉共翱翔，隐耀无固必。岂同浊世游，自谓胶投漆。毫端利害分，白眼永相失。（其十四）

款逢九华妃，授我磨镜石。一磨日月朗，万古永不蚀。缄之紫锦囊，匪同赵氏璧。才落猛士手，睨柱曾莫惜。（其十五）

二景结良匹，曾非尘虑侵。欣欣启皓齿，玉珮扬清音。碧河并绛实，采擢期追寻。言舒意亦散，双好永齐心。（其十六）

神凝光自生，洞房玄照映。青丝散垂腰，目采流玉镜。共谈上清事，精微寄余咏。乐酣会既分，双驾还霄岭。（其十七）

清僚真可慕，振衣愿所归。既绝世上缘，吾宁抱愁悲。云韶自相谐，虚听方达微。是将跨灵羽，逸麟复攀追。（其十八）

窥天见天根，步玄入玄门。素光流一气，默默复浑浑。挥手散余景，至心揖灵尊。从今乃忘言，大道多子孙。（其十九）①

诗人将世俗社会中无法解决的问题，如命运变幻无常，人心难测，人性丑恶，韶光易逝，生命短暂等，放入神仙世界，希望通过求仙来求得心灵上的宁静与解脱。其二"忽逢黄金阙，云是玉帝京。逍遥侍御者，不假精锐兵"，透露出诗人对人间帝王不可轻易见到、君臣难以遇合表示不满，仙境中的玉帝所在之处可以逍遥而游，凡间君王却不是想见便能见到的。在其三"神体常自保，不与物俱化。运龄从此长，尘缘顿消谢"和其四"至道不由学，颓龄安可住。宿命无纤罣，重玄乃遐悟"中，诗人有感于韶华易逝，人生苦短，宿命无常，借扶桑咸池来洗涤尘缘往事，参玄悟道。其七诗人感慨生命短暂，羡慕神仙能超脱生死。其八"得道迭相度，不闻嫉贤良。所以心无邪，人人自年长"和其十四"在天不择友，天人皆正一。云汉共翱翔，隐耀无固必"是诗人对人与人之间因嫉妒而互相陷害的不满。俗世之人为了利益而互相侵害，仙人却心思纯净，能互相辅助、度化，不会妒忌贤者，构陷他人，所以能够长生不死。其十一、其十二、其十七写成仙

---

① （宋）郭祥正：《游仙一十九首》，《郭祥正集》卷3，孔凡礼点校，第41—45页。

之乐,其九、其十、其十八、其十九是达道之悟。

诗人倾慕道教神仙,是因为对世俗生活不满,但他却又找不到解脱之法,故而转向求仙,这实际是一种无奈之举,"无论是远离世俗以求避世还是飞升上天,都是以摆脱现实的烦恼为目的"①,因此在他的作品当中,有时会出现如"不服丹砂不养真,老来天与健精神。自怜五十头垂雪,始见人间百岁人"②"烧丹辟谷非吾事,能远尘寰即是仙"③等反对道教炼丹服食之言,还有"仙者不可见,孤峰但嵯峨"④"时见落花随水流,咫尺神仙杳难遇。神仙有无何可量,但爱武陵山水强"⑤等怀疑神仙是否存在的言论,此刻访道求仙的想法被寄情山水、及时行乐替代,请看《游生米施真君观阅李德素旧题五绝句遂次韵和之》:

> 寄语人间学道人,无真可学乃为真。施郎昔日投竿处,直下寻纶透海滨。(其一)
>
> 学道多年未得仙,漫将芝草种瑶田。索纶不起龙吞钓,为问渔翁直几钱。(其二)
>
> 水鸦山鹊语相传,风阻归航未得前。老桧一株坛石静,道人无事看残年。(其三)
>
> 来寻遗事问神仙,坐石垂纶不记年。水鸟自来云自去,月和蟾影几回圆。(其四)
>
> 晴云落日似横金,水鸟松风伴我吟。题壁高人竟何在,犹应施老笑无心。(其五)⑥

---

① 卢晓辉:《郭祥正的诗歌创作与道教》,《滁州学院学报》2009 年第 3 期。
② (宋)郭祥正:《百岁王姥自云平生未尝服药》,《郭祥正集》卷 27,孔凡礼点校,第 427 页。
③ (宋)郭祥正:《次韵元舆题王祖圣南涧楼清斯亭二首》其一,《郭祥正集》卷 21,孔凡礼点校,第 351 页。
④ (宋)郭祥正:《戴氏鹿峰亭二首呈同游》其一,《郭祥正集》卷 4,孔凡礼点校,第 84 页。
⑤ (宋)郭祥正:《桃源行寄张兵部》,《郭祥正集》卷 2,孔凡礼点校,第 39—40 页。
⑥ (宋)郭祥正:《游生米施真君观阅李德素旧题五绝句遂次韵和之》,《郭祥正集》卷 28,孔凡礼点校,第 460 页。

需要说明的是，郭祥正的思想信仰是建立在儒家基础之上，混合佛老学说，三者共同作用而形成的，与其同时代文人"崇尚清旷的思想，带有庄佛超物我齐生死以化解人生忧患的性质，同时亦含有一种儒家士大夫在恶劣的社会政治环境中追求道德人格挺立的意味"① 并无二致。这三者既统一，又矛盾，当儒家之"入世"被现实击退时，佛老之"出世"便会出现，来解决诗人理想与社会现实之间的冲突。虽然"学佛老者，本期于静而达，静似懒，达似放"②，但是由于郭祥正思想中居于主导地位的是儒家道德人格和自我修养，这便促使他同宋代其他读书人一样，避免了佛老之静达带来的虚空和闲懒颓放，正如苏轼所说，"吾侪虽老且穷，而道理贯心肝，忠义填骨髓，直须谈笑于死生之际。若见仆穷困便相于邑，则与不学道者大不相远矣"③。

---

① 张毅：《宋代文学思想史》，中华书局1987年版，第115页。
② （宋）苏轼：《答毕仲举二首》其一，《苏轼全集校注·苏轼文集校注》卷56，张志烈、马德富、周裕锴主编，第6184页。
③ （宋）苏轼：《与李公择十七首》之十一，《苏轼全集校注·苏轼文集校注》卷51，张志烈、马德富、周裕锴主编，第5617页。

第六章 温柔敦厚：郭祥正的文艺思想

郭祥正不仅仅是一位诗人，也是一位文艺批评家，他通过自己的创作实践活动总结并提出了许多珍贵的诗学理论，这些理论涉及诗歌本源、思维创作、语言技巧等诸多方面内容，是宋代文学批评理论中不可或缺的重要组成部分。祥正才华横溢，除了文学创作之外，还醉心收藏，擅长书法，对绘画和音乐等艺术形式也有独到见解，留下许多宝贵的鉴赏理论。本章就郭祥正在诗学、绘画、书法以及音乐方面形成的思想进行分析探讨。

第一节 郭祥正诗学理论概述

郭祥正一生创作1400多首诗歌，在中国诗歌史上可谓高产。他不仅积极参与诗歌创作的实践活动，也非常喜欢与他人探讨研究诗歌理论，对自己在诗学领域的心得体会十分自信，"子善评文我不如，我亦谈诗子深许"① "南风一送轻舟去，更与何人细论诗"② "促榻开青眼，论诗慰白头"③。这些有关诗学理论的诗句是诗人毕生创作实践的

---

① （宋）郭祥正：《瑞昌双溪堂夜饮呈吴令子正》，《郭祥正集》卷15，孔凡礼点校，第248页。
② （宋）郭祥正：《次韵池守富仲容寄诗酒为别二首》其一，《郭祥正集》卷28，孔凡礼点校，第466页。
③ （宋）郭祥正：《郑致国宣义见过小山留饭叙旧毅父丞相合子》，《郭祥正集》卷20，孔凡礼点校，第323页。

心得，散见于近 200 首诗歌当中，占到留存创作总量的近七分之一，数量可观，值得深入研究。他的诗歌理论主要见于吴文治主编《宋诗话全编》所收录之《郭祥正诗话》，共 13 则①。张福勋《"我亦谈诗子深许"——郭祥正诗论发微》中提到郭祥正诗论 83 则。② 刘中文认为《宋诗话全编》所辑不全，又增补诗话 26 则③，除去三人重复互见之处，前人所收辑郭祥正诗论共 89 则。郭祥正的文艺理论，特别是诗论远远不止于此，前人尚有诸多遗漏之处。笔者根据孔凡礼《郭祥正集》，参校文渊阁四库全书本《青山集》《青山续集》重新整理，又补辑诗论 133 则，依照其关涉内容，将这些诗论大致分为以下两种类型，对于一首论诗诗中出现两种类型互有交叉的情况，则酌情归类。

一 诗学理论研究类

郭祥正的诗学理论主要包括对诗歌起源、功能、创作思维等基本问题的探讨。

1. 词不足以尽寄兮托余思于江流。（《徐孺兴哀词》）
2. 其词有同有不同，亦各言其志也。必有读者能得之。（《山中乐并序》）
3. 七言咏良遇，至音迭琅琅。（《游仙一十九首》其六）
4. 微吟百忧散，达道千古同。诸君况才豪，如罴复如熊。（《夏日游环碧亭》）
5. 惟南极空旷，朗咏佳兴发。（《同陈公彦推官登峨嵋亭》）
6. 作诗聊自警，中道尚可勉。（《观怡亭序铭》）
7. 更听渔父吟，悠扬写心曲。（《望牛渚有感三首》其二）
8. 篇章自此富，写咏穷欢忧。……高吟凌李杜。（《昨游寄徐子美学正》）
9. 有才不得施，著书贻后世。（《送朱伯原秘校》）

---

① 吴文治主编：《宋诗话全编》，江苏古籍出版社 1998 年版，第 316—319 页。
② 张福勋：《"我亦谈诗子深许"——郭祥正诗论发微》，《阴山学刊》2003 年第 1 期。
③ 刘中文：《〈宋诗话全编·郭祥正诗话〉补遗》，《黑河学院学报》2011 年第 4 期。

10. 谁为孝子传，吾诗信无伪。(《送许栖默道士》)

11. 何以明归仰，顿首兴微吟。(《宿钟山赠泉禅师》)

12. 世无采诗官，悲歌寄鸿鹄。(《前春雪》)

13. 悲歌闭空屋，写慰同心客。(《后春雪》)

14. 觞酌每追随，啸咏舒惊襟。(《送倪敦复朝奉还台》)

15. 高歌戛金玉，其声震寥廓。(《志士吟二首》其一)

16. 请公椽笔赋大篇，歌颂永平诛僭拟。光焰须令万丈长，一时行乐何足纪。(《石屏台致酒呈蒋帅待制》)

17. 明时不作《离骚经》……与君高咏思无邪。(《留题吕学士无为军谪居廊轩》)

18. 殷勤笑我骑鲸鱼，诗狂酒怪何时已。七言哦罢欲无言，坐看峰头片云起。(《和守讷上人五峰见寄之作》)

19. 更提椽笔挥长篇，至理直欲追玄元。(《浮丘观》)

20. 君还旧庐能寄书，谓我楚辞传上都。……文章不直一杯酒，功名付与千年松。(《寄吴著作》)

21. 欲吐哀音写心曲，濛濛江声摇地轴。(《将至江夏先寄太守李学士_{公择}》)

22. 老夫诗思惬。(《雨过》)

23. 琴声传不尽，诗句写应难。(《松风》)

24. 交情贫始见，诗思老仍多。(《元舆携酒见过三首》其二)

25. 短才吟不就，终欲付丹青。(《登清音亭二首》其二)

26. 叙事公偏富，求声我最知。赓酬三百首，余韵付咸池。(《与元舆论诗而风雨骤至》)

27. 野兴怜诗逸。(《又和英伯四首》其二)

28. 客兴托诗酒。(《又和英伯四首》其三)

29. 诗思已飘然。(《贾侍御同游石盆寺以白玉船酌酒》)

30. 到官无盗贼，览古数题诗。(《送人赴巫山尉》)

31. 得句惭非画手亲。(《和安止怀予北归怅然有作三首》其二)

32. 西庵吟醉忆君同，忽得新诗思愈工。下笔捷才如阵马，接人和

气似春风。(《子中修撰示书有不得同游水晶宫之叹作唐格四韵寄别》)

33. 安得快风吹我去,勇提椽笔伴君吟。(《重阳怀历阳孙公素太守》)
34. 安得鬼仙提巨笔,不容左纽独传名。(《芜阴北寺桧轩》)
35. 只应诗思冷如冰。(《月下怀广胜华师》)
36. 言说从来无实义,更寻佳句欲如何。(《答省师试卷》)
37. 忽得新诗慰牢落。(《寄陈显仁秀才二首》其二)
38. 新诗欲得何人和,席上能容杜老无。(《次五羊先寄帅公颖叔》)
39. 文章千古重。(《王丞相荆公挽词二首》其二)
40. 出处两龃龉,悲歌写哀弦。(《赠二李居士_{伯时、德素}》)
41. 题诗起高兴,飘然跨鸿鹄。(《倚楼》)
42. 诗思阳春发。(《送周泳主簿》)
43. 政善众歌谣。(《送刘彦思推官》)

二　诗人诗歌鉴赏类

郭祥正好评价前人诗歌,他极为赞赏陶渊明、二谢、庾信、鲍照、李白、杜甫、韩愈、杜牧、欧阳修、梅尧臣、刘几、章衡、李常、蒋之奇、耿天骘、留定等人,好用前辈诗人来比附时人之才华,同时通过对他人诗歌的品鉴提出自己的诗学主张,主要是诗歌语言艺术技巧方面的总结。

1. 予甥法真禅师以子瞻内相所作《醉翁操》见寄。予以为未工也,倚其声和之。(《醉翁操_{效东坡}》)
2. 读君《涵辉记》,恍若登蓬莱。……文章欲会造化手,藩屏暂屈岩廊材……为君高吟岂知倦。(《寄题蕲州涵辉阁呈太守章子平集贤》)
3. 诗才君独勇,辩舌予久嚃。(《同阮时中秀才食笋二首》其一)
4. 桓桓翠琰文,愈读愈精妙。(《游华阳洞阻雨》)
5. 二李妙分、篆,裴铭语尤嘉。(《怡亭_{裴虬作铭李莒八分阳冰篆序存焉}》)
6. 君辞如太羹,我语效盐卤。(《和颖叔丁山黯字》)
7. 文章那更论,精魄恐坠失。(《和梅谦叔丁山吃字》)
8. 落笔逾万言,严密若诰诏。(《酬颖叔见寄》)

9. 更闻诵新作，字字芝兰馥。……明朝得长篇，调险不可续。(《颖叔见招赴何秀才家饮》)

10. 谢公赛雨诗，千秋泻潺潺。(《怀平云阁兼简明惠大师仙公》)

11. 读君新诗章，对面若吴楚。(《和耿天骘见寄二首》其一)

12. 遥怜李太白，曾忆谢将军。(《望牛渚有感三首》其三)

13. 况攻李杜吟，字字无淫声。(《寄题留二君仪田园基石亭二首》其一)

14. 经罢哦五言，珠玑沧海倾。(《寄题留二君仪田园基石亭二首》其二)

15. 请公握鸿笔，铲薛挥戈矛。(《独游药洲怀颖叔修撰》)

16. 又通世俗书，落笔皆文章。(《赠上蓝晋禅师》)

17. 不能跨鲸鱼，挥笔信非美。(《宿栖贤寺》)

18. 吴、毛持漕节，文彩烂锦绣。发为《新昌行》，洪钟待谁扣。(《新昌吟寄颖叔待制》)

19. 能诗又敏速，往往造险语。文章久荐达，名声动寰宇。(《送马东玉朝散还朝》)

20. 公余缀吟笔，烂熳排珠琲。又如腔峒兵，百千森甲铠。寄我数十篇，翛然起沉痗。胸中强搜抉，旧学久荒馁。欲追天马踪，蹇蹶竟难逮。抚卷怀昔游，魂魄飞黤黳。何当裂云笺，看君吐江海。(《谢泾川宋宰惠近诗》)

21. 牧之吟齐山，太白咏秋浦。至今三百年，光焰不埋土。我朝文愈甚，往往出前古。仲容生相门，璨然凤凰羽。作镇簿书闲，盈编金玉吐。牧之何足论，白也真尔汝。(《酬富仲容朝散见赠因以送之》)

22. 更读琳琅篇，叙事何其周。(《安中尚书见招同诸公登雨华台》)

23. 读君弄水篇，感慨攀巢由。赤脚踏云雨，投竿玩汀洲。鸥鸟不见猜，飞舞相应酬。谁倾百斛珠，跳踯无复收。一发海客秘，尽副贫家求。李杜缩光焰，王谢惭风流。开卷起予兴，飘欲乘桴浮。如观秋浦图，晚景入两眸。爱之不能舍，饥鱼适吞钩。尝置几案间，出没窥岩幽。……何当随君车，吟哦与君俦。(《和敦复留题池州弄水亭》)

24. 读君小山篇,语势欲飞舞。(《酬彭法曹留题小山用次来韵》)

25. 谪仙如得句,须换一双归。(《追和李白秋浦歌十七首》其十三)

26. 峨峨敬亭山,玄晖有佳作。贾公乃后身,风流今与昨。(《将游宣城先寄贾太守侍御用李白寄崔侍御韵》)

27. 三章宠新作,词源何骏奔。几欲效长吉,微吟谢高轩。(《留别宣守贾侍御用李白赠赵悦韵》)

28. 马上题诗泣鬼神。(《送方奉议倅保德彦德》)

29. 千言不落一字俗,凛凛秋风吹太阿。(《酬吴著作子正》)

30. 险句卷起谷帘水,真珠万斛收苍崖。(《康王洞呈同游讷禅师》)

31. 公携大句使我读,冰澌戛齿清琅琅。张侯继作亦精敏,兰茝相倚传芬芳。……只今神孙大母圣,天下击壤歌时康。……勒词苍崖告万古,蒲涧之会无淫荒。(《蒲涧奉呈蒋帅待制》)

32. 黄州之客最少年,醉来口角倾词源。惊龙掣电绕沧海,沙场阵马成功旋。(《向舜毕秘校席上赠黄州法曹杜孟坚即君懿职方之孙也》)

33. 高吟成章又奇绝,睥睨韩杜君何谦。(《祀南岳喜雨呈李倅元吉》)

34. 清风无根长不死,太白高名亦如此。何人谓是王佐才,文简雄词泻秋水。(《题毕文简公撰李太白碑阴》)

35. 东林沈郎真隐居,山坏水绕开方壶。何年濯足脱尘网,坐卧七言哦蕊珠……欻然踊起拂素壁,笔洒二韵铿琼琚。(《寄题湖州东林沈氏东老庵》)

36. 爱君新篇溢千楮,突兀寒宵见南岳。龙蛇千丈老松杉,霹雳一声挥电雹。(《赠孙郎中景修》)

37. 明朝大字送满箧,乃是醉扫琅琊诗。……禹俾八咏不足数,永叔烂漫镌瑶碑。……爱君胆大少且锐,搀刷缺漏笔补之。飘然一别今七载,取读往往生光辉。(《酬蔡尉秘校》)

38. 笔下琳琅写心素。(《酬李从道太博》)

39. 长篇赠我不可和,和声酸涩令人羞。(《酬魏炎秀才》)

40. 珍绨一袭藏至珍,卷尾长篇更入神。呜呼粉墨终成尘,唯有

文章道德能日新。(《燕待制秋山晚景王荆公有诗,跋其后》)

41. 况君才力似韩愈。(《谢蒋颖叔惠澄心纸》)

42. 吟出人间见所不可见,常娥织女为之生嫌猜。(《送梅直讲圣俞》)

43. 谢公秀句发天籁,颜守老笔蟠蛟螭。(《送杨主簿次公》)

44. 文章仿佛窥典谟。(《送吴龙图帅真定仲庶》)

45. 忽得新诗惊老格,飘飘真是金门客。(《酬运判毛正仲》)

46. 滁阳吴公富文采……明朝大句挥长篇,戛玉锵金轰两耳……蒋公、毛公并诗伯,笔阵酣战秋风里。(《奉和运判吴翼道留题石室》)

47. 人亡国变今几年,唯有文章记嶙崒。胜游况遇中郎孙,诗拟杜陵相仿佛。洪河喷作三门流,突骑长驱五千匹。令人惊嗟但缩手,近世雄豪无此笔。不唯险韵难追攀,学道输君先得一。(《奉和梧守蔡希蘧留题石室》)

48. 南风更送琳琅篇,明珠十斛投归船。(《即席和酬金陵狄倅伯通》)

49. 劝君且学充其科,殿前笔阵挥长戈。(《赠南康刘叔和秀才》)

50. 晋时谢守曾赛雨,至今石上镌遗吟。五言雅重参二典,琅琅一诵铿璆琳。(《忆敬亭山作》)

51. 新诗编联尽珠玉,光大先烈听簴篪。更忆丹青妙画手,进入明堂逢至尊。(《蒋公桧呈淮南运使金部颖叔此桧希鲁侍郎漕淮日手植》)

52. 七言四句又奇绝,固非俗士能追攀。(《圆山谣》)

53. 鹏鸟宁须赋,《离骚》未是经。(《独醒》)

54. 琳琅得新句,又胜玉川夸。(《谢君仪寄新茶二首》其二)

55. 和篇惊险韵。(《元舆三月三十日致酒》)

56. 谁识子昂孙,新诗霭暮云。体兼诸谢备,名与少陵分。(《元舆近诗加妙用寄四韵》)

57. 成篇超俗格,开卷释新愁。……重吟垂翼句,春气返如秋。(《雨怀安止三首》其二)

58. 皎皎张巡传,圣俞表。新新季子铭。荆公志。吾诗愧涓滴,何以助南溟。(《题赵康州石声编后》)

第六章 温柔敦厚：郭祥正的文艺思想 255

59. 持以报诗豪。(《谢倪敦复惠酒》)

60. 夫君老文学，国士尽知音。往奏相如赋，休怜阮籍吟。(《送衡武陵赴阙》)

61. 留郎更赋多情曲，直欲豪华将杜坛。(《和君仪感时书事》)

62. 我欲高吟还阁笔，坐中留、蔡总能诗。(《阮希圣新轩即席兼呈同会君仪温老三首》其一)

63. 与君重赋杜秋诗。(《阮希圣新轩即席兼呈同会君仪温老三首》其三)

64. 美化流行非乳虎，新诗老重似雎鸠。(《次韵元舆言怀》)

65. 词源向我泻潺潺。(《送饶守李泽民承议》)

66. 不得画工如立本，使君吟写最多才。(《雨中南楼望西方僧舍要元舆同赋》)

67. 幸君数送琼瑶句。(《次韵元舆雨中见怀二首》其一)

68. 诗筒时复觇英华。(《次韵元舆雨中见怀二首》其二)

69. 想提椽笔瞰西城。风流自可追王粲，憔悴犹能忆祢生。(《次韵元舆见寄二首》其一)

70. 杜陵子美知何意，更欲吹嘘送上天。(《和安止怀予北归怅然有作三首》其三)

71. 苏州方称白公才，又见宣城谢守来。(《和宣守林子中修撰列岫亭》)

72. 谢公遗句惜烟沉，更作新亭一百寻。(《列岫后题》)

73. 聊继昭亭小谢才。(《赠子中修撰》)

74. 别来佳句愈瑰奇。……幕下争传杜老诗。(《次韵广幕黄承事见寄二首》其一)

75. 元戎词翰镂金玉，千古长如碧涧潺。(《寄题贺州甑山亭》)

76. 安得才如张相国，为君重赋宅生章。(《寄题李封州宅生堂》)

77. 诗如老杜犹为达。(《送颖叔待制拜六路都运之命》)

78. 谁陪高论应悬榻，想有雄词欲鲙鲸。(《谢洪府黄安中尚书惠双泉二首》其二)

79. 论归学海方无迹，吟到诗坛始有功。(《次韵黎东美江上偶作》)

80. 能诗自有倪夫子，何必滁阳觅醉翁。(《又同赏落梅二首》其二)

81. 小杜一时夸俊逸，玄晖千载擅风流。(《次韵行中龙图思宣城》)

82. 忽得篇章迈古风。(《雪中招徐子美秘校饮二首》其二)

83. 史君笔力今谁敌，丽句须盈古锦囊。(《置酒寿阳楼呈主公龙图二首》其一)

84. 坐中佳句谁先就，我欲窥公倒智囊。(《置酒寿阳楼呈主公龙图二首》其二)

85. 平生最爱醉翁诗，游遍琅琊想醉时。一代风流随手尽，谷泉岩鸟不胜悲。(《怀文忠公》)

86. 又复能赋诗，往往吐琼玖。卷纸夸速成，语怪若神授。(《赠陈医》)

87. 况复能吟哦，俯视唐皎然。(《寄虔州慈云惠禅师》)

88. 宁知贾马才，不上明光殿。……狂为梁甫吟，璀错珠玉串。(《寄题东城耿天骘归洁堂》)

89. 骑鲸人已去，玉溜扬清音。君当继绝唱，老凤霜梧吟。(《蒋颖叔招游琅琊以马病不赴》)

90. 诗中长爱杜池州。(《过芜湖县》)

第二节　诗歌之源起与功能

先秦时代儒家倡导的"诗言志"和魏晋时期陆机提出的"诗缘情"构成我国古代诗学理论的两大体系。传统儒家诗学理论中"诗言志"即《尚书·尧典》中所言："夔！命女典乐，教胄子。直而温，宽而栗，刚而无虐，简而无傲。诗言志，歌永言，声依永，律和声，八音克谐，无相夺伦，神人以和。"① 汉代儒家学者认为此"志"应当是"一国之事，

---

① 郭绍虞编：《中国历代文论选》，上海古籍出版社2001年版，第1页。

系一人之本""言天下之事,形四方之风"①的世情,如治世之情、乱世之情、亡国之情等。总之,诗歌要"言志",要体现与政治教化、人生意义相关的内容。"诗缘情"来自陆机《文赋》中提到的"诗缘情而绮靡"②,源头可追溯到《毛诗序》中的"情动于中而形于言"③,人心感物而动,付诸诗歌借以表达情感,也就是钟嵘在《诗品序》里所说:"气之动物,物之感人,故摇荡性情,形诸舞咏。"④

作者受到外物激发,内心要产生一种感动,要"摇荡性情",然后"形之舞咏",以诗歌的形式来传达这种感动。言志说与缘情说引起了历代评论家的争论,直至当代,才有学者指出二者其实是同一个问题的两个方面而已,既有区别,又有联系⑤。而诗人郭祥正根据个人创作实践活动指出两种观点可以并行不悖,共存于诗学体系,共存的前提是他将"诗言志"之"志"与"诗缘情"之"情"通过创作者这个中介联系在一起,"情"属于"志"的范围。

一 诗歌本源与评价标准

诗人出身的郭祥正重视文学创作,赞同曹丕"盖文章,经国之大业,不朽之盛事。年寿有时而尽,荣乐止乎其身,二者必至之常期,未若文章之无穷"⑥之观点,指出文学是千古之大事,是万古不变的真理,"荐祢应先著述科"⑦"唯有文章道德能日新"⑧"文章千古重,富贵一毫轻"⑨"人亡国变今几年,唯有文章记嵴崒"⑩,他将文章提高

---

① 《毛诗序》,载郭绍虞编《中国历代文论选》,第63页。
② (晋)陆机:《文赋》,载郭绍虞编《中国历代文论选》,第171页。
③ 《毛诗序》,载郭绍虞编《中国历代文论选》,第63页。
④ (梁)钟嵘:《诗品序》,载郭绍虞编《中国历代文论选》,第308页。
⑤ 参见詹福瑞等《"诗缘情"辨义》,《河北大学学报》(哲学社会科学版)1998年第2期;杨明《言志与缘情辨》,《上海师范大学学报》(哲学社会科学版)2007年第1期。
⑥ (魏)曹丕:《典论·论文》,载郭绍虞编《中国历代文论选》,第159页。
⑦ (宋)郭祥正:《送刘光道赴桂幕》,《郭祥正集》卷22,孔凡礼点校,第371页。
⑧ (宋)郭祥正:《燕待制秋山晚景王荆公有诗,跋其后》,《郭祥正集》卷11,孔凡礼点校,第198页。
⑨ (宋)郭祥正:《王丞相荆公挽词二首》其二,《郭祥正集》卷30,孔凡礼点校,第504页。
⑩ (宋)郭祥正:《奉和梧守蔡希蓬留题石室》,《郭祥正集》卷13,孔凡礼点校,第225—226页。

到与国家、道德等同的地位，认为文章能够超越时空而存在；当济世理想无法实现时，便发出"有才不得施，著书贻后世"①的感慨，这些显然是对儒家经典《左传》中"太上有立德，其次有立功，其次有立言"的"三不朽"文学观的继承和发展，由此不难发现郭祥正的诗学理论主要是建立在儒家诗论基础之上的。

郭祥正认为诗歌"其词有同有不同，亦各言其志也。必有读者能得之"②，诗歌因"言志"而生，或者也可以说诗歌的功能在于"言志"。"志"的具体含义是多重的，儒家诗论强调的"天下之志"是其中一种，这一点郭祥正虽然没有在自己的作品中明确提出，但是却通过具体的创作实践表达了出来。他说诗歌的社会功能在于"直笔正褒贬"③，要能够反映民生疾苦，关注社会现实，诗人要为民鼓呼。他热情歌颂儒家理想社会，重视诗歌教化作用，"愿令里巷歌《召南》，风化流行成乐土"④；他为孝子作诗扬名，宣扬孝道，"谁为孝子传，吾诗信无伪"⑤。他崇敬杜甫、白居易忧国忧民的精神，很多诗歌里反映出对现实、民生的深切关注，"政善众歌谣"⑥，对社会丑恶现象的不满和愤恨，体现出儒家心怀天下，以天下为己任的奉献精神。他同情人民在自然灾害之后却得不到官府的救济，反而被逼缴纳赋税，地方官员身为民之父母，却全然不顾人民的生命："高村既无麦，低田又无谷。民间已乏食，租税仍未足。县令欲逃责，催科峻鞭扑。"诗人发出"世无采诗官，悲歌寄鸿鹄"⑦的哀鸣。他揭露社会政治的腐败："政宽法不举，将懦边无威。"⑧政令不严，法令不行，武将懦弱，军事失利，国威何存？他痛恨朝廷不能知人善任，导致将帅无能，内乱

---

① （宋）郭祥正：《送朱伯原秘校》，《郭祥正集》卷4，孔凡礼点校，第85页。
② （宋）郭祥正：《山中乐并序》，《郭祥正集》卷1，孔凡礼点校，第12页。
③ （宋）郭祥正：《湘西四绝堂再送蔡如晦二首用韩退之游湘西韵》其二，《郭祥正集》辑佚卷2，孔凡礼点校，第539页。
④ （宋）郭祥正：《姑苏行送胡唐臣奉议入幕》，《郭祥正集》卷2，孔凡礼点校，第38页。
⑤ （宋）郭祥正：《送许栖默道士》，《郭祥正集》卷5，孔凡礼点校，第112页。
⑥ （宋）郭祥正：《送刘思彦推官》，《郭祥正集》卷20，孔凡礼点校，第329页。
⑦ （宋）郭祥正：《前春雪》，《郭祥正集》卷6，孔凡礼点校，第123—124页。
⑧ （宋）郭祥正：《送黄吉老察院》，《郭祥正集》卷6，孔凡礼点校，第124页。

难平，甚至有将领杀害百姓，冒领军功，"刺史亟闭门，神理默垂祐。城头无百兵，坐待五羊救""权帅计仓卒，遣将速诛蹂。贪功恣杀戮，原野民血溜。婴儿与妇女，屠割仅遗胵"①。他敢于批评上位者，"兴亡不系白玉笙，但看君王政若何"②，兴亡之事系于君王之政令，而不该将责任推卸到小小的乐器身上。这些无疑是对"诗言志"说的有力支持。在赞同诗歌要以反映社会现实、关注现实生活、仁民爱物为职能的同时，郭祥正并不反对诗歌可以表达个人情感。在他看来，既然诗歌可以"各言其志"，那么诗歌既可以表达天下之志，同时也能宣泄个人情志，他在《泛江》一诗序言中说到此诗是由于"感慨其怀，而为之辞云""起予思之无穷分，既局影以自慰，又苦辞以招魂"③而作。心中苦闷难以排遣之时，他常常会"欲吐哀音写心曲"④"悲歌写哀弦"⑤"悲歌闭空屋，写慰同心客"⑥，诗歌能够消解内心之忧愁，"微吟百忧散"⑦；在心情欢快的时候，同样可以"朗咏佳兴发"⑧"题诗起高兴"⑨；登临游览，感怀抒情，"遇胜寄幽怀，览古兴绝唱"⑩"觞酌每追随，啸咏舒悰襟"⑪"览古发遐想，缘情还独哦"⑫，人生百味都可以通过诗歌与他人分享，"写咏穷欢忧"⑬。郭祥正不仅注意到诗歌的社会功能，同时也关照了诗歌的审美作用。

诗歌的功能在于抒写情志，那么是否只要是抒情写志的诗都是好

---

① （宋）郭祥正：《新昌吟寄颖叔待制》，《郭祥正集》卷5，孔凡礼点校，第111页。
② （宋）郭祥正：《白玉笙》，《郭祥正集》卷16，孔凡礼点校，第258页。
③ （宋）郭祥正：《泛江》，《郭祥正集》卷1，孔凡礼点校，第5页。
④ （宋）郭祥正：《将至江夏先寄太守李学士公择》，《郭祥正集》卷15，孔凡礼点校，第249页。
⑤ （宋）郭祥正：《赠二李居士伯时、德素》，《郭祥正集》辑佚卷1，孔凡礼点校，第519页。
⑥ （宋）郭祥正：《后春雪》，《郭祥正集》卷6，孔凡礼点校，第124页。
⑦ （宋）郭祥正：《夏日游环碧亭》，《郭祥正集》卷3，孔凡礼点校，第59页。
⑧ （宋）郭祥正：《同陈公彦推官登峨嵋亭》，《郭祥正集》卷3，孔凡礼点校，第63页。
⑨ （宋）郭祥正：《倚楼》，《郭祥正集》辑佚卷2，孔凡礼点校，第536页。
⑩ （宋）郭祥正：《赠元龙图子发时左官城》，《郭祥正集》辑佚卷1，孔凡礼点校，第517页。
⑪ （宋）郭祥正：《送倪敦复朝奉还台》，《郭祥正集》卷6，孔凡礼点校，第130页。
⑫ （宋）郭祥正：《同蒋颖叔殿院游昭亭山广教寺》，《郭祥正集》卷3，孔凡礼点校，第55页。
⑬ （宋）郭祥正：《昨游寄徐子美学正》，《郭祥正集》卷4，孔凡礼点校，第82页。

诗呢？对此，郭祥正进一步提出诗歌的评价标准：应当有所兴寄，要中正平和，不能伤之太过，要做到"乐而不淫，哀而不伤"，只有"思无邪"的诗歌才是优秀作品：

> 李翰林、杜工部，格新句老无今古。我驱弱力谩继之，发词寄兴良辛苦。①
> 明时不作《离骚经》，……与君高咏思无邪。②
> 况攻李杜吟，字字无淫声。③

李白和杜甫是诗人心中的典范，他们的诗歌格调新颖，句法老成，诗人尽力去学习，然而总觉得力笔孱弱而无法追赶，因为"发词寄兴"实在是一件不容易做到的事情。李白、杜甫二人的诗歌才是真正符合"乐而不淫，哀而不伤"评价标准的好作品，具有顽强的生命力。如屈原作《离骚》，虽也是抒发个人心中之郁结、忠君爱国之理想，但是却怨愤过度，尤其是屈原愤而沉江一举，更是令诗人难以接受，"细吟静境足自适，忠愤未合思捐躯"④。即使他十分赞赏屈原的刚直忠义，但是仍然提出批评，"屈原虚著《离骚》经"⑤，屈作伤之太过，违背了中正平和的原则，不能视为优秀作品。好的文学作品是如何产生的？郭祥正也给出了答案：好诗的创作主要取决于创作者两方面的能力，一种能力是学习能力，要有意识地、自觉地向前贤、他人学习的精神，"我于诗学非无意"⑥"忽得新诗思愈工"⑦。诗人模拟

---

① （宋）郭祥正：《送徐长官仲元》，《郭祥正集》卷12，孔凡礼点校，第212页。
② （宋）郭祥正：《留题吕学士无为军谪居廊轩》，《郭祥正集》卷9，孔凡礼点校，第177页。
③ （宋）郭祥正：《寄题留二君仪田园基石亭二首》其一，《郭祥正集》卷5，孔凡礼点校，第89页。
④ （宋）郭祥正：《游道林寺呈运判蔡中允如晦昆仲用杜甫元韵》，《郭祥正集》卷9，孔凡礼点校，第169页。
⑤ （宋）郭祥正：《瑞昌双溪堂夜饮呈吴令子正》，《郭祥正集》卷15，孔凡礼点校，第248页。
⑥ （宋）郭祥正：《奉和蔡希蓬鹄奔亭留别》，《郭祥正集》卷13，孔凡礼点校，第226页。
⑦ （宋）郭祥正：《子中修撰示书有不得同游水晶宫之叹作唐格四韵寄别》，《郭祥正集》卷22，孔凡礼点校，第362页。

李白、杜甫等人的创作,与友人论诗谈诗都是在向他人学习。此外还要向书本学习,即用心揣摩儒家经典文章,"文章仿佛窥典谟"①"五言雅重参二典"②"琳琅谐八音,雅重参二典"③,这样创作出的诗文才能雅正庄重。另一种能力是创作能力,创作属于实践活动,作为创作者,首先要有"心",由内心而发,"笔下琳琅写心素"④"心声与心画,开卷见天真"⑤。作者之"心"因外物感发而"思",产生"诗思":"诗思阳春发"⑥"老夫诗思悭"⑦"交情贫始见,诗思老仍多"⑧"诗思已飘然"⑨"索酒题诗思欲狂"⑩"只应诗思冷如冰"⑪,通过"诗思"将客观存在的物象转化为诗歌中的意象,才能传情达意。

二 诗歌之局限:言不尽意与言外之意

通过欣赏他人诗作和个人创作体验,郭祥正注意到诗歌语言与作者创作意图之间不可避免地存在距离。我国古代哲学家很早就意识到语言与意义之间存在不对称:"子曰:'书不尽言,言不尽意'。然则圣人之意其不可见乎?"子曰:"圣人立象以尽意。"⑫"世之所贵道者书也,书不过语,语有贵也。语之所贵者意也,意有所随。意之所随者,不可以言传也,而世因贵言传书。世虽贵之,我犹不足贵也,为其贵非其贵也。故视而可见者,形与色也;听而可闻者,名与声也。悲夫,世人以形色名声为足以得彼之情!夫形色名声果不足以得彼之

---

① (宋)郭祥正:《送吴龙图帅真定仲庶》,《郭祥正集》卷12,孔凡礼点校,第215页。
② (宋)郭祥正:《忆敬亭山作》,《郭祥正集》卷14,孔凡礼点校,第246页。
③ (宋)郭祥正:《观怡亭序铭》,《郭祥正集》卷4,孔凡礼点校,第69页。
④ (宋)郭祥正:《酬李从道太博》,《郭祥正集》卷10,孔凡礼点校,第194页。
⑤ (宋)郭祥正:《吴子正召饮观太白墨迹》,《郭祥正集》卷25,孔凡礼点校,第404页。
⑥ (宋)郭祥正:《送周泳主簿》,《郭祥正集》辑佚卷2,孔凡礼点校,第544页。
⑦ (宋)郭祥正:《雨过》,《郭祥正集》卷18,孔凡礼点校,第286页。
⑧ (宋)郭祥正:《元舆携酒见过三首》其二,《郭祥正集》卷18,孔凡礼点校,第294页。
⑨ (宋)郭祥正:《贾侍御同游石盆寺以白玉船酌酒》,《郭祥正集》卷20,孔凡礼点校,第328页。
⑩ (宋)郭祥正:《和倪敦复观梅三首》其一,《郭祥正集》卷23,孔凡礼点校,第378页。
⑪ (宋)郭祥正:《月下怀广胜华师》,《郭祥正集》卷27,孔凡礼点校,第427页。
⑫ 黄寿祺、张善文译注:《周易译注》,上海古籍出版社2001年版,第563页。

情,则知者不言,言者不知,而世岂识之哉!"① 语言与文本即使在同一个语言系统内部,语言符号与所要表达的意义也不能形成完全对应,创作者很难使用准确的语言在作品中传达个人的真正意图。这往往并非由于创作者自身使用语言工具的能力不足,而是作为工具的语言自身所蕴含着的遮蔽性造成的,诗人们常常无法找到合适的语言来表达自己的思想,"词不足以尽寄兮托余思于江流"② "琴声传不尽,诗句写应难"③ "萧郎妙笔堪图写"④,无论怎样努力,总是不能像绘画那样清晰地展现现实场景,"得句惭非画手亲"⑤ "我歌不足徒鸣呼"⑥。语言本身所具有的规范性、有限性使创作者陷入尴尬境地,导致他们在进行创作时,总是战战兢兢,如履薄冰,"每自属文,尤见其情。恒患意不称物,文不逮意"⑦,搜肠刮肚,绞尽脑汁,然而却总是不能准确传达自己的意图,总是留下遗憾,总是觉得言不尽意、词不达意。这里,郭祥正还对"言不尽意"的尴尬做了解说,客观存在的"物状"最容易导致这种情况出现,因为语言始终不能像绘画一样,准确逼真地再现某一时刻客观事物的真实面貌,因而为创作者和欣赏者都留下遗憾。

郭祥正还发现,由于诗歌语言具有较大的张力和包容性,在有限的语言里往往包含无限的内容和意义,因此对诗歌的理解接受不能仅仅停留在表层语言上,诗歌中蕴藏的"味"才是诗之精华所在。中国古典诗歌是中国文学中最具有诗性特征的文学样式,最富于想象、情感、理想和自由。它不同于小说、戏剧、散文,有足够的语言空间来展现创作者的意图,诗歌对语言的要求最为苛刻,诗的语言是高度艺术化、审美化的语言,通过比兴、象征、夸张、排比等修辞手法而形

---

① (清)郭庆藩:《庄子集释》,王孝鱼点校,第488页。
② (宋)郭祥正:《徐孺兴哀词》,《郭祥正集》卷1,孔凡礼点校,第11页。
③ (宋)郭祥正:《松风》,《郭祥正集》卷17,孔凡礼点校,第279页。
④ (宋)郭祥正:《次韵子中修撰塔院题竹》,《郭祥正集》卷22,孔凡礼点校,第361页。
⑤ (宋)郭祥正:《和安止怀予北归怅然有作三首》其二,《郭祥正集》卷21,孔凡礼点校,第356页。
⑥ (宋)郭祥正:《魏中舍家藏王摩诘海风图》,《郭祥正集》卷11,孔凡礼点校,第196页。
⑦ (晋)陆机:《文赋》,载郭绍虞编《中国历代文论选》,上海古籍出版社2001年版,第170页。

成诗歌所特有的诗性语言，含蓄、隽永、蕴藉、朦胧。优秀的诗歌往往具有言外之意、象外之旨，言有尽而意无穷。因此，对诗歌的欣赏需深观其意，而后去意尚味，抛弃语言桎梏，而体会其中之味。郭祥正认为即使如图画，也只能描摹现时片刻场景，体现现下暂时之象，而场景之外的作者之"意"与"味"便无法展现了，"远出物象外，不在粉墨间"；然而诗歌语言的特殊性却恰恰能够弥补这个缺憾，"临之发孤兴，飘忽辞尘寰"①。

郭祥正关于诗歌本源、功能以及评价标准的诗学理论体系是建立在儒家传统诗教理论基础上的，这与他本人所接受的儒家道德教化及所处社会时代密切相关。他身处社会变革时期，国家政治的革新运动反映到思想领域中就是经世致用思潮的兴起和强化，儒家士人原本就有的以天下为己任的理想被更加放大，他和同时代的大多数作家一样，心中充满热情和社会责任感，积极关注社会、关注人生，因此其文学主张也染上了浓厚的儒家色彩。

第三节　诗歌语言艺术

郭祥正十分重视诗歌语言，他通过个人创作实践以及对他人诗歌的品评鉴赏，对诗歌语言技巧以及诗歌语言功能特点进行了总结。他指出，诗歌的语言应该豪迈奇峭，气势浩荡；同时也要精雅里现出自然，平淡中现出真醇。从音韵方面来看，诗歌语言要注意音调的和谐，"叙事公偏富，求声我最知"②，因此语言的选择必须是谨慎的，他还提倡诗歌语言的独创性，要求诗歌用险语、险韵。

---

① （宋）郭祥正：《李公择学士出示胡九龄归牧图》，《郭祥正集》辑佚卷2，孔凡礼点校，第532页。
② （宋）郭祥正：《与元舆论诗而风雨骤至》，《郭祥正集》卷19，孔凡礼点校，第304页。

一 豪迈奇峭，气势浩荡

郭祥正本人在进行诗歌创作时好用气势宏大的自然和人文意象，这一点将在其诗歌艺术特色中详细讨论，这里主要分析其对他人诗歌评价中体现出的诗学观点。和古代许多文艺批评家一样，郭祥正喜用形象化的语言或意象来评论诗歌，他常用三类意象来表达对诗歌语言豪迈壮阔、气势浩荡的赞赏。

第一类是直接使用"椽笔""大笔""鸿笔""健笔""巨笔""大轴""大句""雄词""雄文""大字""劲笔"等带有宏大、壮阔意义的语词来称赏他人诗歌之豪迈大气：

> 莫恋宣城风物美，玉堂提取笔如椽。①
> 独携椽笔发清唱，老鹤昂藏映鸡鹜。②
> 酿成玉液宴宾从，手提大笔降风骚。③
> 手携大笔恣吟览，老句气焰摩星躔。④
> 请公握鸿笔，铲藓挥戈矛。⑤
> 长碑突兀压巨鳌，字刻雄文入模楷。……谁曾磨崖记名姓，习之健笔深镌镵。⑥
> 今朝邂逅芜江（埃），大轴蒙贶东城诗。⑦
> 欲邀君去咏此景，愿窥巨笔追扬班。⑧

---

① （宋）郭祥正：《子中修撰叠嶂楼致酒》，《郭祥正集》卷22，孔凡礼点校，第361页。
② （宋）郭祥正：《次韵和元舆待制后浦宴集三首》其三，《郭祥正集》卷8，孔凡礼点校，第166页。
③ （宋）郭祥正：《姑孰堂歌赠朱太守》，《郭祥正集》卷2，孔凡礼点校，第25页。
④ （宋）郭祥正：《舒州使宅天柱阁呈朱光禄》，《郭祥正集》卷9，孔凡礼点校，第170页。
⑤ （宋）郭祥正：《独游药洲怀颖叔修撰》，《郭祥正集》卷5，孔凡礼点校，第103页。
⑥ （宋）郭祥正：《留题潜山山谷寺》，《郭祥正集》卷2，孔凡礼点校，第30页。
⑦ （宋）郭祥正：《送耿少府莘甼》，《郭祥正集》卷12，孔凡礼点校，第211页。原书此处缺"埃"字，据文渊阁四库全书本《青山集》补入。
⑧ （宋）郭祥正：《谢刘察推莘老丞相》，《郭祥正集》卷10，孔凡礼点校，第190页。

安得鬼仙提巨笔，不容左纽独传名。①
公携大句使我读，冰澌戛齿清琅琅。②
明朝大句挥长篇，戛玉锵金轰两耳。③
何人谓是王佐才，文简雄词泻秋水。④
谁陪高论应悬榻，想有雄词欲鲙鲸。⑤
明朝大字送满箧，乃是醉扫琅琊诗。⑥
考二李之劲笔邕、绅，皆一时之遗材。⑦

其中"椽笔"一词使用最多，在《郭祥正集》中出现十处，如《石屏台致酒呈蒋帅待制》中"请公椽笔赋大篇，歌颂永平诛僣拟"，《浮丘观》中"更提椽笔挥长篇"，《重阳怀历阳孙公素太守》中"勇提椽笔伴君吟"，《次韵行中龙图游后浦六首》其二中"公提椽笔诗无敌"，《广州越王台呈蒋帅待制》中"蕃坊翠塔卓椽笔"，《次韵元舆见寄二首》其一中"不得陪公九日行，想提椽笔瞰西城"，《代先书奉迎庐帅元舆待制》中"倦提椽笔厌承明，帝与兵符帅十城"，《达观台黄鲁直名之二首》其一中"戴氏山头一席平，集仙椽笔写台名"等。"椽笔"即"大笔如椽"，语出《晋书·王珣传》："（珣）梦人以大笔如椽与之，既觉，语人云：'此当有大手笔事。'"⑧此后，"大笔如椽"便逐渐成为大手笔的代称。郭祥正则精简为"椽笔"，用来形容诗歌气势如虹，大开大合的豪壮。不难看出，"大笔""鸿笔""巨笔""健笔""雄词""雄文"等词均是由"椽笔"改造而来，其意义与"椽笔"相同。

---

① （宋）郭祥正：《芜阴北寺桧轩》，《郭祥正集》卷23，孔凡礼点校，第384页。
② （宋）郭祥正：《蒲涧奉呈蒋帅待制》，《郭祥正集》卷8，孔凡礼点校，第163页。
③ （宋）郭祥正：《奉和运判吴翼道留题石室》，《郭祥正集》卷13，孔凡礼点校，第223页。
④ （宋）郭祥正：《题毕文简公撰李太白碑阴》，《郭祥正集》卷9，孔凡礼点校，第178页。
⑤ （宋）郭祥正：《谢洪府黄安中尚书惠双泉二首》其二，《郭祥正集》卷22，孔凡礼点校，第373页。
⑥ （宋）郭祥正：《酬蔡尉秘校》，《郭祥正集》卷10，孔凡礼点校，第193页。
⑦ （宋）郭祥正：《石室游》，《郭祥正集》卷1，孔凡礼点校，第14页。
⑧ （唐）房玄龄等：《晋书·王珣传》卷65，中华书局1974年版，第1756页。

第二类是使用自然意象，通过直觉感悟式的通感描写，将豪放阔大的诗歌语言比喻成奔流而下的浪涛、惊天动地的雷电、高耸入云的险峰、漫天飞舞的龙蛇、猛虎下山的狂风等，用视觉、听觉、感觉等直观感受上的冲击性、震撼性来比附诗歌高昂激越的气势、诗人喷薄而出的才情：

  词源奔激吼波涛，笔画纵横挫矛槊。①
  词源感激泻江海，笔阵顿挫排戈矛。②
  崩腾还与海涛深。③
  落笔成千言，霹雳震白昼。④
  鼻端去垩鬼胆破，霹雳轰车风雨惊。⑤
  使我目睛眩，又若遭雷霆。⑥
  高吟壮魂魄，老句掣惊电。⑦
  醉来落笔驱龙蛇，电霆万里轰雷车。⑧
  读君小山篇，语势欲飞舞。⑨
  胸中策画烂星斗，笔写纸上虬龙奔。⑩
  颜守老笔蟠蛟螭。⑪
  凭凌风力若捕虎。⑫

---

① （宋）郭祥正：《寄题德兴余氏聚远亭》，《郭祥正集》卷2，孔凡礼点校，第30页。
② （宋）郭祥正：《寄献荆州郑紫薇毅夫》，《郭祥正集》卷10，孔凡礼点校，第182页。
③ （宋）郭祥正：《酬蔡温老秀才见寄》，《郭祥正集》卷21，孔凡礼点校，第354页。
④ （宋）郭祥正：《和颖叔游浮丘观》，《郭祥正集》卷5，孔凡礼点校，第105页。
⑤ （宋）郭祥正：《中书舍人陈公元舆以诗送吾儿鼎赴尉慎邑卒章见及遂次元韵和答》，《郭祥正集》卷13，孔凡礼点校，第237页。
⑥ （宋）郭祥正：《送徐长官仲元》，《郭祥正集》卷12，孔凡礼点校，第212页。
⑦ （宋）郭祥正：《送吴景山宫教供职》，《郭祥正集》辑佚卷2，孔凡礼点校，第543页。
⑧ （宋）郭祥正：《卧龙山泉上茗酌呈太守陈元舆》，《郭祥正集》卷13，孔凡礼点校，第221页。
⑨ （宋）郭祥正：《酬彭法曹留题小山用次来韵》，《郭祥正集》卷6，孔凡礼点校，第127页。
⑩ （宋）郭祥正：《送沈司理赴阙改官》，《郭祥正集》卷8，孔凡礼点校，第156页。
⑪ （宋）郭祥正：《送杨主簿次公》，《郭祥正集》卷12，孔凡礼点校，第211页。
⑫ （宋）郭祥正：《奉和广帅蒋颖叔留题石室》，《郭祥正集》卷13，孔凡礼点校，第224页。

> 峭若蓬莱峰，夜浪岂忧飑。①

滚滚而来的惊涛骇浪如雷霆万钧，奔腾不息，一泻千里，气势壮美，声震天地；振聋发聩的轰轰巨雷，刺人眼目的耀光闪电，给人以视觉、听觉、心理上的强烈震撼；想象中遨游天空的蛟龙、大蛇，其矫健雄姿刺激着人们的感官，漫天星斗、熠熠闪亮、山峰陡峭、暗夜波涛、蛟龙盘曲、壮士捕虎等意象一一涌现于诗人笔端，郭祥正以自己独特的感受和想象，将豪壮奇崛之风格形象化、具体化了。

第三类是以战论诗，即用武器、兵马、战阵、战争等战场上森严的气象、恢宏的画面来比拟。以"李白后身"自诩的郭祥正不仅在诗歌创作上努力模仿偶像，在心理性格上同样尝试着向李白靠近。他羡慕李白潇洒不羁的个性，喜爱李白豪迈奔放的诗歌，然而在宋王朝重文轻武的历史背景下，当科举出仕的现实利益压过了沙场建功的强烈愿望，诗坛立奇勋便成为书生对无法实现的英雄梦想的一种心理补偿②。手无寸铁的书生在战场建功立业的愿望不可能实现，于是只能从诗歌竞技里找到些许安慰，而想象中战争的宏大场面成了诗歌豪迈壮阔风格的最佳表达方式之一：

> 又如窥沙漠，铁骑万余匹。③
> 又如崆峒兵，百千森甲铠。④
> 蒋公、毛公并诗伯，笔阵酣战秋风里。⑤

---

① （宋）郭祥正：《湘西四绝堂再送蔡如晦二首_{用韩退之游湘西韵}》其一，《郭祥正集》辑佚卷2，孔凡礼点校，第538页。
② 参见周裕锴《以战喻诗：略论宋诗中的"诗战"之喻及其创作心理》，《文学遗产》2012年第3期。
③ （宋）郭祥正：《酬耿天骘见寄》，《郭祥正集》卷3，孔凡礼点校，第62页。
④ （宋）郭祥正：《谢泾川宋宰惠近诗》，《郭祥正集》卷6，孔凡礼点校，第116页。
⑤ （宋）郭祥正：《奉和运判吴翼道留题石室》，《郭祥正集》卷13，孔凡礼点校，第223页。

洪河喷作三门流，突骑长驱五千匹。①
下笔捷才如阵马，接人和气似春风。②
劝君且学充其科，殿前笔阵挥长戈。③
请公握鸿笔，铲藓挥戈矛。④
笔画纵横挫矛槊。⑤
笔阵顿挫排戈矛。⑥
笔力纵横驱阵马。⑦
论诗愧杜坛。⑧
留郎更赋多情曲，直欲豪华将杜坛。⑨
世路飘零久愈羞，诗坛谁许结英游。⑩
论归学海方无迹，吟到诗坛始有功。⑪

一望无际的瀚海大漠，扒金戛玉的战鼓金锣，寒光凛冽的矛戈剑戟，长驱直下的铁骑雄兵，训练有素的马队战阵，运筹帷幄的将军元帅，这一系列惊心动魄的战争场面展现出一种昂扬向上、壮阔奔放的气魄。"诗坛""杜坛"等词多次出现，而这些词显然是"将坛"的仿词。郭祥正将诗歌创作活动视为沙场征战，战争场面震撼人心，诗人手中的笔如同战士手中的兵刃、胯下的战马，诗歌竞赛中获胜的一方则被他比喻成率领军队出征的将领。前面谈到的是诗歌整体气势，那

---

① （宋）郭祥正：《奉和梧守蔡希蘧留题石室》，《郭祥正集》卷13，孔凡礼点校，第226页。
② （宋）郭祥正：《子中修撰示书有不得同游水晶宫之叹作唐格四韵寄别》，《郭祥正集》卷22，孔凡礼点校，第362页。
③ （宋）郭祥正：《赠南康刘叔和秀才》，《郭祥正集》卷14，孔凡礼点校，第244页。
④ （宋）郭祥正：《独游药洲怀颖叔修撰》，《郭祥正集》卷5，孔凡礼点校，第103页。
⑤ （宋）郭祥正：《寄题德兴余氏聚远亭》，《郭祥正集》卷2，孔凡礼点校，第30页。
⑥ （宋）郭祥正：《寄献荆州郑紫薇毅夫》，《郭祥正集》卷10，孔凡礼点校，第182页。
⑦ （宋）郭祥正：《寄陈显仁秀才二首》其一，《郭祥正集》卷27，孔凡礼点校，第447页。
⑧ （宋）郭祥正：《将至历阳先寄王纯父贤守》，《郭祥正集》卷20，孔凡礼点校，第323页。
⑨ （宋）郭祥正：《和君仪感时书事》，《郭祥正集》卷21，孔凡礼点校，第341页。
⑩ （宋）郭祥正：《陈秀才惠示长歌答以四韵》，《郭祥正集》卷21，孔凡礼点校，第341页。
⑪ （宋）郭祥正：《次韵黎东美江上偶作》，《郭祥正集》卷23，孔凡礼点校，第374页。

么如何实现诗歌语言风格之豪壮奇崛呢？郭祥正指出可以用"险"字、"险"韵来追求诗歌风格"奇崛"之效果，达到动人心魄的目的，"能来同我游，险绝共长啸"①"能诗又敏速，往往造险语"②"险句卷起谷帘水"③"高吟成章又奇绝，睥睨韩杜君何谦"④"穷幽历险诗魂醒"⑤"吟笺分轴造险语"⑥"不唯险韵难追攀"⑦，以险峭峻拔的语言描绘雄浑壮阔的气势。

二 清逸自然，雅致精妙

郭祥正认为诗歌语言除了豪壮之外，还离不开"清逸"和"天然"，他多次在诗歌中提到一个"清"字：

> 清吟得韵兮，非人世之丝篁。属笔成篇兮，发天机之锦绣。⑧
> 视笔添清逸。⑨
> 句泻碧潭月，篇成清夜秋。⑩
> 谢公赛雨诗，千秋泻潺潺。⑪
> 骑鲸人已去，玉溜扬清音。⑫
> 公携大句使我读，冰澌戛齿清琅琅。⑬

"清吟""清音""清逸"之"清"非语言所能形容，诗人只能用

---

① （宋）郭祥正：《招蒋颖叔游丁山彰教寺》，《郭祥正集》卷3，孔凡礼点校，第54页。
② （宋）郭祥正：《送马东玉朝散还朝》，《郭祥正集》卷6，孔凡礼点校，第115页。
③ （宋）郭祥正：《康王洞呈同游讷禅师》，《郭祥正集》卷8，孔凡礼点校，第161页。
④ （宋）郭祥正：《祀南岳喜雨呈李倅元吉》，《郭祥正集》卷9，孔凡礼点校，第174页。
⑤ （宋）郭祥正：《送耿少府天骘》，《郭祥正集》卷12，孔凡礼点校，第211页。
⑥ （宋）郭祥正：《同蒋颖叔林和中游郁孤台》，《郭祥正集》卷14，孔凡礼点校，第244页。
⑦ （宋）郭祥正：《奉和梧守蔡希蘧留题石室》，《郭祥正集》卷13，孔凡礼点校，第226页。
⑧ （宋）郭祥正：《逍遥园并序》，《郭祥正集》卷1，孔凡礼点校，第14页。
⑨ （宋）郭祥正：《同颖叔修撰登蕃塔》，《郭祥正集》卷20，孔凡礼点校，第322页。
⑩ （宋）郭祥正：《览进醇老诗卷》，《郭祥正集》卷19，孔凡礼点校，第309页。
⑪ （宋）郭祥正：《怀平云阁兼简明惠大师仙公》，《郭祥正集》卷4，孔凡礼点校，第77页。
⑫ （宋）郭祥正：《蒋颖叔招游琅琊以马病不赴》，《郭祥正集》辑佚卷2，孔凡礼点校，第533页。
⑬ （宋）郭祥正：《蒲涧奉呈蒋帅待制》，《郭祥正集》卷8，孔凡礼点校，第163页。

清秋夜月、碧潭月影、冷月青光、漱齿寒冰等清寒、冷冽之物象来传释。这种"清"是一种静默平淡中现出的宁静和飘逸，是如此难以言说。因此他以为，"清逸"之诗，其音、其韵都得自于"天"，因而是妙不可言的，非人间丝篁音乐所能比拟，"妙音非世音"①，"天然"之诗是"天"之所赐，是"天"之所造，是发于"天籁"之音，非人力可穿凿模拟，更非靡靡之音，坏人耳目，"妙声清不淫"②：

谢公秀句发天籁。③
卓然风格出天造，冰盘洗露银蟾秋。④
又如李白才清新，无数篇章思不群。⑤

既是天籁之言，那必然与世俗之音格格不入，首先便要脱去一个"俗"字，"千言不落一字俗"⑥"粹芳超俗艳"⑦"成篇超俗格"⑧。诗歌的语言可以"丽"，但"丽"的同时还须做到极物尽象，"联吟极物象"⑨，有些诗"词则丽矣，然未能尽碧落之状"⑩，不能穷形尽相描绘事物，因此不能称为好诗，好诗应该"更读琳琅篇，叙事何其周"⑪，语言不仅要精美，更需极尽描摹物态之能事；有的诗人过分注重语言的雕琢，"宋玉烂熳邻倡优"⑫，违背天然之道，这些都与"清"的要

---

① （宋）郭祥正：《追和韦应物庐山西涧瀑布下作》，《郭祥正集》卷5，孔凡礼点校，第109页。
② （宋）郭祥正：《游仙一十九首》其九，《郭祥正集》卷3，孔凡礼点校，第43页。
③ （宋）郭祥正：《送杨主簿次公》，《郭祥正集》卷12，孔凡礼点校，第211页。
④ （宋）郭祥正：《寄献荆州郑紫微毅夫》，《郭祥正集》卷10，孔凡礼点校，第182页。
⑤ （宋）郭祥正：《奉和蔡希蘧鹁鸪奔亭留别》，《郭祥正集》卷13，孔凡礼点校，第226页。
⑥ （宋）郭祥正：《酬吴著作子正》，《郭祥正集》卷8，孔凡礼点校，第160页。
⑦ （宋）郭祥正：《赠陈思道判官》，《郭祥正集》卷5，孔凡礼点校，第98页。
⑧ （宋）郭祥正：《雨怀安止三首》其二，《郭祥正集》卷19，孔凡礼点校，第307页。
⑨ （宋）郭祥正：《和樊希韩解元》，《郭祥正集》卷4，孔凡礼点校，第65页。
⑩ （宋）郭祥正：《补到难并序》，《郭祥正集》卷1，孔凡礼点校，第1页。
⑪ （宋）郭祥正：《安中尚书见招同诸公登雨华台》，《郭祥正集》卷6，孔凡礼点校，第122页。
⑫ （宋）郭祥正：《寄献荆州郑紫微毅夫》，《郭祥正集》卷10，孔凡礼点校，第182页。

求不符。真正优美的诗歌语言之"丽"是一种浑然天成的"清丽",其声应该如珠玉碰撞时发出的声音般清越,其味应如芝兰般馥郁芬芳,其词应自然精妙、无斧凿之痕:

> 桓桓翠琰文,愈读愈精妙。①
> 经罢哦五言,珠玑沧海倾。②
> 又如赵氏璧,毫发绝瑕玷。愈多愈精好,璀璨摘骊颔。③
> 笔洒二韵铿琼琚。④
> 张侯继作亦精敏,兰茝相倚传芬芳。⑤
> 更闻诵新作,字字芝兰馥。⑥
> 昌黎首唱城南句,东野继作芬兰椒。诸公笔力斗颖发,七言纸上铿琨瑶。⑦
> 珠迸玉盘诗得句。⑧
> 元戎词翰镌金玉,千古长如碧涧潺。⑨
> 言词珠贝掷,肝肾锦绣烂。⑩

优秀的诗歌语言应于平淡中见出真醇,雅致精丽里透出清逸,发自内心,自然流泻而出,不露人工雕琢之痕,声韵和谐优美,如敲金击玉,清脆悦耳。

---

① (宋)郭祥正:《游华阳洞阻雨》,《郭祥正集》卷3,孔凡礼点校,第59页。
② (宋)郭祥正:《寄题留二君仪田园基石亭二首》其二,《郭祥正集》卷5,孔凡礼点校,第90页。
③ (宋)郭祥正:《赠陈思道判官》,《郭祥正集》卷5,孔凡礼点校,第98页。
④ (宋)郭祥正:《寄题湖州东林沈氏东老庵》,《郭祥正集》卷9,孔凡礼点校,第179页。
⑤ (宋)郭祥正:《蒲涧奉呈蒋帅待制》,《郭祥正集》卷8,孔凡礼点校,第163页。
⑥ (宋)郭祥正:《颖叔见招赴何秀才家饮》,《郭祥正集》卷4,孔凡礼点校,第64页。
⑦ (宋)郭祥正:《奉和安中尚书同漕宪登长干塔》,《郭祥正集》卷13,孔凡礼点校,第231页。
⑧ (宋)郭祥正:《赠子中修撰》,《郭祥正集》卷22,孔凡礼点校,第360页。
⑨ (宋)郭祥正:《寄题贺州甑山亭》,《郭祥正集》卷22,孔凡礼点校,第369页。
⑩ (宋)郭祥正:《采石峨嵋亭登览赠翰林张唐公》,《郭祥正集》辑佚卷1,孔凡礼点校,第516页。

郭祥正不仅重视诗歌语言形式之美，也十分重视音韵，并且运用自如，"求声我最知"①，得到当时诗人的认可，苏轼就开玩笑说祥正的诗歌，三分诗来七分读，可见其在字词音韵选择使用方面确有独到之处。在"清逸"与"天然"基础之上，郭祥正指摘当时诗坛上流行的弊病，批评时人失去正确的审美判断，他进一步指出诗歌语言应当是"清逸"与"天然"融合在一起而形成的类似梅尧臣诗歌的那种"平淡"，这才是诗歌语言风格之至境："自从梅老死，诗言失平淡。我欲回众航，力弱不可缆。"② 梅尧臣的"平淡"，郭祥正并未正面加以解说，只能从当时名家评论以及梅尧臣个人创作来了解，梅尧臣"平淡"并非淡到无味，而是"以闲远古淡为意"，是一种"清切"如"石齿漱寒濑"③的风格，是经历种种之后重归自然宁静的平淡，而这种风格恰恰来自郭祥正最为欣赏的李白、杜甫、韩愈三人，"作诗无古今，唯造平淡难。……既观坐长叹，复想李杜韩"④。

郭祥正认为，诗歌应当是豪迈奇崛与清新雅致并重，"独携椽笔发清唱"，形成一种清雅俊逸的风格：

> 词气有余，顿挫铿锵。……矫垂天之翼，粲琼瑶之章。⑤
> 俊逸自追天马健，崩腾还与海涛深。⑥
> 文章老愈精，光彩烂星日。市门果神仙，参军真俊逸。
> 又如窥沙漠，铁骑万余匹。⑦
> 公余缀吟笔，烂熳排珠玑。又如崆峒兵，百千森甲铠。⑧
> 卓然韩杜诗，光焰不可掩。大羹味全醇，美玉灭瑕点。

---

① （宋）郭祥正：《与元舆论诗而风雨骤至》，《郭祥正集》卷19，孔凡礼点校，第304页。
② （宋）郭祥正：《赠陈思道判官》，《郭祥正集》卷5，孔凡礼点校，第98页。
③ （宋）欧阳修：《六一诗话》，黄进德批注，凤凰出版社2009年版，第4、7页。
④ （宋）梅尧臣：《读邵不疑学士试卷杜挺之忽来因出示之且伏高致辄书一时之语以奉呈》，《梅尧臣集校注》卷26，朱东润校注，第845页。
⑤ （宋）郭祥正：《思嵩送刘推官赴幕府》，《郭祥正集》卷1，孔凡礼点校，第9页。
⑥ （宋）郭祥正：《酬蔡温老秀才见寄》，《郭祥正集》卷21，孔凡礼点校，第354页。
⑦ （宋）郭祥正：《酬耿天骘见寄》，《郭祥正集》卷3，孔凡礼点校，第62页。
⑧ （宋）郭祥正：《谢泾川宋宰惠近诗》，《郭祥正集》卷6，孔凡礼点校，第116页。

峭若蓬莱峰，夜浪岂忧飑。①

　　君不见欧阳公在琅琊，……醉来落笔驱龙蛇，电雹万里轰雷车。

浓阴却扫吐朝日，草木妍媚春争华。②

高歌戛金玉，其声震寥廓。③

　　他将自己的诗学理论应用到创作实践当中，写下许多雄壮与清逸风格并重的诗篇，如《金山行》诗中既有"卷帘夜阁挂北斗，大鲸驾浪吹长空"的雄豪壮美，也有"鸟飞不尽暮天碧，渔歌忽断芦花风"④的雅致清淡；庐山脚下"秋空漠漠秋气浅，碧天蘸水如刀剪"的眼前清冷秋色与想象中李白骑鲸"倒回玉鞭击鲸尾，锦袍溅雪洪涛里"⑤的惊心画面和谐融合，诸如此类的诗句不胜枚举。他极为欣赏大小谢、鲍照、李白、杜甫、韩愈、欧阳修等人的诗风，认为他们的诗歌既有豪迈壮阔的气势，也不乏清逸雅致的出尘之格调。他主张多向前人优秀作品学习，"忽得篇章迈古风"⑥，"古兴资雅要"⑦，这样才能写出富有生命力的诗歌。诗人对前代和当代优秀诗人大加赞扬，身体力行学习前人，模仿优秀作品进行创作实践，其中尤以模仿李白为最。

　　综上所述，郭祥正的文学理论，主要是诗学理论，包含本体论、实践论两方面内容，其中对诗歌作用的认知，受到当时欧阳修、梅尧臣等人诗文革新运动的影响，接受儒家传统诗教观中经世致用的思想，重视诗歌教化、言志的社会功能，提倡诗歌内容要反映社会现实，符

---

① （宋）郭祥正：《湘西四绝堂再送蔡如晦二首 用韩退之游湘西韵》其一，《郭祥正集》辑佚卷2，孔凡礼点校，第538页。

② （宋）郭祥正：《卧龙山泉上茗酌呈太守陈元舆》，《郭祥正集》卷13，孔凡礼点校，第221页。

③ （宋）郭祥正：《志士吟二首》其一，《郭祥正集》卷7，孔凡礼点校，第134页。

④ （宋）郭祥正：《金山行》，《郭祥正集》卷2，孔凡礼点校，第20页。

⑤ （宋）郭祥正：《松门阻风望庐山有怀李白》，《郭祥正集》卷2，孔凡礼点校，第34页。

⑥ （宋）郭祥正：《雪中招徐子美秘校饮二首》其二，《郭祥正集》卷24，孔凡礼点校，第394页。

⑦ （宋）郭祥正：《招蒋颖叔游丁山彰教寺》，《郭祥正集》卷3，孔凡礼点校，第54页。

合儒家道德规范。作为诗人,他并未忽视诗歌作为文学作品应有的审美抒情作用,对"情"之内涵的扩大解说将"言志"与"缘情"两种对立的文学观联通了起来,是对宋代诗学批评的一个重大贡献。郭祥正要求诗歌语言豪迈雄浑与雅致清淡并重,其中清逸淡泊的一面显然是宋初诗人所提倡的"禅悦之平淡清远"[①]诗风的继承和发展,而豪壮险峭则是变革时期诗人积极参与国事、济世热情迸发的结果。两者的最终结合则是诗人在现实中屡受挫折、遭受打击之后重新归于冷静思考的结果,是一种"处于困境而又力图奋发的理智要求,它往往与对社会现实的清醒认识和不满连在一起,虽然豪迈,却不痛快淋漓,而是隐含着穷愁困顿,进而衍变为奇奥峭拔,奸穷怪变。而且,随着庆历新政的失败和熙宁变法的难以进行,作家的政治热情开始减退,一时的激励豪迈之后,归于平淡自然"[②]。郭祥正的诗学主张是个人生平经历、创作经验和社会文学思潮共同作用下的产物,既有鲜明的个人特色,也深深刻上了时代的印记。

第四节　郭祥正的书画乐理论

郭祥正除了是诗人、诗学批评家之外,也是一位多才多艺的文人,他擅长书法,对绘画颇有研究,对书法、绘画、篆刻等艺术形式提出了一些见解,这些观点与他的诗学理论在本质上是相通的。

一　书画乐论数量统计及分类

除诗学理论之外,郭祥正探讨最多的是绘画、音乐和书法,笔者收集整理其关于书法、绘画、音乐的理论计31条,现分类整理如下:

(一) 论音乐

郭祥正论音乐涉及内容广泛,既有对古乐名曲的审美欣赏,也有

---

① 参见张毅《宋代文学思想史》,中华书局1987年版,第48—52页。
② 张毅:《宋代文学思想史》,第58页。

对音乐社会功能以及抒情功能的认知。

1. 管弦奏兮，歌悠扬而绝尘。（《古思归引 石季伦有其序而亡其词》）

2. 击筑兮喑咽，歌变徵兮思以绝。……歌复羽兮慷慨。（《补易水歌》）

3. 跨黄牛，骑白鹿，时时自唱无生曲。无生曲，君试听，五音六律和不得，为君写作东林行。（《东林行》）

4. 试拂横琴奏流水，指下忽作商声悲。（《留题西林寺揽秀亭 李公择学士命名云李白有九江秀色可揽结吾将结此地巢云松之句》）

5. 劝君莫倚陇笛之悲音，此。劝君清歌兮援玉琴，此。琴声写出尧舜心。（《武溪深呈广帅蒋修撰》）

6. 愿令里巷歌《召南》，风化流行成乐土。（《姑苏行送胡唐臣奉议入幕》）

7. 至音非乐音，玲珑闻自然。（《游仙一十九首》其五）

8. 起作无弦弹，此音殊妙甚。（《春日独酌一十首》其五）

9. 一琴既无弦，妙音默相通。（《读陶渊明传二首》其二）

10. 一奏无弦琴，妙曲寄玄响。（《读陶渊明传二首》其一）

11. 妙娥始七岁，弹筝殷晴雷。或如鸾凤吟，唤得阳春回。（《清江台致酒赠范希远龙图》）

12. 妙音非世音。（《追和韦应物庐山西涧瀑布下作》）

13. 琴声写三叠，寄妾万里心。（《庐陵乐府十首》其一）

14. 泠泠别鹤语，折尽幽兰心。（《庐陵乐府十首》其二）

15. 哀弦时一弹，弹终泪还落。（《妾薄命》）

16. 请歌甘棠歌，翻作新林诗。（《舟次新林先寄府尹安中尚书用李白寄杨江宁韵二首》其一）

17. 举目送高凤，箫韶洗民愁。（《舟次白鹭洲再寄安中尚书用李白寄杨江宁韵二首》其二）

18. 谁将劳劳歌，一泻无弦琴。（《奉同安中尚书用李白留别王嵩韵送毛正仲大夫移浙漕》）

19. 五音和畅王道成，不是嵇康《广陵散》。问公此曲谁为之？曲曲新翻公自为。古人今人不到处，能与阴阳四序相推移。我知公心通造物，岂止人间妙音律。天子呼来换旧章，乐成四十有五日。奏之明堂奉祖宗，天地清明和气溢。(《嵩山归送刘伯寿秘监》)

20. 稍悟渊明乐，时时抚素琴。(《西斋二首》其一)

21. 政善众歌谣。(《送刘彦思推官》)

22. 听君弹《别鹤》，《别鹤》怨离索。(《太平天庆观题壁五首》其五)

(二) 论书画

郭祥正关于书法和绘画的理论主要见于张福勋所著《心画与心声，开卷见天真——郭祥正书画论》一文，其文涉及相关诗论 33 则。笔者又辑录 9 则，胪列如下：

1. 却憩林下寺，裴颜迹尤多。丹青业已晦，长髯但蹯蹯。笔画肖家法，燕尾无偏颇。(《同蒋颖叔殿院游昭亭山广教寺》)

2. 三世弄翰墨，煜札尤可观。禅林榜法喜，妙势如飞鸾。尘埃一藏晦，皴斫脱羽翰。(《和公择观李煜书法喜禅师碑》)

3. 有唐三百年，绝出阳冰篆。最怜《怡亭序》，笔画兼众善。……裂素印麝煤，字字未讹舛。冰冻垂瓦石，犀尖利刀剸。连环不可解，虬尾勇自卷。(《观怡亭序铭》)

4. 却笑晋右军，弄笔怜白鹅。(《戴氏鹿峰亭二首呈同游》其一)

5. 旷怀王逸少，宅地如翔鸾。池水至今黑，云是墨未干。(《宿归宗寺》)

6. 三主皆能书，拨镫耸瘦骨。(《观唐植夫所藏古墨》)

7. 粉黛元知假，丹青岂是真。(《庐陵乐府十首》其九)

8. 上人胸腹包琅玕，醉目睥睨临冰纨。墨池顷刻波澜翻，虬龙尾尾垂云间。摇曳夭矫若可攀，霹雳轰斧电火騞。猝然雨雹霏漫漫，顶洞恐惧坤轴掀。白沙纵横仆鼍鼋，屋漏壁拆安足言。鸟惊出林避弹丸，斗高复下腾修翰。朽木欲折枯藤攒，逸兴不顾长毫干。客如堵墙争纵观，讵知夆尽吾鼻端。黄金论斗珠走盘，数字不售尤为难。尔尝爱我说玄理，为我落笔动盈纸。张颠、怀素嗟已矣，上人之书无与比。(《谢冲

雅上人惠草书》)

9. 眸子剪秋水,丹青画不真。(《上巳席上有赠》)

尚有部分诗书画乐混合而在前人研究中未有提及的诗歌,因笔者和前人所辑诗论中已经出现,故仅列出与书画乐相关之理论,此类情况有 14 则:

1. 胡生画手出前辈,素壁为写巫山图。一条江练澄碧落,十二峰色峨珊瑚。玄猿老虎啸仿佛,长松瘦石寒扶疏。中间皓鹤最恬漠,九霄独立形神孤。(《宣诏厅歌赠朱太守》)

2. 谁曾磨崖记名姓,习之健笔深镌镵。盘矗皱鳞想风概,云雾惨淡遮松杉。(《留题潜山山谷寺》)

3. 珍重卫夫人,行草寄瑶章。(《游仙一十九首》其六)

4. 又如摩诘画思精,一幅霜绡数拳石,鬼神怪变露形状,天地英华发胸臆。(《谢刘察推莘老丞相》)

5. 森然物象难悉名,古图脱落犹堪比。老龟阇首龙缩角,猛虎磨牙鲸卷尾。又如壮士披肺肝,戴主之忠死无已。苍崖题字多唐人,仿佛银钩唯二李。邕、神(《奉和运判吴翼道留题石室》)

6. 阳冰俗篆未足数,禹俦八咏元无功。(《琅琊行》)

7. 不得画工如立本。(《雨中南楼望西方僧舍要元舆同赋》)

8. 得句惭非画手亲。(《和安止怀予北归怅然有作三首》其二)

9. 萧郎妙笔堪图写。(《次韵子中修撰塔院题竹》)

10. 字书尤逼小王真。(《补到难篇终别作八句寄吴圣与长官》)

11. 摩诘工夫画亦难。(《置酒西楼呈主公龙图》)

12. 银钩玉钮徒称妙,大庾岭南无此碑。(《颖叔为余亲札补到难并和篇开刻既成以二绝句送上》其一)

13. 应有新诗入画图。(《呈同行黎东美朝散》)

14. 丹青亦通神。(《送僧白》)

二 诗(书)画乐一律

郭祥正一生好参禅悟道,深受禅宗思想影响。他接受了《华严经》

中万法平等的思想，即"了诸世间及一切法平等无二"①。他认为，既然世间万物了无差别，那么不必去计较是否真的存在四时花卉同开、雪里芭蕉绽放的景象了：

> 洗尽心地垢，吟成元化篇……径呼妙手画，秋江霜景全。②
> 老钟笔法何奇古，三害精灵一图聚。……何独今人无此人，已觉丹青有深趣。③
> 我朝妙画能山水，燕公笔法精无比。燕公山水工平远，一幅霜绡折千里。④
> 画手非工本亦佳，四时景物寓天涯。⑤

周处除三害的故事发生在同一时间，千里冰霜铺展在三尺纸面，不同季节的景物集中于一幅图中，"江月松风藏不得，大千俱在一毫端"⑥。万法平等、本无差别，聚笔墨于一毫之端，绘万千景象于方寸纸上，何必在意时空的距离，寒暑的矛盾？"既然万法本无差别，那么，艺术媒体的差别也就不重要了，各门类艺术之间亦可以打通界限，圆融无碍"⑦，因此"新诗聊代画图看"⑧ 是完全可能的。既然各种艺术门类可以融会贯通，那么对诗书乐画等不同艺术形式的鉴赏方法其实也是能够相通的：

---

① 实叉难陀译：《十回向品》第二十五之九，《大方广佛华严经》卷31，《大正新修大藏经》第10卷，台北佛陀教育基金会影印1990年版，第168页。
② （宋）郭祥正：《和姜伯辉见赠醉吟画诗》，《郭祥正集》卷6，孔凡礼点校，第118—119页。
③ （宋）郭祥正：《王元当家藏钟隐画三害图》，《郭祥正集》卷11，孔凡礼点校，第197页。
④ （宋）郭祥正：《燕待制秋山晚景 王荆公有诗,跋其后》，《郭祥正集》卷11，孔凡礼点校，第197页。
⑤ （宋）郭祥正：《观德亭画壁》，《郭祥正集》卷29，孔凡礼点校，第475页。
⑥ （宋）惠洪：《崇山堂五咏为通判大乐张侯赋·妙观庵》，《石门文字禅》卷16，周裕锴校注，上海古籍出版社2021年版，第2576页。
⑦ 周裕锴：《文字禅与宋代诗学》，高等教育出版社1998年版，第105页。
⑧ （宋）郭祥正：《渊卿席上和李天觊四韵时与钟离中散并予共四人》，《郭祥正集》卷23，孔凡礼点校，第388页。

逸笔写秋色，烟岚吹素屏。①
胡生画手出前辈，素壁为写巫山图。②
萧郎妙笔堪图写。③
今日升平无此物，樽前聊写图画看。④
读君弄水篇，……如观秋浦图，晚景入两眸。⑤
授玉琴以写咏。⑥
谁云非对动，吾欲写瑶琴。⑦

"逸笔"写画、"妙笔"如画，诗如图画，图画似诗，乐传心声，笔绘心曲。优秀的诗歌犹如描绘图画，历历在目；形象的图画仿佛用笔写出，细腻逼真；音乐传达人内心的情感，好似用乐曲写下诗篇。《楞严经》认为，眼、耳、鼻、舌、身、意六根是可以互相通用的，人之六根分别对应客观世界的色、声、香、味、触、法六尘，从而产生见、闻、嗅、味、觉、知等作用，如果能够做到六根清净，那么六根中的任何一根都能和其他五根打通，即"六根互相为用"⑧。诗歌欣赏本来应该通过阅读或吟诵来进行，主要是眼观、口读和耳听，从诗歌中看到了画的效果，一定是调动了"耳观"的效果；从图画中看到了诗歌的效果，一定是调动了"目诵"的效果；从乐曲的声音中读出了诗歌的效果，一定是调动了"意会"的效果。禅宗思想影响下形成的诗画乐一律观是郭祥正艺术思想的基本观点，在此基础上衍生出绘画和音乐鉴赏上的"神妙"审美意识，这点将在下面论述。

---

① （宋）郭祥正：《送宝觉大师怀义还湖南》，《郭祥正集》辑佚卷2，孔凡礼点校，第542页。
② （宋）郭祥正：《宣诏厅歌赠朱太守》，《郭祥正集》卷2，孔凡礼点校，第26页。
③ （宋）郭祥正：《次韵子中修撰塔院题竹》，《郭祥正集》卷22，孔凡礼点校，第361页。
④ （宋）郭祥正：《林和中家观画卷五首·胡马图》，《郭祥正集》卷28，孔凡礼点校，第458页。
⑤ （宋）郭祥正：《和敦复留题池州弄水亭》，《郭祥正集》卷6，孔凡礼点校，第125页。
⑥ （宋）郭祥正：《石室游》，《郭祥正集》卷1，孔凡礼点校，第14页。
⑦ （宋）郭祥正：《保宁寺静轩》，《郭祥正集》卷20，孔凡礼点校，第335页。
⑧ 《大佛顶如来密因修证了义诸菩萨万行首楞严经》卷4，载苏渊雷等选辑《佛藏要籍选刊》，上海古籍出版社1994年版，第1235页。

诗画同源、诗画一律并非郭祥正独创,而是以苏轼为代表的宋代文人接受佛禅思想而总结出的艺术鉴赏理论,郭祥正将这种审美意识扩展到音乐欣赏领域,为不同形式艺术审美提供了新方法。

三 书画乐的功用

郭祥正认为绘画、书法、音乐与诗歌不仅本质相通,在社会功用上也是一致的,都应该具备反映现实、关注民生、教育教化的作用。诗以言志,歌以咏言,画和乐同样要有所兴寄,要担负起与诗歌相同的社会职能,即音乐、绘画、书法也应该言"志","乃知顷刻意,直有千载寓"①:

> 琴声写出尧舜心。②
> 愿令里巷歌《召南》,风化流行成乐土。③
> 举目送高凤,箫韶洗民愁。④
> 五音和畅王道成,不是嵇康《广陵散》。……古人今人不到处,能与阴阳四序相推移。我知公心通造物,岂止人间妙音律。天子呼来换旧章,……奏之明堂奉祖宗,天地清明和气溢。⑤

"先王之制礼乐也,非以极口腹耳目之欲也,将以教民平好恶而反人道之正也"⑥,先贤制礼作乐的目的不是满足人们的耳目之欲,而是要用礼乐来教化民众,使民心向善、归于正道,同时民众能够通过音乐及时指出国家政事之失误。郭祥正对音乐的理解显然受到了儒家礼乐思想的影响。

---

① (宋)郭祥正:《观柳殿丞家藏竹柏图》,《郭祥正集》辑佚卷2,孔凡礼点校,第532页。
② (宋)郭祥正:《武溪深呈广帅蒋修撰》,《郭祥正集》卷2,孔凡礼点校,第33页。
③ (宋)郭祥正:《姑苏行送胡唐臣奉议入幕》,《郭祥正集》卷2,孔凡礼点校,第38页。
④ (宋)郭祥正:《舟次白鹭洲再寄安中尚书用李白寄杨江宁韵二首》其二,《郭祥正集》卷7,孔凡礼点校,第150页。
⑤ (宋)郭祥正:《嵩山归送刘伯寿秘监》,《郭祥正集》卷15,孔凡礼点校,第256页。
⑥ 王文锦译解:《礼记译解》,中华书局2001年版,第528页。

下面再看他对绘画的理解：

> 尊卑向背极精妙，精妙得以意思推。……画工亦画太平事，谁欲扰之生乱离。高生高生不独爱尔之妙笔，对此颇思三代时。①
> 圣人皇皇嗟逆旅，画工意思非无补。非无补，谁信之，纷纷门外夸轻肥。②
> 画工貌得非无意，欲使流传警来世。③
> 研磨煤麝染谏草，抉摘世病苍生瘳。④

实际上，从魏晋南北朝时期开始，人们已经注意到绘画这种艺术形式所应当承担的社会职能，"陆士衡云：丹青之兴，比雅颂之述作，美大业之馨香，宣物莫大于言，存形莫善于画。……曹植有言曰：观画者见三皇五帝莫不仰戴，见三季异主莫不悲惋……是知存乎鉴戒者，图画也"⑤ "图绘者，莫不明劝戒，著升沉"⑥。他们认为，绘画如同庄严神圣的雅颂乐歌，宣扬圣人之美德、盛大之功业，并且在某种程度上来看，图画比音乐更为直观，它们能够以鲜明的形象直接作用于欣赏者的视觉，给人以启迪，进而产生教化作用。唐代文人甚至赋予绘画治国理天下的重任："夫画者，成教化，助人伦，穷神变，测幽微，与六籍同功，四时并运。……图画者，有国之鸿宝，理乱之纪纲。"⑦ 宋人则将绘画的作用与史书文献相提并论："古人必以圣贤形像、往昔事实，含毫命素，制为图画者，要在指鉴贤愚，发

---

① （宋）郭祥正：《夏公西家藏老高村田乐教学图》，《郭祥正集》卷11，孔凡礼点校，第198页。
② （宋）郭祥正：《寂照大师匣藏相国寺坏壁秋景》，《郭祥正集》卷11，孔凡礼点校，第199页。
③ （宋）郭祥正：《明皇十眉图》，《郭祥正集》卷14，孔凡礼点校，第242页。
④ （宋）郭祥正：《谢余干陆宰惠李廷珪墨》，《郭祥正集》卷11，孔凡礼点校，第202页。
⑤ （明）朱荃宰：《文通》卷14，明天启（1621—1627）刻本。
⑥ （南齐）谢赫：《古画品录》，文渊阁四库全书本。
⑦ （唐）张彦远：《历代名画记·叙画之源流》，上海人民美术出版社1964年版，第1页。

明治乱。"① 郭祥正关于书画匡时济世的理论与唐宋画论是完全一致的,用书画来反映现实、关注民生,折射出诗人以天下为己任的强烈社会责任感。

除了言"志"之社会功用,乐曲、绘画还能够表达个人情感体验,这些情感均生发自人"心":

  曲有弦而无辞兮,述予怀以自信。②
  击筑兮暗咽,歌变徵兮思以绝……歌复羽兮慷慨,发上指兮泪交挥。③
  动静适自感,物我忘表里。④
  心声与心画,开卷见天真。⑤
  琴声写三叠,寄妾万里心。⑥
  听君弹《别鹤》,《别鹤》怨离索。何以动乾坤,六月秋霜落。⑦

哀伤、悲壮、豪情、思念、别离、超然等个人情志都能够通过乐曲和绘画展现出来。凡音之起,皆由心而生,"人心之动,物使之然也。感于物而动,故形于声"⑧,人心受外界事物感动,喜怒哀乐皆发之于口,因而形成五音,五音相杂变化组成乐曲,使人内心情感得以宣泄。无论是绘画,还是音乐,同诗歌一样,都是人之"心声",人之心因物而动,动而生情,或喜或嗔,或静或动,自心而出。与诗歌相较,音乐和绘画,其中特别是音乐,能够通过乐曲将人内心难以言说的种种情感展现出来。

---

① (宋)郭若虚:《图画见闻志·叙自古规鉴》卷1,明津逮秘书本。
② (宋)郭祥正:《古思归引石季伦有其序而亡其词》,《郭祥正集》卷1,孔凡礼点校,第8页。
③ (宋)郭祥正:《补易水歌》,《郭祥正集》卷1,孔凡礼点校,第8—9页。
④ (宋)郭祥正:《酬李公择谢予赠范李猿獐》,《郭祥正集》卷3,孔凡礼点校,第63页。
⑤ (宋)郭祥正:《吴子正召饮观太白墨迹》,《郭祥正集》卷25,孔凡礼点校,第404页。
⑥ (宋)郭祥正:《庐陵乐府十首》其一,《郭祥正集》卷7,孔凡礼点校,第139页。
⑦ (宋)郭祥正:《太平天庆观题壁五首》其五,《郭祥正集》卷28,孔凡礼点校,第470页。
⑧ 王文锦译解:《礼记译解》,第525页。

四　书画乐的神妙观

严羽《沧浪诗话·诗辩》认为："诗之极致有一，曰入神。诗而入神，至矣，尽矣，蔑以加矣！"① 又说这一极境"如空中之音，相中之色，水中之月，镜中之象，言有尽而意无穷"②。这一评论虽是说诗，但是放在书画和音乐等其他艺术领域也颇为合适。在中国艺术批评史上，"妙"与"神"往往连用，因此有时以"神"代"妙"为艺术境界之最高，此为"入神"。

首先来看郭祥正对音乐的主张——"至音"和"妙音"：

> 管弦奏兮，歌悠扬而绝尘。③
> 至音非乐音，玲珑闻自然。
> 七言咏良遇，至音迭琅琅。珍重卫夫人，行草记瑶章。④
> 妙音非世音。⑤
> 一奏无弦琴，妙曲寄玄响。⑥
> 一琴既无弦，妙音默相通。⑦
> 起作无弦弹，此音殊妙甚。⑧

他将音乐（乐曲）分为两种：一种是"至音"，乐之最美妙者，非丝竹所奏，而是发自天籁，完全不同于世俗之乐曲，它不假外物，"良自然之至音，非丝竹之所拟。是故声不假器，用不借物，近取诸身，役心御气。动唇有曲，发口成音，触类感物，因歌随吟。大而不

---

① （南宋）严羽：《沧浪诗话》，普慧、孙尚勇、杨遇青评注，中华书局2014年版，第8页。
② （南宋）严羽：《沧浪诗话》，普慧、孙尚勇、杨遇青评注，第23页。
③ （宋）郭祥正：《古思归引 石季伦有其序而亡其词》，《郭祥正集》卷1，孔凡礼点校，第8页。
④ （宋）郭祥正：《游仙一十九首》其五、其六，《郭祥正集》卷3，孔凡礼点校，第42页。
⑤ （宋）郭祥正：《追和韦应物庐山西涧瀑布下作》，《郭祥正集》卷5，孔凡礼点校，第109页。
⑥ （宋）郭祥正：《读陶渊明传二首》其一，《郭祥正集》卷5，孔凡礼点校，第91页。
⑦ （宋）郭祥正：《读陶渊明传二首》其二，《郭祥正集》卷5，孔凡礼点校，第91页。
⑧ （宋）郭祥正：《春日独酌一十首》其五，《郭祥正集》卷2，孔凡礼点校，第47页。

洿，细而不沉。清激切于筝笙，优润和于瑟琴。玄妙足以通神悟灵，精微足以穷幽测深"①。"《乐记》云：'清明象天'。注云：'清明，谓人声也。贵人声者，人声清明象天，故贵之也。'晋人谓：'丝不如竹，竹不如肉。'取其渐近自然，则又以其为自然之至音，故贵之也。"② 最美妙的音乐莫过于自然之音，"薰弦谁与奏，松响泻珠玑"③。另一种是"妙音"，从字面意义看当为美妙之音乐，郭祥正将"无弦"与之连用，明确指出与"世音"不同，即所谓无音之音、非乐之乐，须得用"意听"而非"耳闻"，这样才能欣赏其中之妙处。无论是"至音"还是"妙音"，在郭祥正眼中，真正的音乐不在于是否能够娱人耳目，而在于是否能够深入人心，打动人心。作为欣赏者也不能仅仅局限在享受耳目之乐的表层，而须用心去感受、体验其中之深刻含义。当其中之意被欣赏者领会之后，那么作为媒介的琴便可以舍去了，完全可以"得鱼而忘荃""得乐而忘弦"。

再来看书法和绘画，郭祥正多次强调画之"传神""神妙""通神"，书法之"妙翰""脱俗"：

> 丹青亦通神。④
> 谁知东海群龙力，神妙能以一笔驱。洪涛翻天雪成陇，黑分云雾藏空虚。高低数寸折万丈，势以意会无差铢。……王公之心壮莫比，其工欲出造化初。⑤
> 而况画手妙，意思能余闲。远出物象外，不在粉墨间。⑥
> 不假研磨丹与青，只将墨妙夺天成。⑦

---

① （晋）成公绥：《啸赋》，载（梁）萧统选《昭明文选》卷18，李善注，韩放主点校，中册，第513页。
② （清）胡彦升：《乐律表微·审音下》卷4，文渊阁四库全书本。
③ （宋）郭祥正：《南山禅院》，《郭祥正集》卷19，孔凡礼点校，第317页。
④ （宋）郭祥正：《送僧白》，《郭祥正集》辑佚卷2，孔凡礼点校，第543页。
⑤ （宋）郭祥正：《魏中舍家藏王摩诘海风图》，《郭祥正集》卷11，孔凡礼点校，第196页。
⑥ （宋）郭祥正：《李公择学士出示胡九龄归牧图》，《郭祥正集》辑佚卷2，孔凡礼点校，第532页。
⑦ （宋）郭祥正：《寺壁史侍禁画竹》，《郭祥正集》卷27，孔凡礼点校，第434页。

心通造物及神速。①
蔡公书榜妙入神。②

从郭祥正对书画的理解来看，所谓"神"和"妙"其实就是一种脱去凡俗，浑然天成之气味。书画家怎样才能"通神"或者"入神"呢？那就要求作者之心能够与自然万物相通，然后尽除俗虑，澡雪精神，与天地合一，即"身在画外，投身万物，深刻观察，发其神秀，穷其奥妙，然后夺其造化，牢笼于笔端"③，如同诗文创作要达到"笼天地于形内，挫万物于笔端"的表达效果。那么究竟怎样的书画作品才能称为"神""妙"之作呢？这就涉及绘画"真"与"不真"，书法"体兼众善"与"专攻一体"的问题了。

无论是绘画还是书法，都要追求一个"真"字。绘画之"真"，首要是形似，而形似的前提是"骨似"，即唐代张彦远在讲到谢赫"画有六法"之"骨法用笔"时提到的"夫象物必在于形似，形似须全其骨气"④。换句话说，中国传统绘画注重再现事物、场景、人物的表面特征，更讲究对内部，如场景意义、人物神态、心理等深层意象的描摹，二者完美结合才能够做到"传神"，而所谓"传神"，谓"含毫运思，曲尽其态"，否则就是"虽曰画而非画者，盖止能传其形，不能传其神也"⑤。可见后者在绘画中尤为重要，为了内部本质状态的"真"，甚至可以忽视外在表面的"真"。绘画之"真"与"不真"和绘画展现的客观事物关系密切。如果是以自然状态下存在的山水景物、花鸟虫鱼、飞禽走兽等为表现对象时，它们外在形态的相似性便非常重要了：

---

① （宋）郭祥正：《谢钟离中散惠草书》，《郭祥正集》卷11，孔凡礼点校，第200页。
② （宋）郭祥正：《和州连云观留题呈太守王纯父》，《郭祥正集》卷11，孔凡礼点校，第205页。
③ 张福勋：《心声与心画，开卷见天真——郭祥正的书画论》，《南阳师范学院学报》（社会科学版）2003年第4期。
④ （唐）张彦远：《历代名画记·论画六法》，第14页。
⑤ （宋）邓椿：《画继·杂说·论远》卷9，秦仲文、黄苗子点校，人民美术出版社1963年版，第114页。

> 蜻蜓点水蝶扑花,螳螂捕蝉蜂趁衙……雍子笔老谁能加。开卷却掩恐飞去……龙蛇逼真看腾跃,出入天地藏烟霞。①
> 壁间四幅图,收尽苍洲趣。……举斧挥栋材,未辨在缣素。②

但是若是以人物为内容的绘画,外在的相似性便退居第二位,真正关键的是人物神态、心理、动作等体现人物独一无二的细节:

> 眸子剪秋水,丹青画不真。③
> 凭君妙手重图貌,不是寻常行路人。老杜云:屡貌寻常行路人。④

这时,画家最为担心的是画"不真",剪水双眸之"剪水"怎样画?如果画不出,那么这个人物便"不真"了。单纯外貌复原不能体现陶渊明的高洁品质,即便外貌相似,仍然是"失真"了。还有一些客观事物其本质特征很难用绘画来展现的情况,同样会导致"不真","雪中更看玲珑雪,纵有丹青貌亦难"⑤,雪中"玲珑雪",雪中雪已是难画,雪中雪之"玲珑"更是难上加难,如何画得"真"?

书法之"神妙"同样包含"真"与"不真"两种情况。首先来看"真"。郭祥正推崇二王、李煜、李邕、李绅等书法大家,对他们的书法艺术极为推崇,"三世弄翰墨,煜札尤可观。禅林榜法喜,妙势如飞鸾"⑥"苍崖题字多唐人,仿佛银钩唯二李邕、绅。"⑦。对于这些优秀的书法名家,后人如果能够模仿到以假乱真的地步,创作出的作品便是

---

① (宋)郭祥正:《泗水雍秀才画草虫》,《郭祥正集》卷11,孔凡礼点校,第199页。
② (宋)郭祥正:《观柳殿丞家藏竹柏图》,《郭祥正集》辑佚卷2,孔凡礼点校,第532页。
③ (宋)郭祥正:《上巳席上有赠》,《郭祥正集》卷20,孔凡礼点校,第328页。
④ (宋)郭祥正:《靖节真像乃庸画思得伯时貌之遂以一绝寄简》,《郭祥正集》卷28,孔凡礼点校,第471页。
⑤ (宋)郭祥正:《予家小山四首·雪》,《郭祥正集》卷29,孔凡礼点校,第494页。
⑥ (宋)郭祥正:《和公择观李煜书法喜禅师碑》,《郭祥正集》卷4,孔凡礼点校,第65页。
⑦ (宋)郭祥正:《奉和运判吴翼道留题石室》,《郭祥正集》卷13,孔凡礼点校,第223页。

同样可以视为神妙之作,"字书尤逼小王真"①"笔画肖家法,燕尾无偏颇"②。再来看"不真"。对于一般人的作品,便不需去刻意模拟了,"阳冰俗篆未足数,禹偁八咏元无功"③;因此学书者需要"体兼众善精神俱"④"最怜《怡亭序》,笔画兼众善"⑤,取各家之精华,将有法归于无法,无法归于有法,而不能仅仅独擅某体,必须"兼众善",集百家所长,彻底超越前人,"伯英、怀素真其徒"⑥"张颠、怀素嗟已矣,上人之书无与比"⑦,形成个人独特风格。无论是"真"还是"不真",都没有现成规律可循,法无定法,只有在艺术实践中"摩挲""传模",方能意会,"要将垂法数百载,摩擎青玉亲传模"⑧。

五 诗书画互补

郭祥正不仅发现不同艺术形式之间是能够相互沟通的,同时也指出诗、书、画三种艺术形式可以互相补充,相互配合。不同艺术形式各有优劣,上文已经提到,郭祥正反复谈到了诗歌创作中"言不尽意"的苦恼,由于语言本身功能的局限,面对客观存在的景物,诗人创作的诗词往往不敌画师描绘的图画,无法生动再现某一刹那间的场景。然而作为绘画者,他们同样也会面临无法解决的困难,再高妙的画师也"难肖"心理、气质、神态、志趣等主观情志以及其他主观情感与客观事物共同作用下的"不可能事物喻"⑨。面对这种情况,只有将诗、书、画三者结合起来,发挥不同门类艺术形式之长,互补缺漏,

---

① (宋)郭祥正:《补到难篇终别作八句寄吴圣与长官》,《郭祥正集》卷22,孔凡礼点校,第366页。
② (宋)郭祥正:《同蒋颖叔殿院游昭亭山广教寺》,《郭祥正集》卷3,孔凡礼点校,第55页。
③ (宋)郭祥正:《琅琊行》,《郭祥正集》卷16,孔凡礼点校,第265—266页。
④ (宋)郭祥正:《谢钟离中散惠草书》,《郭祥正集》卷11,孔凡礼点校,第200页。
⑤ (宋)郭祥正:《观怡亭序铭》,《郭祥正集》卷4,孔凡礼点校,第68页。
⑥ (宋)郭祥正:《谢钟离中散惠草书》,《郭祥正集》卷11,孔凡礼点校,第200页。
⑦ (宋)郭祥正:《谢冲雅上人惠草书》,《郭祥正集》卷11,孔凡礼点校,第200页。
⑧ (宋)郭祥正:《谢钟离中散惠草书》,《郭祥正集》卷11,孔凡礼点校,第201页。
⑨ 钱锺书:《中国诗与中国画》,《七缀集》,生活·读书·新知三联书店2002年版,第19页。

"搀剔缺漏笔补之"①,从而达到尽可能完美的艺术表达效果:

>我朝妙画能山水,燕公笔法精无比。燕公山水工平远,一幅霜绡折千里。潇湘洞庭日将晚,云物萧萧初满眼。虞帝之魂招不返,霜树冥冥红叶卷。二妃血泪知几多,竹上遗痕深复浅。渔舟片帆风已满,渔父横眠思犹懒。时时白鹭聚圆沙,亦有行人下前坂。江回岸断数峰青,仿佛灵妃曲可听。却逢深崦见茅屋,只欠桃花如武陵。世间何物人争诧,请说奇书并妙画。一时鉴赏安足论,流转千年愈增价。珍绨一袭藏至珍,卷尾长篇更入神。呜呼粉墨终成尘,唯有文章道德能日新。②

"曹将军画少陵诗,林氏家藏相国题。不动精神瞻御座,风云万里入霜蹄。"③燕待制之妙画奇书与王荆公之长篇互相配合,完成了一幅能够流传千年的无价之珍宝;曹霸画马,杜甫作诗,相国题跋,让人顿觉风云际会之豪情。

绘画只能反映某一短暂时刻的空间场景,因而会留下空白,"笔力未断空徘徊"④,而诗歌可以用自己长于展现持续进行着的活动⑤之特长去弥补绘画之不足,"此画虽缺犹堪裁""画工意思非无补"⑥,使它艺术上更加完美,更充满诗的韵味。作为绘画,它可以解决语言言不尽意的窘境,"诗辞搜亦苦,物状竟难肖。终篇写亭壁,翻惭画师妙"⑦"短才吟不就,终欲付丹青"⑧,二者可谓相得益彰了。

---

① (宋)郭祥正:《酬蔡尉秘校》,《郭祥正集》卷10,孔凡礼点校,第193页。
② (宋)郭祥正:《燕待制秋山晚景_{王荆公有诗,跋其后}》,《郭祥正集》卷11,孔凡礼点校,第197—198页。
③ (宋)郭祥正:《林和中家观画卷五首·曹霸画马王荆公手写杜甫丹青引跋其尾》,《郭祥正集》卷28,孔凡礼点校,第457页。
④ (宋)郭祥正:《寂照大师匣藏相国寺坏壁秋景》,《郭祥正集》卷11,孔凡礼点校,第199页。
⑤ 钱锺书:《读〈拉奥孔〉》,《七缀集》,第38页。
⑥ (宋)郭祥正:《寂照大师匣藏相国寺坏壁秋景》,《郭祥正集》卷11,孔凡礼点校,第199页。
⑦ (宋)郭祥正:《濡须山头亭子》,《郭祥正集》卷4,孔凡礼点校,第72页。
⑧ (宋)郭祥正:《登清音亭二首》其二,《郭祥正集》卷18,孔凡礼点校,第302页。

第七章 气象万千：郭祥正诗歌艺术风格及创作技巧

郭祥正被同时代的诗人称为"李白后身""谪仙后身"，在熙宁、元丰间诗坛占有一席之地，他的出生极富传奇色彩，母梦李白而生，虽荒诞不经，但足以证明他的才华令世人惊叹。他的创作风格与李白极为接近，谪仙转世之说，对郭祥正一生影响巨大。"李白后身"的身份认同，在潜意识中影响了诗人对于人世万物的特殊价值判断，并形成他精神上物我融通的内在底蕴。他一生五仕五隐，经历曲折复杂，饱经风霜，其诗作中蕴含着屈原式的悲慨孤寂，特别是近五十年的山水田园隐居生活，又使其创作风格偏向于陶渊明、孟浩然等人的清新淡远、超然旷达。

第一节　豪壮奇绝

郭祥正诗歌最显著的特点是豪壮，这与他对李白其人及诗歌的刻意模仿是分不开的。

豪壮，即豪迈壮阔，唐司空图《二十四诗品·豪放》中的解说为：

> 观花匪禁，吞吐大荒。由道返气，处得以狂。天风浪浪，海山苍苍。真力弥满，万象在旁。前招三辰，后引凤凰。晓策六鳌，

濯足扶桑。①

前面四句，指作者要有宽广的胸襟、奔放的情感；中间四句，要求作品应有包举宇宙的宏大气势；结尾四句，则指奇特而壮阔的想象。所谓"奇绝"，主要表现在比喻的新奇、想象的奇特、大胆的夸张等方面。在我国诗歌史上，只有李白堪称豪壮奇绝风格的集大成者，他本人及其作品和创作时的想象，均明显带有豪放奇绝的特质②。

郭祥正被誉为"李白后身"，其作品风格与李白诗歌之豪放有许多相似，上文与李白创作渊源已略有论述，兹再举数例予以说明：

> 崭崭青壁仙人居，水精帘挂光浮浮。中有天乐振天响，真珠琤淙碎珊瑚。常娥拥月夜相照，天光地莹倒玉壶。又云玉皇醉玉液，琼簟千尺从空铺。卧来北斗谏以起，惊风吹落青山隅。溶溶万古万万古，竟谁能辨为真虚。我来吟哦不知晚，山云四暗山魈呼。安得长鲸驾天险，下视灵源知有无。③

此诗所描绘之谷帘水，乃庐山之名泉，即陆游所记之"谷帘水……甘腴清冷，具备众美，……水在庐山景德观"④。《江西通志》云："谷帘泉在康王谷，其水如帘，布岩而下者三十余派，亦匡庐异观也。唐陆羽品其水为天下第一。泉之侧别有云液泉，山多云母石，泉甘且清，盖云母滋液所致。按《九江志》载：'谷帘、云液二泉，二泉之水合乌龙潭水，迳康阳坂，入德安县界。'"⑤ 起首二句写诗人远观谷帘泉之景，泉水从绿色的高崖上垂落下来，水色晶莹剔透，宛如挂在仙人居所的水晶帘一般。下二句写泉水之声如天籁之乐，又声势浩大震动天宇；泉水激荡，水滴四溅，形似珍珠迸落，声如珊瑚碎裂，清脆悦

---

① 杜黎均：《二十四诗品译注评析·豪放》，北京出版社1988年版，第120页。
② 参见陈敬介《李白诗研究》，博士学位论文，（台湾）东吴大学，2006年。
③ （宋）郭祥正：《谷帘水行》，《郭祥正集》卷2，孔凡礼点校，第19页。
④ （宋）陆游：《入蜀记》卷4，清乾隆丙辰（1736）刊本。
⑤ 雍正《江西通志》卷12，"南康府"，文渊阁四库全书本。

耳。接下来四句,诗人展开大胆想象和夸张,连用三个比喻——"倒玉壶""醉玉液""琼簟千尺",将月光照射之下的泉水比作玉壶倾倒,玉皇醉洒玉液、千尺美玉簟席从天而降,铺展开来。李白将庐山香炉峰之瀑布比作九天银河,祥正则将谷帘泉水拟为仙人之水晶帘、白玉席,想象奇特。

  诗人往往选择那些"在面积、长度、体积、重量等方面具有'巨大'的特点,从而能引起人们宏阔、壮伟、崇高的感觉,如壮丽的山水、雄伟的建筑、宏大的场面、浩茫的景象"作为抒写对象,在"主观的豪气与客观的巨物水乳交融于诗境中",用"奔迸爆发的抒情方式、大开大阖的艺术结构、惊天动地的笔力气势、变化多样的表现技巧"① 来营造豪壮阔大的气势。如描写洞庭湖,"怒涛掀洞庭,信宿留归舟。沙场万马放,大壑群龙投"②,这几句诗描写的是狂风中的洞庭湖景象。狂风卷起巨浪,阻碍了诗人归舟的行进。洞庭湖上,波涛翻滚,声势浩大,如同战场上万马奔腾,大壑中群龙吟啸,声震天地。诗人分别从视觉、听觉角度来渲染洞庭湖上狂风怒号、波澜壮阔的场面。再如"栏干去天无一尺,帘外三山蘸天碧"③,诗人极尽夸张之能事,上句用"去天无一尺"来描写鹄奔亭位置之高;下句用亭外三山之高烘托亭高,"蘸天碧"三个字,除了将三山之苍翠刻画了出来,还暗示了山之高,山之碧色仿佛沾染天空之碧蓝,"蘸"字把山之翠和天之碧连接在一起;人在亭中,向外平眺,山恰在帘外,人之视线与山等高,那么亭的位置显然要高于山了。

  想象夸张之外,祥正还善于炼字锻句、铺陈叙事,从语言、语意上营造豪壮奇绝之势。

  第一,从语言上看,诗人善用动词来点染豪迈壮阔之景色,如"薄

---

① 潘百齐:《论李白诗歌的美学特征》,《中国李白研究》(1990年集上),江苏古籍出版社1990年版,第134页。
② (宋)郭祥正:《洞庭阻风_{用韩退之韵}》,《郭祥正集》卷4,孔凡礼点校,第71页。
③ (宋)郭祥正:《奉和蔡希蘧鹄奔亭留别》,《郭祥正集》卷13,孔凡礼点校,第226页。

万象兮周四海,烂五采兮扬天波"①,"薄"万象,"周"四海,"烂"五彩,"扬"天波,描绘了巫山气势磅礴、绚丽多姿的形态。又如"丹湖千里浸城东,蒲苇藏烟春渺渺。牛渚对峙凌歊台,长江倒挂天门开。风吹玉马亿万匹,汉兵卷甲沙场回"②,一个"浸"字突出了烟波浩渺的丹阳湖之阔大;"对峙"一词则采用拟人化手法,生动形象地将牛渚山与凌歊台隔江相望、险要雄伟之景象展现读者面前;"挂"字则写出万里长江奔腾而下、一泻千里之壮观;"风吹"和"汉兵"两句,使用夸张、比拟之手法,刻画了万里长江白浪滚滚、声势浩大之场面。

诗人也喜用数词,如"一""百""千",来点染豪迈之风,如"天垂星斗数寻近,地卷云山千里来"③,"数"与"千"对举,使景物场面宏大壮阔;而"便欲因之垂钓竿,六鳌一掷天门外"④"请君置我三百杯,我为君吟一千首"⑤"醍醐一饮三百盏"⑥,"三百"与"一千"则极尽诗人豪放之态。

第二,有意使用排比式长句,铺陈写物,穷形尽相,使诗歌具有散文化倾向的同时,也营造出一气呵成之语势,尽显豪迈之气概。

> 如长人,如巨蛇,如翔龙,如镆铘,如倒植之莲,如已剖之瓜。如触邪之獬豸,如蚀月之虾蟆。或断而卧,或起而立,或欲斗而搏,或惊顾而呀。⑦

诗人用八个"如"字连缀八个喻体,展开丰富的想象和联想,将

---

① (宋)郭祥正:《巫山送吴延之出宰巫山》,《郭祥正集》卷1,孔凡礼点校,第2页。
② (宋)郭祥正:《姑孰堂歌赠朱太守》,《郭祥正集》卷3,孔凡礼点校,第25页。
③ (宋)郭祥正:《寄题蕲州涵辉阁呈太守章子平集贤》,《郭祥正集》卷2,孔凡礼点校,第27页。
④ (宋)郭祥正:《楚江行》,《郭祥正集》辑佚卷3,孔凡礼点校,第552页。
⑤ (宋)郭祥正:《中秋泛月至历阳访太守孙公素》,《郭祥正集》卷11,孔凡礼点校,第204页。
⑥ (宋)郭祥正:《送吴龙图帅真定》仲庶,《郭祥正集》卷12,孔凡礼点校,第216页。
⑦ (宋)郭祥正:《补到难》并序,《郭祥正集》卷1,孔凡礼点校,第1页。

山石之险怪铺排敷演开来，又用四个"或"字连接四个动作，赋予冰冷的岩石以旺盛的生命力，使原本之死物立刻生动起来，而这种整齐的句式令人读之朗朗上口，语势连贯，气韵悠长。

第三，第一人称代词"我""予""吾"之使用，抒写强烈自我之主观情绪，展现豪放之风格。

> 予将蹴滔天之高浪，跨横海之长鲸。揽午夜之明月，邀逸驾于赤城。酌王母之琼液，献商皓之玉觥。于是挥手景驻，长啸风生。投冠缨于下土，化鳞鬣于北溟也。①

这几句诗起首便点明"予"，接着诗人发挥大胆的想象和联想，以上天捉月、入海骑鲸、遨游仙界、痛饮琼浆等行动方式，将个人主观情感、奔放外露的个性直接抒发在诗句当中，表达了他渴望自由的强烈愿望。"予"字的使用，展示了诗人个人之自信与狂放。又如"四海无波澜，吾曹方宴闲。大笑凌白日，高吟动南山"②，"吾曹"即"我辈"，与"我"志同道合之人。四海升平，"我辈"悠游自在，故能纵声大笑，高吟诗句，放旷自在。还有如"谁将置濠隍，我愿植廊庙。坚贞以类举，邪僻令遁跳"③，"我"愿意身处庙堂之上，为国尽忠，祛除邪佞，诗人对个人才能的绝对自信直接宣泄而出，使诗句中充满了豪放之气概。

第二节 清新绮丽

郭祥正的诗歌也不乏清丽之作。"清丽"包括两个方面，一是"清"，

---

① （宋）郭祥正：《杂言寄耿天骘》，《郭祥正集》卷1，孔凡礼点校，第16页。
② （宋）郭祥正：《劝酒二首呈袁世弼》其一，《郭祥正集》卷16，孔凡礼点校，第264页。
③ （宋）郭祥正：《九曜石奉呈同游蒋帅颖叔吴漕翼道》，《郭祥正集》卷5，孔凡礼点校，第104页。

即清新；二是"丽"，即绮丽，这看似矛盾的两种风格，在他的诗歌中得到了和谐统一。

司空图对"清奇""绮丽"做出了如下解说：

> 娟娟群松，下有漪流。晴雪满汀，隔溪渔舟。可人如玉，步屟寻幽。载瞻载止，空碧悠悠。神出古异，澹不可收。如月之曙，如气之秋。①

> 神存富贵，始轻黄金。浓尽必枯，浅者屡深。雾余水畔，红杏在林。月明华屋，画桥碧阴。金樽酒满，伴客弹琴。取之自足，良殚美襟。②

所谓"清奇"，重在一个"清"字，而"清"主要指作品意境之"清"，这就要求作家在意象的选取上要有一定标准，前四句列举作者认为能够引起"清"境的自然意象，如青松、翠竹、渔舟、溪流、冰雪；中四句则是人文意象，如玉般的人物去寻幽探秘；后四句说明"清"要由自然意象和人文意象共同构成，人文意象须作用于自然之物，物之"清"要通过人感觉之"清"才能显现出来。所谓绮丽风格的特点，就是以"华美的艺术形式融合着高洁的情致"③，并不是以积金堆玉为胜，或以雕琢精细为工，而是出于天然，不露形迹，否则难入品第。由此可以看出，清新与绮丽在"自然"这一点上，完全可以和谐共存。

首先来看郭祥正诗歌之"清"：

> 山光与溪色，一碧泻云中。倚槛久未去，更听松上风。④

---

① 杜黎均：《二十四诗品译注评析·清奇》，第140页。
② 杜黎均：《二十四诗品译注评析·绮丽》，第104页。
③ 杜黎均：《二十四诗品译注评析·绮丽》，第107页。
④ （宋）郭祥正：《简寂碧溪亭》，《郭祥正集》卷25，孔凡礼点校，第402页。

此诗颇具盛唐王维山水诗之神韵，清空自然，淡雅幽静。全诗四句二十字，如同一幅水墨山水，色彩清淡，第一、二、四句写景，第三句写人。首二句写静态视觉之景，山水皆碧，与天融为一色，寥廓而高远；第四句写动态听觉之景，清风吹过松林，松涛阵阵，传入耳中。诗人精心选择词语，一个"碧"字写出晴空万里之背景环境，而"听风"从修辞学角度来看，属于通感，风原本只能感知，不能用耳去听，这里诗人用"松上风"使这一通感实现，人耳所听并不是风，而是风吹过树林的声音，于是第三句之"倚栏人"便和眼前之景完美结合，景之"清"与人心之"静"融合，成就全诗清空灵动的意境。又如《乐游轩呈运使陈大夫》一诗：

> 狭径通萧寺，墙开薜荔阴。坐闻松籁奏，归待月华沉。雅有贤人乐，清无俗垄侵。一轩宁久驻，四海望为霖。①

起首二句奠定全诗清空寂静之格调，狭窄的小路通向清冷萧索之古寺，寺外墙壁上爬满了薜荔，更添阴凉空寂。中间两句写诗人独坐轩中，静静地倾听松间传来的自然天籁之声，不忍归去，等待明月西沉。其余四句转入议论，这里只有贤人聚集之雅乐，清净绝无俗世纷扰，希望能在此轩中常久留驻。

祥正"清新"之作还有许多，如诗人模拟李白诗歌创作的《追和李白姑孰十咏》一组诗②：

> 日华动清晓，岸柳摇行色。（《姑孰溪》）
> 菱歌一舟去，雪阵群鸥起。荷香迷近远，秋色莹表里。（《丹阳湖》）
> 林藏幽鸟声，月弄野棠白。（《谢公宅》）
> 月引晓岚交，江翻寒影碎。（《天门山》）

---

① （宋）郭祥正：《乐游轩呈运使陈大夫》，《郭祥正集》卷19，孔凡礼点校，第312页。
② （宋）郭祥正：《追和李白姑孰十咏》，《郭祥正集》卷7，孔凡礼点校，第143—145页。

再如：

> 浴陂群鸟白，含雾野梅黄。①
> 四天垂翠碧，一水湛星辰。②
> 钟声沉断岸，桥影散中流。雪让芦花密，云排稻穗稠。③
> 隔林风籁息，满地月华清。④

语言简洁明净，风格闲淡超俗，可见诗人锤炼语言之功力。
再来看郭祥正之"丽"作。

> 山中吟，白日长，碧霄泉暖菖蒲香。仙翁劝我采为食，登高遂觉足力强。登高望远远思发，春风浩浩天茫茫。美人一别隔沧海，青鸟寄与双明珰。青鸟东飞亦不返，草色绿缛云徜徉。草色几回绿，云飞无故乡。魂迷梦断竟何在，山中吟，白日长。⑤

全诗构思奇特，诗人将登山活动和神话传说巧妙结合在一起，虚实相生，如梦似幻。"碧霄泉暖菖蒲香"句包含了"碧霄"的视觉之美以及"菖蒲香"的嗅觉和"暖"字的触觉，多重感官享受，压缩在七字之中，读起来却透脱疏朗，毫无雕琢之感，正是"丽"的最佳例句。

还有《原武按堤杂诗五首》：

> 原武城西看杏花，纷纷红雪委黄沙。何如姑孰溪头见，照水蒙烟小谢家。（其一）
> 黄尘蔽日晚风高，两目昏花客思劳。却忆江南渔父乐，河鲀

---

① （宋）郭祥正：《立夏》，《郭祥正集》卷17，孔凡礼点校，第281页。
② （宋）郭祥正：《深夜》，《郭祥正集》卷17，孔凡礼点校，第281页。
③ （宋）郭祥正：《黄山二首》其二，《郭祥正集》卷18，孔凡礼点校，第292页。
④ （宋）郭祥正：《寄题六以亭》，《郭祥正集》卷20，孔凡礼点校，第324页。
⑤ （宋）郭祥正：《山中吟》，《郭祥正集》卷2，孔凡礼点校，第21页。

入网采篓蒿。(其二)

圣贤君相继虞唐,问罪戎夷复故疆。不得一军提将印,漫来淤地阅堤防。(其三)

白驹驰隙鬓毛斑,簿领纷纷世愈难。安得一军提将印,横行西域斩楼兰。(其四)

云溶溶,风习习。桃花露点胭脂湿。青春归尽人未归,原武冈头时独立。(其五)①

诗人 40 岁时曾按堤原武,对他来说,这个职务与建功立业之愿望相距甚远,从"不得一军提将印,漫来淤地阅堤防""安得一军提将印,横行西域斩楼兰"几句中可以看出,诗人的心情是郁郁而低落的,与周围春光灿烂的美景形成鲜明对比。"云溶溶,风习习。桃花露点胭脂湿"和"纷纷红雪委黄沙"点明季节,春天百花盛开,色彩缤纷,原武城西杏花、桃花怒放枝头,晶莹剔透的露珠洒落花瓣上,红色的花瓣如美人脸上红润的胭脂,夺目艳丽。这几句细腻而生动地描写出春日之胜景。清风习习,杏花纷纷飘落,落英缤纷,令诗人感叹"红雪委黄沙",美好的春景是如此短暂,让人不由得想到人生之大好年华,同样是极易流逝的,而今自己却在做着巡视堤防的工作,任生命凋零。热闹而美丽的春景与诗人低沉而无奈的心情形成了鲜明对比。

祥正之"丽"作还有如"约风柳带金争软,着雨梨花玉斗寒"②,写初春时节,柳叶初生,嫩绿微黄,恍若镀上一层金色;轻风吹过,柳枝柔嫩纤细,仿佛在与风比试谁更柔软;细雨迷蒙,梨花盛开,花瓣洁白,如白玉般通透细腻,虽然娇弱却与严寒抗争。两个动词"争""斗"的使用,消解了"金""玉"之奢华,而平添了一丝生机,可谓匠心独运了。又如"圆荷翻风碧玉软,幽鹭得鱼团雪起"③,日常生活

---

① (宋)郭祥正:《原武按堤杂诗五首》,《郭祥正集》卷 27,孔凡礼点校,第 437 页。
② (宋)郭祥正:《和君仪感时书事》,《郭祥正集》卷 21,孔凡礼点校,第 341 页。
③ (宋)郭祥正:《谢淮西吴提举子中》,《郭祥正集》卷 10,孔凡礼点校,第 191 页。

中风吹荷叶、白鹭捉鱼的画面被诗人写得生动而有趣：水面上的层层莲叶，如同圆圆的碧玉，这时一阵轻风吹过，荷叶翻起，瞬时仿佛这些碧玉变得轻软无比；水面平静无波，一只白鹭大约是看到了水中的游鱼，突然伸出脖子，探入水里，水浪激起，好似团团雪花。这是一幅从静态到动态的画面，非常生动且充满生活情趣。类似的还有"荇菜风牵碧，荷花雨迸香"①，水中碧绿的荇菜被风吹动；雨后的荷花散发出阵阵清香。其实荇菜本就是绿色，荷花自然是香的，然而，诗人却以自己独特的视角描绘了一幅雨后水面美景，水中的荇菜随风而舞动，水面的荷花在雨水冲洗后散发出的香味更加清新。此外，可以称为"丽"或者"清丽"的诗句还有很多，如"舟漾绿波飞舴艋，烟笼青瓦湿琉璃"②"桂水波光趋海急，峡山岚翠带云寒"③"江静群鸥集，天空一鹗孤。落英红锦碎，狂絮白毡铺"④，显示出诗人敏锐而细致的观察力和熟练的语言驾驭能力。

从上面所列举之诗句中不难发现，具有"清丽"之风的诗歌里，诗人对意象的选择也是有规律可循的，他常常选取如青松、翠竹、细柳、桃杏、碧波、飞絮、白云、苍山、明月等易于引起物外之思的自然意象作为描写对象，通过个人高超的艺术技巧，将这些物象与自身体验相结合，使原本常见之俗物都带上了一种超然于尘世之外的清旷，从而形成清新与绮丽共存的风格特征。

从写作技巧上看，凡"清丽"之句，均经过诗人精心炼字择词，采用多种修辞手法，对仗工稳，构思精巧：

> 林间莺喜缙蛮语，水畔花愁料峭寒。⑤

---

① （宋）郭祥正：《元舆待制藏舟浦宴集》，《郭祥正集》卷20，孔凡礼点校，第333页。
② （宋）郭祥正：《阮希圣新轩即席兼呈同会君仪温老三首》其三，《郭祥正集》卷21，孔凡礼点校，第342页。
③ （宋）郭祥正：《九日登北楼示客》，《郭祥正集》卷21，孔凡礼点校，第371页。
④ （宋）郭祥正：《又和英伯四首》其四，《郭祥正集》卷19，孔凡礼点校，第310页。
⑤ （宋）郭祥正：《次韵君仪风物可爱之什》，《郭祥正集》卷21，孔凡礼点校，第344页。

此二句运用了拟人、对比、对偶三种修辞手法。"林间"与"水畔"为方位词对仗,"莺"与"花"为名物对,"喜"与"愁"为动词反义对,树林里黄莺欢快地发出令人无法理解的"缗蛮"乱语,水边花儿却因天气寒冷而忧愁,一喜一悲,一动一静,画面感十足。再如"宿霭拥山眉敛翠,夕阳浮水带横金。黄鹂唤友鸣声软,白鸟窥鱼意思深"①,作者精心选择"拥""敛""浮""带""唤""窥"等动词,将描写之景物、动物拟人化,"翠""金""黄""白"等颜色交错使用,给读者展现了一幅生动活泼的画面。除了拟人手法之外,诗人还使用借代、典故,"眉"为青山之代称,宋人诗中有"远山如眉"之说②;"带"指代江水,暗用韩愈诗歌中以江为青罗带之喻。为了增强诗句的生动性,祥正在句中运用了重复之法,如"田家隔水犬吠犬,天气新晴鸠唤鸠"③,一句之中,隔字重复,刻画了一幅有趣的田园生活画面:两犬隔水相吠,互不相让;斑鸠和鸣,仿佛在呼朋引伴。

第三节　含蓄委婉

所谓"含蓄委婉",其意与刘勰对"隐秀"的解说接近,"含蓄"即隐,"委婉"即秀。试看刘勰之解释:

> 夫心术之动远矣,文情之变深矣,源奥而派生,根盛而颖峻。是以文之英蕤,有秀有隐。隐也者,文外之重旨者也;秀也者,篇中之独拔者也。隐以复意为工,秀以卓绝为巧,斯乃旧章之懿绩,才情之嘉会也。夫隐之为体,义[主]生文外,秘响傍通,伏采潜发,譬爻象之变互体,川渎之韫珠玉也。④

---

① (宋)郭祥正:《列岫后题》,《郭祥正集》卷22,孔凡礼点校,第360页。
② (宋)沈括:《江州揽秀亭记》,《长兴集》卷11,文渊阁四库全书本。
③ (宋)郭祥正:《南楼有怀元舆》,《郭祥正集》卷21,孔凡礼点校,第346页。
④ (梁)刘勰:《文心雕龙注释·隐秀》,周振甫注,人民文学出版社1981年版,第431页。

隐，即婉曲；欧阳修《六一诗话》引梅尧臣语曰："必能状难写之景如在目前，含不尽之意，见于言外，然后为至矣。"① 一般分为两种情况，一是用事物来烘托本意，二是用语言来暗示本意。秀，则是一文之要旨，"立片言而居要，乃一篇之警策"②，用精炼的语句概括一篇之意图，使文章警策生动。

司空图将"含蓄"解释为"不着一字，尽得风流。语不涉难，已不堪忧。是有真宰，与之沉浮。如渌满酒，花时返秋。悠悠空尘，忽忽海沤。浅深聚散，万取一收"③。他认为，含蓄的最高境界是"不着一字，尽得风流"，其实就是要求文学作品要有言外之意，味外之旨。再看他对"委曲"的解说："委曲"即"登彼太行，翠绕羊肠。杳霭流玉，悠悠花香。力之于时，声之于羌。似往已回，如幽匪藏。水理漩洑，鹏风翱翔。道不自器，与之圆方"④，要求文学作品要有曲折变化而晓畅通达，不必拘泥于物象，应与自然情理和谐统一。

就郭祥正诗歌创作而言，虽豪迈壮阔，清丽自然，却也不乏含蓄委曲之作。上文中提到的《縠縠》《水磨》等借物抒情之作便是明证，代言寄怀类闺怨思妇诗也是委曲之作，现另举一些诗歌予以说明。

白鹭白如银，窥鱼意思驯。此中无弹弋，莫厌往来频。⑤

诗人看到眼前之小池白鹭悠游水面，意欲捕捉游鱼之悠闲自在，转而想到这里没有猎人之弹弋，白鹭可以自由往来而不必忧惧被捕杀之命运。表面写的是白鹭，实际却是影射自身。诗人屡次遭受构陷，却避无可避，只能徒然羡慕白鹭。此诗妙在表面为咏物，实际却是抒怀，抒写对个人命运的感伤。纨扇在炎热的夏季为人带来清凉，"为君却烦暑，动摇把凉风"，然而夏去秋来，"一朝霜飙至，罗帏衾被

---

① （宋）欧阳修：《六一诗话》，黄进德批注，第6页。
② （晋）陆机：《文赋》，载郭绍虞编《中国历代文论选》，第172页。
③ 杜黎均：《二十四诗品译注评析·含蓄》，第115页。
④ 杜黎均：《二十四诗品译注评析·委曲》，第145页。
⑤ （宋）郭祥正：《小池白鹭》，《郭祥正集》卷25，孔凡礼点校，第406页。

重"，就难免"辞君且屏迹，弃置随断蓬"了，这个道理是"物理古如此，用舍安可穷"①，秋扇见弃是自古皆然的道理，正如人才之被重用或放弃，被用则出，被舍则退。

再看祥正的一首六言绝句：

> 前溪淡淡日落，后山蔼蔼云归。桃花不知客恨，一片飞上征衣。②

诗中包含五个自然意象和一个人文意象，溪流、落日、青山、白云、桃花以及旅人，夕阳西下，水边送别，令人不禁联想到江淹《别赋》中伤别之场景。桃花飘落在征人衣襟之上，本为客观之景，但是却被诗人赋予了人之情感，一个"恨"字将别离之伤感宣泄出来。"征衣"一词，表面来看是离人之衣，但也可理解为出征将士之战衣，若按后者理解，则"恨"字的意义也扩大了，"恨"的不仅是离别，更深层的是对战争之"恨"，作者借别离寄寓反战之情绪。

祥正还有一些诗歌闪耀着理性主义的光辉，诗人通过对日常事物的观察和生活经历的体验，从中总结内在规律，用精警的语言阐述道理，使诗歌含义深远。如《金陵赏心亭》：

> 秦淮青城几百尺，城上高亭望无极。南还北去千万艘，人生何苦恋惊涛。百年易得变尘土，后世视今今视古。此间风月最为多，莫辞把酒呈高歌。前朝宫苑荒烟在，乐极悲来亦奈何。③

金陵城头赏心亭上，诗人极目远眺，江面上船只万千，来来往往，出没于惊涛骇浪之间。由眼前之景，他不禁发出感叹：生命宝贵，因何还要不顾危险，汲汲于功名利禄？人生短暂，不过百年便会化为尘

---

① （宋）郭祥正：《秋扇》，《郭祥正集》卷7，孔凡礼点校，第135页。
② （宋）郭祥正：《南丰道中六言》，《郭祥正集》卷25，孔凡礼点校，第407页。
③ （宋）郭祥正：《金陵赏心亭》，《郭祥正集》卷9，孔凡礼点校，第176页。

土,后世之人看我们今天,仿佛我们看待历史上的古人一般。

再有他在《补到难》结尾慨叹:"匪到之难,知乐此以为难。知乐此矣,能久处之又为难。"① 由自身游览路途之艰难,联想到世人能够欣赏此处美景难,继而更进一层,即使能体会此处之美,但是能长久居于此地恐怕更难。世间之人为了耳目之乐,登山临水,但是真正的美景往往在人迹罕至、路途艰险之处,绝大多数人会选择放弃,真正能到达的人少之又少。这极少数到达目的地之人未必真正能体会其中之美,即使体会到了,恐怕也不会长久停留。诗人还有一层"言外之意",世间人往往为外物所羁绊,真正能够抛开一切,归隐山林,享受隐逸之乐的人恐怕很少了。

他在《朝登北山头》中,面对滚滚逝水,慨叹人生迟暮,体悟到"生无死何有,原终乃知始"②。在《游华阳洞阻雨》里,诗人因暴雨阻隔而不得尽兴,故而发出"寻幽尚龃龉,处世信难料"③的感慨,人生在世,不如意之处甚多,难免挫折。看到蜡烛燃烧,诗人发出"生世能几何,焰长烛愈短"④的感喟,火焰越高越明亮,而蜡烛便会燃烧越快,如同人的生命一般,无论多么辉煌灿烂的生命也终究难逃一死。

第四节　悲慨旷达

悲慨与旷达两种风格也存在于祥正诗歌当中。"悲慨",即慷慨悲壮,司空图解释为"大风卷水,林木为摧。适苦欲死,招憩不来。百岁如流,富贵冷灰。大道日丧,若为雄才?壮士拂剑,浩然弥哀。萧萧落叶,漏雨苍苔"⑤。壮士不遇,悲叹人生,忧国忧民之作均可视为

---

① (宋)郭祥正:《补到难并序》,《郭祥正集》卷1,孔凡礼点校,第2页。
② (宋)郭祥正:《朝登北山头二首》其二,《郭祥正集》卷3,孔凡礼点校,第50页。
③ (宋)郭祥正:《游华阳洞阻雨》,《郭祥正集》卷3,孔凡礼点校,第59页。
④ (宋)郭祥正:《把镜》,《郭祥正集》卷4,孔凡礼点校,第75页。
⑤ 杜黎均:《二十四诗品译注评析·悲慨》,第156页。

悲慨之作。

郭祥正诗歌中最常见的悲慨之气是对个人命运的悲叹。他在诗中慨叹:"沉吟涧底松,不及尧阶草。不经君王顾,枉被风霜老。弱羽恋一枝,敢思浴天池。闻君有余力,何惜一嘘吹。青云与黄壤,回首隔追随。"① 首句使用左思"郁郁涧底松"之典,将自己比作涧底青松,才华出众,却苦于无缘接近君主,得不到赏识,无法与那些常伴君王左右的尧阶之草相比,只能虚度岁月。自己如同弱小的鸟儿,仅仅要求有一枝栖身,哪里敢妄想在天池中沐浴,享受君王之恩泽?希望朋友在青云直上的时候,给留在黄土之上的自己一些助力。诗人将自己怀才不遇、有志难申的悲叹寄寓在"涧底松"与"尧阶草"、"青云"与"黄壤"形成的两组对比中,意义深远。类似这种强烈对比的还有"君驰亨路鹗横秋,我困污泥龟缩壳"②,友人驰骋在亨通的大路上,自己却囚困于污泥之中;友人好似雄鹰翱翔在秋日碧空之中,自己却如同可怜的乌龟,只能蜷缩在龟壳里面。

诗人还有悲慨个人遭际之作:

> 已分羽毛藏枳棘,尽从谗谤起戈矛。真才合比骊珠贵,何事倾怀辄暗投。③
>
> 牢落名声谗谤后,支离形影瘴氛余。重来仕路谁为援,却返家园欲自如。烟浪一舟无长物,罢官只似到官初。④

或用比拟手法,将自己比作困在枳棘中无法展翅之鸟、蒙尘暗投之明珠来宣泄不遇之愤懑;或者直抒胸臆,吐出心中不平之气。诗中充溢着对命运不公之控诉,令人悲叹。

---

① (宋)郭祥正:《留别陈元舆待制用李白赠友人韵》,《郭祥正集》卷7,孔凡礼点校,第152页。
② (宋)郭祥正:《赠孙郎中景修》,《郭祥正集》卷10,孔凡礼点校,第186—187页。
③ (宋)郭祥正:《陈秀才惠示长歌答以四韵》,《郭祥正集》卷21,孔凡礼点校,第341页。
④ (宋)郭祥正:《次韵林辨之长官送别之什》,《郭祥正集》卷22,孔凡礼点校,第373页。

郭祥正悲慨之气格也体现在上文提到的反映社会民生的作品中，诗中多抒写对国家人民的关怀，"我甘海隅食蚌蛤，饱视两邑调租庸。呜呼，不独夔子之国杜陵翁，牙齿半落左耳聋"①，以一己之苦换取天下百姓之福，体现出作者悲天悯人之情怀。

再来看旷达，"旷"为开朗；"达"为达观，即司空图所谓"生者百岁，相去几何。欢乐苦短，忧愁实多。何如樽酒，日往烟萝。花覆茆檐，疏雨相过。倒酒既尽，杖藜行歌。孰不有古，南山峨峨"②，面对人生苦难，应该心胸开朗，以豁达的态度去消解忧愁。作为一种文学风格，达观通常与豪放联系在一起。

经历人生种种不如意之后，郭祥正力图以一种豁达和宽广的心胸去接受命运，他鼓励友人：

> 冰霜冻海海水黑，云雾崩腾大空塞。饥猿哀啼虎嗥啸，高鸿折翅鹰敛翮。苦寒大苦吾正愁，二子胡为千里客。自言失意西南归，十斛明珠已空掷。庐山摩天瀑布雄，请把肝肠洗愁寂。③

诗人首先营造了宏大壮阔而又压抑沉重的场面：严寒的冬日，冰霜冻结海水，海水呈现出漆黑的颜色，云雾弥漫天空，饥饿的猿猴发出哀鸣，猛虎嗥声，苍鹰鸿雁收折羽翼。在这苦寒之日，二位友人明珠空掷，失意南归。凄苦寒冷的环境既加剧了别离之感伤情绪，也烘托出人物内心的悲慨。结尾处诗人一反送别诗寄托思念之情的传统，高调唱出"庐山摩天瀑布雄，请把肝肠洗愁寂"，劝慰友人不要悲伤惆怅，让庐山瀑布之水洗净愁肠，诗人之豪放旷达跃然纸上。

祥正性格中有豁达开朗的一面，他善于自我调节，有时则以酒消愁，借歌放旷：

---

① （宋）郭祥正：《南雄除夜读老杜集至岁云暮矣多北风之句感时抚事命题为篇》，《郭祥正集》卷8，孔凡礼点校，第162页。
② 杜黎均：《二十四诗品译注评析·旷达》，第177页。
③ （宋）郭祥正：《送朱王二秀才归江西》，《郭祥正集》卷8，孔凡礼点校，第156页。

黄犊行牵载酒瓮，到处便倾三百杯。或逢浓阴藉草坐，口横玉笛吹落梅。旁人问我乐何事，我心无事同婴孩。①

驱遣黄牛，满载美酒，随处痛饮，口吹玉笛，以梅花之曲抒发内心高洁之情怀，如此乐事，自然心中无欲无求，如同婴孩般纯净，烦恼便也不存在了。

有时悲慨与旷达之风同时出现在一首诗歌当中，如"数奇自笑无所成，亦欲浮舟往沧海。沧海云涛人不争，忘机可以超神凝。比公进退殊未足，若问逍遥无鹔鹏"②。诗人一面感喟个人命运不偶，一面试图用浮舟沧海的豁达来化解胸中苦闷。又如"相欢握手辄大笑，共访瑶池寻玉真。天门夜叉识虑恶，为我无钱谨关钥。兴阑却驾彩云归，别入红窗共君酌。醉来兀兀乘扁舟，长溪水碧芙蓉秋。愿逢万丈龙须席，卷取明月归玉楼"③数句，集豪放、旷达、悲慨于一身，感情时起时伏，大笑之豪放、醉态之旷达、夜叉阻挠之悲慨，被诗人用丰富的联想和想象糅合在一起，从开始上天，到夜叉关门、只得再次下地，借酒消愁，乘舟遨游，整个过程全为诗人想象之词，完全通过意识的流动，将几个独立的意象连缀起来，而毫无突兀之感。

最能体现祥正诗歌悲慨旷达风格的意象是"酒"，诗人常通过"酒"来展示对个人命运的感悟，对人生苦短、岁月易逝的豁达。

去年秋暮送东玉，今岁春残送子仪。人生不老安可得，况复年年伤离别。……君章下车始命客，邀公与我同遨嬉。开怀醉倒信莫逆，十年一梦音尘稀。……梨花夺月烂银白，脍盘缕玉江鱼肥。酒倾碧盏盏尝满，曲度晴云云不飞。车轮未许生四角，且愿逆风东北吹。留连更尽一壶酒，无使醒泪沾行衣。十科应诏公第一，出入省寺非公谁。欲陪后会定何许，咄嗟自此

---

① （宋）郭祥正：《清明望藏云山怀旧游》，《郭祥正集》卷8，孔凡礼点校，第168页。
② （宋）郭祥正：《赠提宫谏议沈公立之》，《郭祥正集》卷10，孔凡礼点校，第186页。
③ （宋）郭祥正：《赠张参军待举》，《郭祥正集》卷10，孔凡礼点校，第187页。

分云泥。①

"年年伤离别"写出人生之悲欢离合是无可奈何之事,此句为全诗定下了感伤基调。"十年一梦",时光飞逝,自己却碌碌无功,更添悲伤;回想当年把酒言欢之场面,离别在即,如今却只能"留连更尽一壶酒"了。"十科第一"不仅是对朋友的赞美,更是羡慕与自卑,诗人联想到当年自己也满怀经济策,诗才动文坛,渴望建功立业,有所作为,如今却仍是一事无成,这难言之痛只能"醉倒倾盏"方可解脱,只有"酒醉"才能化解诗人与朋友之间的云泥之别。同为朝廷命官的有志之士,如今却有完全不同的命运,这种痛恐怕无人能解。面对苦短人生,及时行乐、借酒放旷便成了诗人的最佳选择:

> 芳华无十日,自劝频举杯。素发易凋落,青春难再来。林间黄鸟啭,日下浮云开。吴歌梁尘飞,越舞白雪回。英雄既长往,珠金安在哉。仅存一丘土,石麟卧蒿莱。谁曾将浊酒,为君倾夜台。②

美好的时光总是那样短暂,青春一去不返,只有纵酒来自我安慰了。

意象选取之外,郭祥正还利用呼告语来增强情感波动变化,加重悲慨之情,其诗集中"噫吁嚱"出现十次、"呜呼"出现九次,均为伤感至极而呼出之语。先看"噫吁嚱",诗人写下"君不见滕王阁、庾公楼,樽罍千载夸风流。又不见宴寝一诗尚不灭,至今人道韦苏州。噫吁嚱,四座勿歌听我歌,宣诏之名君谓何。守臣不壅帝王泽,六合长静无干戈"③,先抒写历史沧桑,"噫吁嚱"三字转折,领起自我当

---

① (宋)郭祥正:《送陈大夫罢太平守还台》,《郭祥正集》卷8,孔凡礼点校,第157—158页。
② (宋)郭祥正:《春日独酌一十首》其四,《郭祥正集》卷3,孔凡礼点校,第46—47页。
③ (宋)郭祥正:《宣诏厅歌赠朱太守》,《郭祥正集》卷2,孔凡礼点校,第26页。

前之感喟。再来看"呜呼"一词,"世间何物人争诧,请说奇书并妙画。一时鉴赏安足论,流转千年愈增价。珍绨一袭藏至珍,卷尾长篇更入神。呜呼粉墨终成尘,唯有文章道德能日新"①,先写书画之精妙,收藏价值之高,"呜呼"之后转向抒情,金钱可以衡量的东西恐怕终有一天会变成尘土消失,而道德文章却永久流传、日日新颜,诗人感慨儒家思想生生不息。

第五节 典雅厚重

典雅厚重,既是对郭祥正诗歌思想内容特点的概括,也是对其创作技巧上的总结。

典雅是我国古代最早出现的文学风格之一,从先秦时代,孔子就强调过文艺作品的社会功能,要求作品思想内容雅正、庄重,他称赞《诗》三百"思无邪"(《论语·为政》),《关雎》"乐而不淫,哀而不伤"(《论语·八佾》)。刘勰以为,"典雅者,熔式经诰,方轨儒门者也"②,要求取法经典,以儒家为正宗。到了司空图,典雅的内涵扩大到形式技巧上:

> 玉壶买春,赏雨茆屋,坐中佳士,左右修竹。白云初晴,幽鸟相逐,眠琴绿荫,上有飞瀑。落花无言,人淡如菊,书之岁华,其曰可读。③

司空图要求作品超俗,具有高洁之风貌,"书之岁华,其曰可读",形式上也应具有雅致之特点。郭祥正不仅在文学创作理念上秉

---

① (宋)郭祥正:《燕待制秋山晚景王荆公有诗,跋其后》,《郭祥正集》卷11,孔凡礼点校,第197—198页。
② (梁)刘勰:《文心雕龙注释·体性》,周振甫注,第308页。
③ 杜黎均:《二十四诗品译注评析·典雅》,第90页。

承了儒家传统诗学理论,要求诗歌承担起反映社会现实之功能,同时以自己的创作实践支持着"温柔敦厚"的诗教观。前文论及祥正诗歌思想内容和文学主张之时已有详尽论述,这里主要谈其诗作在艺术风格和创作技巧上体现出的典雅厚重的特点。

从创作手法上看,郭祥正擅长熔铸各种历史典故、神话传说、经典作品于作品,通过"夺胎换骨"法再创造,使作品内容丰富,内涵扩大,显示出典雅厚重的特色。

何为"夺胎换骨"?"夺胎换骨"的提法最早见于惠洪《冷斋夜话》:

> 山谷云:"诗意无穷,而人之才有限。以有限之才,追无穷之意,虽渊明、少陵,不得工也。然不易其意而造其语,谓之换骨法;窥入其意而形容之,谓之夺胎法。"

从他所举诗句来看:

> 又如李翰林诗曰:"鸟飞不尽暮天碧。"又曰:"青天尽处没孤鸿。"……山谷作《登达观台》诗曰:"瘦藤拄到风烟上,乞与游人眼界开。不知眼界阔多少,白鸟去尽青天回。"凡此之类,皆换骨法也。……乐天诗曰:"临风杪秋树,对酒长年身。醉貌如霜叶,虽红不是春。"东坡《南中作》诗云:"儿童误喜朱颜在,一笑那知是酒红。"凡此之类,皆夺胎法也。①

再从惠洪本人实践来看,他用一首诗和诗的题目来阐释何为换骨之法:

> 芦花蓼花能白红,数曲秋江惨憺中。好是飞来双白鹭,为谁妆点水屏风。(《古诗云芦花白间蓼花红一日秋江惨淡中两个鹭鸶

---

① (宋)惠洪:《冷斋夜话》卷1,载(宋)惠洪、(宋)费衮《冷斋夜话 梁溪漫志》,李保民、金圆校点,第13—14页。

（鹚）相对立几人唤作水屏风然其理可取而其词鄙野余为改之曰换骨法》）①。

惠洪对于"夺胎"法"窥入其意而形容之"说得不是很明白，根据他所列举诗句来看，应当是在透彻理解前人诗意基础之上，用自己的语言、构思重新演绎发挥，使诗歌意义更为深刻、意境更为深化，与《诗宪》所谓"夺胎者，因人之意，触类而长之"的含义比较接近。惠洪对"换骨"解说得比较清楚，就是在不改变前人诗意或句意基础上，换用别的词语或方式表达与前人一样的意义，"换骨者，意同而语异也"②（《诗宪》）。也就是周裕锴所说："'夺胎'的隐喻义应是夺取前人的诗意而转生出自己的诗意，而转生是通过自己语言的演绎发挥（'形容之'）来完成的。""'换骨'中的'不易其意'即保留前人之诗胎，'造其语'即换去前人的凡骨（陈言）而生出自己的仙骨（新语）。"③通俗一点说，就是刘大杰在《中国文学发展史》中的阐述："换骨是意同语异，用前人的诗意，再用自己的言语出之。脱胎是因前人的诗意而更深刻化，造成自己的意境。"④

相比较而言，夺胎之法对作者的个人能力，如理解能力、文化修养、写作技巧等要求更高些。葛立方指出：

> 诗家有换骨法，谓用古人意而点化之，使加工也。李白诗云："白发三千丈，缘愁似个长。"荆公点化之，则云："缲成白发三千丈。"刘禹锡云："遥望洞庭湖水面，白银盘里一青螺。"山谷点化之，则云："可惜不当湖水面，银山堆里看青山。"孔稚圭《白纻歌》云："山虚钟磬彻。"山谷点化之，则云："山空响管

---

① （宋）惠洪：《石门文字禅校注》卷16，周裕锴校注，第2591页。
② （宋）无名氏：《诗宪》，载吴文治主编《宋诗话全编》，第10785页。
③ 周裕锴：《宋代诗学通论》，上海古籍出版社2007年版，第187页。
④ 刘大杰：《中国文学发展史》（下册），百花文艺出版社1999年版，第163页。

弦。"卢仝诗云："草石是亲情。"山谷点化之，则云："小山作朋友，香草当姬妾。"学诗者不可不知此。①

这里所说的"点化"，有仿效前人的写法加以变化的意思，"加工"则要求对原诗花一番提炼、修饰的功夫。

杨万里对"夺胎换骨"的理论提出了一种新的见解，他在《诚斋诗话》中说："杜（甫）《梦李白》云：'落月满屋梁，犹疑照颜色。'山谷《簟》诗云：'落日映江波，依稀比颜色。'……此皆用古人句律，而不用其句意，以故为新，夺胎换骨。"②"用古人句律，而不用其句意"，是从写作技巧角度提出的，即模拟前人句法结构进行再创作，不能因袭原意。与惠洪的说法不同，杨万里的理论对诗人创作要求更高些，不只是深化、升华前人意义，而是要脱离古人句意，自创新意。推而广之，其实不只是古人句律形式，还可以扩展到文法结构、布局谋篇的模拟。

总结宋人对"夺胎换骨"的理解，由低到高可以分为三个层次：最低层次是沿袭前人开创的意义、意境不变；中间层次是开拓深化前人意义、意境；最高层次则是完全脱离前人意义、意境，自出机杼，重创全新意义。实现的方法都是要求诗人自创新语，其中后两种意义更大。具体放在郭祥正诗歌中看，三种情况都有所体现，前两种情况较为常见，包括对诗意和句意的改造。

1. 诗意改造

> 何幸一身老，亲逢三世贤。文章吾已尽，阀阅尔能传。归剑光生夜，层楼影插天。课书登善最，汉殿席应前。③

此诗为送别之作，此类诗歌中，祥正好寄寓对友人前途的期许和

---

① （宋）葛立方：《韵语阳秋》，载（清）何文焕辑《历代诗话》，第495页。
② （宋）杨万里：《诚斋诗话》，载吴文治主编《宋诗话全编》，第5943页。
③ （宋）郭祥正：《送南剑王倅奉议》，《郭祥正集》卷20，孔凡礼点校，第331页。

祝愿，诗中最后一句"汉殿席应前"，化用贾谊、文帝之典故，"孝文帝方受釐，坐宣室。上感鬼神事，而问鬼神之本。贾谊因具道所以然之状。至夜半，文帝前席"①，李商隐之"宣室求贤访逐臣，贾生才调更无伦。可怜夜半虚前席，不问苍生问鬼神"②一诗申明此意，乃咏史之名篇。前人用此典故，大多感慨贾谊空负一身才华，却得不到汉文帝重用。祥正却一反传统，反而祝福友人像贾谊一样，能够得到"汉殿虚席"之优待。

表面来看，这一典故使用不当，"前席问鬼"用在这里明显违背原意，但实际上，却是诗人用典高妙之处，此处之"虚前席"是祝愿友人能够得到接近君王的机会，而不要和自己一样，根本无缘靠近最高统治者，得到赏识就更无从谈起了。他脱离了凝固在"夜半虚前席"中的贬义，自创新意，赋予典故以新的生命，具有开创之功，达到了"夺胎换骨"之第三重境界。再如诗人根据望夫石传说创作的《望夫石》一诗：

> 杜鹃啼血春林碧，妾有离愁异今昔。上尽高山第一峰，目乱魂飞化为石。化为石，可奈何，泪悬白露衣薜萝。千古万古望夫恨，一江秋水寒蟾多。汉家天子点征役，良人荷戈归不得。此身未老将何从，不似山头化为石。③

望夫石、望夫山传说古已有之，"《舆地记》曰：望夫山上有望夫石，石上曾芜菁，遂以名山。上有石，高三丈，形如女人，谓之'望夫石'。又记曰：武昌郡奉新县北山上有望夫石，状如人立者，今古相传云：昔有贞妇，其夫从役，远赴国难，携弱子饯送于此山。既而立望其夫，乃化为石，因此为名焉"④。前人以此为题，创作了一些同题诗作：

---

① （汉）司马迁：《屈原贾生列传》，《史记》卷84，第1914页。
② （唐）李商隐：《贾生》，载《全唐诗》卷540，（清）彭定求编，第6261页。
③ （宋）郭祥正：《望夫石》，《郭祥正集》卷16，孔凡礼点校，第260—261页。
④ （宋）李昉等：《太平御览》卷48，四部丛刊本。

写望临碧空,怨情感离别。江草不知愁,岩花但争发。云山万重隔,音信千里绝。春去秋复来,相思几时歇。(李白《望夫山》)

仿佛古容仪,含愁带曙辉。露如今日泪,苔似昔年衣。有恨同湘女,无言类楚妃。寂然芳霭内,犹若带夫归。(无名氏《望夫石》)

佳人望夫处,苔藓封孤石。万里水连天,巴山暮云碧。湘妃泪竹下成林,子规夜啼江水深。(武元衡《望夫石》)

终日望夫夫不归,化为孤石苦相思。望来已是几千载,只是当年初望时。(刘禹锡《望夫山》)

何代提戈去不还,独留形影白云间。肌肤销尽雪霜色,罗绮点成苔藓斑。江燕不能传远信,野花空解妒愁颜。近来岂少征人妇,笑采蘼芜上北山。(无名氏《望夫山》)①

这些诗歌从传说本身写起,继而抒情,传达出大致相同的思想,即思妇对丈夫的相思之苦。但是祥正之诗,除了代言相思离别之苦,更多的是反对战争,控诉战争给普通民众带来生离死别之恸,开拓、深化了望夫石传说之意义,进入"夺胎换骨"之第二重。

2. 句意改造

郭祥正对诗句的改造也有独到之处。他经常化用前人之意,自出心裁,赋予诗句新的用途,如"崔侯镜思锐无敌,苍鹰得兔霜翎翻"②两句,脱胎于杜甫之"素练风霜起,苍鹰画作殊。攫身思狡兔,侧目似愁胡"③,但不同的是,杜甫描写了苍鹰捕兔前的瞬间动作、眼神,祥正则是写苍鹰得兔之后的神态外貌,可以说是受到杜诗启发而自创新意了,并且与杜诗描述图画内容的用途不同,诗人此句用来形容崔

---

① (宋)李昉等:《文苑英华》卷160,中华书局1966年版,第760页。
② (宋)郭祥正:《道林寺送别崔提刑用沈传师酬唐侍御姚员外韵》,《郭祥正集》卷15,孔凡礼点校,第253页。
③ (唐)杜甫:《画鹰》,《杜诗详注》卷1,(清)仇兆鳌注,第19页。

提刑才思敏锐,如苍鹰捕兔之动作一般迅捷。再如"试上高楼南北望,无私春力少人知"①句,显然是受到杜甫"好雨知时节,当春乃发生。随风潜入夜,润物细无声"②几句启发而来,在不改变杜诗原意基础之上,采用新的解说方式来阐释与原句相同的意义,化用巧妙自然。

当然,诗人对典故的使用也存在很多不足之处,他往往直接沿袭前人本意,对前人作品稍加改动,甚至一字不改便用在自己的作品中,了无新意,此类作品在其诗集中为数不少,如"亦有樽中物,佳人殊未来"③后句来自江淹之"日暮碧云白,佳人殊未来"④;如"倏别二十载,各在天一涯"⑤,后句来自古诗十九首,此句被寒山、杜甫、白居易、刘敞等多人使用,而祥正再用,无法翻出新意。又如"翠葆樱玉簪,金鳞跃罗带"⑥两句中,作者自注:"韩云:江似青罗带,山如碧玉簪。""玉簪""罗带",一指青山,一指江水,直接使用韩愈《送桂州严大夫同用南字》⑦诗中原典。更有甚者,出于对李白的崇拜,祥正在诗歌中直接使用李白原句而不加任何改动,这便落了下风。此外,祥正还有宋人诗歌"以才学为诗"的通病,毫无目的地堆砌典故,炫耀才学,如"蝶随柳絮翻罗幕,人并桃花映竹篱。却忆绿槐阴下路,曾寻宫叶为题诗"⑧,诗歌原本意在书写暮春景色,无非是蝴蝶飞舞,桃花盛开,但是却使用了三处互不相干的典故,崔护之"人面桃花相映红"、笔记小说中的南柯一梦以及红叶题诗三个唐代典故,与眼前景色并无直接联系,读之令人生厌。

---

① (宋)郭祥正:《再登南楼怀元舆三首》其三,《郭祥正集》卷27,孔凡礼点校,第433页。
② (唐)杜甫:《春夜喜雨》,《杜诗详注》卷10,(清)仇兆鳌注,第799页。
③ (宋)郭祥正:《怀友二首》其二,《郭祥正集》卷3,孔凡礼点校,第52页。
④ 江淹:《休上人怨别》,载逯钦立编《先秦汉魏晋南北朝诗·梁诗》卷4,第1580页。
⑤ (宋)郭祥正:《赠泗守宋子坚》,《郭祥正集》辑佚卷1,孔凡礼点校,第516页。
⑥ (宋)郭祥正:《端州逢故人刘瑾光道致酒鹄奔亭作》,《郭祥正集》卷5,孔凡礼点校,第107页。
⑦ (唐)韩愈:《送桂州严大夫同用南字》,载(清)彭定求编《全唐诗》卷344,第3872页,此诗作"江作青罗带,山如碧玉簪"。
⑧ (宋)郭祥正:《阮希圣新轩即席兼呈同会君仪温老三首》其二,《郭祥正集》卷21,孔凡礼点校,第342页。

"夺胎换骨"之外，郭祥正还使用双关之修辞手法，将典故与诗句融为一体，丰富诗的内容，深化诗的内涵。如《春日独酌》一十首其一中"竟须醒复醉，不负花上春"①句，据陈衍之分析，便具有两层意义在内，第一层很容易理解，即诗句表面意义，终须要醒了之后再次饮醉，才不会辜负满园桃花带来的无边春色；第二层含义比较隐晦："古时把酒称为'春'，如李肇《国史补》下云：'酒则有郢州之富水、乌程之若下、荥阳之土窟春，富平之石冻春、剑南之烧春。'则结句之'春'字，意寓双关，'不负花上春'之另一义，是不辜负花前之酒，谓应尽情开怀畅饮。"②陈说可信，从题目来看，这组诗以"春日独酌"为题，显然与"酒"之意象密切相关，诗人在句中暗用典故，将"酒"与"春"巧妙地联系起来，深化了诗之主题。

　　就郭祥正诗歌的风格而言，历代评论家给出的评价主要集中在两个方面：一是豪壮奇绝，一是清新自然，这并未完全概括其创作特色。实际上，他的诗作还有含蓄委曲和典雅厚重的特点。含蓄委曲既离不开对前人创作的因袭和改造，个人生活经历的曲折多变也促成了其诗歌中悲慨与旷达共存的特点；典雅厚重的气息则来自宋代特有的儒学大背景，包括经世致用的思潮和以才学为诗的风气。

---

① （宋）郭祥正：《春日独酌一十首》其一，《郭祥正集》卷3，孔凡礼点校，第46页。
② 陈衍点评，曹中孚校点：《宋诗精华录》卷3，第424—425页。

结　语

　　11世纪中叶，北宋诗坛上出现了一位天才卓绝的诗人——郭祥正，他的一生充满传奇色彩，"李白后身"之誉令他蜚声诗坛，他以丰富的作品记录了自己对生活与生命的独特感受，为我国古典诗歌艺术圣坛增添了风采，留下了值得我们珍视的宝贵文化遗产。

　　由于史料的缺失和矛盾，郭祥正本人颇具争议。他虽然性格孤傲耿介，但有时不乏幽默嘲谑，多才多艺，在书法上有一定造诣；他交游广泛，却不善于处理人际关系，常被误解。五次出仕、五次归隐的经历给后人留下了难以解开的谜团，令后人争论不休。

　　从他的作品来看，诗人努力向前代优秀的作家、文学作品学习，从《诗经》、《离骚》、《庄子》、《汉赋》、文人五言诗、陶渊明、谢朓、李白、杜甫身上汲取养料，创作出了具有丰富内容的诗歌。

　　他一生仕途坎坷，五仕五隐，他渴望建功立业、有所作为，故此到处奔波，以求得他人举荐。对于自身坎坷遭际，他虽心有不满，但仍然对君主保持绝对忠诚。身在庙堂之时，他忧国忧民，心系天下，写下一首首反映边患、揭露社会弊端、同情灾民的诗篇，体现了宋代读书人的时代责任感，身上闪耀着中国儒家传统文化中永恒的精神魅力；退隐江湖之日，他在广泛的交游过程中寄情山水，抒情写志，特别是隐居青山以后，诗人有了更多亲近大自然的机会，写下了许多创作手法多样、选词精当、佳句频出而风格淡远的优美山水田园诗。诗人在仕与隐的生命历程里阐释了中国传统文化中儒家入世与道家出世思想的矛盾与融合，并掺入佛家观念，体现了传统文人普遍的生命旨趣。诗人与禅师多有往来，以诗歌记录自己谈禅悟道的体验，表达了自己对佛道的仰慕，在儒、道、佛三教合一思想的共同影响下，创作出许多优美的富于艺术特色的诗作。诗人对文学艺术有着极高的鉴赏和感受力，他将自己的文艺思想灌注在作品中，使诗歌这种艺术形式表现客观世界的能力大大提升。

祥正的诗歌风格多变，既有李白式的豪壮奇绝、清新绮丽，又有悲慨旷达、典雅厚重，还有含蓄委曲之韵致，这些都是诗人通过精心选取主客观意象，炼字锻句、布局谋篇，采用拟人、比喻、排比、对偶、对比、双关等复杂多样的创作技巧而形成的。

虽然郭祥正的部分诗歌有炫耀才学、堆砌典故、因袭太过等缺点，但是不能就此否认他的诗作在北宋中后期诗坛上的独特个性，而此个性是其他人代替不了的，所以今后的研究工作应该摆脱偏见，全面考察，恢复其在文学史上应有的地位。

参考文献

（按作者姓名音序排列）

一　古籍专著类

（唐）白居易：《白氏长庆集》，四部丛刊本。
北京大学古文献研究所编：《全宋诗》，北京大学出版社1991—1998年版。
（清）蔡正孙：《诗林广记》，中华书局1982年版。
（明）曹学佺：《蜀中广记》，文渊阁四库全书本。
（清）曹庭栋：《宋百家诗存》，上海古籍出版社1993年版。
（明）陈邦瞻：《宋史纪事本末》，中华书局1977年版。
（宋）陈傅良：《锦绣万花谷》，文渊阁四库全书本。
陈鼓应：《老子注译及评介》，中华书局1984年版。
（明）陈谟：《海桑集》，文渊阁四库全书本。
（晋）陈寿：《三国志》，（宋）裴松之注，中华书局1987年版。
陈衍评点，曹中孚校注：《宋诗精华录》，巴蜀书社1992年版。
（宋）陈振孙：《直斋书录解题》，徐小蛮、顾美华点校，上海古籍出版社1987年版。
（明）程敏政：《新安文献志》，文渊阁四库全书本。
丁福保辑：《历代诗话续编》，中华书局1983年版。
（宋）邓椿：《画继》，秦仲文、黄苗子点校，人民美术出版社1963年版。
（清）董浩等：《全唐文》，中华书局1982年影印本。

杜黎均:《二十四诗品译注评析》,北京出版社1988年版。

(唐)杜甫:《杜诗详注》,仇兆鳌注,中华书局1979年版。

(刘宋)范晔撰:《后汉书》,(唐)李贤注,中华书局2000年版。

(元)方回:《桐江续集》,文渊阁四库全书本。

(唐)房玄龄等:《晋书》,中华书局1974年版。

傅璇琮、蒋寅等编:《中国古代文学通论》(宋代卷),辽宁人民出版社2005年版。

葛晓音:《诗国高潮与盛唐文化》,北京大学出版社1987年版。

(宋)郭茂倩:《乐府诗集》,聂世美、仓阳卿校点,上海古籍出版社1998年版。

(清)郭庆藩:《庄子集释》,王孝鱼点校,中华书局1961年版。

(宋)郭若虚:《图画见闻志》,明津逮秘书本。

(宋)郭祥正:《郭祥正集》,孔凡礼校注,黄山书社1995年版。

(宋)郭祥正:《青山集》,道光九年(1829)刊本。

(宋)郭祥正:《青山集》,文渊阁四库全书本。

郭绍虞辑:《宋诗话辑佚》,中华书局1980年版。

郭绍虞编:《中国历代文论选》,上海古籍出版社2001年版。

(元)郭翼:《雪履斋笔记》,文渊阁四库全书本。

(清)何文焕辑:《历代诗话》,中华书局1980年版。

(宋)洪迈:《容斋随笔》,上海古籍出版社2015年版。

(清)胡彦升:《乐律表微》,文渊阁四库全书本。

(明)胡应麟:《诗薮》,上海古籍出版社1979年版。

(宋)胡仔:《苕溪渔隐丛话》,廖德明校点,人民文学出版社1962年版。

黄寿祺、张善文译注:《周易译注》,上海古籍出版社2001年版。

(宋)惠洪、(宋)费衮:《冷斋夜话 梁溪漫志》,李保民、金圆校点,上海古籍出版社2012年版。

(清)嘉庆《重修一统志》,四部丛刊续编本,上海书店影印商务印书馆1934年,1984年版。

康熙《太平府志》，清康熙十二年（1673）修、光绪二十九年（1903）重刊本。

孔凡礼：《孔凡礼文存》，中华书局2009年版。

（唐）李白：《李太白全集》，（清）王琦注，中华书局1977年版。

李崇智：《中国历代年号考》（修订本），中华书局2001年版。

（清）厉鹗：《樊榭山房续集》，文渊阁四库全书本。

（宋）李昉等编：《太平广记》，中华书局1981年版。

（宋）李昉等编：《太平御览》，四部丛刊本。

（唐）李吉甫：《元和郡县志》，贺次君点校，中华书局1981年版。

（宋）李荐：《济南集》，文渊阁四库全书本。

（明）李濂：《汴京遗迹志》，文渊阁四库全书本。

（明）李贤等：《明一统志》，文渊阁四库全书本。

（宋）李心传：《建炎以来系年要录》，中华书局1988年版。

（宋）李心传：《建炎以来朝野杂记》，中华书局2000年版。

（宋）李焘：《续资治通鉴长编》，中华书局2004年版。

（清）李卫修，沈翼机纂：《浙江通志》，民国二十五年（1936）刻本。

林宜陵：《采石月下闻谪仙——宋代诗人郭功甫》，秀威资讯科技股份有限公司2006年版。

（五代）李肇：《唐国史补》，上海古籍出版社1979年版。

（宋）李之仪：《姑溪居士前集》，文渊阁四库全书本。

（宋）林駧：《古今源流至论》，中华再造善本丛书·金元编·子部。

（宋）柳开：《河东先生集》，四部丛刊本。

刘大杰：《中国文学发展史》，百花文艺出版社1999年版。

（宋）刘克庄：《后村先生大全集》，四部丛刊本。

（清）刘坤一等修：《江西通志》，（清）刘绎纂，清光绪七年（1881）刊本。

（梁）刘勰：《文心雕龙注释》，周振甫注，人民文学出版社1981年版。

（后晋）刘昫等撰：《旧唐书》，中华书局1975年版。

刘文刚：《宋代的隐士与文学》，四川大学出版社1992年版。

（宋）刘炎：《迩言》，文渊阁四库全书本。

（宋）刘挚：《忠肃集》，文渊阁四库全书本。

逯钦立：《先秦汉魏晋南北朝诗》，中华书局1983年版。

（宋）陆游：《渭南文集》，四部丛刊本。

（宋）陆游：《入蜀记》，乾隆丙辰年（1736）刊本。

（宋）罗大经：《鹤林玉露》，王瑞来点校，中华书局1983年版。

（元）马端临：《文献通考》，中华书局1986年版。

（宋）梅尧臣：《梅尧臣集编年校注》，朱东润校注，上海古籍出版社1980年版。

（唐）孟浩然：《孟浩然诗集笺注》（增订本），佟培基笺注，上海古籍出版社2013年版。

苗书梅：《宋代官员选任和管理制度》，河南大学出版社1996年版。

［日］内山精也：《传媒与真相——苏轼及其周围士大夫的文学》，朱刚等译，上海古籍出版社2005年版。

（宋）欧阳修、宋祁等：《新唐书》，中华书局2000年版。

（宋）欧阳修：《六一诗话》，黄进德批注，凤凰出版社2009年版。

（宋）欧阳忞：《舆地广记》，文渊阁四库全书本。

（宋）彭口：《墨客挥犀》，中华书局2002年版。

（清）彭定求等编：《全唐诗》，中华书局2005年重印本。

启功、王靖宪：《中国法帖全集·蒙世帖》，湖北美术出版社2002年版。

钱锺书：《七缀集》，生活·读书·新知三联书店2002年版。

（清）阮元等：（道光）《广东通志》，续修四库全书本，上海古籍出版社1998年影印本。

（宋）阮阅：《诗话总龟后集》，周本淳校点，人民文学出版社1987年版。

（汉）桑钦撰，（后魏）郦道元注：《水经注笺·江水三》，（明）李长庚等订，近人王国维校，袁英光、刘寅生整理标点，上海人民出版社1984年版。

《石渠宝笈》：文渊阁四库全书本。

（唐）释道宣：《广弘明集》，四部丛刊本。

（宋）释德（惠）洪：《林间录》，文渊阁四库全书本。

（宋）释惠洪撰：《石门文字禅校注》，周裕锴校注，上海古籍出版社2021年版。

（宋）释普济：《五灯会元》，苏渊雷点校，中华书局1994年版。

（宋）释契嵩：《镡津集》，文渊阁四库全书本。

（宋）释晓莹：《罗湖野录》，文渊阁四库全书本。

《十回向品》，实叉难陀译，台北佛陀教育基金会1990年影印本。

（宋）沈括：《长兴集》，文渊阁四库全书本。

（宋）司马光：《资治通鉴》，胡三省点校，中华书局1956年版。

（汉）司马迁：《史记》，上海古籍出版社1997年版。

（宋）苏轼：《苏轼全集校注》，张志烈、马德富、周裕锴主编，河北人民出版社2010年版。

苏渊雷等选辑：《佛藏要籍选刊》，上海古籍出版社1994年版。

（宋）苏辙：《栾城集》，曾枣庄、马德富校点，上海古籍出版社1987年版。

［日］松浦友久：《李白的客寓性及其诗思——李白评传》，刘维治、尚永亮、刘崇德译，中华书局2001年版。

乾隆《太平府志》，清乾隆二十三年（1758）刻本。

（晋）陶渊明：《陶渊明集校笺》，杨勇校笺，上海古籍出版社2007年版。

（元）脱脱等撰：《宋史》，中华书局1977年版。

（宋）王安石：《临川先生文集》，中华书局1959年版。

王文锦译解：《礼记译解》，中华书局2001年版。

（宋）王称（偁）：《东都事略》，清乾隆六十年（1795）常熟席氏扫叶山房刻本。

（宋）王明清：《挥麈录》，田松青校点，上海古籍出版社2012年版。

（宋）王钦若：《册府元龟》（影印本），中华书局1960年版。

（明）王士祯：《居易录》，文渊阁四库全书本。

（宋）王象之：《舆地纪胜》，清影宋钞本（清钞本补配）。
（汉）王逸：《楚辞补注》，（宋）洪兴祖补注，白化文点校，中华书局1983年版。
王云海：《宋代司法制度》，河南大学出版社1992年版。
吴文治主编：《宋诗话全编》，江苏古籍出版社1998年版。
（宋）魏泰：《东轩笔录》，田松青校点，上海古籍出版社2012年版。
（宋）魏齐贤、叶棻辑：《五百家播芳大全文粹》，文渊阁四库全书本。
（清）吴景旭：《历代诗话》，文渊阁四库全书本。
（宋）吴则礼：《北湖集》，文渊阁四库全书本。
（宋）吴曾：《能改斋漫录》，上海古籍出版社1971年版。
（梁）萧统选：《昭明文选》（上、中、下册），李善注，韩放主点校，京华出版社2000年版。
（南齐）谢赫：《古画品录》，文渊阁四库全书本。
（南朝齐）谢朓：《谢宣城集校注》，曹融南校注集说，上海古籍出版社1994年版。
（陈）徐陵：《徐陵集校笺》，许逸民校笺，中华书局2008年版。
（清）徐松：《宋会要辑稿》，上海古籍出版社2014年版。
（南宋）严羽：《沧浪诗话》，普慧、孙尚勇、杨遇青译注，中华书局2014年版。
杨伯峻译注：《论语译注》，中华书局1980年版。
杨伯峻编著：《春秋左传注》，中华书局1990年版。
杨伯峻译注：《孟子译注》，中华书局2005年版。
（宋）杨杰：《无为集》，文渊阁四库全书本。
（宋）杨万里：《诚斋集》，四部丛刊本。
（宋）叶梦得：《避暑录话》，文渊阁四库全书本。
（清）永瑢等：《四库全书总目提要》，河北人民出版社2000年版。
（金）元好问：《遗山集》，文渊阁四库全书本。
（宋）乐史：《太平寰宇记》，文渊阁四库全书本。
（宋）曾巩：《元丰类稿》，文渊阁四库全书本。

曾枣庄主编：《中国文学家大辞典》（宋代卷），中华书局 2004 年版。
（宋）曾慥：《类说》，北京图书馆古籍珍本丛刊，北京图书馆古籍出版编辑组 1998 年版。
（清）张万选：《太平三书》，清顺治五年（1648）刻本。
（宋）张邦基：《墨庄漫录》，孔凡礼点校，中华书局 2002 年版。
（宋）张君房：《云笈七签》，蒋力生等校注，华夏出版社 1996 年版。
张希清：《宋朝典章制度》，吉林文史出版社 2001 年版。
（唐）张彦远：《历代名画记》，人民美术出版社 1963 年版。
张毅：《宋代文学思想史》，中华书局 1987 年版。
（宋）张镃：《南湖集》，文渊阁四库全书本。
（宋）赵升：《朝野类要》，中华书局 2007 年版。
（清）赵一清：《水经注释》，文渊阁四库全书本。
（宋）赵与时：《宾退录》，上海古籍出版社 1983 年版。
（宋）郑獬：《郧溪集》，文渊阁四库全书本。
周维德：《全明诗话》（1—6 册），齐鲁书社 2005 年版。
（宋）周应合：《景定建康志》，文渊阁四库全书本。
周裕锴：《宋代诗学通论》，上海古籍出版社 2007 年版。
周裕锴：《文字禅与宋代诗学》，高等教育出版社 1998 年版。
周振甫：《诗经译注》，江苏教育出版社 2006 年版。
（宋）周紫芝：《太仓稊米集》，文渊阁四库全书本。
（明）朱珪：《知足斋集》，清嘉庆九年（1804）阮元刻增修本。
（明）朱鹤龄：《愚庵小集》，文渊阁四库全书本。
朱谦之：《老子校译》，中华书局 1963 年版。
（明）朱荃宰：《文通》，明天启刻本。
（宋）祝穆撰，祝洙增订：《方舆胜览》，施和金点校，中华书局 2003 年版。
祝尚书：《宋代科举与文学考论》，大象出版社 2006 年版。
曾枣庄、祝尚书、刘琳等编：《全宋文》，巴蜀书社 1990—1994 年版。
中国李白研究会、马鞍山李白研究所：《中国李白研究》（2001—2002

年集),黄山书社 2002 年版。

中国李白研究会、马鞍山李白研究所:《中国李白研究》(2008 年集),黄山书社 2008 年版。

《中国李白研究》(1990 年集),江苏古籍出版社 1990 年版。

二 期刊和学位论文

陈军:《郭祥正对李白的审美接受》,《安庆师范学院学报》(社会科学版) 2007 年第 3 期。

陈敬介:《李白诗研究》,博士学位论文,(台湾)东吴大学,2006 年。

陈永正:《明嘉靖本〈广东通志〉中的宋人佚诗》,《岭南文史》2006 年第 1 期。

陈永正:《从广东方志及地方文献中新发现的〈全宋诗〉辑佚 83 首》,《岭南文史》2007 年第 3 期。

程千帆:《学诗愚得》,《武汉大学学报》(哲学社会科学版) 1994 年第 1 期。

房日晰:《追宗李白的诗人郭祥正》,《古典文学知识》1995 年第 3 期。

房日晰:《〈宋百家诗存〉正误》,《江海学刊》2000 年第 6 期。

郭江超:《郭祥正不曾担任秘阁校理》,《绵阳师范学院学报》2013 年第 10 期。

韩立平、彭国忠:《〈全宋诗〉补 59 首》,《古籍整理研究学刊》2006 年第 5 期。

韩西山:《苏轼与皖籍文人的交游》,《江淮论坛》2000 年第 5 期。

韩震军:《〈全宋诗〉续补》(上),《中国韵文学刊》2006 年第 4 期。

洪振宁:《从温州地方文献订补〈全宋诗〉续录》,《温州大学学报》(社会科学版) 2007 年第 1 期。

胡建升:《〈全宋诗〉10 家补遗》,《兰州学刊》2007 年第 1 期。

胡可先:《〈全宋诗〉误收唐诗考》,《中国典籍与文化》2005 年第 3 期。

胡可先:《〈全宋诗〉补遗 100 首》,《中国韵文学刊》2005 年第 6 期。

胡可先:《〈全宋诗〉辑佚 120 首》(一),《古籍整理研究学刊》2006

年第 5 期。

胡可先：《〈全宋诗〉辑佚 120 首》（二），《古籍整理研究学刊》2006 年第 6 期。

胡坤：《宋代荐举制度研究》，博士学位论文，河北大学，2009 年。

孔凡礼：《郭祥正与舒州》，《安庆师范学院学报》（社会科学版）2008 年第 11 期。

李才栋：《关于郭祥正与其所作〈白鹿洞书堂记〉的补白》，《江西教育学院学报》2001 年第 2 期。

李君明：《从广东方志及地方文献中新发现的〈全宋诗〉辑佚 73 首》，《岭南文史》2007 年第 2 期。

李金善、张志勇：《胸中策画烂星斗，笔写纸上虬龙奔——谈郭祥正诗歌中的人文意象》，《名作欣赏》2009 年第 29 期。

李竹深：《宋代漳州的一次水患》，《漳州职业大学学报》2001 年第 4 期。

刘培：《徘徊在入仕与归隐之间——论郭祥正的骚体创作》，《济南大学学报》（社会科学版）2005 年第 1 期。

刘中文：《论郭祥正的价值观》，《苏州大学学报》（哲学社会科学版）2007 年第 4 期。

刘中文：《〈宋诗话全编·郭祥正诗话〉补遗》，《黑河学院学报》2011 年第 4 期。

刘中文：《郭祥正的桃源心路历程》，《集宁师范学院学报》2012 年第 3 期。

卢晓辉：《宋代游仙诗研究》，硕士学位论文，南京师范大学，2004 年。

卢晓辉：《郭祥正的诗歌创作与道教》，《滁州学院学报》2009 年第 3 期。

罗凌：《〈青山集〉与〈青山续集〉四库提要辩正》，《三峡大学学报》（人文社会科学版）2013 年第 5 期。

马明达：《广州伊斯兰古迹二题》，《西北民族研究》2001 年第 2 期。

毛建军：《郭祥正交游考述》，硕士学位论文，郑州大学，2003 年。

毛建军：《〈全宋诗〉、〈全宋文〉重出及失收的郭祥正诗文》，《新乡师范高等专科学校学报》2005 年第 3 期。

莫砺锋：《论陆游写景诗的人文色彩》，《社会科学战线》2011 年第 9 期。

莫砺锋：《郭祥正——元祐诗坛的落伍者》，《中国典籍与文化论丛》（第六辑），中华书局 2000 年版。

潘猛补：《从温州地方文献订补〈全宋诗〉》，《温州师范学院学报》（哲学社会科学版）2006 年第 4 期。

彭国忠：《补〈全宋诗〉81 首——新补〈全宋诗〉之一》，《华东师范大学学报》2005 年第 2 期。

齐亮亮：《〈青山集〉版本源流考》，《沧州师范高等专科学校学报》2008 年第 2 期。

谭滔：《北宋诗人郭祥正研究》，硕士学位论文，广西大学，2011 年。

汤华泉：《宣城地方文献中的宋佚诗——〈全宋诗〉补辑》，《安徽师范大学学报》（人文社会科学版）2004 年第 6 期。

汤华泉：《新见石刻文献中的宋佚诗——补〈全宋诗〉》，《中国韵文学刊》2006 年第 3 期。

汤华泉：《太平府文献中的宋佚诗——〈全宋诗〉补辑》，《合肥学院学报》（社会科学版）2006 年第 3 期。

汤华泉：《〈全宋诗〉补佚丛札》，《大学图书情报学刊》2006 年第 6 期。

汤华泉：《新辑徽州文献中的宋佚诗》，《淮北职业技术学院学报》2007 年第 2 期。

汤华泉：《新见宋十二名家诗辑录》，《阜阳师范学院学报》（社会科学版）2007 年第 1 期。

汤华泉：《李之仪晚年四事新考》，《滁州学院学报》2008 年第 1 期。

吴宗海：《全宋诗遗珠》，《江苏大学学报》（社会科学版）2006 年第 6 期。

吴宗海：《〈全宋诗〉遗诗》，《井冈山学院学报》（哲学社会科学）2006 年第 9 期。

吴宗海：《〈成都文类〉中的〈全宋诗〉佚诗》，《中国典籍与文化》

2007 年第 1 期。

王佺：《唐代荐举之制与文人干谒之风》，《齐鲁学刊》2010 年第 5 期。

郗丙亮：《论郭祥正"家便差遣"的深层原因》，《乐山师范学院学报》2011 年第 10 期。

郗丙亮：《郑獬诗歌研究》，硕士学位论文，河北师范大学，2008 年。

邢春江：《刘挚及其诗歌研究》，硕士学位论文，河北师范大学，2010 年。

潇潇：《郭祥正山水景观题咏诗研究》，硕士学位论文，安徽大学，2007 年。

潇潇：《郭祥正、彭汝砺合肥诗歌创作比较及文化意义》，《合肥学院学报》（社会科学版）2011 年第 5 期。

杨明：《言志与缘情辨》，《上海师范大学学报》（哲学社会科学版）2007 年第 1 期。

袁晓薇：《"诗圣"的标准与"谪仙"的意义——谈宋人对李白的评价》，《江淮论坛》2003 年第 1 期。

詹福瑞等：《"诗缘情"辨义》，《河北大学学报》（哲学社会科学版）1998 年第 2 期。

张福勋、王宇：《"我亦谈诗子深许"——郭祥正诗论发微》，《阴山学刊》2003 年第 2 期。

张福勋：《心声与心画，开卷见天真——郭祥正的书画论》，《南阳师范学院学报》（社会科学版）2003 年第 4 期。

张慧娟：《郭祥正的诗歌创作与禅学》，《山东文学》2010 年第 7 期。

张志勇：《宋诗人郭祥正研究述评》，《安庆师范学院学报》（社会科学版）2009 年第 8 期。

张志勇：《卷帘夜阁挂北斗，大鲸驾浪吹长空——谈郭祥正诗歌中的自然意象》，《内蒙古民族大学学报》（社会科学版）2009 年第 4 期。

张振谦：《唐宋文人对〈黄庭经〉的接受》，《暨南学报》（哲学社会科学版）2012 年第 3 期。

赵济凯：《郭祥正及其〈青山集〉研究》，硕士学位论文，西北师范大学，2014 年。

赵婷婷：《诗歌对话的可能性——试论宋代诗人郭祥正对李白的接受》，

《文艺理论研究》2012 年第 4 期。

赵子文：《苏轼当涂行踪交游考》，《安徽工业大学学报》（社会科学版）2002 年第 2 期。

朱朝红：《北宋诗人郭祥正〈游仙诗一十九首〉析论》，《淮海工学院学报》2018 年第 5 期。

朱少山：《从历代诗歌选本看郭祥正诗歌的接受》，《合肥师范学院学报》2018 年第 1 期。

曾明、陈灿平：《郭祥正生年生平考略》，《国学学刊》2013 年第 2 期。

邹琳璠：《郭祥正〈拟挽歌〉之解读》，《绥化学院学报》2007 年第 5 期。

周裕锴：《以战喻诗：略论宋诗中的"诗战"之喻及其创作心理》，《文学遗产》2012 年第 3 期。

后　记

本书是在博士后出站报告基础上修订而成的。我的出站报告是2011—2013年在河南大学中国语言文学博士后科研流动站期间取得的研究成果，历经数年修改、增删，直至今年才将付梓。在这里，首先要向我的合作导师佟培基先生致以最诚挚的谢意，从研究工作方向的选择、材料的收集、大纲的修改到报告的写作、定稿，自始至终先生都倾注了无数心血。先生以严谨的治学之道、宽厚仁慈的胸怀、积极乐观的生活态度，为我树立了一生学习的典范，他的教诲与鞭策将激励我在今后的研究工作和生活的道路上励精图治，开拓创新。

其次特别感谢中国台湾地区的林宜陵先生，虽然我与林先生素昧平生，但是先生非常热心，在我最急缺研究资料之时，慷慨赠予大作《采石月下闻谪仙——北宋诗人郭祥正》，此书对我启迪甚大。非常感谢我的博士导师周裕锴先生，先生远在蜀地，仍然帮我查找相关资料，为我的报告写作疏通障碍。

最后要感谢我的家人和亲友，没有他们的支持、理解、体谅、包容，相信这三年多的流动站生活将是很不一样的光景。在此，祝愿他们身体健康，心情愉快！

本书在很大程度上是在与诸多良师益友的相互交流中获得的结果。他们无私地向我提供了很多有价值的建议，这既让我避免了一些错误，也有利于把所研究的问题不断地推进深入。谨以此书，向他们以及曾经帮助过我的所有人表示深深的谢意。

　　书中还引用了大量的珍贵文献或学术观点，在此一并谢忱。

杨　宏

2021 年 12 月于河南开封